Sara Paretsky
Tödliche Therapie

Serie Piper
Band 5535

Zu diesem Buch

In der Notaufnahme eines Chicagoer Krankenhauses stirbt eine nahe Freundin der Privatdetektivin V. I. Warshawski bei einer Frühgeburt. Die Detektivin wird den Verdacht nicht los, daß ärztliches Versagen mitspielt – als dann noch ein Arzt ermordet wird, weiß sie, daß hier einer der Fälle vorliegt, die sie mit gewohnter Hartnäckigkeit zu Ende bringen muß. Die Spuren führen sie in ein Gewirr verschiedenster Interessen – aber sie enden auf einem Ärztekongreß.

Sarah Paretsky wurde 1947 in Kansas geboren, sie promovierte in Geschichte; von 1977 bis 1985 war sie Verkaufsmanagerin einer Chicagoer Versicherungsgesellschaft. Sie lebt in Chicago. Ihre Kriminalromane, in deren Mittelpunkt die Privatdetektivin V. I. Warshawski steht und deren Schauplatz stets Chicago ist, wurden in mehrere Sprachen übersetzt. Bei Piper erschien zuletzt im Frühjahr 1993 ihr Roman »Eine für alle«.

Sara Paretsky

Tödliche Therapie

Roman

Aus dem Amerikanischen von
Anette Grube

Piper
München Zürich

SERIE PIPER
SPANNUNG
Herausgegeben von Friedrich Kur

Von Sara Paretsky liegen in der
Serie Piper Spannung außerdem vor:
Schadenersatz (5507)
Deadlock (5512)
Fromme Wünsche (5517)
Blood Shot (5589)
Brandstifter (5625)

Die Originalausgabe erschien 1987 unter dem Titel
»Bitter Medicine«
bei William Morrow and Company, Inc., New York.

ISBN 3-492-15535-9
Deutsche Erstausgabe
Dezember 1989
6. Auflage, 52.–60. Tausend Dezember 1993

Umschlag: Federico Luci,
unter Verwendung einer Zeichnung von Jörg Extra
Foto Umschlagrückseite: Jerry Bauer
Gesamtherstellung: Clausen & Bosse, Leck
Printed in Germany

Für Kathleen

Die dumpfe Liebe Irdischer
(Da Seele an den Sinnen klebt)
Trägt Trennung nicht, denn Abschied raubt
Die Elemente, draus sie lebt.

Doch wir, durch Liebe, die so fein
Daß wir kaum wissen, was sie ist,
Vom Geist gesichert, sorgen kaum,
Ob Lippe wir und Hand vermißt.

Die Seelen, die nur eine sind,
Erleiden – geh ich fort jetzt auch –
Doch keinen Bruch; sie weiten sich,
Wie Gold gehämmert wird zu Hauch.

JOHN DONNE Abschied : Verbot zu trauern

INHALT

1 Jenseits von O'Hare

Die Hitze und die grelle Eintönigkeit der Straße brachte alle zum Schweigen. Die Julisonne flimmerte über McDonalds, Video King, Computerland, Burger King, einer Autohandlung und dem nächsten McDonalds. Ich hatte Kopfweh vom Verkehrslärm, von der Hitze und der Eintönigkeit. Keine Ahnung, wie es Consuelo ging. Als wir aus der Praxis kamen, war sie völlig überdreht gewesen, hatte andauernd geplappert über Fabianos Job, über das Geld, über die Ausstattung für das Baby.

»Jetzt wird Mama mich zu dir ziehen lassen«, hatte sie frohlockt und sich verliebt bei Fabiano untergehakt.

Bei einem Blick in den Rückspiegel konnte ich keinerlei Anzeichen von Freude auf seinem Gesicht erkennen. Fabiano war sauer. »Eine Flasche«, nannte ihn Mrs. Alvarado, die wütend war auf Consuelo, den Liebling der Familie, der sich ausgerechnet in so einen verliebt hatte, sich von ihm hatte schwängern lassen. Und sich entschieden hatte, das Kind zu bekommen... Consuelo, die immer streng beaufsichtigt worden war (aber man konnte sie schließlich nicht jeden Tag von der Schule nach Hause bringen), stand jetzt faktisch unter Hausarrest.

Nachdem Consuelo ein für allemal klargestellt hatte, daß sie das Kind auf die Welt bringen würde, hatte Mrs. Alvarado auf einer Hochzeit bestanden (in Weiß, in der Kirche zum Heiligen Grab). Aber sie hatte, nachdem der Ehre Genüge getan war, ihre Tochter bei sich zu Hause behalten. Fabiano lebte bei seiner Mutter. Es hätte alles ziemlich absurd gewirkt, hätte Consuelos Leben nicht eine gewisse Tragik aufgewiesen. Und um ihr Gerechtigkeit widerfahren zu lassen, Mrs. Alvarado wollte weiteres Unglück vermeiden. Consuelo sollte sich nicht versklaven lassen von einem Kind und einem Mann, der nicht einmal versuchte, Arbeit zu finden.

Consuelo war vor kurzem mit der High-School fertig geworden – ein Jahr früher als üblich aufgrund ihrer hervorragenden Leistungen –, aber sie hatte keine echte Begabung. Trotzdem hatte Mrs. Alvarado darauf bestanden, daß sie studieren sollte. Als Klassenbeste, Schulball-Königin, Gewinnerin zahlreicher Stipendien sollte Consuelo ihre Möglichkeiten nicht für ein Leben in Knechtschaft und Ausbeutung wegwerfen. Mrs. Alvarado wußte, worauf es im Leben ankam. Sie hatte sechs Kinder großgezogen und zeit ihres Lebens als Kellnerin in der Cafeteria einer der großen Banken gearbeitet. Ihre Tochter, so hatte sie beschlossen, sollte Ärztin oder Rechtsanwältin oder Geschäftsführerin werden und die Alvarados zu Ruhm und Reichtum führen. Dieser *maleante*, dieser *gamberro* würde ihre glorreiche Zukunft nicht zerstören.

Das alles hatte ich schon zigmal gehört. Carol Alvarado, Consuelos ältere Schwester, arbeitete als Krankenschwester bei Lotty Herschel. Sie hatte Consuelo auf Knien angefleht, doch abzutreiben. Consuelos Gesundheitszustand war nicht gut; mit vierzehn hatte man ihr eine Gebärmutterzyste entfernt, und sie war zuckerkrank. Sowohl Carol als auch Lotty hatten versucht, Consuelo beizubringen, daß sie unter diesen Umständen mit einer Risikoschwangerschaft rechnen müßte, aber Consuelo war nicht zu überzeugen gewesen. Sechzehn, zukkerkrank und schwanger – das ist kein sehr erfreulicher Zustand. Ende Juli und in einem Auto ohne Klimaanlage nahezu unerträglich. Aber Consuelo, mager und krank, war glücklich. Sie hatte einen idealen Ausweg gefunden, um dem Druck und den maßlosen Erwartungen zu entkommen, die der Rest der Familie seit ihrer Geburt auf ihr ablud.

Jeder wußte, daß Fabiano nur deshalb Arbeit suchte, weil er Angst vor Consuelos Brüdern hatte. Seine Mutter schien absolut willens, ihn auf unbegrenzte Zeit zu unterstützen. Offenbar dachte er, wenn er die Dinge nur lange genug schleifen ließe, könnte er sich irgendwann aus Consuelos Leben davonstehlen. Aber Paul, Herman und Diego waren ihm den ganzen Sommer über im Nacken gesessen. Einmal hatten sie ihn verprügelt, wie mir Carol erzählt hatte, etwas besorgt, weil Fabiano lockere Verbindungen zu einer der Straßenbanden unterhielt, aber die Prügel hatten ihn immerhin dazu gebracht, Arbeit zu suchen. Und jetzt war Fabiano an was Brandheißem. Eine Fabrik in der Nähe von Schaumburg stellte ungelernte

Arbeiter ein. Carol hatte einen Freund, dessen Onkel dort Manager war; er hatte zugestimmt, Fabiano zu helfen, wenn er zu einem Vorstellungsgespräch hinauskäme.

Carol hatte mich heute morgen um acht aufgeweckt. Es war ihr furchtbar unangenehm, mich zu belästigen, aber alles hing davon ab, daß Fabiano zu diesem Gespräch erschien. Sein Auto hatte den Geist aufgegeben – »dieser Mistkerl, wahrscheinlich hat er ihn selbst kaputtgemacht, nur damit er nicht fahren muß!« –, Lotty war zu beschäftigt, Mama hatte keinen Führerschein, Diego, Paul und Herman mußten arbeiten. »V. I., ich weiß, daß es eine Zumutung ist. Aber du gehörst fast zur Familie, und ich kann keine Fremden in Consuelos Geschichten hineinziehen.«

Ich hatte die Zähne zusammengebissen. Fabiano war einer dieser halb trüben, halb arroganten Typen, mit denen ich ständig als Pflichtverteidigerin konfrontiert gewesen war. Vor acht Jahren, als ich auf Privatdetektiv umsattelte, hatte ich gehofft, sie endgültig hinter mir zu lassen. Aber die Alvarados waren immer so überaus hilfsbereit – letztes Jahr an Weihnachten opferte Carol einen ganzen Tag und kümmerte sich um mich, nachdem ich ein unfreiwilliges Bad im Michigansee genommen hatte. Nicht zu vergessen, daß Paul Alvarado auf Jill Thayers Baby aufpaßte, als sie selbst in Lebensgefahr schwebte. Ich erinnerte mich an unzählige andere Gelegenheiten, wichtige und unwichtige – mit blieb nichts anderes übrig. Ich versprach also, sie mittags von Lottys Praxis abzuholen.

Die Praxis lag so nahe am See, daß eine Brise die unerträgliche Sommerhitze linderte. Aber als wir die Schnellstraße erreichten und auf die im Nordwesten gelegenen Vororte zufuhren, schlug uns schwüle Luft entgegen. Mein kleiner Wagen hatte keine Klimaanlage, und der heiße Wind, der durch die offenen Fenster hereinblies, dämpfte sogar Consuelos Begeisterung. Im Spiegel sah sie bleich und schlapp aus. Fabiano hatte sich in die andere Ecke des Rücksitzes verzogen mit der mürrischen Begründung, daß es zu heiß sei, um nahe beieinander zu sitzen. Wir kamen zu einer Kreuzung mit der Route 58.

»Hier in der Nähe müssen wir abbiegen«, sagte ich über die Schulter. »Nach rechts oder nach links?«

»Links«, brummte Fabiano.

»Nein«, sagte Consuelo. »Nach rechts. Carol sagte, vom Highway aus nach Norden.«

»Vielleicht solltest *du* mit dem Manager reden«, entgegnete Fabiano wütend auf spanisch. »Du hast den Termin für das Gespräch ausgemacht, du weißt den Weg. Traust du mir zu, daß ich allein reden kann oder willst du das auch noch übernehmen?«

»Tut mir leid, Fabiano. Bitte, entschuldige. Ich kümmere mich doch nur wegen dem Baby um alles. Ich weiß, daß du damit allein fertig wirst.« Er stieß ihre ausgestreckte Hand zurück.

Wir erreichten den Osage Way. Ich bog nach Norden ab und fuhr noch ungefähr zwei Meilen. Consuelo hatte recht gehabt: die Canary and Bidwell Farbenwerke lagen an dieser Straße in einem modernen Industriegebiet. Das niedere weiße Gebäude stand auf einer Grünfläche, zu der ein künstlicher See gehörte, sogar mit Enten drauf.

Bei diesem Anblick erwachte Consuelo zu neuem Leben. »Wie hübsch. Wie angenehm wird es für dich sein, hier zu arbeiten, mit den Enten und den Bäumen draußen.«

»Wie hübsch«, stimmte Fabiano sarkastisch zu. »Nach dreißig Meilen Fahrt in der Gluthitze bin ich unheimlich geil auf die Enten.«

Ich fuhr auf den Besucherparkplatz. »Wir werden zum See gehen während deiner Unterredung. Viel Glück!« Ich legte soviel Begeisterung wie möglich in diesen Wunsch. Falls er keine Arbeit fand, bevor das Baby kam, zog sich Consuelo möglicherweise von ihm zurück, ließ sich scheiden oder die Ehe annullieren. Trotz ihrer strengen moralischen Grundsätze würde sich Mrs. Alvarado um ihr Enkelkind kümmern. Vielleicht befreite die Geburt Consuelo von ihren Ängsten und verhalf ihr zu einem neuen Leben.

Sie wollte Fabiano zum Abschied küssen, aber er wandte sich ab. Sie folgte mir den Weg hinunter zum Wasser, ihr Siebenmonatsbauch machte sie schwerfällig und langsam. Wir setzten uns in den mickrigen Schatten der jungen Bäume und beobachteten schweigend die Enten. Daran gewöhnt, von Besuchern gefüttert zu werden, schwammen sie zu uns her und schnatterten hoffnungsvoll.

»Wenn es ein Mädchen wird, müßt ihr, du und Lotty, die Taufpaten sein, V. I.«

»Charlotte Victoria? Mit diesem Namen wird es das Kind nicht leicht haben. Du solltest deine Mutter fragen, Consuelo, das würde sie versöhnlicher stimmen.«

»Versöhnlicher? Sie glaubt, ich bin schlecht und vergeude mein Leben. Carol auch. Nur Paul ist nicht so... Was denkst du, V. I.? Glaubst du auch, daß ich schlecht bin?«

»Nein, *cara*. Ich glaube, du hast Angst. Sie wollten dich mutterseelenallein hinaus ins Leben schicken, damit du die Lorbeeren für sie gewinnst. Das ist schwer für einen allein.«

Sie hielt meine Hand wie ein kleines Mädchen. »Also, wirst du Taufpatin?«

Mir gefiel nicht, wie sie aussah – zu blaß, mit roten Flecken im Gesicht. »Ich bin nicht in der Kirche. Der Pfarrer wird da auch noch ein Wörtchen mitreden wollen. Ruh dich hier ein bißchen aus, ich fahre schnell zu einer Imbißbude und hol uns was Kaltes zu trinken.«

»Ich – bitte, bleib hier, V. I. Mit ist komisch, meine Beine sind so schwer... Ich glaube, das Baby kommt.«

»Das ist unmöglich. Du bist erst am Ende des siebten Monats!« Ohne zu wissen, worauf ich achten sollte, legte ich die Hand auf ihren Bauch. Ihr Hemd war feucht, ich spürte, wie sich ihre Bauchmuskeln verkrampften. Voller Panik blickte ich mich um. Kein Mensch zu sehen. Natürlich nicht, nicht hier in dieser gottverlassenen Gegend jenseits von O'Hare. Keine Straßen, keine Leute, nur endlose Meilen von Einkaufszentren und Fastfoodläden.

Ich versuchte, meiner Panik Herr zu werden und möglichst ruhig zu sprechen. »Ich werd dich für ein paar Minuten allein lassen, Consuelo. Ich muß in das Gebäude und herausfinden, wo das nächste Krankenhaus ist. Ich komm sofort zurück. Versuch, möglichst langsam und tief durchzuatmen.« Ich drückte ihre Hand. Die riesigen braunen Augen in ihrem verzerrten Gesicht sahen mich entsetzt an, aber sie brachte ein gequältes Lächeln zustande.

Im Gebäude blieb ich einen Augenblick verwirrt stehen. Es roch leicht beißend, und von irgendwoher kam ein brummendes Geräusch, aber weit und breit war kein Auskunftsschalter zu sehen, kein Portier. Es hätte auch der Eingang zur Hölle sein können. Ich folgte dem Geräusch einen kurzen Flur entlang. Rechterhand öffnete sich ein riesiger Raum voller Fässer und voll von dichtem Dunst und schwitzenden Männern. Links entdeckte ich eine vergitterte Tür, auf der EMPFANG geschrieben stand. Dahinter saß eine Frau mittleren Alters mit ausgeblichenem Haar. Sie war nicht dick, hatte aber dieses schwammige Kinn, das ein Zeichen schlechter Ernährung und fehlender körperlicher Betätigung ist. Sie wühlte in Bergen von Papier. Es schien ein hoffnungsloser Fall.

Als ich sie ansprach, sah sie mit ärgerlichem Ausdruck auf. Ich erklärte ihr die Situation, so gut ich konnte.

»Ich muß mit Chicago telefonieren, ich muß mit ihrer Ärztin sprechen, muß herausfinden, wohin ich sie bringen kann.«

Lichtreflexe blinkten auf ihren Brillengläsern; ich konnte ihre Augen nicht sehen. »Ein schwangeres Mädchen? Draußen am See? Sie müssen sich irren!« Sie sprach mit dem typisch nasalen Tonfall des südlichen Chicago.

Ich holte tief Luft und versuchte es noch mal. »Ich habe ihren Mann hierher gefahren – er spricht gerade mit Mr. Hector Munoz. Wegen eines Jobs. Sie ist mitgekommen. Sie ist sechzehn. Sie ist schwanger, die Wehen haben eingesetzt. Ich muß ihre Ärztin anrufen, muß ein Krankenhaus finden.«

Das Doppelkinn vibrierte. »Ich bin nicht sicher, ob ich Sie richtig verstehe. Aber wenn Sie telefonieren wollen, kommen Sie herein, meine Liebe.«

Sie drückte auf einen Knopf neben ihrem Schreibtisch, öffnete damit die Tür, deutete auf das Telefon und wandte sich wieder ihren Papierbergen zu.

Carol Alvarado reagierte mit jener erstaunlichen Ruhe, wie sie manche Menschen in Krisensituationen an den Tag legen. Lotty war im Beth Israel beim Operieren; Carol wollte die Entbindungsstation dort anrufen und herausfinden, wohin ich ihre Schwester bringen sollte. Sie wußte, wo ich mich befand – sie hatte Hector ein paarmal besucht.

Ich stand da, der Telefonhörer feucht in meiner Hand, ich schwitzte, meine Beine zitterten, und ich mußte mich beherrschen, vor Ungeduld nicht laut herauszuschreien. Meine Freundin mit dem Doppelkinn beobachtete mich heimlich, während sie Papier hin und her schob. Als Carol wieder ans Telefon kam, hatte ich mich einigermaßen beruhigt und konnte mich auf das konzentrieren, was sie sagte.

»Es gibt ein Krankenhaus gleich in der Nähe namens Friendship V. Dr. Hatcher vom Beth Israel sagt, daß sie eine voll ausgestattete Frühgeborenenstation haben. Bring sie dorthin. Wir schicken Malcolm Tregiere hinaus, für den Fall, daß sie Hilfe brauchen. Ich versuch, Mama zu erreichen, die Praxis zu schließen und so schnell wie möglich auch rauszukommen.«

Malcolm Tregiere war Lottys Partner. Vor einem Jahr hatte Lotty widerstrebend zugestimmt, wieder halbtags in der Entbindungsstation des Beth Israel zu arbeiten, in der sie berühmt geworden war. Deswegen hatte sie sich für ihre eigene Praxis einen Partner gesucht. Malcolm Tregiere, hochqualifizierter Gynäkologe, hatte gerade seinen Facharzt in perinataler Medizin gemacht. Er teilte ihre medizinischen Ansichten und konnte wie sie sehr gut mit Menschen umgehen.

Ich fühlte mich unglaublich erleichtert, als ich auflegte und mich zu Doppelkinn umdrehte. Ja, sie wußte, wo Friendship war – Canary and Bidwell schickten alle ihre Unfälle dorthin. Zwei Meilen die Straße entlang, ein paarmal abbiegen, man konnte es nicht verfehlen.

»Können Sie dort anrufen und uns ankündigen? Sagen Sie, daß es sich um ein junges Mädchen handelt – zuckerkrank – mit Wehen.«

Jetzt, da ihr der Ernst der Lage aufgegangen war, half sie bereitwillig und rief sofort an. Ich lief zurück zu Consuelo, die unter einem Baum lag und schwer atmete. Ihre Haut war eiskalt und schweißnaß. Sie machte die Augen nicht auf und murmelte irgendwas auf spanisch. Ich verstand nicht, was sie sagte, nur, daß sie glaubte, mit ihrer Mutter zu reden.

»Ja, ich bin da, Kindchen. Du bist nicht allein. Wir werden das schon durchstehen. Komm, halt durch, mein Schatz, halt durch.«

Ich versuchte, sie aufzurichten. Es kostete mich soviel Kraft, und mein Herz schlug so rasend schnell, daß ich glaubte, ich würde ersticken. »Halt dich fest, Consuelo, halt dich fest.«

Irgendwie brachte ich sie auf die Füße. Sie halb tragend, halb stützend schleppte ich uns die knapp hundert Meter zum Auto. Ständig fürchtete ich, sie würde ohnmächtig werden. Ich glaube, sie wurde bewußtlos, kaum daß sie im Wagen war. Ich konzentrierte meine ganze Energie darauf, den richtigen Weg zu finden. Die Straße, die wir gekommen waren, weiter entlang, zweite Querstraße links, nächste rechts. Das Krankenhaus, flach wie ein gigantischer Seestern, lag vor mir. Ich fuhr gegen den Randstein neben der Notaufnahme. Doppelkinn hatte ganze Arbeit geleistet. Bis ich aus dem Auto gestiegen war, hatten geübte Hände Consuelo bereits aus dem Wagen und auf eine fahrbare Bahre gehoben.

»Sie hat Zucker«, erklärte ich. »Schwangerschaft in der achtundzwanzigsten Woche. Mehr kann ich Ihnen nicht sagen. Ihre Ärztin in Chicago schickt jemand, der den Fall kennt.«

Stahltüren öffneten sich automatisch; die Pfleger rasten einen Korridor entlang. Ich ging langsam hinterher, sah ihnen nach, bis sie der lange Flur verschluckt hatte. Wenn Consuelo durchhielt, bis Malcolm eintraf, käme alles in Ordnung.

Das sagte ich mir ständig vor, als ich in der Richtung weiterging, in die Consuelo verschwunden war. Endlich kam ich zu einem Schwesternzimmer. Zwei junge Schwestern mit steifen Hauben auf dem Kopf unterhielten sich leise und angeregt.

»Entschuldigen Sie, mein Name ist V. I. Warshawski – ich bin mit dem Notfall vor ein paar Minuten gekommen – ein schwangeres Mädchen. Mit wem kann ich darüber sprechen?«

Eine der jungen Frauen sagte, sie müsse mal bei »Nummer 108« nachsehen. Die andere griff an ihre Haube, um sich zu vergewissern, daß ihre professionelle Identität intakt war, und setzte dann ihr bestes Krankenhauslächeln auf – nichtssagend, aber bevormundend.

»Ich fürchte, bislang liegen noch keine Informationen über sie vor. Sind Sie ihre Mutter?«

Mutter? dachte ich, einen Augenblick lang wütend. Aber in den Augen dieser jungen Frauen konnte ich vermutlich schon

Großmutter sein. »Nein. Ich bin eine Freundin der Familie. Ihr Arzt wird in ungefähr einer Stunde hier sein. Malcolm Tregiere, er arbeitet mit Lotty Herschel. Vielleicht wollen Sie den Leuten in der Notaufnahme Bescheid sagen?« Ich fragte mich, ob man die weltberühmte Lotty in Schaumburg kannte.

»Ich werde es ausrichten lassen, sobald eine Schwester Zeit hat. Warum nehmen Sie in der Zwischenzeit nicht im Warteraum am Ende des Flurs Platz? Wir sehen es nicht gerne, wenn Leute vor der Besuchszeit auf den Gängen rumstehen.«

Was hatte das mit meinem Wunsch zu tun, Neuigkeiten über Consuelo zu erfahren? Aber wahrscheinlich war es besser Kräfte zu sparen für einen Kampf, der sich wirklich lohnte. Ich machte kehrt und suchte den Warteraum.

2 Kindstaufe

Das Wartezimmer zeugte von der Sterilität, wie sie Krankenhäuser typischerweise an den Tag legen, um das Gefühl der Hilflosigkeit bei den Leuten, die auf schlechte Nachrichten warten, noch zu steigern. Billige, knallorange Plastikstühle standen ordentlich vor lachsfarbenen Wänden; Architektur-, Sport- und Frauenzeitschriften lagen verstreut auf den Stühlen und den Nierentischen aus Metall. Außer mir wartete nur eine gepflegte Frau mittleren Alters, die unablässig rauchte. Sie saß starr da und bewegte sich nur, wenn sie sich aus ihrer Tasche eine neue Zigarette holte, die sie mit einem goldenen Feuerzeug anzündete. Als Nichtraucherin hatte ich nicht mal diese Ablenkung.

Ich studierte gerade gewissenhaft jedes Wort über die Baseball-Endspiele 1985, als die Frau, mit der ich im Schwesternzimmer gesprochen hatte, auftauchte.

»Sind Sie nicht mit dem schwangeren Mädchen gekommen?« fragte sie mich.

Mir stockte der Atem. »Sie – gibt es etwas Neues?«

Sie schüttelte den Kopf und lachte verlegen. »Uns ist gerade aufgefallen, daß niemand die Papiere für sie ausgefüllt hat. Würden Sie bitte mitkommen und das nachholen?«

Sie führte mich durch endlos lange Korridore zum Aufnahmebüro an der Vorderseite des Krankenhauses. Eine flachbrüstige Frau, deren blond gefärbtes Haar dunkel nachwuchs, warf mir einen ärgerlichen Blick zu.

»Sie hätten sich bei Ihrer Ankunft sofort hier melden sollen«, zischte sie mich an.

Ich warf einen Blick auf ihr Namensschild, das doppelt so groß war wie ihre linke Brust. »Sie sollten in der Notaufnahme Zettel verteilen, auf denen steht, was man zu tun hat. Ich kann nicht Gedanken lesen, Mrs. Kirkland.«

»Ich weiß nichts über das Mädchen, ihr Alter, ihre Krankheitsgeschichte, wer im Notfall zu unterrichten ist –«

»Schenken Sie sich den Rest, ich bin ja hier. Ich habe ihren Arzt und ihre Familie benachrichtigt, und in der Zwischenzeit werde ich Ihre Fragen soweit wie möglich beantworten.«

Die Schwester, die mich hergebracht hatte, hatte offensichtlich nichts Dringendes zu tun. Sie stand an den Türrahmen gelehnt und hörte interessiert zu. Mrs. Kirkland warf ihr einen triumphierenden Blick zu.

»Wir gingen von der Annahme aus, daß sie bei Canary and Bidwell arbeitet, weil Carol Esterhazy die Notaufnahme verständigt hat. Aber als ich zurückrief, um die Krankenversicherungsnummer des Mädchens zu erfragen, erfuhr ich, daß sie gar nicht dort arbeitet. Sie ist irgendein mexikanisches Mädchen, bei dem auf dem Firmengelände die Wehen eingesetzt haben. Wir sind nicht die Heilsarmee. Wir werden das Mädchen in ein staatliches Krankenhaus bringen lassen.«

Ich zitterte vor Wut. »Haben Sie schon jemals was von der Gesetzgebung des Staates Illinois bezüglich des Gesundheitswesens gehört? Ich ja – sie schreibt vor, daß in Notfällen keiner Person Hilfe verweigert werden darf, nur weil man glaubt, daß die Person nicht zahlen kann. Damit nicht genug – jedes Krankenhaus dieses Staates ist gesetzlich verpflichtet, einer Gebärenden beizustehen. Ich bin Anwältin und gerne bereit, Ihnen den Text im Wortlaut zusammen mit einer Vorladung wegen Vernachlässigung der beruflichen Sorgfaltspflicht zukommen zu lassen, falls Mrs. Hernandez etwas geschieht, nur weil Sie ihr die Behandlung verweigern.«

»Die Ärzte warten ab, bis feststeht, ob sie in ein anderes Krankenhaus verlegt wird oder nicht«, erwiderte sie und kniff die Lippen zusammen.

»Wollen Sie damit sagen, daß sie nicht behandelt wird?« Das brachte das Faß zum Überlaufen. Ich kochte vor Wut. Am liebsten hätte ich sie gepackt und an die Wand geschmettert. »Sie bringen mich zum Direktor der Klinik! Sofort!«

Mein Zustand machte ihr angst. Oder die Androhung gesetzlicher Schritte. »Nein, nein – man kümmert sich um sie. Wirklich. Wenn sie hierbleibt, wird ihr ein anderes Bett zugewiesen. Das ist alles.«

»Sie werden die Ärzte jetzt anrufen und ihnen mitteilen, daß sie nur dann verlegt wird, wenn Dr. Tregiere es für ratsam hält. Und keinen Augenblick früher.«

»Darüber werden Sie mit Mr. Humphries sprechen müssen.« Sie stand auf mit einer entschiedenen Handbewegung, die als Einschüchterungsversuch gedacht war, aber sie sah dabei aus wie ein schlechtgelaunter Spatz, der einen Brotkrumen attackiert. Sie hüpfte einen kurzen Flur hinunter und verschwand hinter einer schweren Tür.

Der Schwester erschien das der richtige Augenblick, um zu gehen. Wer immer Mr. Humphries war, sie wollte nicht, daß er sie während der Arbeitszeit hier herumlungern sah.

Ich nahm das Formular, das Mrs. Kirkland hatte ergänzen wollen. Name, Alter, Größe, Gewicht, alles unbekannt. Bei Geschlecht hatten sie einen Tip gewagt, ebenso wie bei Bezahlung: »Mittellos«, ein Euphemismus für das treffendere Wort »arm«. Amerikaner hatten nie viel übrig für Armut, aber seit Reagan das Sagen hat, ist sie zu einem mindestens so abscheulichen Verbrechen avanciert wie Kindsmißhandlung.

Ich schrieb gerade Consuelos Daten in das Formular, als Mrs. Kirkland mit einem Mann in meinem Alter zurückkam. Sein braunes Haar war kunstvoll geföhnt, jedes einzelne Haar akkurat der Länge nach angeordnet wie die dünnen Streifen in seinem Leinenanzug. In Bluejeans und T-Shirt mußte ich daneben ziemlich schlampig aussehen.

Er streckte mir eine Hand mit blaßrosa lackierten Fingernägeln entgegen. »Ich bin Alan Humphries – geschäftsführender

Direktor des Krankenhauses. Mrs. Kirkland sagte mir, Sie hätten ein Problem.«

Meine Hand war klatschnaß vor Schweiß. Seine, als er sie zurückzog, auch. »Ich bin V. I. Warshawski – Freundin und Anwältin der Familie Alvarado. Mrs. Kirkland behauptet, es sei Ihnen eventuell nicht möglich, Mrs. Hernandez zu behandeln, weil Sie der Ansicht sind, daß sie als Mexikanerin nicht in der Lage sei, die Rechnung zu bezahlen.«

Humphries riß beide Hände hoch und gluckste. »Um Gottes willen! Zugegebenermaßen sind wir darauf bedacht, nicht zuviele mittellose Patienten aufzunehmen. Aber wir sind uns unserer Pflicht bewußt, gemäß dem Gesetz des Staates Illinois Notfälle dieser Art behandeln zu müssen.«

»Warum sagte dann Mrs. Kirkland, daß Sie Mrs. Hernandez in ein staatliches Krankenhaus verlegen wollen?«

»Ich bin sicher, daß hier ein Mißverständnis vorliegt. Wie ich hörte, sind Sie beide etwas in Rage geraten. Absolut verständlich – es war ein anstrengender Tag für Sie.«

»Was genau tun Sie für Mrs. Hernandez?«

Humphries lachte jungenhaft. »Ich bin Verwaltungsfachmann und kein Mediziner. Also kann ich Ihnen nicht die Einzelheiten der medizinischen Behandlung nennen. Aber wenn Sie mit Dr. Burgoyne sprechen möchten, werde ich dafür sorgen, daß er Sie im Wartezimmer aufsucht, sobald er die Intensivstation verlassen hat... Mrs. Kirkland sagte, daß der Arzt des Mädchens kommen würde. Wie ist sein Name?«

»Malcolm Tregiere. Er arbeitet bei Dr. Charlotte Herschel. Ihr Dr. Burgoyne wird von ihr gehört haben – sie gilt als Kapazität, was Geburtshilfe anbelangt.«

»Ich werde ihn über Dr. Tregieres Kommen unterrichten lassen. Jetzt könnten Sie und Mrs. Kirkland das Formular fertig ausfüllen. Wir sind darauf bedacht, unsere Akten in Ordnung zu halten.«

Ein nichtssagendes Lächeln, eine manikürte Hand, und er kehrte in sein Büro zurück.

Mrs. Kirkland und ich fügten uns, ohne unsere gegenseitige Abneigung zu verbergen.

»Ihre Mutter wird Ihnen Auskunft bezüglich der Krankenversicherung geben können«, sagte ich kalt. Ich war ziemlich sicher, daß Consuelo bei ihrer Mutter mitversichert war – die Möglichkeit, ihre Kinder mitversichern zu lassen, war ein Grund gewesen, warum Mrs. Alvarado seit zwanzig Jahren für die MealService Corporation arbeitete.

Nachdem ich das Formular unterschrieben hatte, ging ich zur Notaufnahme zurück, weil dort auch Tregiere ankommen würde. Ich parkte meinen Wagen ordnungsgemäß, ging in der heißen Julisonne auf und ab, verscheuchte Gedanken an das kühle Wasser des Michigansees und an Consuelo, die an weiß Gott wievielen Schläuchen hing, sah alle paar Minuten auf die Uhr und versuchte, Malcolm Tregiere herbeizuwünschen.

Um vier Uhr hielt ein blaßblauer Dodge quietschend neben mir. Tregiere sprang sofort aus dem Auto, Mrs. Alvarado stieg langsam auf der Beifahrerseite aus. Tregiere war Schwarzer, ein schlanker, ruhiger Mann, und er strahlte das enorme Selbstvertrauen aus, das jeder erfolgreiche Arzt braucht; allerdings ohne die übliche Arroganz, die normalerweise mit dazugehörte.

»Ich bin froh, daß du hier bist, Vic. Kannst du den Wagen für mich parken? Ich geh sofort rein.«

»Der Arzt heißt Burgoyne. Geh den Korridor geradeaus hinunter, bis du auf ein Schwesternzimmer stößt. Dort wird man dir sagen, wohin du mußt.«

Er nickte und machte sich auf den Weg. Während ich sein Auto neben meinem parkte, stand Mrs. Alvarado wartend da. Als ich wieder bei ihr war, musterte sie mich mit einem teilnahmslosen Blick aus ihren schwarzen Augen, der nahezu verächtlich wirkte. Ich wollte ihr irgend etwas, alles über Consuelo sagen, aber ihr bleiernes Schweigen verschloß mir den Mund. Wortlos ging ich neben ihr den Korridor hinunter in den abstoßend sterilen Warteraum. Die gelbe MealService Uniform spannte um ihre fülligen Hüften. Lange Zeit saß sie da, die Hände im Schoß gefaltet, die schwarzen Augen ausdruckslos.

Aber nach einer Weile brach es ihr heraus. »Was habe ich bloß falsch gemacht, Victoria? Ich wollte immer nur das Beste für das Kind. War das ein Fehler?«

Eine Frage, auf die es keine Antwort gibt. »Die Menschen

treffen ihre eigenen Entscheidungen«, sagte ich hilflos. »Für unsere Mütter bleiben wir immer die kleinen Mädchen, aber irgendwann sind wir erwachsen.« Ich wollte ihr sagen, daß sie ihr Bestes getan hatte, trotzdem hatte Consuelo es nicht immer zum besten gereicht. Aber selbst wenn sie das hätte hören wollen, so war es jetzt nicht der richtige Augenblick dafür, es ihr zu sagen.

»Und warum ausgerechnet dieser entsetzliche Kerl?« jammerte sie. »Bei jedem anderen hätte ich es verstanden. So hübsch und gescheit wie sie ist, hätte sie sich wirklich einen besseren aussuchen können. Aber ausgerechnet dieser – dieser Haufen Dreck mußte es sein. Keine Schulbildung. Keine Arbeit. *Gracias a dios* – daß ihr Vater das nicht mehr miterleben muß.«

Ich war mir sicher, daß Consuelo sich diese Vorwürfe oft genug hatte anhören müssen – »Dein Vater würde sich im Grab umdrehen«; »Wenn er nicht schon tot wäre, würde ihn das umbringen« – ich kannte die ganze Litanei. Arme Consuelo, was für eine Last. Alles, was ich hätte sagen können, wäre für Mrs. Alvarado kein Trost gewesen.

»Kennst du diesen Schwarzen, diesen Arzt?« fragte sie plötzlich. »Ist er ein guter Arzt?«

»Ein sehr guter. Ginge ich nicht zu Lotty – Dr. Herschel –, würde ich zu ihm gehen.« Als Lotty ihre Praxis aufmachte, war sie nur *esa judía* – diese Jüdin – gewesen, später die Frau Doktor. Mittlerweile ging die ganze Nachbarschaft in ihre Praxis. Mit allem kamen sie zu ihr, egal ob es sich um ein erkältetes Kind oder um Probleme mit der Arbeitslosigkeit handelte. Ich vermutete, daß es Tregiere mit der Zeit genauso ergehen würde.

Es war halb sieben, als er zusammen mit einem weiteren Mann im grünen Kittel und einem Priester hereinkam. Malcolm war grau vor Erschöpfung. Er setzte sich neben Mrs. Alvarado und sah sie ernst an.

»Das ist Dr. Burgoyne, der sich um Consuelo gekümmert hat, seit sie hier ist. Wir konnten das Baby nicht retten. Wir haben getan, was möglich war, aber es war zu klein. Es konnte nicht atmen, auch künstliche Beatmung hat nichts genützt.«

Dr. Burgoyne, ein Weißer, war Mitte Dreißig. Sein dichtes schwarzes Haar war schweißverklebt. Ein Muskel neben seinem Mund zuckte, und er nahm nervös die Mütze, die er abgesetzt hatte, von einer Hand in die andere.

»Wir dachten, daß alles, was die Wehen hinauszögern könnte, Ihrer Tochter schaden würde«, sagte er leise zu Mrs. Alvarado.

Sie beachtete ihn nicht, sondern wollte nachdrücklich wissen, ob das Kind getauft worden sei.

»Man rief mich, sobald das Baby geboren war«, sagte der Priester. »Ihre Tochter hat darauf bestanden. Das Kind wurde auf den Namen Victoria Charlotte getauft.«

Mein Magen verkrampfte sich. Ein alter Aberglaube an die Verwandtschaft von Namen und Seelen ließ mich frösteln. Ich wußte, es war absurd, aber ich fühlte mich unwohl, als ob zwischen mir und dem toten Kind eine unauslöschliche Verbindung bestand, nur weil es meinen Namen trug.

Der Priester nahm Mrs. Alvarados Hand. »Ihre Tochter ist sehr tapfer, aber sie hat Angst, auch weil sie glaubt, daß Sie böse auf sie sind. Würden Sie mitkommen und ihr versichern, daß dem nicht so ist?« Mrs. Alvarado stand auf und folgte dem Priester und Tregiere. Burgoyne blieb sitzen und starrte vor sich hin. Sein schmales, ausdrucksvolles Gesicht ließ darauf schließen, daß, woran immer er dachte, es keine angenehmen Gedanken waren.

»Wie geht es ihr?« fragte ich.

Meine Stimme brachte ihn zurück in die Gegenwart. »Gehören Sie zur Familie?«

»Nein. Ich bin die Anwältin der Familie. Außerdem bin ich mit den Alvarados und mit Consuelos Ärztin, Charlotte Herschel, befreundet. Ich habe Consuelo hierhergebracht, als die Wehen plötzlich einsetzten.«

»Ich verstehe. Es geht ihr nicht gut. Ihr Blutdruck fiel so stark ab, daß ich Bedenken hatte, sie könnte sterben. Deshalb holten wir das Kind, um uns darauf konzentrieren zu können, sie zu stabilisieren. Sie ist jetzt bei Bewußtsein und ihr Zustand relativ stabil, aber trotzdem noch kritisch.«

Malcolm kam zurück. »Mrs. Alvarado möchte sie nach Chicago ins Beth Israel bringen lassen. Ich bin der Meinung, sie sollte nicht verlegt werden. Was denken Sie, Doktor?«

Burgoyne schüttelte den Kopf. »Wenn Blutwerte und Blutdruck vierundzwanzig Stunden stabil bleiben, kann man darüber reden. Aber jetzt nicht. Entschuldigen Sie bitte, ich muß noch nach einer anderen Patientin sehen.«

Mit hochgezogenen Schultern ging er hinaus. Wie immer die Krankenhausverwaltung zur Behandlung von Consuelo stand, Burgoyne hatte sich ihre Lage eindeutig zu Herzen genommen.

Malcolm dachte ebenso. »Er hat sein Bestes gegeben. Aber die Situation da oben war mehr als schwierig. Man platzt da mitten hinein und soll sofort mit Sicherheit wissen, was vorgegangen ist. Schwierig jedenfalls für mich. Ich wünschte, Lotty wäre hier.«

»Ich glaube nicht, daß sie mehr als du hätte tun können.«

»Sie hat mehr Erfahrung. Sie kennt mehr Tricks. Das macht immer einen Unterschied.« Er rieb sich müde die Augen. »Ich muß meinen Bericht diktieren, solange ich noch alles im Kopf habe... Kannst du dich um Mrs. Alvarado kümmern, bis die Familie hier ist? Ich habe heute nacht Bereitschaftsdienst und muß zurück. Lotty kommt, wenn sich Consuelos Zustand verschlechtert, ich habe mit ihr gesprochen.«

Nicht gerade glücklich stimmte ich zu. Ich wollte weg aus dem Krankenhaus, weg von dem toten Mädchen, das meinen Namen trug, von den Gerüchen und Geräuschen einer Technik, die dem Leiden der Menschen gegenüber gleichgültig ist. Aber ich konnte die Alvarados nicht im Stich lassen. Ich begleitete Malcolm bis zum Parkplatz, gab ihm seine Autoschlüssel und erklärte ihm, wo sein Wagen stand. Zum erstenmal seit Stunden fiel mir Fabiano ein. Wo war der Vater des Babys? Wie groß wäre seine Erleichterung, wenn er erführe, daß das Kind tot war, daß er sich keine Arbeit zu suchen brauchte?

3 Der stolze Vater

Nachdem Malcolm weggefahren war, blieb ich eine Weile am Eingang der Notaufnahme stehen. Diesem Flügel des Krankenhauses lag offenes Land gegenüber, abgesehen von einem Neubaugebiet in einer Viertelmeile Entfernung. Wenn man die Augen zusammenkniff, war es möglich sich einzubilden, man stünde in der freien Prärie. Ich blickte hinauf zum Abendhimmel. Die sommerliche Dämmerung mit ihrer angenehmen Wärme ist mir die liebste Tageszeit.

Schließlich ging ich müde den Korridor zurück zum Wartezimmer. Kurz davor kam mir Dr. Burgoyne entgegen. Er trug jetzt Straßenkleidung und ging mit gesenktem Kopf, die Hände in den Hosentaschen.

»Entschuldigen Sie«, sprach ich ihn an.

Er sah auf, starrte mich unsicher an, bis er mich wiedererkannte. »Ach ja, die Anwältin der Alvarados.«

»V. I. Warshawski. Es gibt da etwas, das ich gern wissen möchte. Mir wurde heute nachmittag gesagt, daß Consuelo hier nicht behandelt wird, weil man der Ansicht ist, sie gehöre in ein staatliches Krankenhaus. Stimmt das?«

Er war bestürzt. Auf seinem lebhaften Gesicht konnte ich beinahe die Worte »unterlassene Hilfeleistung« erscheinen sehen.

»Als sie eingeliefert wurde, hoffte ich, es würde uns gelingen, ihren Zutand zu stabilisieren, damit sie nach Chicago gebracht und von ihrem eigenen Arzt behandelt werden könnte. Es stellte sich schnell heraus, daß das nicht möglich war. Es würde mir nicht im Traum einfallen, ein bewußtloses Mädchen, das in den Wehen liegt, über ihre finanzielle Lage zu befragen.« Er lächelte gequält. »Wie ein Gerücht aus dem Operationssaal bis in die Verwaltung vordringt, wird mir ewig ein Rätsel bleiben. Aber es kommt immer wieder vor. Und zum Schluß herrscht ein großes Durcheinander ... Darf ich Sie zu einer Tasse Kaffee einladen? Ich bin völlig erschlagen und muß mich ein bißchen aufmöbeln, bevor ich mich auf den Nachhauseweg mache.«

Ich sah in das Wartezimmer. Mrs. Alvarado war noch nicht

wieder zurück. Ich vermutete, daß die Einladung überwiegend dem Wunsch entsprang, der Anwältin der Familie etwaige Bedenken bezüglich Fahrlässigkeit oder Behandlungsversäumnissen auszutreiben. Aber die Ereignisse hatten mich erschöpft, und die Möglichkeit, mich ein paar Minuten mit jemand anderem als den Alvarados zu unterhalten, war mir willkommen.

Das Krankenhausrestaurant war verglichen mit den schmuddeligen Cafeterias der meisten städtischen Krankenhäuser eine angenehme Überraschung. Als ich das Essen roch, wurde mir eindringlich klar, daß ich seit dem Frühstück vor zwölf Stunden nichts mehr zu mir genommen hatte. Ich aß ein halbes Brathuhn und Salat. Burgoyne begnügte sich mit einem Truthahnsandwich und Kaffee.

Er fragte mich, was ich über Consuelos Krankheitsgeschichte und die ihrer Familie wisse, und erkundigte sich vorsichtig nach meinem Verhältnis zu den Alvarados.

»Ich kenne Dr. Herschel«, wechselte er abrupt das Thema. »Zumindest weiß ich, wer sie ist. Ich habe am Northwestern-Krankenhaus meine Assistentenzeit abgeleistet. Beth Israel ist einer der besten Orte für eine Ausbildung in Geburtshilfe. Als ich vor vier Jahren meine Assistentenzeit beendete, hätte ich dort eine Stelle in der Entbindungsstation haben können. Obwohl Dr. Herschel nur noch halbtags dort arbeitet, ist sie doch so etwas wie eine Legende.«

»Warum sind Sie nicht hingegangen?«

Er verzog das Gesicht. »Friendship eröffnete dieses Krankenhaus 1980. Im Südosten der Staaten haben sie ungefähr zwanzig Kliniken, diese hier war die erste im Mittleren Westen, und sie haben Himmel und Hölle in Bewegung gesetzt, damit sie ein durchschlagender Erfolg wird. Sie haben mir soviel geboten – nicht nur an Geld, sondern auch an Möglichkeiten –, daß ich nicht ablehnen konnte.«

Wir plauderten noch ein bißchen, aber nach einer Dreiviertelstunde hielt ich es für meine ungeliebte Pflicht, mich wieder um Mrs. Alvarado zu kümmern. Burgoyne begleitete mich ein Stück Wegs zum Wartezimmer und bog dann ab in Richtung Parkplatz.

Mrs. Alvarado saß reglos auf einem Stuhl. Meine Fragen nach Consuelo beantwortete sie mit dunklen Bemerkungen über göttliche Vorsehung und Gerechtigkeit. Ich bot ihr an, mit ihr ins Restaurant zu gehen, aber sie lehnte ab. Sie saß da, sagte kein Wort und wartete teilnahmslos darauf, daß ihr jemand Neuigkeiten über ihr Kind brachte. Ihre unerschütterliche Ruhe zeugte von einer Hilflosigkeit, die mir auf die Nerven ging. Von sich aus würde sie nicht zu den Schwestern gehen und sich nach Consuelo erkundigen; sie würde solange sitzen bleiben, bis man ihr eine Einladung schickte. Sie wollte nicht reden, wollte einfach nur dasitzen, eingehüllt in ihr Unglück wie in einen Pullover, den sie über ihre Cafeteria-Uniform gezogen hatte.

Zu meiner großen Erleichterung kamen um halb neun Carol und zwei ihrer Brüder. Paul, ein großer junger Mann von zweiundzwanzig Jahren, hatte ein grobschlächtiges, häßliches Gesicht, das ihn wie einen besonders brutalen Rowdy aussehen ließ. Als er noch auf die High-School ging, mußte ich ihn immer wieder aus dem Gefängnis herausholen, weil er als verdächtig aufgegriffen worden war. Nur wenn er lächelte, kam seine Intelligenz und Sanftheit zum Ausdruck. Der drei Jahre jüngere Diego war mehr wie Consuelo – klein und zierlich. Carol setzte sich sofort neben ihre Mutter und begann leise mit ihr zu sprechen, aber sehr schnell wurden beide laut.

»Was meinst du damit, daß du sie nicht mehr gesehen hast, seit Malcolm weg ist? Selbstverständlich kannst du sie sehen. Du bist ihre Mutter. Mein Gott, Mama, meinst du, du mußt warten, bis ein Arzt es dir erlaubt?« Sie schob Mrs. Alvarado aus dem Zimmer.

»Wie geht es ihr?« fragte mich Diego.

Ich schüttelte den Kopf. »Ich weiß es nicht. Malcolm ist erst gefahren, als er dachte, ihr Zustand sei stabil. Er hat mit Lotty gesprochen, sie kommt her, wenn es Consuelo schlechter gehen sollte.«

Paul legte einen Arm um meine Schulter. »Du bist wirklich ein guter Freund, V. I. Fahr jetzt nach Hause und ruh dich aus. Wir kümmern uns um Mama.«

In diesem Augenblick kam Carol zurück und bedankte sich

ebenfalls. »Ja, Vic, fahr nach Hause. Sie liegt auf der Intensivstation. Alle zwei Stunden kann einer zu ihr hinein, und das ist natürlich Mama.«

Ich kramte in meiner Handtasche nach den Autoschlüsseln, als wir auf dem Gang lautes Geschrei hörten, das sich dem Wartezimmer näherte. Fabiano stürmte herein, gefolgt von einer Schwester. In der Tür blieb er stehen und wandte sich mit einer theatralischen Geste an die Schwester. »Ja, da ist sie, die feine Familie meiner Frau, meiner Consuelo, und hält sie vor mir versteckt.« Er stürzte sich auf mich. »Du! Du Miststück! Du bist die schlimmste von allen! Du hast dir das Ganze ausgedacht. Du und diese jüdische Ärztin!«

Paul packte ihn am Kragen. »Entschuldige dich bei Vic und dann verschwinde auf der Stelle. Deine Visage wollen wir hier nicht sehen.«

Fabiano ignorierte Pauls Arm und schrie mich weiter an. »Meine Frau wird krank. Sie stirbt fast. Und du bringst sie weg. Bringst sie weg, ohne mir auch nur ein Sterbenswörtchen zu sagen. Und ich erfahre davon erst durch Hector Munoz, nachdem ich euch stundenlang gesucht habe. Ihr wollt uns nur auseinanderbringen. Ihr meint, ihr könnt mir was vormachen! Sie ist überhaupt nicht krank! Das ist alles erstunken und erlogen! Ihr wollt uns nur auseinanderbringen.«

Er widerte mich an. »Ja natürlich, Fabiano, du machst dir furchtbare Sorgen. Es ist fast neun Uhr. Du hast sieben Stunden gebraucht, um die zwei Meilen von der Fabrik hierherzugehen. Oder bist du heulend am Straßenrand gesessen und hast gewartet, bis dich jemand mitnimmt?«

»So wie er stinkt, war er in irgendeiner Kneipe«, meinte Diego.

»Was willst du damit sagen? Was weißt du denn? Alles, was ihr wollt, ist, mich und Consuelo auseinanderzubringen. Und mir mein Kind vorenthalten.«

»Das Baby ist tot«, sagte ich. »Consuelo geht es sehr schlecht. Du kannst sie nicht sehen. Du fährst besser nach Chicago zurück und schläfst deinen Rausch aus.«

»Ja, das Baby ist tot – du hast es umgebracht. Du und deine gute Freundin Lotty. Ihr seid froh, daß es tot ist. Ihr wolltet, daß Consuelo abtreibt. Und als sie nicht wollte, habt ihr sie reingelegt und das Baby umgebracht.«

»Paul, schaff ihn raus«, forderte ihn Carol auf.

Die Schwester, die unsicher in der Tür stand, griff jetzt so energisch wie nur möglich ein. »Wenn Sie sich nicht sofort beruhigen, werden Sie alle das Krankenhaus verlassen müssen.«

Fabiano hörte nicht auf zu schreien und sich zu wehren. Ich nahm seinen linken Arm, und zusammen mit Paul zerrte ich ihn durch die Tür und den Korridor zum Haupteingang hinunter an der Aufnahme und an Alan Humphries Büro vorbei.

Fabiano brüllte weiter und warf mit Obszönitäten um sich; kein Wunder, wenn er ganz Schaumburg aufgeweckt hätte. Ein paar Leute kamen auf den Flur, um sich das Theater anzusehen. Zu meinem Erstaunen tauchte auch der höchst verärgert dreinblickende Humphries auf, von dem ich angenommen hatte, daß er sich mittlerweile auf seiner Segelyacht oder in einem Nobelrestaurant befand.

Bei meinem Anblick stutzte er. »Sie? Was geht hier vor?«

»Das ist der Vater des toten Babys. Er kommt vor Schmerz fast um«, keuchte ich.

Fabiano schrie nicht mehr. Er sah Humphries verschlagen an. »Sind Sie hier verantwortlich, Gringo?«

Humphries zog die gezupften Augenbrauen in die Höhe. »Ich bin der Verwaltungsdirektor, ja.«

»Mein Baby ist hier gestorben, Gringo. Das ist doch 'nen Haufen Geld wert, oder? Die wollen mich hier rausschaffen, weil ich meine Frau sehen will.«

»Los«, drängte ich Paul. »Raus mit dem Dreckskerl. Entschuldigen Sie die Störung, Humphries.«

Humphries winkte. »Nein, nein, das ist schon in Ordnung. Ich verstehe. Das ist nur normal, daß er sich so aufregt. Kommen Sie mit mir, Mr. –?«

»Hernandez.« Fabiano grinste.

»Mach was du willst, Fabiano, meinetwegen sprich mit ihm. Du mußt wissen, was du tust«, warnte ich ihn.

»Genau«, pflichtete Paul bei. »Wir wollen dich hier nicht mehr sehen. Ich will dich überhaupt nie wieder sehen, Dreckskerl. *Comprendes?*«

»Und wie komm ich nach Chicago zurück?« empörte sich Fabiano. »Ihr müßt mich mitnehmen. Ich hab kein Auto, Mann.«

»Du kannst zu Fuß gehen«, zischte ihn Paul an. »Vielleicht haben wir Glück und ein Lastwagen überfährt dich.«

»Keine Sorge, Mr. Hernandez, wir werden dafür sorgen, daß Sie nach Hause kommen, nachdem wir miteinander gesprochen haben.« Humphries war wirklich aalglatt. Paul und ich beobachteten, wie er Fabiano höchst zuvorkommend in sein Büro führte.

»Was hat dieser Haufen Scheiße jetzt vor?« fragte Paul.

»Humphries wird sich loskaufen. Er wird Fabiano für ein paar tausend Dollar ein Papier unterschreiben lassen und damit dem Krankenhaus eine weit höhere Summe für einen Prozeß ersparen.«

»Was für einen Prozeß?« Paul runzelte die Stirn. »Sie haben für Consuelo und das Baby getan, was sie konnten.«

Mir gingen Mrs. Kirklands hastige Bemerkungen vom Nachmittag durch den Kopf, und ich war mir dessen nicht so sicher, sagte es aber nicht. »Mein junger, unbedarfter Freund, es ist nun einmal so: Bei jedem toten Baby gibt es potentielle Rechtsansprüche. Niemand, nicht mal Fabiano, sieht es gern, wenn ein Baby stirbt. Und diesbezügliche Forderungen können sich auf mehrere hunderttausend Dollar belaufen, selbst wenn die Ärzte so unschuldig sind wie – wie du.« Das war wahrscheinlich der Grund, weshalb Humphries so lange geblieben war – er sorgte sich wegen der Haftung.

Vor dem Wartezimmer verabschiedete ich mich von Paul. Carol und Diego kamen heraus. »Mein Gott, Vic, nach allem was du heute für uns getan hast, beleidigt dich auch noch dieser Wurm. Es tut mir furchtbar leid«, sagte sie.

»Mach dir nichts draus. Du kannst nichts dafür. Ich bin froh, daß ich helfen konnte. Ich fahre jetzt nach Hause, aber ich werde die ganze Nacht an euch denken.«

Zu dritt begleiteten sie mich zu einem Seitenausgang. Als ich losfuhr, standen sie in der Tür, ein verzweifelter, aber tapferer Stamm.

4 Zehn-Uhr-Nachrichten

Das Krankenhaus, dank dessen Klimaanlage meine nackten Arme mit einer Gänsehaut überzogen waren, war ungemütlich gewesen, aber die schwüle Luft draußen war wie ein Faustschlag ins Gesicht. Jede Bewegung kostete mich eine unglaubliche Anstrengung, sogar das Atmen fiel schwer. Nur mit gutem Zureden schafften es meine Beine bis zum Auto. Für ein paar Minuten legte ich den Kopf aufs Lenkrad. Ich war fix und fertig. Vierzig Meilen durch die Dunkelheit zu fahren, erschien mir ein Vorhaben, das über meine Kräfte ging. Schließlich legte ich schwerfällig den ersten Gang ein und fuhr los.

In Chicago verirre ich mich nie. Wenn ich den See oder den Sears Tower nicht finden kann, orientiere ich mich an den L-förmigen Straßenbahnschienen, und wenn das auch nichts nützt, dann bringt mich das Straßennetz in Form eines X-Y-Koordinatensystems ans Ziel. Aber hier in dieser Gegend gab es keine Orientierungspunkte. Das Krankenhausgelände war zwar hell erleuchtet mit unzähligen Lampen, aber auf der Straße war es stockfinster. Nachdem in den nordwestlichen Vororten die Kriminalitätsrate sehr niedrig ist, ist es auch nicht nötig, die Straßen zu beleuchten. Auf meiner rasenden Fahrt zum Krankenhaus hatte ich nicht auf Straßennamen geachtet, und die kurzen Sackgassen, engen Ladenstraßen und diversen Autohandlungen boten in der Dunkelheit keine Anhaltspunkte. Ich hatte keine Ahnung, wohin ich fuhr, und in meinem Magen machte sich ein Gefühl der Angst breit, das ich aus dem Chicagoer Stadtverkehr nicht kannte.

Vor mehr als sechs Stunden hatte ich Consuelo im Krankenhaus abgeliefert. In Gedanken sah ich sie vor mir, wie ich meine Mutter zum letztenmal gesehen habe, klein, zerbrechlich, im Schatten gleichgültiger medizinischer Apparaturen. Immer wieder stellte ich mir das Baby vor, eine winzige V. I., nicht fähig zu atmen, wie sie mit einem Schopf schwarzer Haare in einem Bettchen lag.

Meine Hände auf dem Lenkrad waren schweißnaß, als ich an einem Schild vorbeikam, das mich in Glendale Heights willkommen hieß. Dankbar für diese Orientierungshilfe fuhr ich an den Straßenrand und studierte den Stadtplan von Chicago. Ich war mehr oder weniger in die richtige Richtung gefahren. Nach weiteren zehn Minuten erreichte ich den North-South Tollway, der direkt auf den Expressway stieß. Der Verkehrslärm, die Geschwindigkeit und die hellen Straßenlampen brachten mich wieder ins Gleichgewicht. An der Austin Avenue passierte ich die Stadtgrenze und fuhr einen Bogen Richtung Stadtmitte. In diesen heimatlichen Gefilden verschwanden auch die häßlichen Bilder von Consuelo aus meinem Kopf. Sie würde gesund werden. Es waren nur die Hitze und die Erschöpfung und die seltsame Sterilität des Krankenhauses gewesen, die meine Nerven angegriffen hatten.

Meine kleine Wohnung in der Racine Avenue nördlich der Belmont Avenue begrüßte mich mit Stapeln alter Zeitungen und einer dünnen Staubschicht. Ich duschte lange, um mir den ganzen Schmutz des Tages abzuwaschen. Ein nicht zu kleiner Schluck Black Label und ein Erdnußbutterbrot trugen nicht unerheblich zu meiner Regeneration bei. Ich sah noch die Wiederholung einer Kojak-Folge an und schlief dann den Schlaf der Gerechten.

Im Traum versuchte ich, die Herkunft eines gequälten Weinens zu finden. Im alten Haus meiner Eltern stieg ich die Treppe hinauf und fand meinen Ex-Mann, der laut schnarchte. Ich schüttelte ihn. »Um Himmels willen, Richard, wach auf – mit deinem Schnarchen erweckst du ja die Toten wieder zum Leben.« Doch das Wimmern hörte nicht auf, und ich entdeckte, daß es von einem Baby stammte, das auf dem Boden neben dem Bett lag. Ich versuchte vergeblich, es zu beruhigen. Es war das Baby Victoria, das nicht aufhörte zu weinen, weil es nicht atmen konnte.

Ich wachte schweißgebadet und mit wild schlagendem Herzen auf. Das Geräusch war noch immer da. Nach einigen Sekunden der Verwirrung wurde mir klar, daß jemand an der Haustür klingelte. Die Leuchtziffern des Weckers zeigten auf halb sieben – ziemlich früh für Besucher.

Ich stolperte zum Haustelefon. »Wer ist da?« fragte ich mit belegter Stimme.

»Ich bin's, Lotty. Laß mich rein.«

Ich drückte auf den Türöffner, entriegelte die Wohnungstür, ging zurück ins Schlafzimmer und suchte was zum Anziehen. Ein Nachthemd hatte ich zum letztenmal gertragen, als ich fünfzehn war – nach dem Tod meiner Mutter konnte mich niemand mehr zwingen, eines anzuziehen. In einem Haufen schmutziger Wäsche fand ich ein Paar Shorts und ein T-Shirt, das ich mir gerade über den Kopf zog, als Lotty hereinkam.

»Ich dachte schon, du würdest nie aufwachen, Victoria. Ich wünschte, ich wäre so geschickt wie du im Türenknacken.«

Sie spaßte, aber ihre Gesichtszüge waren starr und verkrampft.

»Consuelo ist tot«, sagte ich.

Sie nickte. »Ich komme gerade aus Schaumburg. Um drei Uhr riefen sie an – ihr Blutdruck war wieder gesunken, und sie konnten nichts dagegen tun. Ich fuhr hinaus, aber es war zu spät. Mrs. Alvarado gegenübertreten zu müssen war furchtbar. Sie machte mir keine Vorwürfe, aber ihr Schweigen war genauso schlimm.«

»Scheiß Opferrolle«, sagte ich unbedacht.

»Vic! Ihre Tochter ist tot, auf tragische Weise gestorben.«

»Ich weiß – es tut mir leid, Lotty. Aber sie ist so verdammt passiv und schafft es, daß sich alle anderen in ihrer Gegenwart schuldig fühlen. Ich glaube wirklich, Consuelo wäre nicht schwanger geworden, wenn sie nicht jeden Tag zu hören bekommen hätte: ›Gott sei Dank, daß dein Vater nicht mehr erleben muß, was du jetzt wieder machst.‹ Laß dich um Himmels willen nicht auch da mit reinziehen. Sie ist nicht die erste arme Frau, die ein Kind verloren hat.«

In Lottys Augen blitzte Ärger auf. »Carol Alvarado ist mehr als eine Krankenschwester. Sie ist eine gute Freundin und eine Assistentin von unschätzbarem Wert. Mrs. Alvarado ist ihre Mutter und nicht irgendeine arme Frau.«

Ich rieb mir mit den Handflächen mein verschlafenes Gesicht. »Wenn ich nicht so groggy und durcheinander wäre, hätte ich das nicht so offen gesagt. Aber, Lotty, du kannst nichts dafür, daß Consuelo Diabetes hatte, und du hast sie auch nicht geschwängert. Im Gegenteil, du hast dein Bestes für sie getan. Du denkst jetzt vermutlich ›Hätte ich nur das statt jenem getan, wenn nur ich rausgefahren wäre statt Malcolm‹. Aber es ist nicht zu ändern. Du kannst die Welt nicht retten. Nur weil du viel weißt, bist du nicht allmächtig. Trauere. Weine. Schreie. Aber mach mir hier keine Szene wegen Mrs. Alvarado.«

Ihre schwarzen Brauen zogen sich über der breiten Nase zusammen. Sie drehte sich um. Einen Augenblick lang dachte ich, sie wollte aus der Wohnung stürzen, aber sie ging nur zum Fenster und stolperte dabei über einen einzelnen Schuh. »Du solltest mal aufräumen, Vic.«

»Klar, aber wenn ich das täte, hätten meine Freunde nichts mehr, worüber sie sich beschweren könnten.«

»Wir würden vielleicht etwas anderes finden.« Sie nickte ein paarmal, drehte sich um und kam mir mit ausgestreckten Händen entgegen. »Es war richtig, zu dir zu kommen, Vic. Ich weine und schreie nicht, das hab ich schon lange verlernt. Aber es wird mir guttun, ein bißchen zu trauern.«

Ich ging mit ihr ins Wohnzimmer, und wir setzten uns in einen großen Sessel. Ich nahm sie in den Arm und hielt sie lange Zeit fest, bis sie gequält seufzte und sich aufrichtete. »Kaffee, Vic?«

Sie folgte mir in die Küche; ich setzte Wasser auf und mahlte Kaffee. »Malcolm hat mich gestern abend angerufen. Er hatte nur wenig Zeit und konnte mir deswegen nur das wichtigste sagen. Bevor er eintraf, haben sie ihr Ritodrine gegeben, um die Wehen und die Geburt um vierundzwanzig Stunden hinauszuzögern – man pumpt Steroide in den Körper, damit die Lungen des Babys Lipide entwickeln können. Aber es hat nicht funktioniert, und ihre Blutwerte wurden schlechter, also beschlossen sie, das Baby zu holen und sich voll auf ihre Diabetes zu konzentrieren. Die Entscheidung war richtig. Ich weiß nicht, warum es nicht funktioniert hat.«

»Ich weiß, daß bei Risikogeburten eine Menge möglich ist. Trotzdem muß es immer wieder Fälle wie diesen geben.«

»Natürlich. Ich bin nicht blind für die Grenzen unserer medizinischen Fähigkeiten. Es könnten Narben zurückgeblieben sein von der Operation, bei der wir vor zwei Jahren die Zyste entfernt haben. Ich habe sie ständig überwacht für den Fall...«

Ihre Stimme verlor sich, und sie rieb sich müde das Gesicht. »Ich habe keine Ahnung. Ich bin neugierig auf den Autopsiebericht und auf Malcolms Unterlagen. Er hat auf der Rückfahrt seinen Bericht auf Band gesprochen. Aber er will noch einige Dinge mit Burgoyne abklären, bevor er ihn mir gibt.« Sie lächelte flüchtig. »Nach dem Tag in Schaumburg hatte er die Nacht über Bereitschaftsdienst im Beth Israel – wer möchte noch mal jung und Assistenzarzt sein?«

Nachdem Lotty gegangen war, wanderte ich ziellos durch die Wohnung, hob Kleidungsstücke und Zeitschriften auf, hatte zu nichts Lust und wußte nicht recht, was ich mit mir anfangen sollte. Ich bin Detektiv, professioneller Privatdetektiv. Meine Aufgabe besteht darin, etwas aufzudecken. Aber in diesem Fall konnte ich nichts unternehmen. Es gab nichts herauszufinden. Ein sechzehnjähriges Mädchen war tot. Nichts weiter.

Der Tag zog sich hin. Die üblichen Telefonanrufe, ein Bericht mußte fertiggestellt, ein paar Rechnungen bezahlt werden. Die drückende Hitze hielt an und ließ jegliche Aktivität vergebens erscheinen. Nachmittags stattete ich Mrs. Alvarado einen Kondolenzbesuch ab. Sie war völlig aufgelöst, und ein Dutzend Freunde und Verwandte einschließlich der müden Carol kümmerten sich um sie. Wegen der Autopsie war das Begräbnis für die nächste Woche festgesetzt worden. Es sollte ein Doppelbegräbnis werden, für Consuelo und das Baby, und versprach eine Veranstaltung zu werden, an der teilzunehmen, ich nicht würde ertragen können.

Am nächsten Tag ging ich in Lottys Praxis, um ihr zu helfen. Nachdem Carol ausfiel, hatte sie sich von einer Zeitarbeitsvermittlungsstelle eine Krankenschwester kommen lassen, aber der Frau fehlte Carols Geschicklichkeit, und selbstverständlich kannte sie die Patienten nicht. Ich maß Fieber und machte Gewichtskontrollen. Trotz meiner Hilfe dauerte der Arbeitstag bis nach sechs Uhr.

Zu Hause zog ich schnell einen Badeanzug und abgeschnittene Jeans an und fuhr dann zum Montrose Avenue Park, nicht zum offiziellen Strand, wo Bademeister pingelig darauf achteten, daß man nicht weiter als bis Kniehöhe ins Wasser geht, sondern zu den Felsen, wo der See tief und klar ist. Ich schwamm eine halbe Meile hinaus, drehte mich auf den Rücken und beobachtete, wie hinter den Bäumen die Sonne unterging. Zurück in meiner Wohnung duschte ich, fand noch eine halbe Flasche Taittingers, die zusammen mit Obst und Pumpernickel ein Abendessen ergab. Um zehn Uhr schaltete ich den Fernseher an, um Nachrichten zu sehen.

Mary Sherrods schwarzes, waches Gesicht füllte den ganzen Bildschirm. Sie blickte ernst drein. Die Hauptnachricht mußte wohl eine Hiobsbotschaft sein. Ich schenkte mir die letzten Tropfen Wein ein.

»Die Polizei gab bekannt, daß es bislang noch keine konkreten Täterhinweise im Zusammenhang mit dem brutalen Mord an dem Chicagoer Arzt Malcolm Tregiere gibt.«

Erst als ein Foto von Malcolms schmalem, schönem Gesicht eingeblendet wurde und Mary Sherrod schon ein paar Sätze weiter war, begriff ich, was geschehen war. Ein Foto von Malcolms Wohnung. Ich war einmal dort gewesen. Seine Familie stammte aus Haiti, und er hatte seine Wohnung mit Kunstgegenständen aus seiner Heimat eingerichtet. Das Zimmer, das auf dem Bildschirm zu sehen war, sah aus wie nach einem Bombenangriff. Die wenigen Einrichtungsgegenstände waren zertrümmert, Masken und Bilder von den Wänden gerissen und zerschlagen.

Sherrods Stimme fuhr erbarmungslos fort. »Die Polizei vermutet, daß Einbrecher den jungen Dr. Tregiere überraschten. Der Arzt war nach einem anstrengenden vierundzwanzigstündigen Bereitschaftsdienst im Beth Israel tagsüber nach Hause gegangen, zu einer Zeit also, zu der die meisten Wohnungen leer sind. Er wurde um sechs Uhr nachmittags von einer Freundin, die mit ihm zum Essen verabredet war, erschlagen aufgefunden.«

Als nächstes folgte ein Werbespot für eine neue Wurstsorte. Malcolm. Das konnte nicht wahr sein. Aber es war so real wie die grinsende, spindeldürre Frau und ihre monströsen Kinder, die Wurst aßen. Ich schaltete den Fernseher aus und das Radio ein. Sie brachten die gleiche Meldung.

Mein rechtes Bein fühlte sich naß an. Ich sah hinunter und

bemerkte, daß ich das Glas mit Wein hatte fallenlassen. Es lag zerbrochen am Boden. Lotty würde noch nichts von Malcolms Tod wissen, außer, das Krankenhaus hatte sie angerufen. Sie hatte einen Zug typisch europäischer, intellektueller Arroganz an sich – sie las nie Chicagoer Zeitungen und hörte nie Chicagoer Nachrichten. Alle ihre Informationen bezog sie aus der *New York Times* und dem *New Statesman*. Ich war darüber schon mehrmals mit ihr in Streit geraten. Schließlich lebte sie in Chicago und nicht in New York. Mit Schrecken wurde mir bewußt, daß ich Lotty in Gedanken wütend anschrie, aber diese Wut hatte nichts mit ihr und wenig mit der *Times* zu tun. Ich mußte einfach an jemandem meine Wut auslassen.

Nach dem ersten Klingeln hob sie ab. Dr. Hatcher von Beth Israel hatte sie wenige Minuten zuvor erreicht. Es hatte einige Zeit gedauert, bis die Nachricht zum Krankenhaus vorgedrungen war, weil die Freundin, die Malcolm gefunden hatte, nicht in Ärztekreisen verkehrte, sondern Künstlerin war.

»Die Polizei will mich morgen früh sprechen. Dr. Hatcher und ich waren zuständig für seine Ausbildung, ich denke, sie wollen von uns wissen, wen er kannte. Aber wie hätte ihn jemand, der ihn kannte, umbringen können? Hast du Zeit? Kannst du mich begleiten? Ich gehe nicht gern zur Polizei, nicht einmal in diesem Fall.«

Lotty war in dem von den Nazis besetzten Wien aufgewachsen. Irgendwie hatten es ihre Eltern 1938 geschafft, sie und ihren Bruder zu Verwandten nach England zu schicken. Aber Männer in Uniform machten sie nach wie vor nervös. Widerstrebend stimmte ich zu, nicht weil ich Lotty nicht helfen wollte, sondern weil ich mich von den Alvarados und dem toten Baby und damit auch von Malcolm fernhalten wollte.

Dann rief Carol an, der die Ermordung Tregieres keine Ruhe ließ. »Diego, Paul und ich, wir haben gerade darüber gesprochen. Vic, glaubst du, daß Fabiano der Mörder ist? Er war doch völlig durchgedreht. Glaubst du, daß er Malcolm wegen Consuelo und dem Baby umgebracht hat?«

Voller Ingrimm stellte ich fest, daß mich der Fall verfolgte. »Carol, ich glaube nicht, daß er es getan hat. Was hat ihm denn Consuelo tatsächlich bedeutet? Oder das Baby? Er war doch am meisten für eine Abtreibung, erinnerst du dich? Er wollte kein Kind, wollte keine Verantwortung übernehmen. Ich glaube, er ist heilfroh, daß er aus dem Schlamassel raus ist.«

»Vic, du denkst durch und durch rational. Aber so sehr man sich auch über den Machismo lustig macht, für manche Männer ist er die Lebensmaxime. Er könnte sich doch gedacht haben, daß ein Ehrenmann in einem solchen Fall entsprechend handeln müßte und es getan haben.«

Ich schüttelte den Kopf. »Ich kann mir vorstellen, daß er daran gedacht hat, aber ich kann mir nicht vorstellen, daß er es getan hat. Aber wenn du willst, red ich mit ihm. Hat er sich nicht mit einer dieser Straßenbanden rumgetrieben? Frag Paul, er wird's wissen.«

Ich hörte Gesprächsfetzen im Hintergrund, dann kam Paul ans Telefon. »Es sind die Löwen. Er ist kein richtiges Mitglied, spielt eher den Botenjungen. Meinst du, er hat sie veranlaßt, Malcolm umzubringen?«

»Ich meine gar nichts. Morgen früh werde ich mit der Polizei sprechen, bis dahin weiß ich nicht mehr als das, was ich in der Glotze gesehen hab. Und das kann alles mögliche bedeuten.«

Er legte zögernd auf. Ich blickte stirnrunzelnd auf das Telefon. Nicht wegen der Alvarados, sondern weil mich der ganze Mist meiner Vergangenheit als Pflichtverteidigerin wieder mal einholte.

5 Revierbesuch

Ich schlief unruhig. Immer wieder erschien mir Consuelos Baby im Traum. Es hatte heftig geregnet. Die Straßen im südlichen Chicago waren überflutet, und ich konnte nur mit Mühe zum Haus meiner Eltern gelangen. Als ich das Wohnzimmer betrat, stand in einer Ecke ein Kinderbett, in dem ein Baby lag. Es lag ganz ruhig da, ohne sich zu bewegen, und sah mich mit großen schwarzen Augen an. Ich wußte, daß es mein Kind war, aber es hatte keinen Namen, und es würde nur am Leben bleiben, wenn ich ihm meinen Namen gab.

Um fünf Uhr früh wachte ich schweißgebadet und fröstelnd

auf. Ich lag noch eine Stunde mit brennenden Augen im Bett, ohne noch mal einzuschlafen, stand dann auf, um an den See zu joggen. Zu mehr als einem schleppenden Dauerlauf reichte es nicht.

Die Sonne war vor etwa einer halben Stunde aufgegangen. See und Himmel waren kupferrot, eine stumpfe, finstere Farbe, die zum Weltuntergang gepaßt hätte. Die Luft war drückend, die Wasseroberfläche spiegelglatt. Ein Angler stand auf einem Felsen, ohne mich auch nur eines Blickes zu würdigen. Ich zog Schuhe und Strümpfe aus und sprang ins Wasser. Es war eiskalt. Mir blieb erstmal die Luft weg, und dann schwamm ich sofort zurück ans Ufer. Der Angler, der Tod durch Ertrinken zweifellos als das einzig angemessene Schicksal derjenigen ansah, die die Fische erschrecken, ignorierte mich weiterhin. Trotz der schwülen Luft zitterte ich, aber mein Kopf war wenigstens klar. Als ich Lotty abholte, fühlte ich mich fit genug, um Chicagos besten Männern gegenüberzutreten. Lotty, in einem marineblauen Seidenkostüm, das ich noch nie an ihr gesehen hatte, wirkte elegant, wenn auch etwas brav. Auch ich hatte mich nicht lumpen lassen und ein gelbes Kostüm und eine Seidenbluse angezogen. Trotz unseres eleganten Aufzugs ließ man uns eine Dreiviertelstunde warten. Ich las alle aushängenden Streckbriefe und dann die lobenden Erwähnungen. Lotty wurde mit jeder Minute gereizter. Schließlich stolzierte sie zum diensttuenden Sergeant und gab ihm zu verstehen, daß das Leben einiger Leute auf Messers Schneide stünde, während sie hier müßig herumsaß.

»Genauso ist es in jeder normalen Frauenarztpraxis«, erklärte ich ihr, als sie wieder neben mir auf einem Plastikstuhl saß. »Weil Frauen angeblich sehr viel Zeit haben, hat diese Zeit keinerlei Wert, und deshalb ist es auch völlig gleichgültig, daß man im Durchschnitt länger als eine Stunde warten muß.«

»Du solltest zu mir kommen«, entgegnete Lotty spitz. »Ich lasse die Leute nicht warten, so wie diese Trottel hier uns.«

Endlich holte uns ein junger, uniformierter Polizeibeamte. »Detective Rawlings bittet um Entschuldigung für die lange Wartezeit, aber er mußte erst noch einen weiteren Verdächtigen vernehmen.«

»Einen weiteren Verdächtigen? Wir sind also auch verdächtig?« fragte ich ihn, als wir hinter ihm die Treppen hinaufstiegen.

»Ich habe keine Ahnung, warum Detective Rawlings mit Ihnen sprechen möchte«, meinte er förmlich.

Detective Rawlings begrüßte uns an der Tür zu einem kleinen Vernehmungszimmer. Er war ein kräftiger Schwarzer, ungefähr in meinem Alter. Das Gebäude war nicht klimatisiert, deshalb hatte er die Krawatte gelockert und das Jackett ausgezogen. Obwohl es noch früh war, war das Hemd am Kragen und unter den Achseln schweißnaß. Er streckte uns die Hand entgegen.

»Dr. Herschel? Tut mir leid, daß Sie warten mußten, aber die Vernehmung hat länger gedauert, als ich erwartet hatte.« Er sprach mit einer leisen, etwas rauhen Stimme, die wohl den Leuten die Angst vor seinen Fragen nehmen sollte.

Lotty ergriff seine Hand. »Das ist Miss Warshawski, meine Anwältin. Sie haben doch nichts dagegen, wenn sie dabei ist?« Es klang weniger nach einer Frage als nach einer Feststellung, ein kleines Ventil für ihren Zorn.

»Keineswegs, keineswegs. Warshawski?« Er zog die Augenbrauen zusammen. »Der Name kommt mir bekannt vor –?«

»Vermutlich denken Sie an den Schrotthändler«, sagte ich schnell. Über einige meiner Fälle hatte eine Menge in den Zeitungen gestanden; nachdem viele Polizisten keine sehr gute Meinung von Privatdetektiven haben, wollte ich ihn nicht auf die richtige Spur bringen. »Wir sind nicht verwandt. Er schreibt sich mit einem Y.«

»Möglich. Aber an ihn habe ich nicht gedacht.« Er schüttelte den Kopf und bat uns in das Vernehmungszimmer. »Kein sehr angenehmes Ambiente, Doktor, aber es gibt zu wenig Räume. Ich habe kein eigenes Büro und benutze deshalb die Zimmer, die gerade frei sind.«

Er stellte Lotty die üblichen Fragen nach Malcolms Feinden, Freunden, Freundinnen, nach seinem Tagesablauf, nach Wertgegenständen.

»Er hatte nichts Wertvolles«, antwortete sie. »Er stammte aus ärmlichen Verhältnissen, hat sich das Medizinstudium selbst finanziert. So etwas gibt es kaum mehr, er war eine Ausnahme. Wertvoll war nur seine Sammlung haitianischer und afrikanischer Masken. Aber soviel ich weiß, wurden die ja ausnahmslos zerschlagen.«

»Nicht alle. Wissen Sie vielleicht, wieviele er hatte? Wir könnten dann eine Liste aufstellen und, falls welche fehlen, Beschreibungen davon hinausgehen lassen.«

Lotty sah mich fragend an. Ich schüttelte den Kopf. »Ich weiß nicht, Detective. Er hatte mich ein paarmal zusammen mit anderen zu sich nach Hause eingeladen. Im Wohnzimmer hingen vielleicht zwanzig Masken. Ich war niemals im Schlafzimmer. Aber Sie können von insgesamt vielleicht dreißig Masken oder vierzig Stück ausgehen.«

Er machte sich beflissen Notizen. Dreißig bis vierzig war von nun an die offizielle Zahl. »Sind Sie sicher, daß er keine Feinde hatte? Was ist mit verärgerten Patienten?«

»Unverschämte oder arrogante Ärzte haben verärgerte Patienten. Dr. Tregiere war weder das eine noch das andere«, erklärte Lotty hochmütig, ein lebendes Beispiel für Arroganz. »Und er war außergewöhnlich begabt, der Beste, den ich seit vielen Jahren gesehen habe. Er konnte es durchaus mit Kollegen aufnehmen, die wesentlich mehr Berufserfahrung hatten als er.«

»In den Nachrichten wurde vermutet, daß Straßenbanden etwas damit zu tun haben könnten«, sagte ich.

Rawlings zuckte die Achseln. »Die meisten Verbrechen in dieser Gegend werden von Bandenmitgliedern begangen. Nicht unbedingt im Namen der Bande, sondern weil alle Jugendlichen zu irgendeiner Bande gehören.« Er stand auf und ging zu einem großen Stadtplan an der Wand. »Das Revier der Garbanzos* war lange Zeit im wesentlichen hier.« Er deutete auf das Gebiet südöstlich von Wrigley Field. »Die White Overlords beherrschen den Nordosten. Aber letztes Jahr sind die Garbanzos in den spanisch sprechenden Teil von Uptown vorgedrungen.« Sein dicker Finger tippte auf die Gegend um Broadway und Foster Avenue. »Aber die Löwen, eine weitere

* *spanisch = Kiechererbsen (Anm. d. Ü.)*

Straßengang aus der Humboldt Park Gegend, behaupten, das sei ihr Revier. Also haben sie die Sache mit den Garbanzos und zum Teil auch mit den White Overlords ausgefochten. Vielleicht haben die einen oder anderen gedacht, Tregiere würde für die gegnerische Seite Partei nehmen, sie mit Drogen versorgen, oder irgend so was.«

»Nein«, fuhr Lotty aufgebracht dazwischen. »Schlagen Sie sich das aus dem Kopf. Bringen Sie Dr. Tregiere nicht in Verruf, indem Sie Zeit und Geld investieren, um nachzuforschen, ob an dieser unsinnigen Idee was dran ist.«

Rawlings hob beschwichtigend die Hand. »Ich muß alle Möglichkeiten bedenken, Doc. Es gibt keine Hinweise, die diese Vermutung bestätigen, trotzdem muß ich sie erstmal in Erwägung ziehen.«

Wahrscheinlich meinte er damit, daß Malcolms Name nirgendwo verkehrt herum auf eine Wand gesprüht worden war. Wenn die Buchstaben auf dem Kopf standen, beunruhigte das die Polizei ungemein, weil es bedeutete, daß die Tage des Namensträgers gezählt waren. Seitdem ich Malcolm kannte, hatte er mit Sicherheit keine Verbindung zu den Gangs, abgesehen davon, daß er ihren Mitgliedern Kugeln rausschnitt. Aber wer wußte, was er als Junge getan hatte, als ihn seine Mutter von Haiti nach Chicago brachte?

Rawlings fragte Lotty nach Tessa Reynolds, der Bildhauerin, die Malcolm tot gefunden hatte. Lotty war weiterhin verärgert und gab unfreundliche Antworten.

»Sie waren Freunde. Vielleicht intime Freunde – das ging mich nichts an. Ob sie zusammenziehen oder heiraten wollten? Möglich. Es ist eine undankbare Sache, mit einem Assistenzarzt befreundet zu sein, dessen Zeit ausschließlich dem Krankenhaus gehört und nicht den Freunden. Falls sie eifersüchtig war – ich habe davon allerdings nie etwas bemerkt –, dann jedenfalls nicht auf eine andere Frau, dafür hatte er keine Zeit.«

»Sie verdächtigen sie doch nicht, oder, Detective?« Ich stellte mir Tessa vor, groß, auffallend extravagant, vertieft in ihre Arbeit wie Malcolm. Kein Mensch war ihr so wichtig wie ihre Metallplastiken und ganz bestimmt nicht wichtig genug, um für ihn ins Gefängnis zu gehen.

»Sie ist eine kräftige junge Frau. Die Arbeit mit Metall und Steinen macht Muskeln. Und jemand mit starken Armmuskeln hat Tregiere erschlagen.« Er schob ein paar grelle Fotos über den Tisch, auf denen ein Mann mit eingeschlagenem Kopf zu sehen war.

Lotty studierte sie eingehend und reichte sie dann mir. »Ein Geistesgestörter«, sagte sie ruhig. Falls er sie hatte schockieren wollen, hatte er die falsche Methode gewählt. »Wer immer das getan hat, war wahnsinnig vor Wut oder ein Tier. Auf keinen Fall Tessa.«

Was zerschmetterte Leichen angeht, habe ich nicht Lottys Nerven aus Stahl, obwohl ich während meiner Zeit als Verteidigerin viele solche Fotos gesehen habe. Ich studierte die Bilder genau, suchte nach – was? Die Schwarzweißvergrößerungen ließen auf grauenerregende Weise die linke Hälfte des Hinterkopfes – eine formlose Masse – und die verdrehten Schultern erkennen; zudem sah man Blutspuren auf dem unebenen Holzfußboden – Malcolm hatte nur ein paar kleine Teppiche, keinen dicken Teppichboden.

»Wurde er ins Wohnzimmer gezogen?« fragte ich Rawlings.

»Ja. Er kochte gerade, als sie kamen. Sie kennen diese Wohnungen – wenn man rein will, bricht man die Küchentür auf. Genau das haben sie getan.« Er zeigte uns andere Fotos mit der aufgebrochenen Küchentür und der Küche, in der überall Reis klebte. Zweifellos hätten Gervase Fen oder Peter Wimsey sofort den entscheidenden Hinweis auf den Fotos erkannt und den Mörder dingfest gemacht. Ich sah nur einen Trümmerhaufen.

»Fingerabdrücke? Irgendwelche Spuren?« fragte ich.

Rawlings lächelte freudlos und entblößte dabei eine Goldkrone. »Diese kleinen Ratten tragen heuzutage alle Handschuhe. Sie können nicht lesen, aber das lernen sie im Fernsehen. Wir werden unsere Informanten in die Mangel nehmen. Sie sind die einzigen, die uns weiterhelfen können, wenn wir einen von ihnen auftreiben.«

»Wieviele, glauben Sie, waren in der Wohnung?«

»So wie es aussieht, zwei.« Er nahm mir die Fotos ab und holte ein anderes, auf dem das Gemetzel im Wohnzimmer zu sehen war. »Dreckskerl Nummer eins stand hier« – er tippte mit seinem dicken Zeigefinger auf die rechte Fotohälfte – »in Turnschuhen Marke Adidas Größe vierundvierzig. Hat den Abdruck auf Reis hinterlassen, den er sich in der Küche an den Schuh geklebt hat. Dreckskerl Nummer zwei hat größere Füße, hat uns aber den Namen der Schuhfirma nicht bekanntgegeben.«

»Also verdächtigen Sie Tessa Reynolds nicht, Detective.«

Das Gold blitzte wieder auf. »Aber, Ms. Warshawski, Sie sind Rechtsanwältin, Sie müßten's eigentlich besser wissen. Im Augenblick verdächtigen wir jeden. Sogar Sie und die Frau Doktor.«

»Nicht sehr witzig, Detective.« Lottys dicke Augenbrauen gingen verächtlich in die Höhe. »Meine Patienten warten auf mich. Noch etwas?« Sie schwebte aus dem Zimmer, sichtlich verärgert.

Ich folgte ihr langsam, in der Hoffnung, Rawlings würde noch etwas sagen. Was er dann äußerte, war nicht besonders hilfreich. »Ein wahrhaft kaltblütiges Frauenzimmer. Nicht das leiseste Wimpernzucken beim Anblick einer Leiche, bei dem mir schlecht wird. Hoffentlich behandelt sie ihre Patienten gut; nicht daß sie einer mal umlegt.«

Was das betraf, stimmte ich ihm zu, sagte aber: »Wenn Sie jemals eine Kugel abbekommen, Rawlings, sorgen Sie dafür, daß man Sie zu Dr. Herschel bringt – bei ihr springen sie von allein heraus.« An der Eingangstür holte ich Lotty ein. Schweigend gingen wir zum Wagen.

Auf der Rückfahrt fragte Lotty: »Was meinst du?«

»Du meinst, ob sie die Mistkerle finden werden? Unwahrscheinlich. Jetzt hängt alles davon ab, wieviel sie aus ihren Informanten rauskriegen, wieviel Angst sie ihnen einjagen müssen, um sie zum Reden zu bringen. Das einzige, was du tun kannst, ist, zu Hatcher zu gehen und ihn zu veranlassen, über das Krankenhaus Druck auf die Polizei auszuüben, damit sie wirklich gute Leute auf den Fall ansetzen. Es sieht ganz nach einem stinknormalen Einbruch aus, und die einzige Möglichkeit, den aufzuklären, ist routinemäßiges Vorgehen.«

»Fabiano?«

»Ich weiß, ich weiß. Carol und Paul sind der Meinung, daß

der Macho in ihm die Oberhand gewonnen und daß er Malcolm umgebracht hat, um zu beweisen, daß er ein richtiger Mann ist, der seine Frau beschützen kann. Aber dieser Zwerg? Ich bitte dich.«

»Nichtsdestotrotz, Vic, tu mir einen Gefallen: Geh der Sache nach.« Sie sah mich auffordernd an – nicht wie eine Freundin, sondern wie ein Chefchirurg den Assistenzarzt.

Mir sträubten sich die Haare im Nacken. »Selbstverständlich, Lotty, dein Wunsch ist mir Befehl.« Ich bremste scharf vor der Praxis.

»Bin ich unvernünftig? Ja, vielleicht. Malcolm war mir sehr wichtig, Vic. Wichtiger als dieses arme Kind und ihr unerträglicher Mann. Ich will sichergehen, daß die Polizei den Fall nicht unter den Teppich kehrt oder zu den ungelösten Fällen legt.«

Ich trommelte mit den Fingern auf das Lenkrad und versuchte meine Ungeduld zu unterdrücken. »Lotty, das ist wie – wie eine Choleraepidemie. Du würdest sie auch nicht allein bekämpfen wollen – du schaltest die Leute vom Gesundheitsamt ein und überläßt die Sache ihnen. Weil sie über die entsprechenden Mittel verfügen und du nicht. Und der Mord an Malcolm ist ähnlich. Ich kann ein paar Details überprüfen, aber ich bin nicht dafür ausgerüstet, um mich durch Hunderte von Fragen durchzuwühlen und fünfhundert falsche Fährten zu verfolgen. Malcolm ist wirklich und wahrhaftig ein Fall für die Polizei.«

Lotty sah mich wütend an. »Um bei deiner Analogie zu bleiben: Wenn einer meiner Freunde der Cholera zum Opfer zu fallen droht, würde ich ihn behandeln, auch wenn ich die Epidemie nicht aufhalten kann. Und das ist es, was ich für Malcolm verlange. Vielleicht kannst du den Fall nicht lösen, vielleicht ist die Epidemie der Straßenbanden nicht zu stoppen, auch nicht vom Staat oder von der Polizei. Aber als deine Freundin bitte ich dich darum für einen Freund.«

Der Kragen meiner Seidenbluse schnürte mir die Luft ab. Das Bild des Babys, das nach Luft rang, ging mir durch den Kopf. »In Ordnung, Lotty. Ich werde mein möglichstes tun. Aber bleib nachts nicht auf, um darauf zu warten, daß das Fieber sinkt.«

Kaum hatte sie die Tür zugeschlagen, gab ich Gas, bog um

die Ecke und raste die Irving Park Road hinunter. Zu Beginn des Lake Shore Drive schnitt ich einen wild hupenden Kombi und beschleunigte wie blöd angesichts der auf mich zufahrenden Autos. Entrüstetes Hupen und quietschende Bremsen gaben mir für einen Augenblick das Gefühl höchster Effizienz. Dann kam mir der Gedanke, daß es von maßloser Dummheit zeugte, meine Frustrationen bei einer todbringenden Maschine auszuleben. Ich fuhr auf einen der winzigen Parkplätze, die zum Reifenwechseln dienten, und wartete darauf, daß sich mein Puls normalisierte.

Zu meiner Linken lag der See. Die spiegelglatte Oberfläche leuchtete in Farben, die Monet inspiriert haben würden. Er sah friedlich und einladend aus. Trotzdem konnte man in seinen eiskalten Tiefen erbarmungslos ertrinken. Ernüchtert legte ich den Gang ein und fuhr langsam Richtung Loop.

6 Im Archiv

Ich stellte meinen Wagen in einem Parkhaus unterhalb der Michigan Avenue ab und ging hinüber zu meinem Büro. In der Eingangshalle des Pulteney-Gebäudes an der South Wabash stank es wie gewöhnlich nach Moder und Urin. Es war ein altes Haus aus einer Zeit, als die Leute noch für die Ewigkeit bauten; in den nichtklimatisierten Fluren und Treppenhäusern hinter den dicken Mauern war es kühl.

Zweimal in der Woche funktionierte der Aufzug nicht, heute natürlich auch nicht. Ich mußte mir zwischen Hühnerknochen und noch weniger appetitlichem Abfall einen Weg bis zum Treppenhaus bahnen. Dünne Strümpfe und hochhackige Schuhe sind nicht gerade das richtige für den vierstöckigen Aufstieg in mein Büro. Ich weiß nicht, warum ich es behalte und nicht einfach von meiner Wohnung aus arbeite. Ein Büro in einem besseren Haus kann ich mir nicht leisten, und nur weil es in der Nähe des Finanzzentrums liegt und ich mich auf Wirtschaftskriminalität spezialisiert habe, ist nicht Grund genug, mich mit dem Gestank und dem nicht funktionierenden Aufzug abzufinden. Ich öffnete die Tür und hob die Post auf, die sich in der letzten Woche auf dem Boden angesammelt hatte. In der Miete inbegriffen war ein sechzigjähriger »Postjunge«, der die Post in der Eingangshalle aufsammelte und an die Bewohner verteilte – kein Postbeamter würde jeden Tag die vielen Treppen rauf und runter steigen.

Ich schaltete die Klimaanlage ein und rief bei meinem Auftragsdienst an. Tessa Reynolds wollte mich sprechen. Während ich ihre Nummer wählte, bemerkte ich, daß die Pflanze vertrocknet war, die ich gekauft hatte, damit das Zimmer etwas freundlicher aussah.

»V. I., du weißt, daß Malcolm tot ist?« Ihre tiefe Stimme klang angespannt, gepreßt. »Ich – ich möchte, daß du für mich arbeitest. Ich will sichergehen, daß sie diese Schweine finden, daß die aus dem Verkehr gezogen werden.«

Geduldig erklärte ich ihr, was ich auch Lotty erklärt hatte.

»Vic! Was soll das heißen? Was meinst du damit, daß das ein Fall für die Polizei und eine Routineangelegenheit ist? Ich will hundertprozentig sicher sein, daß, wenn die Polizei sagt, es gibt keine Möglichkeit, die Mörder dingfest zu machen, es tatsächlich keine Möglichkeit gibt. Ich muß das einfach wissen. Ich habe keine Lust, bis an mein Lebensende glauben zu müssen, daß sie den Mörder finden könnten, wenn sie sich nur mal umgesehen hätten, und daß Malcolm, ein begnadeter Arzt, letztlich nur ein toter Schwarzer mehr war.«

Ich versuchte, so vernünftig zu argumentieren, wie es mein Job verlangte. Tessa meinte es nicht persönlich. Sie reagierte wie jemand, der vor Kummer außer sich ist – sie war wütend und verlangte danach zu wissen, wer ihr diesen Schmerz angetan hatte. »Die gleiche Unterhaltung habe ich mit Lotty geführt, Tessa. Ich werde die paar Quellen anzapfen, die ich habe. Und den Alvarados habe ich versprochen, mit Fabiano zu reden. Aber du kannst nicht von mir erwarten, daß ich dieses Verbrechen aufkläre. Mit jedem Hinweis, der mir zu Ohren kommt, gehe ich zur Polizei, weil die über die Maschinerie verfügt, ihn zu verfolgen.«

»Malcolm hat soviel von dir gehalten, Vic, und jetzt läßt du ihn im Stich.« Nur ihr Schluchzen hielt mich davon ab, sie anzuschreien.

»Ich lasse ihn nicht im Stich«, sagte ich ruhig. »Ich versuche nur, dir klarzumachen, daß, wenn ich mich der Sache annehme, längst nicht soviel herauskommen wird wie bei der Polizei. Meinst du, die Sache läßt mich kalt? Meinst du, daß ich mit der unbeteiligten Objektivität eines Sherlock Holmes reagiere, wenn einer meiner Freunde zu Tode geprügelt wird? Herrgott noch mal, Tessa, Lotty und du, ihr haltet mich wohl für einen Hackstock?«

»Wenn ich deine Fähigkeiten und Kontakte hätte, Vic, würde ich sofort was unternehmen, anstatt in meinem Atelier herumzusitzen und mit Hammer und Meißel eine Trauerstatue zu machen.«

Sie legte auf. Ich rieb mir den müden Kopf. Meine polnischen Schultern schienen nicht breit genug, um mit der Last fertigzuwerden, die heute auf ihnen lag. Ich ließ sie langsam kreisen, um die Verspannungen zu lockern. Unter normalen Umständen müßte ich Tessa recht geben: In der Regel löse ich meine Probleme besser, indem ich etwas unternehme, anstatt nachzudenken. Warum also schreckte ich vor diesem Fall zurück?

Ein Zug rauschte draußen vorbei. Ich stand steif auf und hängte meine Jacke an einen alten Kleiderständer in der Ecke. Meine ganze Büroeinrichtung ist gebraucht gekauft. Den großen Eichenschreibtisch und den Kleiderständer habe ich auf einer Polizeiauktion erstanden. Die Olivetti Schreibmaschine hat einmal meiner Mutter gehört. Hinter dem Schreibtisch steht ein khakifarbener Aktenschrank aus Metall, den mir eine Druckerei schenkte, statt mir das Honorar zu zahlen, das sie sich nicht leisten konnte.

Der Aktenschrank enthält jedes Stückchen Papier, das mir in die Hände gekommen ist, seitdem ich als Rechtsanwältin zugelassen wurde. Als ich als öffentlich bestellte Verteidigerin aufhörte, verblieben meine Akten bei der Bezirksgerichtsbarkeit. Aber alle Notizen und Quittungen habe ich aufgehoben, getrieben von der dunklen Angst, daß der Bezirk – eine argwöhnische Gottheit – meine Abrechnungen überprüfen und das Kilometergeld zurückverlangen könnte. Im Laufe der Zeit schien es nicht mehr der Mühe wert, diese Zettel auszusortieren und wegzuwerfen. Ich verfrachtete die vertrocknete Pflanze und die Sammlung loser Blätter, die einen Bericht für einen gerade abgeschlossenen Fall abgeben sollten, in die Ecke und leerte den Inhalt der untersten Schublade des Aktenschranks auf den Schreibtisch. Da waren Benzinquittungen, Namen und Adressen von Zeugen, an die ich mich nicht mehr erinnerte, ein detaillierter Schriftsatz zur Verteidigung einer Frau, die ihren Mann ermordete, nachdem dieser sie vergewaltigt hatte, sobald er auf Kaution freigekommen war. Meine Hände wurden schwarz und rußig von dem alten Staub und meine beige Seidenbluse grau.

Um eins ging ich in die Imbißbude an der Ecke und aß ein Cornedbeef-Sandwich – keine glückliche Wahl bei der Hitze. Ich nahm zwei Dosen Mineralwasser mit zurück, um das Salz wieder auszuschwemmen. Endlich, am späten Nachmittag fand ich den Zettel, den ich suchte, zwischen zwei Blättern, auf denen meine Gerichtsauftritte im Februar 1975 verzeichnet waren. Sergio Rodriguez, jugendlicher Krimineller. In seinem jungen Leben war er bereits mehrmals verhaftet worden wegen zunehmend schwerwiegender Delikte. Mit achtzehn schließlich war es vorbei mit dem Jugendrecht, und er wurde wegen schwerer Körperverletzung vor Gericht gestellt. Mir wurde die schöne Aufgabe zuteil, ihn zu verteidigen. Er war ein gutaussehender Jugendlicher, der vor Charme und Aggressivität nur so sprühte. Hier hatte ich die Telefonnummer seiner Mutter. Sie hatte damals nur den Charme gesehen und nicht die Aggressivität, aber ich hatte mein Bestes für ihr armes, zu Unrecht verurteiltes Baby getan und das Urteil von zehn auf zwei bis fünf Jahre heruntergedrückt mit der Begründung, daß es sich sozusagen um Sergios erste Straftat handelte. Er kam aus dem Knast, als ich mich selbständig machte.

Zu der Zeit, als ich ihn verteidigte, war er eine kleine Nummer in einer Straßenbande namens »Giftige Marsmenschen« gewesen. Als er aus dem Gefängnis entlassen wurde, mit einem Diplom in Bandenführung und Gewalttätigkeit, wurde er schnell zu einem mächtigen Mann. Er taufte die Marsmenschen in Löwen um und behauptete, sie seien ein ehrenwerter Privatclub wie zum Beispiel die Rotarier. Vor einigen Monaten hatte ich sein Foto im *Herald-Star* gesehen. Er hatte die Zeitung wegen übler Nachrede verklagt, weil sie die Löwen eine Straßenbande genannt hatte. Er trug einen dreiteiligen Anzug, dessen Stoffqualität sogar auf dem Foto nicht zu übersehen war. Inzwischen hatten die Löwen laut Rawlings ihr Operationsgebiet nach Wrigley Field und weiter nach Norden verlegt, in die Viertel, in denen die Hispanos leben.

Ich steckte Mrs. Rodriguez' Telefonnummer in meine Handtasche und betrachtete das Durcheinander auf dem Schreibtisch. Vielleicht war es an der Zeit, endlich alles dem Müll anzuvertrauen. Andererseits könnte ich eines Tages wieder eine dieser obskuren Notizen brauchen. Ich warf alles zurück in die Schublade, verschloß den Aktenschrank und ging.

Im Lauf des Nachmittags hatte sich der Himmel mit schweren dunklen Wolken überzogen, die die Stadt zu ersticken drohten. Als ich zu Hause ankam, klebte mir die beige-graue Bluse am Körper. So wie sie aussah, war ich versucht, sie einfach in den Abfalleimer zu werfen. Nach einer kalten Dusche fühlte ich mich einem Telefongespräch mit Mrs. Rodriguez gewachsen. Ein Kind meldete sich, das ich schließlich dazu brachte, seine Großmutter zu holen.

Endlich hatte ich Mrs. Rodriguez an der Strippe, deren schwerer Akzent unüberhörbar war. »Miss Warshawski? Ach ja, Sie haben damals meinen Sergio so hervorragend verteidigt. Wie geht es Ihnen? Wie geht es Ihnen nach so vielen Jahren?«

Wir schwatzten eine Weile. Ich erklärte ihr, daß ich nicht mehr als Verteidigerin arbeitete und mich freute, daß Sergio laut Zeitung mittlerweile ein erfolgreicher Mann war.

»Ja, ein wichtiges Gemeindemitglied! Sie wären stolz, ihn so zu sehen. Er ist Ihnen immer noch sehr dankbar.«

Das bezweifelte ich, aber ich nahm die Gelegenheit wahr, um nach seiner Telefonnummer zu fragen. »Ich muß mit ihm reden wegen eines – äh – Clubmitglieds. In letzter Zeit kam es in der Gemeinde zu gewissen Vorfällen, und deswegen bräuchte ich seinen Rat.«

Sie kam meiner Bitte sofort nach. Ich fragte sie nach ihren anderen Kindern. »Und Enkel haben Sie auch, oder?«

»Ja, meiner Cecilia ihr Mann hat sie sitzengelassen, und da

ist sie mit ihren zwei Kindern zu mir gezogen. Es ist gut, wieder Kinder im Haus zu haben.«

Mit den besten Wünschen beendeten wir das Gespräch. Was glaubte sie wirklich, daß Sergio tat? Tief in ihrem Innersten? Unter der Nummer, die sie mir gegeben hatte, meldete sich niemand.

Ich schenkte mir ein Glas Wein ein und nahm es mit auf den winzigen Balkon vor meiner Küche. Er ging auf den kleinen Hinterhof hinaus, in dem einige der Mieter Gemüse anbauten. Der alte Mr. Contreras aus dem ersten Stock war unten und deckte seine Tomatenstöcke ab.

Er winkte mir zu. »Heut nacht wird's ein starkes Gewitter geben«, rief er. »Muß meine kleinen Lieblinge in Sicherheit bringen.«

Ich trank den Wein und sah ihm bei der Arbeit zu, bis es zu dunkel wurde. Um neun versuchte ich noch einmal Sergio zu erreichen. Ohne Erfolg. Die letzten paar Tage hatten mich erschöpft. Ich ging zu Bett und schlief wie ein Stein.

Wie Mr. Contreras vorhergesagt hatte, schlug das Wetter in der Nacht um. Als ich für meine morgendliche Runde das Haus verließ, glänzte alles, die Blätter waren dunkelgrün, der Himmel dunkelblau, und die Vögel zwitscherten wie verrückt. Das Gewitter hatte den See aufgewühlt; Wellen klatschten weißschäumend gegen die Felsen. Zurück nach Hause machte ich einen Umweg, am Chesterton Hotel vorbei, in dem das Dortmunder Restaurant Capuccino und Croissants zum Frühstück servierte. Die frische Luft und der lange Schlaf hatten mein Selbstvertrauen erneuert. Welche Zweifel auch immer mich gestern heimgesucht haben mochten, sie waren nichts im Vergleich mit meinen unglaublichen Fähigkeiten als Detektivin.

Zuhause erhielt ich gleich den ersten Beweis dafür, daß meine magischen Kräfte wiederhergestellt waren; nach dem dritten Klingeln ging jemand an Sergios Telefon.

»Ja?« sagte eine männliche Stimme voller Mißtrauen.

»Sergio Rodriguez, bitte.«

»Wer sind Sie?«

»Ich bin V. I. Warshawski. Sergio kennt mich.«

Sie ließen mich warten. Minuten verstrichen. Ich lag rücklings am Boden und hob abwechselnd die Beine. Nachdem ich jedes Bein dreißigmal hochgehoben hatte, meldete sich erneut die mißtrauische Stimme.

»Sergio sagt, er schuldet Ihnen nichts. Er will nicht mit Ihnen reden.«

»Wer hat etwas von Schulden gesagt? Ich nicht. Er könnte mir einen Gefallen tun und mit mir sprechen.«

Diesmal mußte ich nicht solange warten. »Wenn Sie ihn sehen wollen, kommen Sie heute abend um halb elf in die Washtenaw Nummer 1662. Allein, keine Bullen, keine Waffen.«

»Aye, aye, Captain.«

»Was soll das heißen?«

»Das ist Gringo-Sprache und bedeutet: Ich hab kapiert.« Ich legte auf. Noch immer auf dem Boden liegend, starrte ich zu der geschwungenen Stuckverzierung an der Decke hinauf. Washtenaw Avenue, das Herz des Löwen-Landes. Ich wünschte, ich könnte mit einer Polizeieskorte im Rücken dorthingehen. Oder besser noch, ich im Rücken der Polizei. Aber damit würde ich nichts erreichen, außer, daß sie mich umbrächten – wenn nicht heute nacht, dann irgendwann später. Sie würden WARSHAWSKI verkehrt herum auf die Garagentüren in Humboldt Park sprühen. Oder vielleicht auch nur die Initialen, weil der Name zu schwierig war. Vielleicht würden sie es auch tun, wenn ich mich an die Abmachung hielt. Sie würden mich erschießen, sobald ich das Haus verließ. Dann würde es Lotty sehr leid tun, daß sie mich da hineingeritten hatte, aber es wäre zu spät. Gerührt malte ich mir mein Begräbnis aus. Lotty mit versteinertem Gesicht, Carol laut schluchzend. Mein Ex-Mann käme mit seiner schicken zweiten Frau namens Terri. »Mit der warst du wirklich verheiratet, Schatz? Die war doch eine Katastrophe und so leichtsinnig – und mit Gangstern hatte sie sich auch noch rumgetrieben? Ich kann es nicht glauben.«

Der Gedanke an die Plastikpuppe Terri brachte mich zum Lachen. Ich stand auf und zog mich um. Dann schrieb ich auf einen Zettel, wohin ich warum ging, und suchte Mr. Contreras, der sich eifrig um seine Tomatenstöcke bemühte, die voller dicker Tomaten hingen.

»Wie haben sie die Nacht überstanden?« fragte ich mitfühlend.

»Gut. Sehr gut. Möchten Sie welche? Ich habe so viele, ich weiß gar nicht, was ich damit machen soll. Ruthie will sie nicht.«

Ruthie war seine Tochter. Sie kam ab und zu mit ihren zwei verschüchterten Kindern vorbei, um ihren Vater dazu zu überreden, zu ihr zu ziehen.

»Natürlich. Geben Sie mir nur, was Sie übrig haben – ich werde wirklich gute italienische Tomatensoße draus machen. Dann können wir im Winter mal zusammen Spaghetti essen. Ich wollte Sie um einen Gefallen bitten.«

»Klar, Schätzchen. Ich tue alles für Sie.« Er ging in die Hocke und trocknete sich das Gesicht mit einem Taschentuch ab.

»Ich werd mich heute abend mit ein paar Ganoven treffen. Ich glaube nicht, daß mir irgendwas passieren wird. Aber falls doch – ich hab hier die Adresse aufgeschrieben und den Grund, warum ich dorthin gehe. Wenn ich morgen früh noch nicht zurück bin, können Sie dann dafür sorgen, daß Lieutenant Mallory diesen Umschlag in die Hand kriegt? Er arbeitet im Morddezernat in der Elften Straße.«

Er nahm den Umschlag und betrachtete ihn. Bobby Mallory, vielleicht der beste Freund meines Vaters, war mit ihm bei der Polizei gewesen. Auch wenn er strikt dagegen war, daß ich als Privatdetektiv arbeitete, würde er sich darum kümmern, daß meine Mörder hinter Gitter kämen.

»Soll ich Sie begleiten, Schätzchen?«

Mr. Contreras war Ende siebzig. Obgleich braungebrannt, gesund und kräftig für sein Alter, würde er einen Kampf Mann gegen Mann nicht lange durchstehen. Ich schüttelte den Kopf.

»Es ist ausgemacht, daß ich allein komme. Andernfalls werden sie schießen.«

Er seufzte bedauernd. »Sie haben so ein aufregendes Leben. Wenn ich nur zwanzig Jahre jünger wäre... Sie sehen heute wirklich hübsch aus. Falls ich Ihnen einen Rat geben darf: Wenn Sie zu diesen Typen gehen, putzen Sie sich nicht gar so heraus.«

Ich dankte ihm ernst und blieb bis Mittag bei ihm im Garten. Mr. Contreras hatte bis zu seiner Pensionierung vor fünf Jahren als Maschinenschlosser in einer kleinen Werkzeugfirma gearbeitet. Er fand meine Abenteuer weit interessanter als jeden Krimi im Fernsehen und revanchierte sich gern mit Geschichten über Ruthie und ihren Mann.

Nachmittags fuhr ich hinüber zur Washtenaw Avenue und langsam am ausgemachten Treffpunkt vorbei. Die Straße befindet sich in einem der Viertel um Humboldt Park, nahe der Grenze zu Pilsen, die recht heruntergekommen sind. Die meisten Gebäude waren ausgebrannt. Diejenigen, die noch bewohnt wurden, waren über und über mit Graffitis besprüht. Blechdosen und Glasscherben ersetzten Rasen und Bäume. Autos und Reifen standen herum. Eines blockierte knapp einen Meter vom Randstein entfernt fast die ganze Straße. Das Heckfenster fehlte. Der Treffpunkt mit Sergio war ein Laden, dessen Fenster mit dicken Vorhängen verhängt waren. Auf der rechten Seite lag ein halb zerstörtes, dreistöckiges Gebäude, auf der linken ein verfallener Spirituosenladen. Bei meiner Ankunft heute abend würden sich einige Löwen in der Hausruine versteckt haben, andere würden vermutlich vor dem Spirituosenladen herumlungern und sich von beiden Enden des Blocks Zeichen geben.

An der Ecke bog ich links ab und kam auf eine schmale Straße, die hinter den Häusern entlangführte. Die drei zehnjährigen Jungen, die dort Ball spielten, waren aller Wahrscheinlichkeit nach Bandenmitglieder. Wenn ich die Straße entlangfuhr oder mit ihnen sprach, würde Sergio es mit Sicherheit erfahren. Ich entdeckte keine Möglichkeit, mich einigermaßen unbemerkt dem Treffpunkt zu nähern. Außer ich würde durch die Abwasserkanäle kriechen und aus dem Kanalloch mitten auf der Straße wieder auftauchen.

7 In der Höhle des Löwen

Ich hatte noch acht Stunden Zeit bis zu meinem Rendezvous. Wenn ich heute jede Minute ausnützte, könnte ich am Montag zu Lotty, Tessa und den Alvarados gehen und ihnen versichern, ich hätte mein Bestes getan – jetzt sei Detective Rawlings an der Reihe.

Ich fuhr den Western Boulevard entlang bis zur Armitage Avenue, bog dann auf die Milwaukee Avenue, wo der Expressway auf Betonpfeilern bedrohlich über den Häusern schwebt. Unter mir lag die Holy Sepulchre High-School, in die Consuelo gegangen war. Dort unten auf dem holprigen Asphaltplatz hatte sie Tennis gespielt, hatte in den weißen Shorts und dem weißen Hemd bezaubernd ausgesehen und die Abgase der Autos über ihr eingeatmet. Ich habe ihr einmal zugesehen und konnte verstehen, daß Fabiano sie unwiderstehlich gefunden hatte. Er wartete immer in einer Bar weiter oben an der Straße auf seine Schwester, die ebenfalls Tennis spielte. Nachdem Consuelo in die Mannschaft aufgenommen wurde, trieb er sich bei der Schule herum und beobachtete die Mädchen. Als nächstes machte er den Chauffeur und fuhr die Mannschaft zu den Spielen. Und so hatte alles angefangen. Ich erfuhr die Geschichte von Paul, als sich Consuelos Schwangerschaft herumsprach.

Die Stadt hält sich an gewisse Regeln, was Kneipen und Schulen betrifft – sie dürfen nicht in unmittelbarer Nachbarschaft stehen. Ich drehte eine Runde durch die Gegend und entdeckte ein paar Kneipen im weiteren Umkreis der Schule, die als Fabianos Stammkneipen in Betracht kamen. Schon in der ersten hatte ich Glück. Fabiano genehmigte sich ein Bier in El Gallo, einer stickigen kleinen Bar, auf deren Tür ein bunter, handgemalter Hahn prangte. Gemeinsam mit ungefähr fünfzehn Männern verfolgte er gebannt ein Baseballspiel im Fernsehen. Ich holte mir einen Hocker und stellte ihn hinter Fabiano. Der Barkeeper, am anderen Ende der Theke in ein Gespräch vertieft, beachtete mich nicht. Ich wartete höflich, bis der Spielzug zu Ende war und beugte mich dann über Fabianos Schulter.

»Wie wär's mit einem kleinen Schwätzchen, Señor Hernandez?«

Sein Arm rutschte von der Theke, er verschüttete sein Bier und drehte sich überrascht um. »Scheiße! Geh mir aus den Augen!«

»Aber, aber, Fabiano, so spricht man nicht mit seiner Tante.«

Die Männer neben ihm sahen mich an. »Ich bin die Schwester seiner Mutter«, erklärte ich und zuckte verlegen die Schultern. »Sie hat ihn seit Tagen nicht mehr gesehen. Er will nicht mit ihr reden. Deswegen hat sie mich gebeten, ihn zu finden und zur Vernunft zu bringen.«

Er versuchte, in dem engen Platz zwischen seinem und meinem Stuhl aufzustehen. »Du lügst, du dumme Kuh! Du bist nicht meine Tante!«

Ein Mann weiter vorn lächelte unsicher. »Dann bist du eben meine Tante, wenn er dich nicht will, Schätzchen.«

Dafür heimste er Gelächter von ein paar Männern ein, aber der Mann zur Linken Fabianos sagte: »Vielleicht ist sie wirklich nicht seine Tante. Vielleicht soll sie den Wagen beschlagnahmen?« Das brachte die Männer noch mehr zum Lachen. »Ja, oder die Bullen haben sie geschickt, damit sie ihn seinem rechtmäßigen Besitzer zurückbringt.«

»Er gehört mir, Mann«, sagte Fabiano wütend. »Hier sind die Papiere.« Er holte ein Blatt Papier aus seiner rechten Hosentasche.

»Wahrscheinlich hat er die auch geklaut«, meinte der Mann zu seiner Linken.

»Ein neues Auto, *sobrino?*« sagte ich beeindruckt.

»Ich bin nicht dein Neffe«, schrie er und spuckte mich an. Er hatte einfach keine Fantasie.

»Jetzt reicht's.« Der Barkeeper kam auf ihn zu. »Egal, ob sie deine Tante ist oder nicht, so behandelt man keine Dame, Fabiano. Jedenfalls nicht bei mir. Und wenn du mich fragst, ich glaube, sie ist deine Tante – kein Mensch würde freiwillig zugeben, mit dir verwandt zu sein, wenn er es nicht ist. Also geh raus und sprich mit ihr. Ich halt dir deinen Platz frei, und wir können in Ruhe weiter das Spiel anschauen.«

Fabiano folgte mir widerwillig unter den Hurra-Rufen und

Pfiffen der anderen nach draußen. »Du hast mich vor meinen Freunden blamiert. Das lasse ich mir von dir nicht gefallen, Warshawski.«

»Was willst du tun – mich zu Tode prügeln wie Malcolm Tregiere ?« fragte ich boshaft.

Seine verdrossene Miene war plötzlich verflogen. Alarmiert sah er mich an. »Hey, das wirst du mir nicht anhängen. Keine Chance. Ich hab ihm kein Haar gekrümmt. Ich schwör's. Ich hab ihm kein Haar gekrümmt.«

Ein paar Meter vom Kneipeneingang entfernt stand ein hellblauer Eldorado. Er konnte nicht älter als zwei oder drei Jahre sein, und sein Zustand war erstklassig. Nachdem alle anderen Autos auf der Straße aussahen, als seien sie vom Schrottplatz, folgerte ich, daß die Männer ihn wegen dieses Wagens aufgezogen hatten.

»Dein Auto, Fabiano? Ein schöner Schlitten, für jemand, der sich vor zwei Monaten nicht einmal einen Ring für seine Frau leisten konnte.«

Ich sah, wie er den Mund verzog, und schlug ihm hart ins Gesicht, bevor er wieder spucken konnte. »Laß das. Ich will mir keine Krankheit bei dir holen... Erklär mir, wie du zu dem Auto kommst.«

»Ich brauch dir gar nichts zu erklären«, zischte er.

»Da hast du recht. Dann wirst du's eben der Polizei erklären. Ich werd sie anrufen und erzählen, daß du ein neues Auto hast, das leicht seine fünf- bis zehntausend Dollar wert ist. Und ich werd ihnen zu verstehen geben, daß du 'ne Menge Kleingeld von den Löwen eingesackt hast dafür, daß du Tregiere erschlagen hast. Dann werden die mit dir reden. Und während dich die Bullen auseinandernehmen, spreche ich mit Sergio Rodriguez. Dem werd ich erzählen, daß du diesen tollen Schlitten nur deshalb fährst, weil du für die Garbanzos mit Rauschgift handelst. Und dann werd ich mir jeden Tag die Todesanzeigen vornehmen. Damit ich deine nicht verpasse, Fabiano.«

Ich machte kehrt und ging auf meinen Wagen zu. Fabiano hatte mich eingeholt, als ich die Tür aufschloß. »Das kannst du mir nicht antun!«

Ich mußte lachen. »Klar kann ich. Ich bin dir nichts schuldig. Um die Wahrheit zu sagen, ich freu mich schon auf deine Todesanzeige.«

»Aber es stimmt nicht, Mann! Es stimmt nicht! Ich bin auf ganz legale Weise zu dem Auto gekommen. Das kann ich beweisen.«

Ich schlug die Tür wieder zu und lehnte mich dagegen. »Dann beweis es.«

Er leckte sich die Lippen. »Der Mann vom Krankenhaus – er hat mir fünftausend Dollar gegeben, wegen Consuelo. Weil es ihm leid getan hat, daß das Baby gestorben ist und sie auch.«

»Wart mal, ich muß ein Taschentuch suchen, diese Geschichte bricht mir das Herz. Fünftausend? Ziemlich hoher Preis für deine Frau und ihr Kind. Worin bestand deine Gegenleistung?«

Er leckte sich wieder die Lippen. »Nichts weiter. Ich mußte nichts machen. Nur was unterschreiben. Ein Papier wegen ihr und dem Baby.«

Ich nickte. Eine Verzichtserklärung. Genau wie ich Paul gesagt hatte. Sie hatten ihn gekauft. »Du mußt ihnen 'ne tolle Geschichte erzählt haben, mußt sie mordsmäßig eingeschüchtert haben. Keiner hier käme auf die Idee, dir mehr als fünfhundert zu zahlen, damit du den Mund hältst. Was hast du gemacht? Ihnen mit den Löwen gedroht und sie damit zu Tode erschreckt?«

»Was schnüffelt ihr ständig in meinen Angelegenheiten herum, Mann? Du und diese jüdische Ärztin und Paul. Ihr denkt immer nur schlecht von mir. Ich habe Consuelo wirklich geliebt. Es war mein Kind. Mann, das ist mir echt nahegegangen.«

Ich hätte kotzen können. »Spar dir diese Tour für Schaumburg auf, Schätzchen. Die kannst du leichter an der Nase herumführen.«

Er lächelte boshaft. »Das meinst du vielleicht, du Miststück.«

Mein Fuß juckte, und ich hätte ihm gern einen Tritt in seine winzigen Eier verpaßt, aber ich beherrschte mich. »Kommen wir auf Tregiere zurück, Fabiano. Du schwörst, du hast ihm kein Haar gekrümmt.«

Er starrte mich an. »So ist es. Das kannst du mir nicht anhängen.«

»Aber du hast gesehen, wer es getan hat.«

»Nie und nimmer, Mann. Nie und nimmer hab ich irgendwas zu tun mit dem Tod von diesem feinen Pinkel. Ich hab ein Dutzend Zeugen, die mich zur Tatzeit gesehen haben.«

»Du weißt, um wieviel Uhr er ermordet wurde? Oder hast du ein Dutzend Zeugen, die dich gesehen haben, egal, wann er umgebracht wurde?«

»Ich hör mir diese Scheiße nicht länger an, Warshawski. Du willst mir einen Mord anhängen, und das werd ich verhindern.«

Er drehte sich um und ging zurück in die Kneipe. Ich blieb einen Augenblick stehen und betrachtete stirnrunzelnd den bunten Hahn. Die Sache gefiel mir nicht. Ich wünschte, ich hätte mehr in der Hand gegen Fabiano, um die Wahrheit aus ihm herauszuholen. Er verheimlichte mir etwas, aber ich hatte keine Ahnung, ob es mit Malcolms Tod zu tun hatte oder nicht.

Ich stieg in meinen Chevy und fuhr nach Hause. Sollte ich Rawlings informieren oder nicht? Ich überlegte den ganzen Nachmittag hin und her, während ich ein Baseballspiel ansah und später gemächlich zwischen den Bojen in Montrose Habor schwamm. Ich konnte nicht eher zu Lotty gehen und mir die Sache vom Hals schaffen, bevor ich nicht mehr wußte. Um halb zehn zog ich mir dunkle, bequeme Kleidung an. Statt der Joggingschuhe trug ich Halbschuhe mit dicken Gummisohlen, in denen ich zwar nicht so schnell laufen, dafür aber sicher sein konnte, daß es schmerzte, falls ich jemandem aus der Nähe einen Tritt versetzen mußte.

Wie an jedem Samstagabend war in Humboldt Park die Hölle los. Autos fuhren die North Avenue rauf und runter, es wurde gehupt wie verrückt, und die Radios waren auf volle Lautstärke gestellt. Mädchen in Schuhen mit unglaublich hohen Absätzen und in Spitzenblusen schlenderten in Gruppen hüftenschwingend auf und ab und lachten. Junge Männer und Betrunkene umschwirrten sie, pfiffen, schrien und zogen wieder ab. Ich fuhr bis zur Campell Avenue und parkte vier Blocks vom Treffpunkt entfernt unter einer Straßenlampe. Es war eine ruhige, gepflegte Wohngegend, und Schilder zu beiden Enden der Straße machten dies nachdrücklich klar: keine Radios, keine Graffiti, kein Hupen. Der Zustand der Häuser unterstrich die Bereitschaft der Bewohner, sich an die Regeln zu halten. Sollte ich fliehen müssen und es bis hierher schaffen, würde vielleicht sogar jemand die Polizei rufen.

Ich durchquerte das Gelände in westlicher Richtung. Eine Straße weiter verschlechterte sich die Wohngegend. Ich bahnte mir vorsichtig einen Weg zwischen zerbrochenen Flaschen, gesplitterten Brettern, Autoreifen und anderen Objekten hindurch, die ich in der Dunkelheit nicht identifizieren konnte. Die meisten Gebäude hier waren bescheidene Einfamilienhäuser, und in vielen der kleinen Vorgärten gab es Hunde, die wütend an ihren Ketten zerrten oder an den Zäunen hochsprangen, sobald sie mich hörten. Ein paarmal sah ich Gesichter in den Fenstern, die herausspähten. Als ich über den letzten Zaun stieg und auf der Washtenaw stand, war mein Mund staubtrokken und mein Herz raste. Ich drückte mich im Schatten der Hausruine auf der gegenüberliegenden Straßenseite herum und versuchte auszumachen, wo sie Wachen aufgestellt hatten. Versuchte, meine weichen Knie zu ignorieren. Los, Warshawski, sprach ich mir Mut zu, fressen oder gefressen werden, und frisch gewagt, ist halb gewonnen.

Solchermaßen ermuntert, trat ich auf die Straße und ging an den reifenlosen Autos vorbei bis vor den Laden mit den dicken Vorhängen. Niemand schoß auf mich. Trotzdem spürte ich in der Dunkelheit um mich herum die Anwesenheit vieler »Löwen«. Ich klopfte leise an die Glastür. Sie öffnete sich sofort einen Spalt, so weit es die Sicherungskette zuließ. Als nächstes sah ich einen Revolverlauf. Natürlich. Das dramatische Gehabe der Banden, um der ewigen Langeweile des Lebens auf der Straße zu entkommen.

»V. I. Warshawski meldet sich zur Stelle, sauber in Gedanken, Wort und Tat.«

Ich spürte, wie sich jemand von hinten näherte, und machte mich auf die Berührung gefaßt; mit einem Tritt zu antworten, hätte mir jetzt nichts gebracht. Hände tasteten mich unbeholfen ab.

»Sie ist sauber, Mann«, meldete näselnd der Jugendliche hinter meinem Rücken. »Hab niemand mit ihr kommen sehen.«

Um die Kette zu entriegeln, wurde die Tür geschlossen, dann ging sie wieder auf. Ich trat in einen dunklen Raum. Der Wachposten nahm meinen Arm und führte mich über den nackten Boden; von den kahlen Wänden hallte das Echo unserer Schritte zurück. Wir kamen zu einem dicken Vorhang, hinter dem sich eine weitere Tür befand. Mein Begleiter klopfte einen komplizierten Code, und wieder wurden Ketten entriegelt.

In vollem Glanz saß mir Sergio Rodriguez gegenüber. Die oberen vier Knöpfe des blauen Seidenhemds offen, Reihen goldener Kettchen um den Hals, hatte er es sich in dem riesigen Ledersessel hinter dem Mahagonischreibtisch bequem gemacht. Den Boden bedeckte ein dicker Teppich, die kühle, klimatisierte Luft duftete nach Marihuana. Ein überdimensionales Radio in der Ecke war auf einen spanischsprachigen Sender eingestellt. Bei meinem Eintritt drehte jemand die Lautstärke zurück.

Außer Sergio waren noch drei junge Männer im Zimmer. Einer trug ein T-Shirt, das seine tätowierten Arme frei ließ. Auf dem linken Unterarm prangte ein Pfau, dessen kunstvolle Schwanzfedern wahrscheinlich Einstichstellen verbargen. Der zweite hatte ein langärmeliges rosa Hemd an, das seinen schmalen Körper wie eine zweite Haut umgab. Er und Tattoo protzten mit ihren Revolvern. Der dritte war Fabiano. Soweit ich sehen konnte, war er unbewaffnet.

»Wette, du hast nicht damit gerechnet, mich hier zu treffen, du Miststück.« Er grinste wichtigtuerisch.

»Bist wohl gleich zu Papi gelaufen nach unserer Unterhaltung? Du mußt wirklich eine Heidenangst davor haben, daß dir Sergio ein paar unangenehme Fragen wegen dem Auto stellt.«

Fabiano machte einen Satz in meine Richtung. »Du Miststück! Warte nur! Ich werd dir schon beibringen, was Angst ist! Ich werd dir schon –«

»In Ordnung!« Sergios Stimme klang heiser. »Du hältst jetzt den Mund. Ich führe hier die Unterhaltung. Also, Warshawski.

Schon 'ne ganze Weile her, seit du für mich gearbeitet hast, nicht wahr?«

Fabiano war an die Wand zurückgetreten. Rosa Hemd paßte auf ihn auf. Demnach traute die Bande Fabiano nicht.

»Du hast dich ganz schön gemausert, Sergio – Mittagessen mit Stadträten, Mittagessen mit Leuten aus dem Büro für Stadtentwicklung – deine Mutter ist sehr stolz auf dich.« Ich sprach in nüchternem Tonfall, ließ weder Verachtung noch Bewunderung mitschwingen.

»Ich bin zufrieden. Aber du – du bist nicht besser dran als das letztemal, daß wir uns gesehen haben, Warshawski. Wie ich höre, fährst du immer noch eine alte Kiste und lebst immer noch allein. Du solltest heiraten, Warshawski, ein bißchen ruhiger werden.«

»Sergio! Ich bin gerührt – nach so vielen Jahren. Und ich dachte, ich wär dir gleichgültig.«

Er lächelte, das gleiche hinreißende, engelhafte Lächeln, mit dem er mich schon vor zehn Jahren verwirrt hatte. Mit diesem Lächeln hatte er das Urteil gedrückt.

»Ich bin jetzt ein verheirateter Mann, Warshawski. Habe eine hübsche Frau, ein kleines Kind, ein ordentliches Zuhause, schnelle Autos. Was hast du?«

»Zumindest nicht Fabiano. Gehört er zu dir?«

Sergio winkte nachlässig ab. »Er macht ab und zu Botengänge. Hast du Anlaß zur Klage über ihn?«

»Ich habe keinen Anlaß zur Klage. Im Gegenteil, mich überwältigt Bewunderung für seinen Lebensstil und Mitgefühl für seinen Schmerz.« Ich wandte mich um und griff nach einem Klappstuhl – nur Sergio hatte das Recht, bequem zu sitzen – und bemerkte, wie Fabiano eine wütende Geste machte und Rosa Hemd ihm beruhigend die Hand auf die Schulter legte. Ich zog den Stuhl bis zum Schreibtisch und setzte mich.

»Ich möchte mich nur vergewissern, daß er sich nicht in seinem Schmerz bedauerlicherweise dazu hinreißen ließ, Malcolm Tregiere den Schädel einzuschlagen.«

»Malcolm Tregiere? Der Name kommt mir irgendwie bekannt vor...« Sergio rollte den Namen wie ein Weinkenner, der sich an einen seltenen Jahrgang erinnern will.

»Ein Arzt. Wurde vor ein paar Tagen ermordet. Er hat sich um Fabianos Freundin und ihr Baby gekümmert, letzten Dienstag, kurz bevor beide starben.«

»Ein Arzt! Ah ja, jetzt fällt's mir wieder ein. So ein schwarzer Pinkel. Jemand ist in seine Wohnung eingebrochen, richtig?«

»Richtig. Du weißt nicht zufälligerweise, wer es war, oder?«

Er schüttelte den Kopf. »Ich nicht, Warshawski. Ich weiß nichts drüber. Ein schwarzer Arzt – hat sich um seine Angelegenheiten gekümmert, hatte nichts mit meinen Geschäften zu tun.«

Das klang endgültig. Ich wandte mich um und sah die anderen drei an. Tattoo rieb sich die Schwanzfedern auf seinem linken Arm. Rosa Hemd starrte Löcher in die Luft. Fabiano grinste.

Ich drehte meinen Stuhl um neunzig Grad, so daß ich alle vier gleichzeitig im Auge hatte. »Fabiano ist anderer Meinung. Er glaubt, du weißt 'ne Menge drüber – nicht wahr, Fabiano?«

Fabiano machte einen Satz nach vorn. »Du verdammtes Miststück! Ich hab nichts zu ihr gesagt, Sergio – nichts.«

»Worüber hast du nichts gesagt?« fragte ich.

Sergio zuckte die Achseln. »Über nichts, Warshawski. Du mußt lernen, deine Nase nicht in anderer Leute Angelegenheiten zu stecken. Vor zehn Jahren hab ich mein Inneres vor dir ausgebreitet. Heute muß ich das nicht. Ich habe einen richtigen Rechtsanwalt, einen, der mich nicht wie Dreck behandelt, wenn ich Hilfe brauche, keine Frau, die selbst Geld verdienen muß, weil sie keinen Mann findet.«

Einen Augenblick lang war ich verunsichert, nicht wegen des Mannes, sondern wegen des Drecks. Hatte ich meine Klienten wirklich wie Dreck behandelt? Oder nur Sergio, der einen alten Mann zusammengeschlagen hatte und dann jammerte, daß ich mit ihm darüber reden wollte, anstatt mit ihm zu flirten. Ich war geistesabwesend und bemerkte Tattoo erst kurz, bevor er zuschlug. Ich rollte vom Stuhl, umklammerte seine Beine, zog sie nach vorn und ließ ihn krachend gegen den Schreibtisch fallen. Als ich aufsprang, stürzte sich Rosa Hemd auf mich und versuchte, meine Arme festzuhalten. Ich trat ihn hart gegen das Schienbein. Er stöhnte auf, kippte nach hinten und versuchte, mich mit der Faust zu treffen. Ich wehrte den Schlag mit dem Arm ab und stieß ihm mein Knie in den Bauch. Tattoo war jetzt hinter mir, faßte mich an den Schultern. Ich entspannte mich, drehte mich zur Seite und stieß ihm den Ellbogen in die Rippen. Er lockerte seinen Griff so weit, daß ich mich befreien konnte, aber mittlerweile nahm auch Sergio an der Prügelei teil. Er schrie Rosa Hemd irgendwas zu, und der ergriff mein linkes Handgelenk, Sergio packte mich von hinten um die Taille, ich stürzte mit dem Gesicht nach unten ziemlich unelegant zu Boden, und er landete auf mir. Fabiano, der bislang nicht eingegriffen hatte, gab mir einen Tritt gegen den Kopf. Es war nur eine Geste; er konnte nicht wirklich zutreten, ohne Sergio zu treffen. Sergio band mir die Hände auf den Rücken und stand auf.

»Dreh sie um.«

Ich warf aus der Nähe einen Blick auf die Tätowierungen und sah dann hinauf auf Sergios hinreißendes Lächeln.

»Du hast geglaubt, du hättest damals vor Gericht ein gutes Werk vollbracht, weil du das Urteil von zehn auf zwei Jahre gedrückt hast. Aber du hast nie gesessen, Warshawski. Wüßtest du, wie es ist, hättest du dich ein bißchen mehr angestrengt. Jetzt wirst du sehen, wie es ist, gequält zu werden, wie es ist, wenn jemand, den du haßt, dir sagt, was du zu tun hast.«

Mein Herz schlug so schnell, daß ich dachte, ich würde ersticken. Ich schloß die Augen, zählte bis zehn und versuchte dann, so ruhig wie möglich zu sprechen. »Erinnerst du dich an Bobby Mallory, Sergio? Ich habe ihm diese Adresse und deinen Namen zukommen lassen. Wenn meine Leiche morgen auf der Müllkippe liegt, wird dir nicht einmal dein geschniegeltes Sprachrohr von Rechtsanwalt Ärger ersparen können.«

»Ich will dich nicht umbringen, Warshawski. Ich habe keinen Grund dazu. Ich will nur, daß du deine Nase nicht in meine Angelegenheiten steckst. Setz dich auf ihre Beine, Eddie.«

Tattoo kam der Aufforderung nach.

»Ich will dich nicht ruinieren, für den Fall, daß du noch einen Mann kriegst, Warshawski. Ich werde dir nur eine kleine Erinnerung mit auf den Weg geben.«

Er zog ein Messer, lächelte engelhaft, kniete nieder und hielt es mir nah ans Auge. Mein Mund war ausgetrocknet, und ich zitterte vor Kälte. Schock, dachte ich, das ist der Schock. Ich zwang mich, konzentriert zu atmen, tief einzuatmen, den Atem fünf Sekunden anzuhalten, auszuatmen. Und ich zwang mich, die Augen nicht zu schließen, Sergio anzustarren. Durch den Schleier von Angst sah ich, daß er gereizt war; ich schien nicht erschrocken genug. Dieser Gedanke munterte mich auf und half mir, gleichmäßig zu atmen. Seine Hand bewegte sich weg von meinem Auge aus meinem Blickfeld. Dann stand er wieder.

Ich spürte einen stechenden Schmerz in der linken Kieferhälfte und am Hals, aber der Schmerz in meinen gefesselten Armen war stärker als jede andere Empfindung.

»Warshawski, komm mir nie wieder unter die Augen.« Sergio atmete schwer und schwitzte.

Tattoo riß mich hoch. Gemäß dem ausgefeilten Ritual wurde die Tür aufgeschlossen. Mit noch immer gefesselten Händen führte man mich durch das leere Zimmer und die Ladentür hinaus auf die Washtenaw Avenue.

8 Flickwerk

Es war weit nach Mitternacht, als ich die Eingangstür meines Hauses aufschloß. Das Blut auf meinem Gesicht und meinem Hals war geronnen; das beruhigte mich. Ich wußte, daß ich zu einem Arzt gehen, meine Wunden fachmännisch versorgen lassen sollte, damit keine Narben zurückblieben, aber eine unendliche Müdigkeit hatte von mir Besitz ergriffen. Alles, was ich wollte, war, ins Bett zu gehen und nie wieder aufzustehen, mich nie wieder auf irgendeine Sache einzulassen.

Als ich auf die Treppe zusteuerte, ging die Tür der Erdgeschoßwohnung auf. Mr. Contreras kam heraus.

»Ach, Sie sind's. Ich hab mir schon zwanzigmal überlegt, ob ich die Polizei rufen soll.«

»Ich glaube, die hätten nicht viel für mich tun können.« Ich begann, die Treppe hinaufzusteigen.

»Sie sind ja verletzt! Ich hab's erst gar nicht gesehen – was haben die mit Ihnen gemacht?«

Er kam hinter mir die Treppe hoch. Ich blieb stehen und wartete auf ihn. Meine Hand berührte das getrocknete Blut auf meinem Gesicht. »Es ist nichts, wirklich. Sie waren betrunken. Die Sache ist kompliziert. Der Typ hatte seit Jahren 'ne Wut auf mich.« Ich lachte leise. »Damals glaubte ich, ich helfe diesem Schläger, wenn ich ihm eine Strafe erspare, die er eigentlich verdient hätte. Um ihm zu helfen, hab ich meinen Haß auf ihn und seine Ansichten hinuntergeschluckt. Aber er glaubte, daß ich ihn verachtet und gezwungen habe, zwei Jahre abzusitzen. Das ist alles.«

Mr. Contreras ging nicht darauf ein. »Wir müssen Sie zu einem Arzt bringen. So können Sie nicht rumlaufen. Ach, hätte ich nur nicht so lange gewartet. Hätte ich nur gleich die Polizei gerufen.«

Seine rauhen, starken Hände zerrten mich hartnäckig die Treppe wieder hinunter und in seine Wohnung. Sein Wohnzimmer war mit alten, ramponierten Möbeln eingerichtet. Eine riesige Truhe, mit einem Leintuch bedeckt, stand in der Mitte des Raums. Wir gingen um sie herum zu einem senffarbenen, dick gepolsterten Lehnstuhl. Er ließ mich hinsetzen und brabbelte dabei ununterbrochen vor sich hin.

»Wie sind sie nur allein nach Hause gekommen, Mädchen? Warum haben Sie nicht angerufen – ich hätte Sie geholt.« Er ging hinaus und kehrte nach kurzer Zeit mit einer Decke und einem Glas heißer Milch zurück. »Ich hab 'ne Menge Unfälle erlebt, als ich noch Schlosser war. Sie müssen sich warmhalten und dürfen keinen Alkohol trinken... Jetzt holen wir einen Arzt. Wollen Sie rüber ins Krankenhaus, oder kennen Sie jemand, den ich rufen soll?«

Ich fühlte mich weit entfernt. Ich konnte nicht antworten, nicht klar denken. Arzt oder Krankenhaus? Ich wollte weder das eine noch das andere. Ich hielt das Glas Milch in der Hand und sagte nichts.

»Hören Sie, Schätzchen.« Er klang etwas verzweifelt. »Ich bin nicht mehr so kräftig wie früher. Ich kann Sie nicht bewußtlos schlagen und dann wegtragen. Sie müssen schon mithelfen.

Na los, reden Sie, Mädchen. Oder soll ich einfach die Polizei rufen? Das sollte ich sowieso, ich weiß. Warum frage ich sie überhaupt? Ich sollte sie einfach rufen.«

Das machte mich wacher. »Nein, warten Sie. Nicht die Polizei, noch nicht. Ich kenne eine Ärztin. Rufen Sie sie an. Sie wird kommen.« Ich hatte Lottys Nummer so oft gewählt, ich kannte sie besser als meine eigene. Warum fiel sie mir jetzt nicht ein? Ich überlegte angestrengt und runzelte die Stirn. Ein stechender Schmerz durchfuhr meinen Kiefer. Schließlich sagte ich hilflos: »Sie müssen sie nachschlagen. Sie steht im Telefonbuch. Lotty Herschel. Ich meine, Charlotte Herschel.«

Ich lehnte mich im Sessel zurück, hielt das Glas Milch fest. Die Wärme tat meinen kalten Händen gut. Laß das nicht fallen. Das ist Papas Kaffee. Er trinkt ihn am liebsten, während er sich rasiert. Trag ihn vorsichtig. Er mag es, wenn sein kleines Mädchen ihm den Kaffee bringt. In seinem eingeschäumten Gesicht siehst du die Fältchen um die Augen. Du weißt, er lächelt, lächelt, weil er dich sieht. Mutter sagt Papa, er solle eine Lampe holen, ihr kleines Mädchengesicht damit beleuchten. Irgend etwas ist passiert. Ein Sturz, richtig, sie ist vom Fahrrad gefallen. Mutter macht sich Sorgen. Eine Gehirnerschütterung. Ein böser Sturz. Jod brennt auf abgeschürfter Haut.

Ich wachte auf. Lotty säuberte mein Gesicht, sie runzelte konzentriert die Stirn. »Ich gebe dir eine Tetanusspritze, Vic. Und ich bring dich ins Beth Israel. Es ist keine gefährliche Schnittwunde, aber ziemlich tief. Ich will, daß sie sich ein plastischer Chirurg ansieht, daß sie ordentlich genäht wird, damit keine Narben bleiben.«

Sie holte eine Spritze aus ihrer Tasche, tupfte meine Armbeuge ab und stach zu. Ich stand auf, sie legte stützend ihren Arm um meine Taille. Mr. Contreras hielt mir eine blaue Wildlederjacke entgegen, die mir bekannt vorkam.

»Ich hab ihre Schlüssel genommen und bin rauf in ihre Wohnung gegangen«, erklärte er.

Meine Arme schmerzten immer noch. Es schmerzte, in die Jackenärmel zu schlüpfen, und ich nahm seine Hilfe dankbar an. Er begleitete mich behutsam aus dem Haus bis zu Lottys Datsun, blieb dann auf dem Gehsteig stehen und sah zu, wie

Lotty den Gang einlegte und losbrauste. Ihr irres Tempo bedeutete nicht, daß mein Zustand bedenklich war – sie fährt immer wie eine Wahnsinnige.

»Was ist passiert? Der alte Mann sagt, du hast dich mit irgendwelchen Gangstern getroffen.«

Ich verzog das Gesicht, und stechende Schmerzen durchzuckten meine linke Gesichtshälfte. »Fabiano. Oder einer seiner Kumpel. Du wolltest doch, daß ich mich um den Mord an Malcolm kümmere. Das hab ich getan.«

»Allein? Du ziehst alleine los und hinterläßt eine Nachricht für Lieutenant Mallory? Was ist in dich gefahren?«

»Danke für dein Mitgefühl, Lotty. Ich kann's wirklich gebrauchen.« Eine Sturzflut von Bildern schoß mir durch den Kopf – Sergio, ich als die böse Hexe, die sich in einen Wurm verwandelt, mein Grauen in dem kleinen Hinterzimmer und eine nagende Angst, daß mein Gesicht für immer verunstaltet wäre. Es fiel mir schwer, mich auf das Gespräch zu konzentrieren, weil mich eine bleierne Müdigkeit überwältigte. Ich zwang mich zu reden. »Ich hab's dir ja gesagt – eine Sache für die Polizei.«

»Was wolltest du eigentlich damit beweisen, einfach allein loszuziehen, statt der Polizei mitzuteilen, was du weißt. Manchmal bist du unerträglich!« Lottys Wiener Dialekt machte sich bemerkbar, wie immer, wenn sie sich aufregte.

»Ja, wahrscheinlich hast du recht.« Das Stechen in meinem Gesicht vermischte sich mit dem Pochen in meinen Schultern zu einem gewaltigen weißen Trommelwirbel von Schmerz. Es wurde schlimmer, wenn der Wagen über ein Schlagloch fuhr, und ließ anschließend ein wenig nach. Auf und ab. Wie ein Riesenrad. Einen Augenblick lang dachte ich, ich säße in einem Riesenrad, aber das stimmte nicht. Ich war auf dem Weg ins Krankenhaus. Meine Mutter war krank. Vielleicht würde sie sterben, aber Vater und ich waren tapfer. Nachdem wir die High-School Basketball-Meisterschaft gewonnen hatten, kippten die Mädchen der Mannschaft und ich heimlich ein paar Whiskeys. Uns wurde hundeelend. Jetzt mußte ich zurück zu meiner Mutter. Ich mußte wach und fröhlich sein, nicht wehleidig und verkatert.

»Ich glaub, ich bin auch manchmal ziemlich dumm.« Die scharfe Stimme durchschnitt den Nebel. Lotty. Nicht Gabriella, meine Mutter. »Dir geht's mies. Was immer dich dazu veranlaßt hat, allein loszuziehen, mach dir darüber heute keine Sorgen. Na los, *Liebchen*. Auf die Füße. So ist's gut. Stütz dich auf mich.«

Ich stand langsam auf, zitterte in der warmen Luft. Lotty rief etwas. Man brachte einen Rollstuhl. Ich sank hinein und wurde weggefahren. Ich versuchte nicht mehr, wach zu bleiben. Weiße Lichter leuchteten verschwommen hinter meinen narkotisierten Lidern. Nadelstiche in meinem Gesicht – sie nähten mich wieder zusammen. Etwas Kaltes auf meinem Rücken. Die Muskeln entspannten sich. »Werde ich sterben, Doc?« murmelte ich.

»Sterben?« wiederholte eine Männerstimme. Ich kam zu Bewußtsein und sah einen alten Mann mit grauem Haar. »Ihr Leben war keinen Augenblick in Gefahr, Miss Warshawski.«

»Das wollte ich eigentlich gar nicht wissen. Was ich wissen will – mein Gesicht, wie schlimm wird es aussehen?«

Er schüttelte den Kopf. »Es wird kaum was zu sehen sein. Vorausgesetzt Sie gehen nicht in die pralle Sonne und ernähren sich gesund. Ihr Freund wird möglicherweise eine dünne Linie sehen, wenn er sie küssen will, aber wenn er so nah ist, macht er möglicherweise sowieso die Augen zu. Sie bleiben für den Rest der Nacht hier. Die Polizei möchte mit Ihnen sprechen, aber ich habe sie auf morgen vertröstet.«

Obwohl er ein alter Chauvi war, war er vielleicht doch nicht so übel. Als ich nach Lotty fragte, sagte er mir, daß sie gegangen sei, nachdem feststand, daß ich die Nacht über hierbleiben würde. Ich ließ mich zu einem Aufzug fahren, dann mehrere Stockwerke nach oben und einen Korridor entlang in ein Krankenzimmer. Eine Schwester zog mich aus, brachte mir ein Nachthemd und hob mich mit solcher Leichtigkeit ins Bett, als wäre ich ein Kind und nicht ein sechzig Kilo schwerer Detektiv.

»Sagen Sie ihnen, sie sollen mich morgen früh nicht zum Blutdruckmessen wecken«, murmelte ich noch und fiel danach in einen tiefen Schlaf.

9 Polizist auf Grilltomate

Dank der Schlaftabletten schlief ich bis zwei Uhr am Sonntagnachmittag. Als ich schließlich aufwachte, konnte ich es kaum glauben: Niemand hatte mich geweckt. Die strikte Krankenhausroutine hatte eine Ausnahme zugelassen. Es hat Vorteile, gute Freunde in wichtigen Positionen zu haben.

Um drei kam eine Assistentin, um nach mir zu sehen. Sie bewegte meine Arme und Beine und kontrollierte meine Augen. »Dr. Pirwitz hat gesagt, Sie können heute nachmittag nach Hause gehen, wenn Sie sich dazu in der Lage fühlen.«

Dr. Pirwitz? Ich vermutete, das war der grauhaarige Chirurg. Ich war nicht auf den Gedanken gekommen, ihn nach seinem Namen zu fragen, als er mich zusammenflickte. »Sehr gut. Ich fühle mich in der Lage dazu.« Mein Kiefer schmerzte höllisch, und meine Schultern waren so steif, daß ich aufstöhnte, als ich sie bewegte. Aber ich würde mich zu Hause schneller erholen als im Krankenhaus.

Sie kritzelte etwas in meine Akte. »In Ordnung. Alles erledigt. Geben Sie dieses Blatt im Schwesternzimmer ab, und Ihre Entlassung ist offiziell.« Sie lächelte aufmunternd und ging.

Ich stieg etwas wacklig aus dem Bett und wankte ins Badezimmer. Beim Anziehen wurde ich mir der Myriaden von Muskeln in Armen und Beinen bewußt. Wer hätte gedacht, daß es so viele sind? Ich zog mir gerade die Schuhe an, als Mr. Contreras zögernd in der Tür auftauchte. Er hielt ein paar Gänseblümchen in der Hand. Sein Gesicht hellte sich auf, als er mich angezogen sah.

»Ich war schon um eins da, aber die haben mir gesagt, daß Sie noch schlafen. Oje, Mädchen, haben Sie sich ihr Gesicht schon mal angeschaut? Es sieht aus, als wären Sie in eine Riesenschlägerei verwickelt gewesen. Na ja, wird schon wieder werden. Jetzt fahren wir nach Hause und legen ein rohes Steak drauf – das hat Wunder gewirkt bei meinen blauen Augen, die ich hatte, als ich noch jung war.«

Ich hatte mir Sergios Werk noch nicht angesehen. Tatsächlich hatte ich den Spiegel tunlichst vermieden, als ich mich im Bad gewaschen hatte. »Ich glaub's Ihnen aufs Wort«, sagte ich verdrießlich. Jetzt konnte ich nicht länger widerstehen und warf einen Blick in den Spiegel an der Wand. Eine dunkle Linie begann ungefähr drei Zentimeter unterhalb meines linken Auges und lief bis zum Kiefer. Durchsichtige Plastikklammern hielten die Wunde zusammen. Das Ganze sah gar nicht so schrecklich aus – bis auf die geschwollene und in allen Regenbogenfarben schillernde Backe und das blutunterlaufene linke Auge. Ich sah aus wie eine vergewaltigte Hausfrau. Als ich den Kragen des Wollhemds vom Hals wegzog, bemerkte ich dort eine zweite, ähnliche Wunde, die bis zum Schlüsselbein verlief.

»Wer ein Ziel erreichen will, muß die Mittel in Kauf nehmen«, sagte ich in einem Anfall von Großmut, ohne mir im klaren darüber zu sein, ob ich Sergios Mittel oder meinen eigenen unbesonnenen Vorstoß in sein Reich meinte.

»Machen Sie sich keine Sorgen, Mädchen – das wird heilen. Sie werden schon sehen. Die hier hab ich Ihnen mitgebracht für den Fall, daß Sie eine Weile hätten hierbleiben müssen.« Er streckte mir die Gänseblümchen hin.

Ich dankte ihm. »Sie lassen mich nach Hause, ich werde sie mitnehmen.«

Er folgte mir den Gang entlang und erzählte dabei ununterbrochen von den Kämpfen, die er in seiner Zeit als Maschinenschlosser ausgefochten hatte, wie seine Nase gebrochen wurde, wie er seinen linken Eckzahn verlor – er zog die Lippe in die Höhe, um mir die Lücke zu zeigen –, was seine Frau ihn geheißen hatte, als er völlig betrunken um vier Uhr früh nach Hause gekommen war mit einem blauen Auge und dem Mann, der es ihm geschlagen hatte, untergehakt und fröhlich singend.

Meine offizielle Entlassung verlief reibungslos. Um in dem heruntergekommenen Stadtviertel zahlungskräftige Patienten zu gewinnen, warb das Beth Israel mit erstklassigen Leistungen in allen Bereichen – die man auch erhielt. Zumindest behauptete Lotty das. Die Schwester und die Verwaltungsangestellte, die meine Entlassungspapiere bearbeiteten, behandelten mich mit einer zuvorkommenden Höflichkeit, die sich wohltuend von Mrs. Kirklands ruppigen Manieren im Friendship Hospital unterschied. Sie gaben mir ein spezielles Reinigungsmittel und eine Salbe für die Wunde mit, sagten, ich solle in einer Woche wiederkommen, um die Fäden ziehen zu lassen, und verabschiedeten sich mit den besten Wünschen.

Im Auto stellte Mr. Contreras bereitwillig den Sender ein, der das Baseballspiel übertrug. Ich war froh, im Auto und nicht im Stadion zu sitzen. Mr. Contreras bestand darauf, mich hinauf in den dritten Stock zu begleiten, um sich zu vergewissern, daß es mir an nichts fehlte. Außer den Gänseblümchen hatte er noch ein Steak und eine Flasche Whiskey für mich eingekauft. Ich war gerührt von so viel Anteilnahme und lud ihn ein, ein Glas mit mir zu trinken.

Mit dem Whiskey machte ich es mir auf meinem kleinen Küchenbalkon bequem und verfolgte im Radio das Spiel, während Mr. Contreras unten im Garten das Steak auf unserem Gemeinschaftsgrill briet. Er war stolz auf seine Fähigkeiten als Koch, die er sich seit dem Tod seiner Frau angeeignet hatte. Ein paar koreanische Kinder, deren Familien im zweiten Stock wohnten, spielten vorsichtig Ball. Mr. Contreras Freundlichkeit verschwand auf der Stelle, sobald er seine Tomaten bedroht sah. Oder sein Eigentum im allgemeinen. Oder seine Nachbarn.

Ich aß unter Schmerzen, die dank des Whiskeys jedoch erträglich waren, als die Polizei auf der Bildfläche erschien. Es klingelte, und ich schwankte benommen zur Sprechanlage. Als sich Detective Rawlings ankündigte, erinnerte ich mich vage daran, daß Dr. Pirwitz gesagt hatte, die Polizei wolle mich sprechen. Krankenhäuser melden routinemäßig alle Fälle von Gewaltanwendung.

Detective Rawlings war ganz falsche Freundlichkeit. Er trug Jeans und ein T-Shirt, wozu das Jackett, das er anhatte, um darunter die Pistole zu verbergen, nicht paßte. Er kam in Begleitung eines uniformierten Beamten, der das hölzerne Benehmen an den Tag legte, das typisch ist für Männer in Uniform, die fürchten, von ihren Vorgesetzten in Verlegenheit gebracht zu werden.

»Haben sich 'ne kleine Schnittwunde zugezogen, nicht wahr, Warshawski?« begrüßte mich Rawlings.

»Nichts Auffälliges. Wenigstens behauptet das der Arzt. Ich werde ihm berichten müssen, daß Sie sich nicht haben täuschen lassen.«

»Vermutlich habe ich in meinem Leben zuviele Schnittwunden gesehen. Ich bin nicht so leicht zu täuschen – zumindest nicht, was diese Art von Verletzung angeht. Was allerdings den Unterschied zwischen einem Privatdetektiv und einem Anwalt betrifft, da bin ich manchmal wirklich ratlos. Was sind Sie, Miss Warshawski, Anwalt oder Detektiv?«

Mr. Contreras eilte an meine Seite, um mir beizustehen, machte aber keine Anstalten, sich einzumischen. Ich stellte ihn höflich vor, bevor ich antwortete.

»Beides, Detective. Ich bin Mitglied der Anwaltskammer von Illinois. Und ich habe eine Lizenz als Privatdetektiv. In beiden Berufen habe ich einen ausgezeichneten Ruf, zumindest im Staate Illinois.«

Ich setzte mich in meinen Lehnstuhl. Rawlings nahm auf der Couch Platz, der Uniformierte stellte sich neben ihn, Notizblock gezückt. Mr. Contreras bezog Stellung hinter meinem Sessel, bereit für mich in die Bresche zu springen, sollten es die Umstände erfordern.

»Warum haben Sie mir neulich nicht gesagt, daß Sie ein Schnüffler sind, Warshawski?«

»Neulich war ich keiner. Ich begleitete Dr. Herschel in meiner Eigenschaft als ihre Anwältin. Sie ist zwischen Nazi Sturmtruppen aufgewachsen und hat seitdem Angst vor uniformierten Männern – unverständlich in Chicago, natürlich, aber nichtsdestotrotz...«

Rawlings kniff die Augen zusammen. »Wissen Sie, Ihr Name kam mir bekannt vor. Nachdem Sie gegangen waren, fragte ich den diensthabenden Wachtmeister. Er erinnerte sich an Ihren Vater, aber das war's nicht, was ich wissen wollte. Also, gestern nachmittag hab ich mit einem Freund von mir – Terry Finchley – gesprochen und Sie erwähnt, und er erzählte mir, daß Sie Privatdetektiv sind. Und daß Lieutenant Bobby Mallory Bauchschmerzen kriegt, wenn Sie einen Fall übernehmen. Und ich war etwas verärgert über Sie. Dachte daran, Sie anzurufen, Ihnen die Leviten zu lesen, Sie aus meinem Revier zu schmeißen.«

»Was hat Sie daran gehindert?«

»Oh, keine Ahnung. Terry sagte, daß Sie eine unheimliche

Nervensäge sind, aber Ergebnisse liefern. Ich dachte, ich warte mal, ob Sie für mich auch was finden. Ich kann Ihnen jetzt schon versichern, in punkto Nervensäge hatte er recht. Wer hat Ihnen die Schönheitsmale verpaßt?«

Ich schloß die Augen. »Vor ungefähr hundert Jahren war ich mal Pflichtverteidigerin gewesen. Hat Ihnen Finchley das erzählt? Letzte Nacht habe ich einen meiner früheren Mandanten wiedergetroffen. Er war mit meiner Arbeit unzufrieden. Man kann's vermutlich nicht allen Kunden rechtmachen.«

»Und das hatte nichts zu tun mit der Ermordung Malcolm Tregieres?«

»Ich glaube nicht. Ich kann mich natürlich irren, aber ich glaube, er hat eine alte Rechnung beglichen.«

»Wo ist das passiert?«

»Oben im Norden.«

»Wo genau?«

»North Avenue. Washtenaw.«

»Humboldt Park? Was zum Teufel haben Sie dort gemacht, Warshawski?«

Ich öffnete die Augen und sah, wie sich Rawlings gespannt nach vorn beugte. Er schien verärgert, aber ich konnte mich auch täuschen. Mr. Contreras brummte irgendwas vor sich hin. Vielleicht mochte er nicht, daß mich Rawlings nur beim Nachnahmen nannte oder daß er in meiner Gegenwart fluchte.

»Mit einem verärgerten früheren Mandanten gesprochen, Detective.«

»Den Teufel haben Sie getan. Das ist Löwen-Territorium. Diese Mistkerle zeigen mir tagtäglich eine lange Nase in meinem Revier, und ich will verflucht sein, wenn Sie es ihnen gleichtun.«

Mehr Gebrummel von Mr. Contreras.

»Die Sache sieht folgendermaßen aus, Rawlings«, sagte ich und versuchte, all meine Ehrenwort-das-ist-die-ganze-Wahrheit-Aufrichtigkeit in meine Stimme zu legen. »Dr. Herschel hat eine Krankenschwester. Die wiederum hatte eine kleine, schwangere Schwester. Ein totaler Versager namens Fabiano Hernandez war der Vater des Kindes. Mutter und Kind sind unglücklicherweise letzten Dienstag in Schaumburg gestorben, es gab Komplikationen aufgrund von Diabetes, der Schwangerschaft und der Jugendlichkeit der Mutter. Hernandez wurde beobachtet, wie er die Straßen rauf und runter fährt in einem Wagen, den er sich eigentlich nicht leisten kann, weil er chronisch arbeitslos ist. Also wollten die Angehörigen des Mädchens wissen, wie das möglich ist. Sie sind sehr stolze Leute. Sie wollten von Anfang an nichts mit einer Flasche wie Fabiano zu tun haben, und ebensowenig wollen sie nicht, daß er aus dem Tod des Mädchens Kapital schlägt. Deshalb baten sie mich, mir den Kerl mal genauer anzusehen. Fabiano hängt an Sergio Rodriguez' Rockzipfeln. Er lief heulend zu Rodriguez, der meinte, er wäre mir noch was schuldig, weil ich ihn damals nicht frei bekommen habe. Das ist alles.«

»Und das hat nichts, wirklich nichts mit dem Tod von Malcolm Tregiere zu tun?«

»Soweit ich weiß nicht, Detective.«

»Hat Tregiere das tote Mädchen behandelt?«

Polizeiarbeit macht mißtrauisch. Entweder war Rawlings unheimlich gewieft, oder er hatte gute Informanten.

Ich nickte. »Eigentlich war Dr. Herschel ihr Arzt. Aber sie schickte Dr. Tregiere nach Schaumburg – sie konnte selbst nicht kommen.«

»Also hat ihn der Kerl umgebracht, weil er nicht verhindern konnte, daß seine Frau starb?«

»Weil er *glaubte*, daß Tregiere es nicht verhindern konnte? Kann ich mir nicht vorstellen. Er wollte raus aus der Sache, wollte sie loshaben, nachdem sie eine Abtreibung verweigert hatte. Und da gibt es zwei ziemlich große, starke Brüder, die ihn gezwungen hatten, bei ihr zu bleiben. Er ist keine Kämpfernatur. Er spuckt gern, aber sonst ist nicht viel los mit ihm.«

»Was ist mit den Brüdern? Klingt, als ob sie ihre Schwester sehr liebten.«

Ich dachte an Paul und seinen älteren Bruder Herman. Beide wären mit der linken Hand mit Tregiere fertig geworden, und was Diego an Größe fehlte, machte er mit seiner Wildheit wett. Ich schüttelte den Kopf. »Die sind alle bei Verstand. Wenn sie jemand umgebracht hätten, dann Fabiano. Nachdem sie ihm kein Haar gekrümmt haben, als er ihre Schwester schwängerte, würden sie auch Tregiere nichts tun. Außerdem mochten sie den Doktor. Sie wissen, daß er sein Möglichstes getan hat.«

Rawlings schnauzte mich an. »Seien Sie nicht naiv, Warshawski. Im Leichenschauhaus liegen ungefähr fünfundzwanzig Tote, umgebracht von Leuten, die sie vermutlich auch gemocht hatten.« Er stand auf. »Wir werden uns Mr. Rodriguez vorknöpfen, Warshawski. Wollen Sie Anzeige erstatten?«

Der Gedanke daran drehte mir den Magen um. »Nicht unbedingt – ich will ihn nicht noch mehr gegen mich aufbringen. Außerdem ist er innerhalb von vierundzwanzig Stunden wieder auf freiem Fuß.«

»Also gut, Warshawski. Er wird bald wieder auf freiem Fuß sein, klar. Und vielleicht ist er dann der Meinung, daß er Ihnen noch mehr schuldet. Aber mir hängen Typen wie er zum Hals heraus. Je öfter ich ihn schikanier, desto vorsichtiger wird er vielleicht.«

Ich griff unwillkürlich an meine Wunde. »Ja, in Ordnung. Sie haben recht. Na los, verhaften Sie ihn. Ich werd mitspielen und mein Verschen aufsagen.«

Ich begleitete ihn zur Tür, der Uniformierte folgte uns. Rawlings drehte sich noch einmal um.

»Wenn ich rauskriege, daß sie uns im Mordfall Tregiere Informationen vorenthalten, werde ich Sie wegen Verdunkelung derart in die Zange nehmen, daß Ihnen die Luft wegbleibt.«

»Ja, ja. Fahren Sie vorsichtig.« Ich schloß die Tür und drehte den Schlüssel um.

Mr. Contreras schüttelte den Kopf. »Ekelhaft, wie der mit Ihnen umgesprungen ist. Und Sie müssen ruhig dasitzen und sowas einstecken. Sie sollten sich einen Rechtsanwalt nehmen, wirklich, das sollten Sie.«

»Machen Sie sich meinetwegen keine Sorgen. Ich müßte meinen Beruf wechseln, wenn mich ein paar harsche Worte umhauten.«

Wir kehrten zu unserem Abendessen zurück, das mittlerweile kalt, aber dennoch sehr schmackhaft war. Mr. Contreras hatte außer dem Fleisch auch Tomaten gegrillt, die leicht zu kauen waren und so hervorragend schmeckten, wie das heutzutage nur Tomaten Marke Eigenbau tun. Ich war bei der dritten, als das Telefon klingelte. Es war Lotty, die sich nach meinem Befinden erkundigte. Und mich daran erinnerte, daß morgen Consuelo beerdigt würde. Und Victoria Charlotte.

Dann rief Paul an und schließlich Tessa, die durch Lotty von meinen nächtlichen Abenteuern erfahren hatte. Sie war sehr mitfühlend.

»Mein Gott, Vic! Wenn ich geahnt hätte, daß du so sehr in Gefahr gerätst, hätte ich dich niemals so gedrängt. Ich hab einfach nicht daran gedacht. Obwohl ich hätte wissen müssen, daß jemand, der Malcolm den Schädel einschlägt, keine Sekunde zögern würde, dir was anzutun.«

Ich antwortete ihr ganz cool, wie es Sam Spade angemessen gewesen wäre, fühlte mich aber nicht so. Ich erklärte ihr, es sei ein positives Zeichen, wenn hart reagiert würde, das bedeutete, daß man den richtigen Nerv getroffen hätte. Es klang gut, stimmte aber in diesem Fall nicht. Ich hatte keine Ahnung, ob Malcolms Tod auf das Konto der Löwen ging. Und wenn er auf ihr Konto ging, hatte ich keine Ahnung warum.

Nachdem Tessa aufgelegt hatte, gab ich Mr. Contreras zu verstehen, daß ich etwas erschöpft sei und Ruhe bräuchte. Er spülte die Teller und nahm die Steakreste mit hinunter für seine Katze.

»Hör'n Sie, Mädchen, ich mag ziemlich alt sein, aber ich hab Ohren wie ein Luchs. Wenn jemand kommt und Sie erschießen will, werd ich ihn hören und ihn daran hindern.«

»Wenn jemand kommt und mich erschießen will, rufen Sie die Polizei. Und bleiben in Ihrer Wohnung und sperren die Tür ab.«

Er zog trotzig die Augenbrauen in die Höhe, bereit, das Thema ausführlich zu diskutieren. Ich verabschiedete ihn entschlossen und verriegelte alle Türschlösser. Jemand, der unbedingt herein will, bricht jede Tür auf, aber bei meinem Einzug hatte ich immerhin extra starke Türen mit schweren Schlössern einbauen lassen. Ich hatte zu viele schlechte Erfahrungen gemacht, um die Angelegenheit auf die leichte Schulter zu nehmen.

10 Arzt in Trauer

Ich legte mich hin. Aus dem Radio kam leise die Übertragung des Baseballspiels. Ich entspannte mich, und die Stimmen im Radio wurden zu einem entfernten Summen. Ich träumte, ich stünde außerhalb des hohen Zauns, der den Sportplatz meiner High-School umgab, und beobachtete ein Baseballspiel. Ein Spieler drehte sich zu mir um, winkte und bedeutete mir, ich solle über den Zaun steigen und mitspielen. Ich wollte den Zaun hochklettern, aber mein rechtes Bein war wie gelähmt. Ich sah hinunter und bemerkte das Baby, das sich an meinem Hosenbein festhielt und mit seinem stummen, traurigen Gesicht zu mir heraufstarrte. Ich konnte mich nicht von ihm befreien, ohne es zu verletzen, und es wollte mich nicht loslassen. Die Traumbilder wechselten, aber was immer geschah, das Baby klammerte sich an mich.

Ich wußte, daß ich schlief, und wollte verzweifelt dem Treibsand der Träume entfliehen. Doch vielleicht wegen der drei Whiskeys oder wegen der Schmerzmittel, die sie mir im Krankenhaus gegeben hatten, schaffte ich es nicht. Das Läuten des Telefons wurde zum Teil eines Alptraums, in dem ich vor der SS floh und das Baby sich an meiner Bluse festhielt und weinte. Schließlich gelang es mir, soweit wach zu werden, daß ich mit einem bleischweren Arm nach dem Hörer greifen und mich melden konnte.

»Miss Warshawski?« fragte eine männliche Stimme, die mir vage bekannt vorkam.

Ich räusperte mich. »Ja. Mit wem spreche ich?«

»Peter Burgoyne. Wir kennen uns aus dem Friendship Hospital in Schaumburg. Habe ich zu einem ungünstigen Zeitpunkt angerufen?«

»Nein, nein. Ich habe gerade geschlafen, wollte aber sowieso aufstehen. Warten Sie einen Augenblick.« Ich kam schwerfällig auf die Beine, taumelte ins Badezimmer, zog mich aus und ließ eiskaltes Wasser über mein entzündetes Gesicht laufen. Ich wußte, daß Burgoyne wartete, aber ich nahm mir Zeit und wusch mir die Haare – frischgewaschenes Haar ist der Schlüssel zu einem wachen Geist.

Im Bademantel trottete ich mit einem Anflug von Energie zurück ins Schlafzimmer. Burgoyne war noch dran.

»Tut mir leid, daß Sie so lange warten mußten. Ich hatte letzte Nacht einen Unfall und muß erstmal die Medikamente rausschlafen, die man mir im Krankenhaus gegeben hat.«

»Unfall? Mit dem Auto? Ich nehme an, Sie wurden nicht ernstlich verletzt, sonst wären Sie jetzt nicht zu Hause.«

»Nein, nur das Gesicht ein bißchen zerschnitten. Ein häßlicher Anblick, aber nicht lebensgefährlich.«

»Vielleicht sollte ich ein anderes Mal anrufen«, meinte er zweifelnd.

»Nein, nein, ist schon in Ordnung. Was ist los?«

Als er aus der Zeitung von Malcolms Ermordung erfahren hatte, war er entsetzt gewesen. »Was für ein Schlag für Sie nach dem Tod des Mädchens und des Babys. Und jetzt hatten Sie auch noch einen Unfall. Es tut mir leid.«

»Danke. Es war nett von Ihnen, daß Sie angerufen haben.«

»Ja, also... Ich möchte zur Beerdigung des Mädchens gehen. Vielleicht sollte ich besser nicht, aber es deprimiert mich so, daß wir sie nicht retten konnten.«

»Die Beerdigung ist morgen um eins.«

»Ich weiß. Ich habe die Familie angerufen. Die Sache ist die, daß es mir peinlich ist, allein hinzugehen. Ich habe mir gedacht – gehen Sie?«

Ich biß die Zähne zusammen. »Ja, natürlich, Sie können mit mir kommen«, sagte ich nicht sehr begeistert. »Treffen wir uns in der Kirche, oder holen Sie mich in meiner Wohnung ab?«

»Sie klingen nicht so, als ob Sie wirklich gehen wollten.«

»Ich will auch nicht gehen. Und Sie sind heute schon der Dritte, der mich daran erinnert. Aber ich werde dort sein, und wenn Sie einen breiten Rücken brauchen, um sich dahinter zu verstecken, steht Ihnen meiner zur Verfügung.«

Er wollte am nächsten Tag um halb eins bei mir sein – das sei einfacher, als sich in der vollen Kirche zwischen all den Familienmitgliedern, Nonnen und Schulfreundinnen zu treffen. Ich erklärte ihm den Weg zu meiner Wohnung und legte auf.

Ich fragte mich, ob Burgoyne viele Patienten starben – wenn ja, müßte er wohl die meiste Zeit ziemlich zerknirscht sein.

Aber möglicherweise kamen dank des relativ hohen Lebensstandards in den nordwestlichen Vororten nicht sehr viele Frauen mit einer Risikoschwangerschaft auf seine Neugeborenenstation. Vielleicht war Consuelo das erste junge Mädchen gewesen, das er behandelt hatte, seit er aus Chicago weggezogen war. Oder vielleicht hatte er sie erst mal überhaupt nicht behandelt, weil er dachte, sie sei eine mittellose Mexikanerin.

Ich rief Lotty an, um ihr mitzuteilen, daß ich nicht mit ihr zur Beerdigung ginge, und legte mich wieder ins Bett. Diesmal schlief ich fest und traumlos und wachte kurz nach fünf am nächsten Morgen auf.

Ich zog Shorts und ein Sweatshirt an und ging zu Fuß die zwei Meilen bis zum Hafen, um die Sonne über dem See aufgehen zu sehen. Der Angler war wieder da und warf seine Angel aus in das graue, ruhige Wasser. Ich fragte mich, ob jemals ein Fisch angebissen hatte, wollte ihn aber nicht ansprechen und das wunderschöne holländische Stilleben zerstören. Auf dem Nachhauseweg versuchte ich zu laufen, aber die Bewegung verursachte Schmerzen in meinem Gesicht. Damit würde ich wohl noch ein paar Tage warten müssen.

Als ich das Haus betrat, kam Mr. Contreras in die Halle. »Wollte bloß nachsehen, ob es jemand ist, der zum Haus gehört, Mädchen. Geht's besser heute?«

»Viel besser, danke«, sagte ich kurz angebunden und stieg die Treppe rauf. Der Morgen ist nicht gerade meine beste Tageszeit, und ich war nicht in der Stimmung für einen Schwatz. Ich öffnete den kleinen Safe, den ich in der Wand hinter dem Garderobenschrank hatte einbauen lassen, und holte meine Smith & Wesson heraus. Ich trage sie nicht oft, aber wenn Rawlings sich Sergio vorknöpfen und ich Anzeige erstatten würde, könnte ich sie möglicherweise brauchen. Ich reinigte sie sorgfältig und lud sie. Mit Halterung wog sie fast ein Kilo, ein ziemliches Gewicht, wenn man nicht daran gewöhnt ist. Ich steckte sie mir in den Hosenbund und übte eine Weile, sie schnell herauszuziehen und zu entsichern. Ich sollte wirklich regelmäßig zum Übungsschießen gehen, aber das gehört zu den unzähligen Dingen, die große Disziplin erfordern, und deshalb lasse ich es bleiben.

Nach ungefähr einer Stunde steckte ich den Revolver weg und ging in die Küche. Ich las den *Herald-Star* und aß zwei Joghurt mit Blaubeeren. Dank Mr. Contreras war kein Geschirr zu spülen, vielleicht sollte ich ihn jeden Sonntag zum Essen einladen. Dann warf ich einen Blick ins Wohnzimmer. Ein heilloses Durcheinander. Aber es wäre wohl das letzte, wenn ich die Wohnung aufräumte, nur weil sich Burgoyne zu Consuelos Beerdigung eingeladen hatte. Derselben Logik gehorchend ließ ich das Bett ungemacht und warf meine Shorts und das Sweatshirt auf den Kleiderhaufen auf dem Stuhl. Im Badezimmer inspizierte ich mein Gesicht. Das Rot-Lila begann bereits in Gelb- und Grüntöne überzugehen. Wenn ich die Zunge im Mund unter die Wunde drückte, schmerzte es zwar, aber der Schnitt klaffte nicht mehr auf. Dr. Pirwitz hatte recht gehabt – es würde schnell heilen. Meine Toilette beschränkte sich darauf, mich zu waschen und die Wunde mit der Salbe zu versorgen, die man mir im Beth Israel gegeben hatte. Ich zog einen marineblauen Hosenanzug und eine weiße Leinenbluse an. Die Jacke war lang genug, um den Revolver zu verbergen. Mit den flachen schwarzen Schuhen sah ich aus wie eine Klosterschülerin.

Als Burgoyne kurz vor halb eins kam, öffnete ich die Haustür mit dem Türöffner und ging ins Treppenhaus, um mitzuerleben, was Mr. Contreras unternehmen würde. Er erschien prompt auf dem Schauplatz. Ich lachte in mich hinein und horchte still.

»Entschuldigen Sie, junger Mann, aber wo wollen Sie hin?«

Burgoyne war verblüfft. »Zu einem der Mieter im dritten Stock.«

»Warshawski oder Cummings?«

»Warum wollen Sie das wissen?« Burgoyne sprach ganz ruhig, wie zu einem hysterischen Patienten.

»Ich habe meine Gründe, junger Mann. Ich möchte nicht die Polizei rufen müssen. Also, zu wem wollen Sie?«

Bevor Mr. Contreras den Ausweis oder zumindest den Führerschein zu sehen verlangte, rief ich hinunter, daß ich wisse, wer es sei.

»In Ordnung, Mädchen. Wollte nur sichergehen, daß es

nicht ein Freund von Freunden ist, auf dessen Besuch Sie keinen Wert legen. Sie verstehen schon.«

Ich dankte ihm ausdrücklich und wartete auf Burgoyne. Er lief die Treppen herauf und kam oben an, ohne außer Atem zu sein. Er trug einen leichten dunkelblauen Anzug und sah mit dem frisch gewaschenen dunklen Haar jünger und zufriedener aus als im Krankenhaus.

»Hallo«, sagte er. »Schön, Sie wiederzusehen. Wer ist der alte Mann?«

»Ein Nachbar und guter Freund. Er fühlt sich als mein Beschützer. Lassen Sie sich nicht ärgern, er meint es nicht böse.«

»Nein, natürlich nicht. Sind Sie fertig? Sollen wir mein Auto nehmen?«

»Einen Augenblick.« Ich ging zurück in die Wohnung und holte einen Hut. Die Anweisung, pralle Sonne zu vermeiden, nahm ich durchaus ernst.

»Sie haben ganz schön was abgekriegt.« Burgoyne studierte mein Gesicht. »Sieht aus, als ob Ihnen ein Glassplitter direkt ins Gesicht geflogen ist. Ich dachte, Windschutzscheiben splittern heutzutage nicht mehr.«

»Es war ein Stück Metall«, erklärte ich und drehte den Schlüssel zweimal um.

Burgoyne fuhr einen 86er Nissan Maxima. Der Wagen war erstklassig ausgestattet mit Ledersitzen, deren Lehnen man in sechs verschiedene Stellungen bringen konnte, einem Armaturenbrett aus Leder und natürlich mit einem Telefon. Von draußen drang kein Geräusch herein, und die Klimaanlage, die die Temperatur konstant auf zwanzig Grad hielt, arbeitete lautlos. Wenn ich eine Kanzlei aufgemacht und meinen Mund gehalten hätte, als es angebracht gewesen wäre, würde ich heute auch so ein Auto fahren. Aber dann wäre ich nie Sergio oder Fabiano begegnet. Man kann im Leben nicht alles haben.

»Können Sie sich einfach einen Nachmittag freinehmen für eine Beerdigung?« fragte ich neugierig.

Er lächelte kurz. »Ich leite die Station – ich nehme mir einfach frei.«

Ich war beeindruckt. »Sie haben schon 'ne Menge erreicht für Ihr Alter, oder?«

Er schüttelte den Kopf. »Nicht wirklich. Ich glaube, ich habe Ihnen schon erzählt, daß ich im Friendship angefangen habe, als die gerade die Entbindungsstation einrichteten. Ich bin einfach nur am längsten dabei. Das ist alles.«

Wir brauchten knapp zehn Minuten für die drei Meilen bis zur Kirche. Es war kein Problem, in den heruntergekommenen Straßen einen Parkplatz zu finden. Burgoyne schloß sein Auto sorgfältig ab und schaltete die Alarmanlage ein. Zumindest am hellichten Nachmittag würde sie die nicht ganz so unternehmungslustigen Jugendlichen abhalten.

Die Kirche war vor sechzig Jahren für die große polnische Gemeinde gebaut worden. In ihren besten Zeiten besuchten nahezu tausend Menschen die Sonntagsmesse. Heute konnten nicht einmal die zahlreichen Alvarados, ein ganzer Konvent Nonnen und Dutzende von Schulmädchen das Kirchenschiff füllen. Schmucklose Steinsäulen stützten das Deckengewölbe. Ein Hochaltar war von unzähligen Kerzen erleuchtet. Vor den Fenstern waren Drahtgitter angebracht worden, um das verbliebene farbige Glas zu schützen. Sie trugen zu der düsteren, abweisenden Atmosphäre der Kirche bei. Von den Erneuerungen des Zweiten Vatikanischen Konzils war hier nichts zu spüren. Die buntgekleideten Schulmädchen bildeten die einzigen Farbflecken. Mir gefiel der katholische Brauch, bei Beerdigungen von Kindern keine Trauerkleidung zu tragen.

Lotty saß allein im ersten Drittel der Kirchenbänke. Schwarzgekleidet machte sie einen strengen Eindruck. Ich ging auf sie zu, Burgoyne demütig in meinem Schlepptau. Flüsternd stellte ich sie einander vor. Die Orgel spielte leise, als die Trauernden den Gang entlangschritten und vor den mit Blumen übersäten Särgen das Knie beugten. Mrs. Alvarado saß zusammen mit ihren fünf übrigen Kindern in der ersten Reihe. Ich sah, wie sie steif nickte, als ein paar Leute stehenblieben, um ihr zu kondolieren.

Die Musik wurde etwas lauter. Dies nützte Lotty aus, um mir zuzuflüstern, daß Fabiano mit seiner Mutter drei Reihen vor uns saß. Ich blickte in die Richtung, in die ihr Finger zeigte, konnte aber bloß hochgezogene Schultern und kaum etwas von seinem Gesicht erkennen. Ich sah sie fragend an.

»Geh nach vorn und schau dir auf dem Rückweg sein Gesicht an.«

Ich reihte mich folgsam hinter Burgoyne in die Schlange der Trauergäste ein, warf einen flüchtigen Blick auf die Blumen und das Foto auf Consuelos Sarg, vermied es, den Miniatursarg daneben anzusehen, und wandte mich zu Mrs. Alvarado. Sie nahm mein Beileid mit einem kummervollen Lächeln entgegen. Dann drückte ich Carols Hand und begann den Gang wieder zurückzugehen. Ich sah auf den Boden und blickte nur kurz auf, um Fabianos Gesicht in Augenschein zu nehmen. Ich war so verblüfft, daß ich beinahe die Fassung verlor. Jemand hatte ihm hart zugesetzt. Sein Gesicht war völlig verschwollen, rot und blau und schwarz. Dagegen sah meine Verletzung aus wie ein Schnitt, den man sich beim Rasieren beibringt.

Als ich wieder saß, fragte ich Lotty: »Wer hat das getan?«

Sie zuckte die Achseln. »Ich dachte, du wüßtest es vielleicht. Seine Mutter war heute morgen in der Klinik, um eine Salbe für ihn zu holen. Aber nachdem er nicht dabei war, konnte ich ihr nichts geben. Sie hat ihn dazu gezwungen, zur Beerdigung zu kommen – Carol hat mir gesagt, daß er wegbleiben wollte.«

Eine Nonne in Tracht ein paar Reihen vor uns drehte sich um, starrte uns ausdruckslos an und legte einen Finger an den Mund. Augenblicklich verfielen wir in Schweigen, aber als gesungen wurde, nahm Lotty ihr Flüstern wieder auf.

»Du hast deine Pistole dabei, nicht wahr?«

Ich grinste, sagte aber nichts, sondern konzentrierte mich auf den Pfarrer. Die Messe wurde auf spanisch gehalten und noch dazu so schnell, daß ich nur wenig mitbekam. Consuelos Schulkameradinnen sangen eine Hymne; der Pfarrer nannte mehrmals Consuelos und Victoria Charlottes Namen. Ich vermutete, daß er ein Leben beklagte, das beendet war, noch bevor es begonnen hatte, aber daß Gott zu einem späteren Zeitpunkt würde Gerechtigkeit walten lassen. Ein ziemlich bitterer Trost, aber so wie ich Mrs. Alvarado kannte, würde er sie wahrscheinlich einigermaßen zufriedenstellen. Das Ganze dauerte knapp vierzig Minuten einschließlich der Kommunion für alle rüschengekleideten Mädchen und die Alvarados. Die Orgel setzte wieder ein, und die Kirche leerte sich. Burgoyne bahnte sich einen Weg durch die Menge zu Mrs. Alvarado. Ich lehnte mich zurück und rieb mir die Augen.

»Zu mehr bin ich nicht in der Lage«, sagte ich zu Lotty. »Gehst du noch mit auf den Friedhof?«

Sie verzog das Gesicht. »Ich bin nicht wilder auf dieses fromme Theater als du. Außerdem muß ich in die Praxis zurück. Montag ist der schlimmste Tag, und heute ist Carol nicht da. Dein Gesicht sieht schon besser aus. Wie fühlst du dich?«

»Nervlich stärker angeschlagen als körperlich. Ich mach mir Sorgen, was Sergio unternehmen wird, wenn ihn sich die Polizei vorknöpft. Und es macht mir wirklich zu schaffen, daß ich mich so in ihm getäuscht habe; ich habe doch tatsächlich geglaubt, er würde sich freuen, mich wiederzusehen, während er die ganzen Jahre nur eine Stinkwut auf mich hatte.«

Ich erzählte Lotty, daß er gesagt hatte, ich hätte ihn wie Dreck behandelt. »Da ist was dran. Aber die Sache ist die: Wenn ich überhaupt darüber nachgedacht hätte – wie ich ihn behandelt habe und wie er sich dabei gefühlt hat –, dann wäre ich niemals allein zu ihm gegangen. Also muß ich mir Gedanken über meine Urteilsfähigkeit machen.«

Burgoyne kam zurück und wartete höflich, bis wir unsere Handtaschen und Lotty ihre Handschuhe eingesammelt hatten. Wir verließen die Kirche. Burgoyne musterte Lotty nervös.

»Es tut mir leid, daß wir Consuelo nicht retten konnten, Dr. Herschel. Es ist nur so... Sicherlich hat Ihnen Dr. Tregiere einen Bericht gegeben, aber vielleicht haben Sie noch Fragen? Wenn Sie mir eine Kopie überlassen, könnte ich nachtragen, was wir bis zu seiner Ankunft veranlaßt haben.«

Lotty warf ihm einen prüfenden Blick zu. »Dr. Tregiere wurde umgebracht, bevor er die Möglichkeit hatte, mir seinen Bericht auszuhändigen. Ich wäre Ihnen sehr verbunden, wenn Sie mir ein vollständiges Protokoll über die von Ihnen ergriffenen Maßnahmen zukommen ließen.« Sie kramte in ihrer Tasche nach einer Visitenkarte für ihn und legte mir dann tröstend die Hand auf die Schulter.

»Du wirst wieder in Ordnung kommen, Vic. Du bist ein durch und durch vernünftiger Mensch. Vertrau auf dich.«

11 Künstlernatur

Bevor er in den Wagen stieg, um zum Friedhof zu fahren, holte ich Paul Alvarado ein. Er und Diego, die sich beide in ihren schwarzen Anzügen unwohl fühlten, warteten darauf, daß ihre Mutter eine Unterhaltung mit einer der Nonnen beendete. Paul beugte sich vor, um mir unterhalb der Hutkrempe einen Kuß auf die Schläfe zu drücken. Er nutzte die Gelegenheit, um mein Gesicht zu inspizieren.

»Lotty hat Carol erzählt, was passiert ist, Vic. Tut mir wirklich leid, daß du dich wegen uns mit diesem Haufen Dreck anlegen mußtest.«

Ich schüttelte den Kopf. »Es war nicht wegen euch – ich sollte für Lotty etwas über Malcolm herausfinden... Ich hab Fabiano gesehen. Habt ihr ihm eine Gesichtsbehandlung verpaßt?«

Paul sah mich feierlich an.

»Du weißt nichts drüber, oder? Und Diego vermutlich auch nicht?«

Diego grinste. »So ist es, Vic.«

»Seht mal, Jungs – der Geist, der eurer Verhaltensweise zugrundeliegt, gefällt mir. Aber so wie die Dinge stehen, bin ich schon nervös genug wegen Sergio. Was glaubt ihr wohl, was er sich denken wird, sobald Fabiano zu ihm gekrochen kommt?«

Paul legte einen Arm um meine Schulter. »Ich habe das Gefühl, Vic, daß der Kerl den Löwen diesmal nicht sein Herz ausschütten wird. So wie ich die Geschichte gehört hab, ist er zu schnell mit seinem neuen Auto gefahren, mußte plötzlich bremsen und ist durch die Windschutzscheibe gekracht. So wie ich's gehört hab, wird er Sergio genau das erzählen, falls er gefragt wird.«

Burgoyne verfolgte die Unterhaltung mit ratlosem Gesicht. Bevor er sich nach diesen ihm unbekannten Leuten erkundigen konnte, verabschiedete sich die Nonne endlich von Mrs. Alvarado, die würdevoll auf uns zukam. Burgoyne faßte sie am Arm, beteuerte noch einmal, wie leid ihm alles täte, und half ihr beim Einsteigen. Paul und Diego schüttelten mir herzlich die Hand und stiegen ebenfalls ein. Herman, Carol und die dritte Schwester, Alicia, folgten ihnen in einem zweiten Wagen. Die Verwandtenschar okkupierte weitere vier Limousinen; es war eine ansehnliche Prozession. Burgoyne und ich sahen ihr nach, bevor wir zu seinem Auto gingen.

»Geht's Ihnen jetzt besser?« fragte ich sarkastisch.

»Mrs. Alvarado ist bemerkenswert gefaßt für eine Mutter, die ein Kind verloren hat«, antwortete er ernst und fuhr los. »Das macht es den anderen leichter.«

»Haben Sie einen Ausbruch südländischen Temperaments erwartet? Sie ist eine sehr würdevolle Frau.«

»Waren das ihre Söhne, mit denen Sie gesprochen haben? Ich habe mich gefragt... Vermutlich geht es mich nichts an, aber hat Sie jemand angegriffen? Ich dachte, Sie hatten einen Autounfall.«

Ich grinste ihn an. »Sie haben recht, es geht Sie nichts an. Einer meiner alten Mandanten meinte, er müsse eine noch ausstehende Rechnung mit mir begleichen und ist mit einem Messer auf mich losgegangen. Hatte nichts mit Consuelo zu tun, also verschonen Sie mich mit Ihrem Mitleid.«

Er schien erstaunt. »Wirke ich so auf Sie? Dramatisiere ich den Tod einer Patientin? Kann sein. Aber seit ich dort arbeite, war sie die erste Gebärende, die im Friendship gestorben ist. Vielleicht sollte ich daran gewöhnt sein, aber ich bin es nicht.«

Wir schwiegen eine Weile. Mir war meine Bemerkung peinlich, und er brütete wahrscheinlich über Consuelos Tod.

»Woran ist Consuelo eigentlich gestorben?« fragte ich schließlich.

»Herzversagen. Ihr Herz hörte einfach auf zu schlagen. Ich war zu Hause. Sie riefen mich an, aber als ich eintraf, war sie schon tot. Fünf Minuten, nachdem ich wieder gegangen war, kam Dr. Herschel. Ich wohne nur fünfzehn Minuten vom Krankenhaus entfernt.«

»Wurde sie obduziert?«

Er verzog das Gesicht. »Ja. Und der Bezirk mischt mit und will einen Bericht. Und der Bundesstaat vermutlich auch – die haben sich noch nicht gemeldet. Ich könnte Ihnen die genauen Details schildern, aber es läuft darauf hinaus, daß ihr Herz aufhörte zu schlagen. Ungewöhnlich für ein junges Mädchen. Ich verstehe es nicht. Vielleicht der Diabetes...« Er schüttelte den Kopf.

Als wir vor meiner Wohnung hielten, spielte er eine Weile mit dem Lenkrad. Schließlich sagte er: »Wir haben uns nicht gerade unter sehr erfreulichen Umständen kennengelernt, aber ich würde gern mehr von Ihnen wissen. Könnten wir nicht mal zusammen essen? Heute vielleicht? Ich hab mir den Nachmittag freigenommen, weil ich in der Stadt noch was erledigen muß. Soll ich Sie um halb sieben abholen?«

»Gern«, sagte ich leichthin. »Das wäre nett.«

Vorsichtig schwang ich meine Beine aus dem Wagen, um mir nicht die Strümpfe zu ruinieren, und ging ins Haus. Mr. Contreras ließ sich nicht blicken – wahrscheinlich war er draußen bei seinen Tomaten. Auch recht. Ich konnte ein paar Minuten Ruhe gebrauchen. Oben entledigte ich mich meines Revolvers, legte ihn behutsam auf die Kommode und zog mich bis auf die Unterwäsche aus. Obwohl der Hosenanzug aus leichtem Stoff war, war ich etwas ins Schwitzen geraten. Ich streckte mich auf dem Wohnzimmerboden aus und überlegte, was ich als nächstes unternehmen könnte, um Malcolms Tod aufzuklären. Seit meiner Begegnung mit Sergio am Samstagabend war mein Kopf benommen gewesen, zuerst von den Schmerzen und der Demütigung, anschließend von den Medikamenten. Jetzt hatte ich zum erstenmal wieder Gelegenheit, klar über die Lage nachzudenken.

Sergio war ein charmanter Soziopath. Im Alter von achtzehn, als ich ihn verteidigte, hatte er mit größter Plausibilität die haarsträubendsten Lügen erzählt. Hätte ich damals nicht einen ausführlichen Polizeibericht in Händen gehalten, wäre ich ihm vermutlich nicht früh genug auf die Schliche gekommen und hätte ihn nicht davor bewahren können, im Gerichtssaal auseinandergenommen zu werden. Er war unglaublich wütend gewesen, als ich ihn verhörte, hatte sich immer wieder neue, nicht unbedingt glaubwürdigere Versionen seiner Geschichte ausgedacht, bis wir uns schließlich auf eine Fassung einigten, die vor Gericht durchgehen konnte. Er hätte Malcolm sicherlich, ohne mit der Wimper zu zucken, umbringen können, und nach vollbrachter Tat würde er es lächelnd abstreiten. Oder er hatte jemand beauftragt, was wahrscheinlich seinen heutigen Geschäftspraktiken mehr entsprach. Aber er hätte nur einen einzigen Grund dafür gehabt: daß Fabiano ihn darum gebeten hatte.

Aber Fabiano, Jammerlappen und Versager, der er war, war nicht so psychotisch wie Sergio. Zudem war Fabianos Verhältnis zu den Löwen kein reines Honigschlecken – ich konnte mir nicht vorstellen, daß Sergio auf sein Geheiß hin jemanden umbrachte –, es war wahrscheinlicher, daß er Fabiano demütigte und verhöhnte. Ich hatte das Gefühl, daß Fabiano zwar etwas über Malcolms Tod wußte, aber nicht direkt etwas damit zu tun hatte. Vielleicht hatten ihn die Schläge weich gemacht. Ich mußte versuchen, noch einmal mit ihm zu sprechen.

Ich stand auf. Es war ein guter Tag für Nachforschungen. Ich zog Jeans und ein gelbes T-Shirt an, steckte den Revolver in einen kleinen Rucksack und machte mich auf die Socken. Auf dem Weg zur Tür genügte ein Blick aus dem Küchenfenster, um festzustellen, daß Mr. Contreras tatsächlich Zwiesprache mit seinen Tomaten hielt.

Tessa Reynolds Atelier befand sich in einem Teil der Stadt, der unter dem Namen Ukrainian Village bekannt ist. Nicht sehr weit von Humboldt Park entfernt, war es einmal ein Arbeiterviertel gewesen, das jetzt als Künstlergegend begehrt war. Zu der Zeit, als die Gegend gerade wieder neu entdeckt wurde, hatte sich Tessa dort mit Hilfe von Darlehen ein dreistöckiges Haus gekauft. Sie hatte das Haus gewissenhaft renoviert. Die oberen zwei Stockwerke waren an Künstler und Studenten vermietet; im Erdgeschoß wohnte und arbeitete sie selbst. Ihr Arbeitsraum nahm den größten Teil der Wohnung ein. Sie hatte die Wände nach Süden und Westen einreißen und durch kugelsicheres Glas ersetzen lassen. Die Arbeiten dauerten zwei Jahre, und danach hatte sie hohe Schulden bei den Freunden, die die Installationsarbeiten übernommen hatten. Aber dafür besaß sie jetzt ein riesiges, helles Atelier, das ideal geeignet war für die massiven Metallplastiken. Durch die verschiebbare Glasfassade konnte sie mit Hilfe eines kleinen Krans die vollendeten Werke in den Garten hieven, und die Käufer konnten ihre Lastwagen davor parken und sie abtransportieren.

Ich ging ums Haus herum, ohne zu klingeln. Wie ich vermutet hatte, war Tessa in ihrem Atelier, die Türen weit geöffnet, um die Sommerluft hereinzulassen. Ich blieb einen Augenblick in der Tür stehen. Sie war so vertieft, daß ich zögerte, sie zu stören. Sie hielt einen Besen in der Hand und starrte vor sich hin. Als sie mich bemerkte, ließ sie den Besen fallen und bat mich herein.

»Ich kann zur Zeit nicht arbeiten, also habe ich gedacht, ich mach mal sauber. Und während des Putzens kam mir eine Idee. Ich werd ein paar Skizzen machen, bevor sie mir wieder entfällt. Hol dir Saft oder Kaffee.«

Sie zog sich an ein Zeichenbrett zurück und hantierte eine Weile geschäftig mit Kohlestiften herum. Ich schlenderte zwischen Stangen und Platten aus Bronze und Stahl, Schneidbrennern, Metallfeilen und einigen fertigen Plastiken umher. Die gezackten Ränder einer viereinhalb Meter hohen Bronzeplastik vermittelten den Eindruck ungeheurer Energie. »Für eine Bank«, sagte Tessa. »Sie heißt *Wirtschaft in Aktion*.«

Nachdem sie ihre Skizzen beendet hatte, kam sie zu mir herüber. Tessa ist gut einen Kopf größer als ich. Sie faßte mich bei den Schultern und sah in mein Gesicht. Ich fragte mich, ob ich für den Anblick nicht Geld verlangen sollte.

»Die haben ganz schön hingelangt – hast du dich revanchiert?«

»Leider nicht. Vielleicht ein paar blaue Flecken, aber nichts Bleibendes. Können wir über Malcolm reden? Ich glaube, einer der Typen, die sich an mir vergriffen haben, weiß mehr, als er sagt, aber bevor ich ihn noch mal zur Rede stelle, brauche ich mehr Informationen.«

»Was willst du wissen?«

»Malcolm kam mit seiner Mutter nach Chicago, als er neun Jahre alt war, oder? Hast du eine Ahnung, ob er als Jugendlicher irgendwas mit Straßenbanden zu tun hatte?«

Ihre Augen funkelten gefährlich. »Bist du umgeschwenkt auf die Polizeilinie – daß Opfer von Verbrechen ihr trauriges Schicksal selbst verschulden?«

»Hör zu, Tessa. Du und Lotty, ihr erschöpft rapide meinen Vorrat an Geduld, der von Anfang an nicht besonders groß war. Ihr wollt beide, daß ich wegen Malcolm Nachforschungen anstelle. Darüber hinaus wollt ihr mir auch noch vorschreiben, wie ich dabei vorzugehen habe. Wenn Malcolm als Jugendlicher Verbindungen zu Straßenbanden hatte, kann es sein, daß ihn seine Vergangenheit eingeholt hat. Wenn nicht, dann kann ich diese unerfreuliche Möglichkeit ausscheiden und mich auf die Gegenwart konzentrieren. In Ordnung?«

Sie starrte mich weiter wütend an – Tessa ist eine schlechte Verliererin.

»Ein Glück, daß dich Detective Rawlings jetzt nicht sieht. Er könnte denken, daß du sowohl kräftig genug als auch willens bist, jemandem den Schädel einzuschlagen.«

Sie lächelte widerstrebend. »Ja, in Ordnung, Vic. Mach, was du willst.«

Wir gingen zu ihrem Zeichentisch in der Ecke und setzten uns auf zwei Hocker. »Ich kannte Malcolm seit zwölf Jahren. Wir lernten uns während des Studiums kennen. Er mochte große Frauen, klein wie er war. Seine Mutter war eine Autorität. Manche behaupten, sie sei eine Hexe gewesen und daß sie jetzt, da sie tot ist, als Geist erscheine. Sie wollte nicht, daß Malcolm in schlechte Gesellschaft geriet, und ich versichere dir, er hat sich an das, was seine Mutter wollte, gehalten, das ganze Viertel hat sich daran gehalten. Du kannst davon ausgehen, daß er nichts mit Straßenbanden zu tun hatte.«

»Hätte die Frau gern gekannt.« Ich grinste. »An dem Tag, als er ermordet wurde, warst du bei ihm. Hat er dich erwartet?«

Sie zog die Augenbrauen in die Höhe, entschloß sich jedoch, nicht ärgerlich zu werden. »Ja. Bei einem so beschäftigten Menschen schaut man nicht einfach auf gut Glück vorbei.«

»Also hast du mit ihm im Laufe des Tages gesprochen? Hat er irgend etwas gesagt, das darauf schließen ließ, daß er noch jemand erwartete?«

Sie schüttelte den Kopf. »Ich hab nicht mit ihm gesprochen. Ich rief im Krankenhaus an, und dort haben sie mir gesagt, er sei zu Hause. Also rief ich bei ihm an, erreichte aber nur seinen automatischen Anrufbeantworter. Er stellte ihn an, wenn er schlafen wollte, und gab immer an, wann er zurückrufen wollte. Wir hatten ausgemacht, daß er dann zu Hause war.

Also nahm ich mir vor, zu dieser Zeit bei ihm vorbeizuschauen.«

»Demnach wußte jeder, der bei ihm anrief, um wieviel Uhr er zu Hause war.«

Sie nickte. »Aber, Vic, wir wissen doch, wer es getan hat.«

Ich sah sie schräg an. »Wir? Du sprichst von dir, Tessa. Ich weiß es nicht.«

Sie fuhr mit dem Finger sanft über mein Gesicht. »Warum hätte er dir sonst das Gesicht zerschnitten?«

»Sollen wir noch mal von vorn anfangen? Falls Sergio Malcolm umgebracht hat, mußte er einen Grund dafür gehabt haben. Und du hast mir gerade erzählt, daß er keinen Grund hatte, daß Malcolm nie etwas mit Straßenbanden zu tun hatte und daß Sergio ihn überhaupt nicht kannte.«

Sie zog ungeduldig die Schultern hoch. »Vielleicht hatte er keinen Grund. Vielleicht ist er eingebrochen, und Malcolm überraschte sie. Oder er glaubte, Malcolm hätte Morphium zu Hause. In der Gegend ist es nicht so wie in den Vierteln, wo die Weißen leben, Vic. Die Leute wissen, wer du bist. Sie wußten, daß Malcolm Arzt war.«

Mein Temperament ging mit mir durch. »Ich bin kein Voodoo-Zauberer, ich kann nicht hinter einem Kerl her sein, nur weil du in deine Glaskugel schaust und siehst, was er getan hat.«

Tessa warf mir einen arroganten und drohenden Blick zu. »Was willst du unternehmen? Jammern und seufzen?«

»Was in meiner Macht steht. Das heißt, mit der Polizei sprechen, Sergio wegen Körperverletzung hinter Gitter bringen. Aber wir haben nicht den kleinsten Beweis, daß er je in Malcolms Nähe gekommen ist. Und im Grunde meines Herzens glaube ich es auch nicht.«

Tessas Augen funkelten wieder. »Also bleibst du faul auf deinem Hintern sitzen? Ich schäme mich für dich, Vic. Ich hätte nicht gedacht, daß du so ein Feigling bist.«

Das Blut schoß mir in den Kopf. »Verdammt noch mal, Tessa, schau mich nicht so an. Feigling? Ich hab neulich Nacht einiges riskiert. Mein Gesicht wurde mit dreißig Stichen genäht, und du nennst mich einen Feigling. Ich bin nicht Sylvester Stallone. Ich stelle zuerst die Fragen und schieße später.« Ich stand auf und ging zur Tür.

»Vic?« Tessas kleinlaute Stimme ließ mich stehenbleiben. Ich drehte mich um, noch immer wütend. Tränen liefen ihr übers Gesicht.

»Vic, es tut mir leid. Wirklich. Ich bin nicht ganz zurechnungsfähig wegen Malcolm. Ich weiß nicht, warum ich dachte, er würde wieder lebendig, wenn ich dich anschreie.«

Ich ging zu ihr und umarmte sie eine Weile. »Tessa, ich will wirklich tun, was ich kann, um Malcolms Tod aufzuklären. Aber es wird nicht leicht sein. Vielleicht sollte ich mir mal das Band aus seinem Anrufbeantworter anhören – wenn es noch da ist –, dann wüßten wir wenigstens, ob ihn jemand bedroht hat. Wer hat seine persönlichen Sachen?«

Sie schüttelte den Kopf. »Ich glaube, es ist alles noch in seiner Wohnung. Lotty hat wahrscheinlich die Schlüssel, sie ist sein Testamentsvollstrecker.« Sie lächelte. »Nach dem Tod seiner Mutter war sie die Hexe. Ich hab mich immer gefragt, ob er sich deshalb so zu ihr hingezogen gefühlt hat.«

»Das würde mich nicht überraschen.« Ich machte mich los. »Ich hab heute abend eine Verabredung mit einem reichen Arzt – dem Mann, der sich gemeinsam mit Malcolm in Schaumburg um Consuelo gekümmert hat.«

Sie kniff die Augen zusammen und lächelte kläglich. »Ich nehm's zurück, Vic. Du bleibst am Ball.« Sie zögerte, sagte dann aber ernst: »Sei vorsichtig mit diesen Typen. Du hast nur ein Gesicht.«

12 Hausbesuch

Burgoyne lud mich in ein kleines spanisches Restaurant ein, in dem er oft als Student gewesen war. Er wurde wie der verloren geglaubte Sohn von dem Besitzer und seiner Frau begrüßt – »Sie waren ja schon so lange nicht mehr hier, Señor Burgoyne, wir haben geglaubt, Sie sind fortgezogen.« Sie stellten uns selbst das Abendessen zusammen, dessen geschmackliche Mängel durch ihre freundliche Art, es zu servieren, wettgemacht wurden. Als wir bei Kaffee und spanischem Brandy angelangt waren, kümmerten sie sich mehr um die anderen Gäste, und wir konnten uns endlich unterhalten.

Burgoyne war entspannter als am Nachmittag. Er entschuldigte sich für seine Zerstreutheit und verkündete, daß medizinische Themen für den Abend tabu seien. Ich fragte ihn nach seinem Leben in der Vorstadt.

»Es ist genau so, wie es immer geschildert wird.« Er lächelte. »Sauber, ruhig und langweilig. Wenn das Pendeln nicht so ein Alptraum wäre, würde ich sofort wieder in die Stadt ziehen. Da ich nicht verheiratet bin, sind mir auch Schulen, Parks und so weiter egal. Und für die dortigen gesellschaftlichen Aktivitäten scheine ich auch nicht der Richtige zu sein. Aerobics und Golf sind zur Zeit angesagt, und ich interessiere mich weder für das eine noch für das andere.«

»Klingt nicht gerade vielversprechend. Warum geben Sie nicht Ihre Privilegien auf und arbeiten in einem städtischen Krankenhaus?«

Er verzog das Gesicht. »Mein Vater sagte immer: Niemand wird als König geboren, aber man kann sich daran gewöhnen, einer zu sein. Nachdem ich im Friendship angefangen habe, habe ich sehr schnell gemerkt, daß es leichter ist, sich an einen gewissen Lebensstandard zu gewöhnen, als ihn wieder herunterzuschrauben.«

»Ob Sie fünfhunderttausend im Jahr verdienen oder zweihunderttausend macht keinen großen Unterschied. Sie würden den Gürtel nicht enger schnallen müssen, und ich wette, die Damenwelt wird sie trotzdem attraktiv finden.«

Er trank seinen Brandy aus. »Wahrscheinlich haben Sie recht – bis auf Ihre übertriebene Vorstellung davon, was ich Friendship wert bin.« Er grinste gewinnend. »Fertig zum Gehen? Wie wär's mit einem Strandspaziergang im Mondschein?«

Auf der Fahrt zum See fragte mich Burgoyne, ob die Polizei im Fall Tregiere Fortschritte machte. Ich antwortete, falls er die Täter nicht kenne, würde die Aufklärung des Falls sehr lange dauern. Diese Art von Gewaltverbrechen gehört zu den schwierigsten Fällen.

»Aber glauben Sie nicht, die Polizei hielte eine Lösung für

aussichtslos. Rawlings, der den Fall übernommen hat, scheint einiges auf dem Kasten zu haben. Und ein Mord gilt nie als aufgeklärt. Eines Tages taucht ein Informant auf, oder ein anderes Verbrechen fördert eine neue Spur zutage. Oder vielleicht hab ich Glück.«

In Montrose bog er auf den Parkplatz ein, fuhr langsam die Reihen auf und ab auf der Suche nach einer Lücke. Die halbe Stadt versammelt sich in warmen Sommernächten am See. Radios schallten durch die Nacht, Kinder quietschten, Verliebte schmusten. Jugendliche, mit Bier, Marihuana und Angeln ausgestattet, belagerten die Felsen und belästigten jede junge Frau, die vorbei wollte.

Burgoyne parkte neben einem riesigen, rostigen Wohnwagen und schaltete den Motor ab. »Sie stellen im Fall Tregiere Nachforschungen an?«

»So könnte man's nennen. Wenn es ein Gewaltverbrechen war, wird die Polizei es aufklären. Wenn der Täter jemand war, den Tregiere kannte, hab ich vielleicht Glück. Vermutlich hat er nichts von Bedeutung gesagt, als Sie gemeinsam Consuelo behandelten, oder?«

Ich spürte, wie er mich im Dunkeln ansah. »Soll das ein Witz sein?« fragte er schließlich. »Ich kenn Sie nicht gut genug, um zu wissen, wann Sie es ernst meinen und wann nicht. Alles, worüber wir geredet haben, war der unregelmäßige Herzschlag des Mädchens.«

Wir stürzten uns ins Gedränge und kletterten die Felsen hinunter zum See. Dort war es weniger voll, und wir fanden einen Platz für uns allein. Ich zog meine Sandalen aus und ließ die Füße im Wasser baumeln. Burgoyne wollte wissen, wie ich bei den Nachforschungen vorging.

»Oh, ich rede mit den Leuten. Wenn sie wütend werden, schließ ich draus, daß sie etwas wissen. Ich stochere weiter rum und sprech mit mehr Leuten. Und nach einer Weile hab ich 'ne ganze Menge erfahren, und die einzelnen Teile beginnen zusammenzupassen. Ich fürchte, ich geh nicht sehr systematisch vor.«

»Ähnlich wie ein Arzt.« Im Mondlicht konnte ich sehen, daß er die Knie angezogen und die Arme darum geschlungen hatte. »Obwohl wir über diesen unglaublichen technischen Apparat verfügen, diagnostizieren wir meistens, indem wir Fragen stellen und Möglichkeiten ausscheiden... Mit wem sprechen Sie über Tregiere?«

»Mit Leuten, die ihn kannten. Mit Leuten, die ihn in einem ungewöhnlichen Zusammenhang gekannt haben könnten.«

»Und dabei haben Sie diesen Schnitt im Gesicht abgekriegt, nicht wahr?«

»Ja, so war es. Aber mir ist schon Schlimmeres passiert – das hier ist nur unangenehm, weil niemand verunstaltet werden möchte.«

»In welchem Verhältnis stand Tregiere zu Dr. Herschel? War er ihr Partner?«

»So was ähnliches. Drei Vormittage in der Woche war er für die Praxis verantwortlich, so daß sie Besuche machen konnte. Und er hatte dort ein Sprechzimmer für seine eigenen Patientinnen. Er war Facharzt für Geburtshilfe und hatte sich zudem auf perinatale Medizin spezialisiert.«

»Also bringt sein Tod ziemlich viel durcheinander?«

»So könnte man sagen. Es wird eine ungeheure Arbeitsbelastung auf Dr. Herschel zukommen.« Ich schlug nach ein paar Mücken, die mein Gesicht umschwirrten.

Er schwieg eine Weile und starrte hinaus auf den See. Dann sagte er abrupt: »Ich hoffe, sie gibt uns nicht die Schuld an Consuelos Tod.«

Im Dunkeln konnte ich sein Gesicht nicht erkennen. »Sie machen sich zuviele Sorgen. Schicken Sie ihr den Bericht und versuchen Sie, die Sache zu vergessen.«

Die Moskitos ließen nicht locker. Mein Gesicht, das leicht nach Blut roch, zog sie magisch an. Ich wollte gehen. Burgoyne half mir beim Aufstehen, umarmte und küßte mich. Es war der Situation angemessen. Ich verscheuchte ein paar weitere Mücken und küßte ihn zurück.

Als wir Arm in Arm die Felsen hinaufstiegen, wollte er wissen, was nötig sei, damit ich einen Fall aufgab.

»Weiß ich nicht«, sagte ich. »Ein paarmal wollte man mich umbringen, auf nicht gerade angenehme Weise. Also muß ich schneller denken als die anderen. Wenn ich dazu nicht mehr in der Lage bin oder nicht mehr schnell genug laufen kann, dann werde ich aufs Land ziehen und Aerobic-Kurse besuchen.«

»Vermutlich hat es keinen Zweck, dir vorzuschlagen, den Beruf zu wechseln, damit du nicht noch schlimmer zugerichtet wirst?« fragte er versuchsweise.

»Du kannst alles vorschlagen«, sagte ich und entzog ihm meinen Arm. »Aber du hast kein Recht, irgendwelche Ansprüche zu stellen, und ich würde ganz schön sauer werden, solltest du versuchen, dich in meine Angelegenheiten einzumischen.«

»Das hab ich nicht vor. Du gefällst mir besser, wenn du nicht sauer bist. Können wir die letzte Minute vom Band löschen?« Er griff zögernd nach meiner Hand. Ich lachte widerstrebend und legte den Arm wieder um seine Hüfte.

Mr. Contreras schoß in den Flur, als ich die Haustür aufsperrte. Er hielt eine riesige Rohrzange in der Hand. Als er unsere untergehakten Arme bemerkte, wandte er sich demonstrativ an mich und würdigte Burgoyne keines Blickes.

»Heute abend hatten wir keine Besucher, falls Sie wissen, was ich meine. Haben Sie sich amüsiert?«

»Ja, danke.« Ich ließ Burgoyne los, weil ich mich ertappt fühlte.

»Ich geh jetzt ins Bett – wollte nur sicher sein, daß Sie gut nach Hause kommen... Vergewissern Sie sich, daß die Haustür richtig zuschnappt, wenn Sie gehen, junger Mann. Man muß fest dran ziehen. Ich möchte nicht, daß morgen früh der Flur voller Abfall liegt, weil die Penner im Haus waren.«

Er musterte Burgoyne wild und schwang die Zange, sagte harsch gute Nacht und zog sich in seine Wohnung zurück.

Burgoyne atmete erleichtert auf, und wir stiegen die Treppe hinauf. »Ich dachte schon, er würde mit nach oben kommen.«

»Ich weiß.« Ich lächelte kläglich, während ich die Tür aufschloß. »Ich habe mich nicht mehr so gefühlt, seitdem ich sechzehn war und mein Vater oben wartete.«

Ich holte zwei rote venezianische Gläser, die ich von meiner Mutter geerbt hatte, und schenkte Brandy ein. Wir nahmen sie mit ins Schlafzimmer, wo ich als erstes alles, was auf dem Bett lag, unbesehen auf einen Stuhl warf. Burgoyne war entweder sehr diskret oder zu sehr mit meinen offenkundigen Reizen beschäftigt, um das Chaos zu kommentieren. Wir legten uns auf die zerknitterten Laken, tranken den Brandy und küßten uns, wobei ich die Gläser nicht aus dem Auge ließ.

»Sie sind eigentlich alles, was mir meine Mutter hinterlassen hat«, erklärte ich und stellte die Gläser neben das Bett. »Sie hat sie in einem Koffer aus Italien geschmuggelt, dem einzigen, den sie mitnehmen konnte, als sie weg mußte. Und ich kann an nichts anderes denken, wenn ich um sie fürchte.«

»Ist mir recht«, murmelte er an meinem Hals. »Ich kann sowieso nicht an zwei Dinge gleichzeitig denken.«

In der nächsten Stunde bewies er den Wert eines profunden anatomischen Wissens, wenn man es richtig einzusetzen weiß. Meine detektivischen Erfahrungen erwiesen sich ebenfalls als nützlich. Schließlich schliefen wir zwischen den feuchten Laken ein.

Um drei weckte uns das Piepen von Burgoynes Signalgeber – bei einer Patientin hatten die Wehen eingesetzt, aber ein Kollege übernahm den Fall. Um sechs piepte seine Armbanduhr; auch ein Vorstadtdoktor muß früh zur Arbeit. Ich schloß hinter ihm die Tür ab und legte mich wieder ins Bett.

Um neun stand ich auf, machte ein bißchen Gymnastik und zog meine Arbeitskluft an: Jeans, Halbschuhe, ein weites T-Shirt und den Revolver. Ich versorgte mein Gesicht, setzte einen breitkrempigen Strohhut auf und verließ beschwingt die Wohnung. Bevor ich nach Fabiano suchte, wollte ich zu Lottys Praxis fahren, um mir die Schlüssel zu Malcolms Wohnung zu holen.

13 Sturm auf die Praxis

Lotty arbeitet in einem ehemaligen Laden an der Damen Avenue. Diese Straße ist fast so lang wie die Stadt, und auf ihr entlang zu fahren, heißt durch das Herz Chicagos zu fahren, an streng voneinander abgegrenzten ethnischen Gemeinden vorbei – Litauern, Schwarzen, Hispanos, Polen. Lottys Praxis liegt an einem verschlafenen Abschnitt der langen Straße, in einer ruhigen Gegend, wo sich kleine Läden mit Häusern abwechseln, die alle mit dem Verfall kämpfen. Dort leben überwiegend Rentner, die ihre baufälligen Häuschen mit dem Geld von der Sozialhilfe zu bewahren suchen. Gewaltverbrechen sind sehr selten, und für gewöhnlich gibt es genügend Parkmöglichkeiten am Straßenrand. Nicht so heute.

Ein Polizeiauto mit eingeschaltetem Blaulicht versperrte die Kreuzung, an der ich rechts abbiegen wollte. Dahinter konnte ich Scharen von Menschen auf der Straße und den Gehsteigen ausmachen. Der Übertragungswagen eines Fernsehsenders ragte aus der Menge heraus; andere Autos konnte ich nicht entdecken. Ich fragte mich, ob ein örtlicher Heiliger mit einer Parade geehrt wurde; möglicherweise hatte Lotty ihre Praxis noch gar nicht geöffnet.

Ich lehnte mich aus dem Wagenfenster, um mit den uniformierten Polizisten im Polizeiauto zu sprechen. »Was ist los hier?«

Mit der gewohnten Auskunftsbereitschaft antwortete der Mann hinter dem Steuer: »Die Straße ist gesperrt. Sie können hier nicht durch.«

Vier Blocks weiter fand ich einen Parkplatz und eine Telefonzelle an der Straßenecke. Zuerst versuchte ich es bei Lotty zu Hause, überzeugt, daß sie erst gar nicht in die Praxis gekommen war. Als sich niemand meldete, rief ich im Büro an. Die Leitung war belegt.

Ich näherte mich von Süden her dem Gebäude. Auf dieser Seite waren nicht ganz so viele Menschen, aber am anderen Ende des Blocks stand ebenfalls ein Polizeiauto. Schreie hallten durch ein Megaphon, und unverständliche Sprechchöre erfüllten die Luft. Ich kannte diese Geräusche aus meiner Studentenzeit – eine Demonstration. Beunruhigt stellte ich fest, daß die Menge dichter wurde, je näher ich der Praxis kam. Offensichtlich würde ich mich zum Vordereingang durchkämpfen müssen. Ich lief deshalb über ein Grundstück bis zu dem Weg, der hinter dem Gebäude vorbeiführte, und gelangte so zur Hintertür. Der Mob, der vor den Kameras seine Vorstellung gab, war noch nicht bis hierher vorgedrungen. Ich mußte eine Weile klopfen und rufen, bis mir schließlich Mrs. Coltrain, Lottys Sekretärin, öffnete.

»Ich hab mich noch nie so gefreut, Sie zu sehen, Miss Warshawski. Dr. Herschel hat alle Hände voll zu tun, und die Polizei ist keine große Hilfe. Überhaupt keine Hilfe. Wenn ich es nicht besser wüßte, würde ich annehmen, daß sie mit den Demonstranten unter einer Decke steckt.«

»Was ist denn los hier?« Ich trat ein und half ihr, die Tür zu verriegeln.

»Sie schreien da draußen irgendwelche grauenhaften Sachen. Daß Dr. Herschel eine Mörderin ist, daß wir alle zur Hölle fahren sollen. Und die arme Carol muß sich das hier so kurz nach der Beerdigung ihrer Schwester anhören.«

Ich runzelte die Stirn. »Abtreibungsgegner?«

Sie nickte sorgenvoll. »Ich habe sechs Kinder großgezogen und würde es wieder tun. Aber mein Mann verdiente genug, so daß wir es uns leisten konnten. Manche der Frauen, die hierher kommen, sind selbst noch Kinder und haben keine Menschenseele, die sich um sie kümmert, geschweige denn um ein Baby. Und deshalb soll ich eine Mörderin sein?«

Ich legte ihr mitfühlend die Hand auf den Arm. »Sie sind natürlich keine Mörderin. Ich weiß, daß Sie Abtreibungen zwiespältig gegenüberstehen, und ich bewundere Sie dafür, daß Sie Lotty die Treue halten, obwohl sie hier bisweilen Schwangerschaftsabbrüche vornimmt. Und daß Sie sie sogar verteidigen. Was sind das für Leute da draußen?«

»Ich weiß es nicht. Heute morgen um acht kam so ein armes junges Mädchen, da haben sie schon gewartet. Keine Ahnung, woher sie wußten, was sie vorhatte, aber kaum war sie hier, begannen sie zu schreien.«

Der hintere Raum der Praxis wurde als Lagerraum benutzt, alles war sehr sauber und ordentlich. Ich folgte Mrs. Coltrain in den vorderen Teil, wo das Geschrei besser zu hören und einzelne Rufe zu unterscheiden waren.

»Euch ist es egal, wenn Babys sterben!«

»Mörder! Nazis!«

Die Jalousien vor den Fenstern waren heruntergelassen. Ich bog zwei Lamellen so weit auseinander, daß ich hinausspähen konnte. Vor der Praxis, das Megaphon in der Hand, stand ein schlanker Mann, der offensichtlich an einer Überfunktion der

Schilddrüse litt. Sein Gesicht war gerötet aufgrund der Ernsthaftigkeit seines Anliegens. Ich war ihm noch nie zuvor begegnet, hatte sein Gesicht jedoch schon öfter in der Zeitung und im Fernsehen gesehen: Es war Dieter Monkfish, Chef von IckPiff – des Illinois-Komitees zum Schutz des ungeborenen Lebens. Seine Mitstreiter waren junge Männer, alle leidenschaftlich dabei, ihre eigenen Kinder auszutragen, und Frauen mittleren Alters, deren Gesichter zu sagen schienen: Mir wurde die Lebenslust durchs Kinderkriegen ausgetrieben, und anderen soll es genauso gehen.

Lotty stand plötzlich hinter mir und begrüßte mich ebenso begeistert wie Mrs. Coltrain. »Ich war noch nie so froh, dich zu sehen, Vic. Was für eine Meute! Zwei- oder dreimal haben Leute vor der Praxis Flugblätter verteilt, aber so was hab ich noch nie erlebt. Woher wußtest du Bescheid?«

Ich schüttelte den Kopf. »Ich kam zufällig hierher, wollte mir die Schlüssel zu Malcolms Wohnung von dir holen. Warum sind die hier? Sollte heute irgendwas Besonderes über die Bühne gehen?«

Ihre dicken Augenbrauen stießen über ihrer markanten Nase zusammen. »Ich habe heute früh einen Schwangerschaftsabbruch aufgrund einer sozialen Indikation vorgenommen – aber das mache ich drei- bis viermal im Monat. Es war ein achtzehnjähriges Mädchen mit bereits einem Kind, das versucht, sein Leben in den Griff zu kriegen. Im dritten Monat. In einem fortgeschrittenerem Stadium kann ich hier in der Praxis nichts unternehmen. Ich sage dir, Vic, diese Leute jagen mir Angst ein. Es erinnert mich an eine Nacht in Wien, als sich der Nazi-Mob vor unserem Haus versammelte. Sie sahen genauso aus – wie Tiere, dieser lodernde Haß. Sie schlugen alle Fenster ein. Meine Eltern, mein Bruder und ich konnten fliehen. Wir versteckten uns bei den Nachbarn und sahen zu, wie sie unser Haus niederbrannten. Ich hätte nie gedacht, daß ich dieselbe Angst auch in Amerika verspüren würde.«

Ich faßte sie bei den Schultern. »Ich rufe Lieutenant Mallory an. Vielleicht kann er einsatzfreudigere Polizisten herschicken. Was ist mit deinen Patienten?«

»Mrs. Coltrain hat alle Termine auf morgen verlegt. Vermutlich werden diese Gangster dann nicht mehr hier sein. Notfälle schicken wir ins Beth Israel. Zwei Frauen haben sich mit ihren Kindern durch die Meute gekämpft. Ich glaube nicht, daß ich einfach zumachen kann – ich kann meine Patienten nicht draußen Spießruten laufen lassen und dann nicht hier sein, um ihnen zu helfen. Außerdem ist die junge Frau noch da, die der Auslöser für dieses Theater ist. Es geht ihr gut, aber sie fühlt sich nicht in der Lage, an diesen Tieren vorbei nach Hause zu gehen. Und die Polizisten sitzen nur rum. Sie sagen, es liegt nichts vor, wogegen sie einschreiten könnten, keine Ruhestörung. Und für die Nachbarn ist das Ganze natürlich besser als jedes Theater.«

Carol kam herein. Sie hatte abgenommen; ihr Kittel hing lose an ihr herunter. »Hallo, Vic. Gottgesandte Demonstranten, die uns von unseren eigentlichen Problemen ablenken. Was meinst du dazu?«

»Im Augenblick posieren sie nur für die Fernsehkameras. Gab es irgendwelche Vorwarnungen? Drohbriefe? Anrufe?«

Lotty schüttelte den Kopf. »Dieter Monkfish hat hier ein paarmal Flugblätter verteilt. Aber nachdem die Mehrheit der Leute, die die Praxis aufsuchen, kinderreiche Mütter sind, kam es ihm ziemlich schnell albern vor, ihnen die Unantastbarkeit des ungeborenen Lebens zu predigen. Jeden Monat bekommen wir ein paar anonyme Drohbriefe, aber keine Bombendrohungen oder dergleichen. Das hier ist keine richtige Abtreibungsklinik, deshalb stehen wir nicht im Mittelpunkt der Aufmerksamkeit.«

Ich ging hinüber zum Empfang, um zu telefonieren. Mrs. Coltrain kam mir nach, um mir eine freie Leitung zu verschaffen. Ich rief im Revier in der Elften Straße an und verlangte Lieutenant Mallory. Es dauerte eine Weile, bis sie mich durchgestellt hatten. Pflichtbewußt erkundigte ich mich nach Eileen, den sechs Kindern und fünf Enkelkindern und schilderte dann die Lage.

»Sie hindern Patienten daran, die Praxis zu betreten, und das zuständige Revier hat lediglich zwei Wagen geschickt, die die Straße beobachten sollen. Kannst du nicht dafür sorgen, daß die Leute hier die Tür frei machen?«

»Unmöglich, Vic. Das ist nicht mein Bezirk. Das entscheidet das zuständige Revier. Du müßtest mittlerweile eigentlich wissen, daß du nicht einfach die Polizei rufen kannst, damit sie deine Aufträge erledigt.«

»Lieber Bobby. Lieutenant Mallory. Ich bitte dich nicht darum, einen Auftrag zu erledigen. Ich bitte um Schutz für eine steuerzahlende Bürgerin, deren Patienten unter Androhung körperlicher Gewalt daran gehindert werden, ihre Praxis zu betreten.«

»Hast du gesehen, wie jemand bedroht wurde?«

»Im Augenblick haben die Demonstranten die Straße so unter Kontrolle, daß niemand überhaupt in die Nähe des Praxiseingangs gelangt.«

»Tut mir leid, Vic, aber das reicht nicht aus. Und wenn, dann müßtest du sowieso das zuständige Revier um Hilfe bitten. Sollten sie versuchen, jemand umzubringen, komme ich.«

Ich vermutete, daß das seine Art war, Witze zu machen. Solange nur Frauen und Kinder betroffen sind, kann es nichts Ernstes sein. Wütend versuchte ich es bei Detective Rawlings.

Er kicherte sarkastisch, als ich mit meinen Erklärungen fertig war. »Zuerst verweigern Sie in einem Mordfall die Zusammenarbeit, und als nächstes wollen Sie, daß wir angelaufen kommen, wenn Sie in der Patsche stecken. Typisch, Miss Warshawski, typisch. Der gute Staatsbürger hilft uns nicht, und dann schreit er beim ersten Anzeichen von Gefahr nach der Polizei.«

»Ersparen Sie mir die Lektion in staatsbürgerlichen Pflichten, Detective Rawlings. Wenn ich mich richtig erinnere, hab ich Ihnen zugesagt, gegen Ihren Freund Sergio Anzeige zu erstatten. Wider besseres Wissen. Haben Sie ihn schon eingebuchtet?«

»Wir suchen ihn noch. Aber er wird nicht weit kommen. Jemand hat mir erzählt, daß der Mistkerl Fabiano verprügelt worden ist. Wissen Sie was drüber?«

»Soweit ich weiß, ist er zu schnell mit seinem Auto gefahren und durch die Windschutzscheibe gekracht. Zumindest hat man mir das gestern auf der Beerdigung gesagt. Könnten Sie nicht die Straße hier ein bißchen räumen?«

»Ich rede mit meinem Vorgesetzten, Warshawski. Kann ich

nicht entscheiden. Aber erwarten Sie keine Wunder, solange die das Haus nicht in die Luft sprengen.«

»Das ist genau der Moment, in dem Hilfe am nützlichsten sein wird«, entgegnete ich meinerseits sarkastisch und legte auf.

Ich berichtete Lotty und Carol. »Aber vielleicht können wir selbst etwas auf die Beine stellen. Können Paul und Herman helfen? Und Diego?«

Carol schüttelte den Kopf. »Sie waren letzte Woche wegen Consuelo kaum in der Arbeit. Ich hab auch schon daran gedacht, aber das kann ich von ihnen nicht verlangen – sie könnten ihre Jobs verlieren.«

»Können wir nicht einen Treffpunkt am Ende der Straße ausmachen und die Patienten hierher eskortieren?« fragte ich.

Lotty zuckte die Achseln. »Besser als gar nichts, vermutlich. Obwohl ich mir nicht vorstellen kann, wie die Leute wissen sollen, wo wir sie treffen wollen.«

»Mundpropaganda. Wenn Patienten anrufen, gib ihnen Termine am Nachmittag. Ich brauch ein paar Stunden Zeit, um Hilfe zu organisieren.«

Die nächste halbe Stunde verbrachte ich mit Telefonieren. Nachdem ich die Streeter-Brüder, die mir normalerweise in Schwierigkeiten zur Seite stehen, nicht erreichte, konnte ich nicht umhin, an meine Mitbewohner im Erdgeschoß zu denken. Wie ich befürchtet hatte, war Mr. Contreras hocherfreut über meinen Hilferuf und versprach, ein paar seiner früheren Schlosserkollegen mitzubringen, die ebenfalls pensioniert waren, aber, wie er mir versicherte, sich glücklich schätzten, ihre Muskeln mal wieder zum Einsatz bringen zu können. Den Rest des Vormittags nahm ich die unzähligen Telefonanrufe entgegen. Meistens riefen die Leute an, weil sie sich Sorgen um die Praxis machten, und nicht, weil sie ärztliche Hilfe benötigten. Patienten stellte ich durch zu Mrs. Coltrain, die sie bat, wenn es sich nicht um ernste Probleme handelte, sich später in der Woche noch einmal zu melden. Bei einigen hörte sich Lotty die Symptome an und verständigte dann eine Apotheke, aus der sich die Leute ihre Medikamente abholen konnten. Notfälle schickte sie ins Beth Israel. Ansonsten wehrte ich obszöne

Anrufe ab. Die Liebe zum ungeborenen Leben veranlaßte viele zu den unglaublichsten Ausdrücken. Kurz vor Mittag hatte ich die Nase voll und ging, um eine Trillerpfeife zu kaufen. Ein paar schrille Pfiffe in die Ohren der widerlichen Anrufer würden möglicherweise einen bleibenderen Eindruck hinterlassen als ernsthafte Antworten. Außerdem kaufte ich uns in einem Lebensmittelladen etwas zu essen ein für den Fall, daß wir eine richtige Belagerung durchzustehen hatten.

Am Mittag trafen die ersten Hilfstruppen ein. Mr. Contreras trug einen Blaumann, an seinem Gürtel baumelte die riesige Rohrzange. Er stellte mir Jake Sokolowski und Mitch Kruger vor, die beide ebenfalls bewaffnet waren. Sokolowski und Kruger waren etwa so alt wie Mr. Contreras, sahen aber nicht so fit aus – einer hatte einen Bierbauch von der Größe eines Medizinballs, der andere zitterte, nach seiner roten Nase zu urteilen, aufgrund übermäßigen Alkoholkonsums.

»Tut mir einen Gefallen, Jungs«, sagte ich zu ihnen, »fangt keine Schlägerei an. Das hier ist eine Arztpraxis, und wir wollen nicht, daß ein paar Irre drauf schießen oder mit Steinen werfen. Alles, was wir wollen, ist, daß ihr die Patienten sicher die Straße entlang bis zur Hintertür bringt. Carol wird mitkommen, um euch die Patienten zu zeigen.«

Unser Plan sah vor, daß Carol am Ende der Straße auf Lottys Patienten warten würde. Sie sollte ihnen die Lage schildern, und wenn sie dann immer noch in die Praxis wollten, sollten die Schlosser sie bis zur Hintertür begleiten. Carol nahm die tatendurstigen Männer mit hinaus auf die Straße, und ich schob Wache an der Hintertür. Sollte irgend etwas schiefgehen, würde ich versuchen zu helfen. Eine Zeitlang kam es zu keinen Zwischenfällen. Es gelang uns, die Abtreibungspatientin unbemerkt hinauszuschaffen; Carol winkte einem Taxi, das sie nach Hause brachte. Aber die Meute vor dem Haus wurde größer, und die wenigen Patienten, die durchkamen, wurden zunehmend nervöser. Um halb zwei dämmerte den Demonstranten, daß wir den Hintereingang benutzten, und sie stürmten mit Spruchbändern und Megaphonen nach hinten.

Widerwillig entschloß sich Lotty, die Praxis zu schließen, nachdem eine Frau, im sechsten Monat schwanger und an einer

Blutvergiftung leidend, mit Gewalt daran gehindert wurde, die Praxis zu betreten. Lotty ging selbst hinaus, um mit den Leuten zu reden, ein Schritt, der sich, wie ich fürchtete, als verhängnisvoll erweisen könnte.

Lotty richtete sich zu ihrer vollen Größe von einem Meter achtzig auf und wandte sich an die Menge, die sich anfänglich beruhigte. »Diese Frau versucht, ihr Leben und das ihres Kindes zu retten. Wenn Sie sie daran hindern, sich in ärztliche Behandlung zu begeben, könnten Sie sehr wohl ihr Leben aufs Spiel setzen. Mit Ihren Ansichten über das Leben, sollten Sie ihr Vorhaben unterstützen, anstatt ihr den Weg zu versperren.«

Ihr schallten Schreie und »Mörder«-Rufe entgegen. Ein tapferer junger Mann ging auf sie zu und spuckte sie an.

In Lottys Büro fand ich eine Polaroidkamera, mit der sie stolze Mütter fotografierte, die in die Praxis kamen, um ihre Babys bewundern zu lassen. Ich ging hinaus auf die Straße und begann, Fotos von einzelnen Leuten in der Meute zu machen. Sie waren nicht organisiert genug, um mir die Kamera zu entreißen. Statt dessen wichen sie ein paar Meter zurück. Anonyme Geiferer haben es nicht gern, daß ihre Identität publik gemacht wird.

Carol nutzte die momentane Verunsicherung, um die Frau mit der Blutvergiftung in ein Taxi zu bugsieren und sie ins Beth Israel zu schicken.

»Wir machen jetzt besser zu und verschwinden. Sonst kriegen wir noch Schwierigkeiten, mit denen wir nicht mehr fertigwerden«, meinte ich.

Lotty war einverstanden, und Mrs. Coltrain atmete erleichtert auf. Obwohl sie sich darauf eingestellt hatte, bis zum bitteren Ende auszuharren, war sie seit der Ankunft der Schlosser sichtlich nervöser geworden. Mr. Contreras und seine Freunde waren nicht sehr glücklich über unsere Entscheidung.

»Aber, Mädchen«, drängte er, »so schnell gibt man nicht auf. Sie sind in der Überzahl, zugegeben, aber wir können ihnen immer noch zeigen, wie der Hase läuft.«

»Das Verhältnis ist fünfzig zu eins«, erwiderte ich müde. »Ich weiß, daß ihr früher eine ganze Hundertschaft in die Knie gezwungen habt, aber wir sind hier nicht auf gebrochene Knochen, eingeschlagene Zähne und Köpfe eingerichtet. Wir brauchen richtige Hilfe, Hilfe, die nicht zu kommen scheint.«

Lotty war wieder hineingegangen, um Medikamente und Instrumente einzuschließen. Zusammen mit Mrs. Coltrain und Carol kam sie zurück und blieb in der Hintertür stehen, um die elektronische Alarmanlage einzuschalten. Als der Menge klar wurde, daß wir gehen wollten, drängte sie auf uns zu, schrie und grölte. Wir sieben hakten uns unter, formten einen Keil und bahnten uns einen Weg durch die Menge.

»Geht nach Hause, Kindermörder, und kommt ja nicht zurück!« schrie einer von ihnen, und die anderen nahmen den Schrei auf.

Die Leute umzingelten uns, schwangen drohend Bretter und Flaschen, die sie auf der Straße gefunden hatten. Bevor wir ihn aufhalten konnten, zückte Mr. Contreras seine Zange und ging damit auf den nächsten Schreihals los. Sokolowski und Kruger folgten begeistert seinem Beispiel. Es sah nahezu komisch aus, wie die drei alten Männer sich schnaufend in die Schlacht warfen, glücklich wie Kinder. Es hätte wirklich komisch ausgesehen, wäre da nicht die bestialische Wut des Mobs gewesen. Die Demonstranten schlossen die alten Männer ein, Bretter und Steine in den Händen.

Die Schlägerei griff sofort auf die ganze Straße über. Ich versuchte, Mrs. Coltrain auf die Seite zu ziehen, verlor aber das Gleichgewicht und fiel hin. Dabei löste sich ihre Hand aus meiner, und als ich wieder stand, war sie nicht mehr zu sehen. Ich bedeckte schützend mein Gesicht mit den Händen und kämpfte mich seitlich aus dem Gewühl. Dem Schlimmsten entkommen, blickte ich über die Menge, konnte aber weder Lotty noch Mr. Contreras entdecken. Ich lief auf die Vorderseite des Hauses. Zwei Polizisten in Uniform und Schutzhelmen standen herum und unterhielten sich, während Dieter Monkfish noch immer unermüdlich in sein Megaphon sprach. Es war so laut, daß die Polizisten dem anschwellenden Lärm hinter dem Haus keine Aufmerksamkeit schenkten.

»Drei alte Männer werden da hinten zusammengeschlagen«, keuchte ich und wurde mir bewußt, daß etwas Feuchtes über meine Backe rann.

Einer der Polizisten sah mich argwöhnisch an. »Sind Sie sicher?«

»Sie brauchen nur nachzusehen. Lieutenant Mallory hat versprochen zu kommen, falls jemand ermordet würde. Wollen Sie warten, bis er den Fall übernimmt?«

Derjenige, der mich angesprochen hatte, zog sein Sprechgerät aus dem Bund und schaltete es ein.

»Du bleibst hier mit ihr, Carl. Ich geh nachsehen.«

Er schlenderte den schmalen Weg zwischen Lottys Praxis und dem Nachbarhaus entlang. Nach ein paar Sekunden kreischte Carls Sprechgerät. Carl antwortete, begriff, was los war, und holte Verstärkung. Innerhalb weniger Minuten wimmelte es nur so von Polizisten mit Schutzhelmen.

14 Blinde Zerstörungswut

Als Dieter Monkfish die Bereitschaftspolizei bemerkte, drehte er durch. Er schrie seinen treuen Gefolgsleuten durchs Megaphon zu, daß sie angegriffen würden und lief weg in Richtung Hintereingang.

Wenn ich mir nicht wegen Lotty und Mr. Contreras Sorgen gemacht hätte, wäre ich in die entgegengesetzte Richtung geflohen. Ich hatte mich schon ein paarmal mitten in einer wildgewordenen Menge befunden und hatte miterlebt wie die Polizei versuchte, diese in den Griff zu bekommen. Alle reagierten voller Panik, die Polizei machte rückhaltlos von ihren Schlagstöcken Gebrauch, und es war ebensogut möglich, von Freunden wie von Feinden niedergeknüppelt zu werden.

Ich legte schützend die Hand auf meine Verletzung und dachte angestrengt nach. Wenn sie den Revolver bei mir fanden, würden sie sich nicht die Zeit nehmen, nach meinem Waffenschein zu fragen. Und ich wollte ausgerechnet jetzt nicht noch mehr Prügel beziehen.

Die Kameraleute, nach dem langen, ereignislosen Vormittag begeistert von der Aussicht auf wirkliche Action, folgten Dieter Monkfish. Ich schloß mich einem Kameramann an und benutzte ihn als Schutzschild.

Eine Neuauflage der Geschehnisse von Grand Park 1968 erwartete uns. Die Polizei hatte eine lückenlose Kette am nördlichen Ende des Weges gebildet und drängte die Menge Richtung Cornelia Street, wo die Grünen Minnas standen. Die Leute schrien, Steine und Bretter flogen durch die Luft. Eine Coladose traf einen Polizisten am Helm. Cola lief ihm übers Gesicht, und er drosch blind auf alles ein, was ihm in den Weg kam, bis er von der Menge überrannt wurde. Die enge Straße machte jegliche Taktik zunichte, Polizisten und Demonstranten gerieten hoffnungslos durcheinander.

Ich wagte es nicht, mich ins Gedränge zu mischen, und hielt hilflos Ausschau nach Lotty, ohne sie zu entdecken. Ich hielt mich nahe an der Hauswand, um nicht in die Schlägerei hineingezogen zu werden, als ich hörte, wie die Alarmanlage losging. Oder vielleicht fühlte ich es auch nur, denn in dem Chaos war nichts außer tierischen Schreien zu hören.

Zwischen den Kameraleuten hindurch bahnte ich mir einen Weg zur Vorderseite des Hauses. Die Leute warfen Steine und Eisenteile in die gläserne Ladenfront; die Alarmanlage heulte unheilvoll. In maßloser Wut ergriff ich das Handgelenk eines jungen Mannes, als er mit dem Arm ausholte, um einen Stein zu schleudern. Er ließ den Stein fallen, und ich rammte ihm ein Knie in den Bauch, daß ihm die Luft wegblieb. Als nächstes wandte ich mich zu der Frau links von ihm. Ich schüttelte ihren fetten Arm, bis ihr der Ziegelstein aus der Hand fiel.

»Wollen Sie, daß Ihre Enkelkinder Ihr haßverzerrtes Gesicht beim Steinewerfen im Fernsehen sehen?« brüllte ich sie an.

Aber es war hoffnungslos, allein gegen diesen hirnlosen Mob anzugehen. Sie zerschlugen die Glasfront und stürmten ins Haus. Ich lehnte mich an ein Auto und rang zitternd nach Luft.

»Sie hatten recht, Warshawski. Die Polizei hätte früher hier sein sollen.« Die belegte, leicht amüsierte Stimme gehörte Detective Rawlings. Er hatte sich neben mich gestellt, ohne daß ich es bemerkt hatte.

»Was wollen Sie jetzt unternehmen?« fragte ich verbittert. »Ein paar Steinewerfer, ein paar Ruhestörer, niedrige Kaution, keine Strafverfolgung?«

»Wahrscheinlich. Obwohl wir ein paar festgenommen haben

wegen tätlichen Angriffs auf einen Polizisten. Ein Mann wurde verletzt.«

»Endlich mal eine gute Nachricht. Schade, daß nicht mehr getroffen wurden – vielleicht gäbe es dann ein paar wirkliche Verhaftungen und nicht nur ein paar Klapse auf die Finger.«

»Ärgern Sie sich nicht, Warshawski. Es ist die alte Geschichte – Sie wissen, was in dieser Stadt unter Gerechtigkeit verstanden wird.«

»O ja. Das weiß ich. Ich hoffe inständig, daß Sie mir jetzt nicht noch sagen wollen, Sie hätten Sergio verhaftet. Im Augenblick ist mir nämlich nicht nach Kooperation zumute.«

Zwei Mannschaftswagen bremsten scharf direkt vor uns. Noch bevor sie standen, stürmten mehrere Dutzend behelmter Polizisten heraus und rannten in die Praxis, die Schlagstöcke in der Hand. Kurz danach kamen die ersten wieder heraus und führten Demonstranten in Handschellen ab. Die Verhafteten, alles Weiße, überwiegend junge Männer und ältere Frauen, schienen angesichts der Wendung, die die Ereignisse nahmen, etwas verwirrt. Aber als die Fernsehleute auftauchten, fingen sie erneut an zu grölen und machten das Siegeszeichen.

Ich ließ Rawlings stehen und ging auf einen der Kameramänner zu. »Machen Sie ein paar gute Aufnahmen von der Praxis. Hierher kommen seit sieben Jahren mittellose Frauen und Kinder und werden von einer der besten Ärztinnen Chicagos gratis behandelt. Ihre Zuschauer sollten erfahren, daß diese rechtschaffenen Bürger eines der wichtigen Gesundheitszentren für die Armen von Chicago zerstört haben.«

Jemand hielt mir ein Mikrophon ins Gesicht. Es war Mary Sherrod von Kanal 13.

»Arbeiten Sie hier?«

»Ich bin einer von Dr. Herschels Anwälten. Ich kam zufällig heute morgen vorbei und fand die Praxis belagert vor. Wir haben unser Möglichstes versucht, um sie nicht schließen zu müssen und die armen Frauen und Kinder, die auf sie angewiesen sind, medizinisch zu versorgen. Eine schwangere Frau, die dringend ärztliche Hilfe benötigte, wurde von der Meute angegriffen. Sie konnte fliehen, ohne daß sie oder ihr ungeborenes Kind zu Schaden kam. Bevor Sie dieses Chaos ihren Zuschauern auf eine Art und Weise präsentieren, die den Schluß zuläßt, daß hier zugunsten ungeborenen Lebens eingeschritten wurde, richten Sie bitte Ihr Augenmerk auf den entstandenen Schaden. Zeigen Sie, was wirklich passiert ist.« Angesichts der Unmöglichkeit, mit meiner dünnen Stimme dreihundert wahnsinnige Fanatiker niederzuschreien, hörte ich auf zu sprechen und drehte mich auf dem Absatz um.

Die Menge zerstreute sich, die Polizisten zogen ab. Abgesehen von den eingeschlagenen Fenstern und dem Schlachtfeld um die Praxis herum, konnte man meinen, es wäre nichts geschehen. Auf der Straße lagen Glasscherben, Ziegelsteine, Flugblätter, Steine, leere Dosen und Tüten, Schokoladenpapier und McDonalds Schachteln. Die Stadt würde für die Aufräumarbeiten aufkommen – sie würde Leute schicken müssen, die den Schutt beseitigten. Vielleicht. In dieser Gegend würde es jedenfalls eine Weile dauern.

Rawlings war verschwunden, aber ein paar Polizisten hatten vor der Praxis Stellung bezogen. Ich kam mir auffällig und verletzlich vor und wollte gerade losgehen, um jemand anzurufen, der die Front mit Brettern vernageln konnte, als Lotty auftauchte. Ihr weißer Kittel war zerrissen und schmutzig, am rechten Arm hatte sie eine lange Schramme, aber ansonsten war sie unverletzt.

»Gott sei Dank, daß du noch hier bist, Vic. Ich hab schon befürchtet, du wärst mit der Meute abtransportiert worden wie dein heldenhafter Freund Mr. Contreras. Er war am Kopf verletzt, wurde aber so schnell in eine Grüne Minna verfrachtet, daß ich nichts mehr für ihn tun konnte. Es war wie 1938. Entsetzlich. Ich kann's nicht fassen.«

Ich nahm sie bei der Hand. »Wo sind Carol und Mrs. Coltrain?«

»Sie sind entkommen. Ich hab ihnen einen Weg zwischen den Häusern gezeigt. Arme Mrs. Coltrain, sie versucht so tapfer, sich mit meinen Vorstellungen über Abtreibung anzufreunden, die nicht die ihren sind. Und jetzt das noch.« Sie schüttelte den Kopf und seufzte.

»Ich werd mich mal darum kümmern, wohin sie die Leute gebracht haben und Mr. Contreras rausholen«, sagte ich.

»Willst du Anzeige erstatten? Wenn nicht, werden diese Verbrecher mit einer Geldstrafe und einem Schulterklopfen davonkommen.«

Sie blickte unschlüssig drein. »Ich weiß nicht. Ich werde mit meinem Rechtsanwalt – meinem richtigen Rechtsanwalt – reden. Mal sehen, wieviel Zeit das in Anspruch nehmen wird. Was soll ich mit den Fenstern machen?«

Ich erklärte ihr, daß wir jemand ausfindig machen müßten, der sie mit Brettern vernagelte. Sie ging hinüber zu den Polizisten, um ihnen zu sagen, wer sie sei und daß sie ins Haus wollte. Bevor es zu einer längeren Debatte kam, tauchte Rawlings wieder auf.

»Geht in Ordnung, Officer. Ich kenne sie. Lassen Sie sie rein«, gab er Bescheid.

Ich folgte Lotty, und Rawlings folgte mir. Der Anblick, der sich uns bot, war unglaublich. An Lottys Stelle hätte ich wahrscheinlich den Laden zugemacht und woanders neu angefangen. Im Wartezimmer war die ganze Einrichtung zertrümmert, überall lagen Scherben. In den Büros herrschte ein unglaubliches Chaos. Aktenschränke waren umgeworfen, Akten und zerbrochene medizinische Instrumente lagen verstreut auf dem Boden. Lotty, die in dem Schutt nach einem Telefon suchte, hob ein Stethoskop auf, das zwischen schmutzigen Papieren lag, und wischte es wieder und wieder an ihrem Kittel ab.

»Wir sollten Fotos für die Versicherung machen, bevor du hier aufräumen läßt«, gab ich ihr zu bedenken. »Warum gibst du mir nicht Name und Telefonnummer deines Versicherungsagenten, und ich ruf ihn an – die kümmern sich auch darum, daß Bretter vor den Fenstern angebracht werden.«

»Ja, gut. Wenn du das tun willst, Vic.« Lotty war kurz davor, in Tränen auszubrechen.

Ich wandte mich an Rawlings. »Könnten Sie Dr. Herschel nach Hause bringen, Detective? Sie soll sich dies hier nicht länger ansehen. Ich bleib hier und kümmere mich um die Fenster.«

»Aber natürlich, Miss Warshawski.« Er lächelte ironisch, und ein Goldzahn blitzte auf. »Die Polizei dein Freund und Helfer.« Er nahm Lottys Arm und überredete sie, mit ihm zu kommen.

»Ich schau heute abend vorbei«, versprach ich ihr. »Geh jetzt nach Hause und nimm ein heißes Bad. Versuch, dich zu entspannen.«

15 Begegnung im Gericht

Um halb fünf waren die Fenster endlich mit Brettern vernagelt. Lottys Versicherungsagentin, Claudia Fisher, eine füllige Frau mittleren Alters, war sofort vorbeigekommen, um sich den Schaden anzusehen. Sie hatte eine Polaroidkamera dabei und machte in der Praxis und auf der Straße Aufnahmen.

»Das ist wirklich ein Skandal«, sagte sie. »Unglaublich. Ich werde dafür sorgen, daß die Versicherung die Aufräumarbeiten bezahlt. Dr. Herschel sollte sich aber darum kümmern, daß ihr ein paar Leute helfen, die etwas von Krankengeschichten und medizinischem Gerät verstehen und hier Ordnung schaffen können – sonst ist das Durcheinander nachher noch größer.«

Ich nickte. »Daran habe ich auch schon gedacht. Ich werde ihr vorschlagen, daß sie Schwestern und Pfleger vom Beth Israel bittet, ihr zu helfen. Die könnten wahrscheinlich an einem Tag Ordnung schaffen.«

Nachdem alles erledigt war, suchte ich nach Lottys Anrufbeantworter und sprach eine Nachricht drauf: Die Praxis würde für den Rest der Woche geschlossen sein. Im Notfall sollte man bei Lotty zu Hause anrufen. Ich brachte Claudia Fisher zur Hintertür und fuhr nach Hause, um zu baden, etwas zu essen, zu telefonieren und anschließend Mr. Contreras zu suchen. Als ich daheim ankam, hatte sich meine adrenalingestützte Energie des Nachmittags verbraucht. Auf bleiernen Beinen stieg ich die Treppe hoch.

Ich legte mich in die Badewanne, ließ das Wasser so heiß einlaufen, wie ich es gerade noch aushalten konnte, und döste vor mich hin. Als das Telefon klingelte, stieg ich langsam aus der Wanne und wickelte mich in ein Badetuch. Es war Burgoyne. Er hatte die Nachrichten gesehen und wollte wissen, wie es Lotty und mir ging.

»Wir sind okay«, versicherte ich ihm. »Aber die Praxis ist ein einziges Chaos. Und der gute alte Contreras hat ein Loch im Kopf und ist verhaftet worden. Ich werde ihn suchen gehen.«

»Willst du morgen abend nach Barrington rauskommen und mit mir essen gehen?«

»Ich werde dich anrufen. Nach dem, was ich heute mitgemacht habe, bin ich nicht mehr in der Lage, so weit vorauszudenken.«

»Soll ich kommen und dich begleiten?« fragte er eifrig.

»Danke, nein. Ich weiß nicht, wie lange es dauern wird, die ganzen Formalitäten zu erledigen. Ich will versuchen, dich morgen tagsüber zu erreichen. Gibst du mir deine Krankenhausnummer?«

Ich notierte sie und legte auf. Dann zog ich ein gelbes Baumwollkleid an, das vornehm genug fürs Gericht war, und begann mit den Telefonaten. Als erstes rief ich das zuständige Revier an, als nächstes das Bezirksrevier, wo man mich fünf- oder sechsmal weiterverband. Schließlich erfuhr ich, daß Mr. Contreras in ein Krankenhaus gebracht worden war, damit seine Platzwunde genäht wurde. Danach sollte er dem Haftrichter vorgeführt werden. Anschließend rief ich eine alte Freundin an, die bei der Rechtshilfe arbeitete. Glücklicherweise war sie zu Hause.

»Cleo – hier ist V. I. Warshawski.«

Wir tauschten die Neuigkeiten der letzten zehn Monate aus – solange hatten wir nicht mehr miteinander gesprochen, dann erklärte ich ihr mein Problem.

»Sie werden alle im Revier festgehalten und sollen später am Abend dem Haftrichter vorgeführt werden. Weißt du, wer heute abend in der Rechtshilfe Dienst hat? Ich werde als Entlastungszeugin auftreten.«

»Oh, ich hätte mir denken können, daß du etwas mit den Ausschreitungen bei der Praxis heute nachmittag zu tun hast, Vic. Wie entsetzlich – ich habe geglaubt, Chicago würde der gewalttätige Flügel dieser Fanatiker erspart bleiben.«

»Ich auch. Ich hoffe nur, es war nicht das Signal für einen Angriff auf die Abtreibungskliniken der Stadt. Lotty Herschel ist ziemlich niedergeschlagen. Für sie war es eine Neuauflage dessen, was sie in ihrer Kindheit mit den Nazis erlebt hat.«

Cleo versprach, sich zu erkundigen und in ein paar Minuten zurückzurufen. Das Bad hatte mich etwas erfrischt, aber ich war immer noch ziemlich groggy. Ich brauchte Proteine und suchte nach ihnen im Kühlschrank. Seit einer Woche hatte ich nichts mehr eingekauft und fand deswegen nicht mehr viel Appetitanregendes. Dem Kühlschrank hätte eine Säuberungsaktion gutgetan, aber heute hatte ich wie immer wichtigeres vor. Ich machte mir Rühreier mit Zwiebeln, einer halben grünen Paprika und einer von Mr. Contreras' Tomaten. Das Telefon klingelte, als ich die letzten Bissen hinunterschluckte. Cleo nannte mir den Namen des Mannes, der heute im Gericht Dienst hatte: Manuel Diaz. Ich dankte ihr und machte mich auf in Richtung Elfte Straße Ecke State Street.

Am Abend gibt es in der Gegend am südlichen Ende des Loop keine Parkplatzprobleme. Tagsüber werden hier in den Lagerhallen windige Geschäfte abgewickelt, und die altmodischen Cafés sind voll mit den entsprechenden Geschäftsfreunden. Nachts herrscht nur im Central District Headquarters Leben; die meisten Besucher kommen nicht im eigenen Auto.

Ich parkte in der Nähe des Gebäudes und ging hinein. Die Korridore, in denen die Farbe von den Wänden blätterte und die penetrant nach Desinfektionsmitteln rochen, weckten in mir nostalgische Erinnerungen an die Besuche, die ich meinem Vater abstattete, der hier bis zu seinem Tod vor vierzehn Jahren als Wachtmeister arbeitete. Ich fand Manuel Diaz, einen stämmigen Mexikaner, in einem der Konferenzzimmer neben dem Gerichtssaal. Ich erinnerte mich nicht an ihn, obwohl er, seinem Alter nach zu urteilen, auch schon zu meiner Zeit hier gearbeitet haben konnte. Tiefe Linien durchfurchten sein derbes Gesicht, und seine Backen sahen wegen der vielen Pokkennarben aus, als wären sie mit Sommersprossen übersät. Ich stellte mich vor und erklärte mein Anliegen.

»Mr. Contreras ist über siebzig. Er war Maschinenschlosser und hat seinerzeit bei Gewerkschaftskundgebungen mitgemischt. Und er wollte heute nachmittag eine Neuauflage seiner Jugend erleben. Ich weiß nicht, wessen sie ihn anklagen wollen. Ich habe gesehen, wie er mit einer Rohrzange hinter jemand her war, aber er hat auch ganz schön was abgekriegt.«

»Wir kennen die Anklagen noch nicht, aber wahrscheinlich haben sie ihn wegen Ruhestörung festgenommen«, antwortete Diaz. »Heute nachmittag wurden achtzig Personen verhaftet. Über die einzelnen Punkte der Anklage hat man sich vermutlich noch keine großen Gedanken gemacht.«

Wir unterhielten uns eine Weile. Er war schon seit zwanzig Jahren Pflichtverteidiger, früher im Lake County, jetzt in der Stadt. Er lebte im Süden Chicagos, und der tägliche Weg nach Norden war ihm zuviel geworden.

»Dort war es viel ruhiger. Hier wird man ganz schön geschunden, aber das wissen Sie ja aus eigener Erfahrung.«

Ich verzog das Gesicht. »Ich war nur fünf Jahre hier. Ich bin zu ungeduldig, zu egoistisch – ich möchte Ergebnisse meiner harten Arbeit sehen. Als Pflichtverteidigerin hatte ich nach jedem Prozeß das Gefühl, daß die Lage genauso war wie davor – manchmal sogar schlimmer.«

»Sie haben sich selbständig gemacht? Und dabei wurde Ihnen das Gesicht zerschnitten? Na ja, das ist auch ein Ergebnis. Ich hab ziemlich rabiate Mandanten verteidigt, aber sie sind nie mit dem Messer auf mich losgegangen.«

Ein Angestellter brachte die Anklageschriften, und mir blieb eine Antwort erspart. Manuel überflog sie aufgrund langjähriger Erfahrung sehr schnell, trennte die einfachen Fälle – Ruhestörung, ordnungswidriges Verhalten, Landstreicherei – von den schwierigen. Er bat einen Wachtmeister, alle Fälle von Ruhestörung und ordnungswidrigem Verhalten gemeinsam hereinzubringen.

Neun Männer kamen herein, einschließlich Mr. Contreras und seinem Freund Jake Sokolowski. Sie waren bei weitem die Ältesten der Gruppe. Der Rest waren junge Mittelschichtmänner in verschiedenen Stadien der Auflösung, die sowohl ängstlich als auch streitlustig dreinblickten. Mitch Kruger, der dritte im Bunde, war entkommen, ohne verhaftet zu werden, wie mir Mr. Contreras später erzählte. Mit dem Verband um den Kopf und dem zerrissenen Blaumann sah der alte Mann aus wie ein Penner aus dem miesesten Slum der Stadt, aber die Schlägerei schien seinen unerschöpflichen Vorrat an Energie nur noch vergrößert zu haben; er lächelte mich unbekümmert an.

»Sind Sie gekommen, um mich zu retten, Schätzchen? Wußte, daß ich mich auf Sie verlassen kann. Deswegen hab ich Ruthie auch erst gar nicht angerufen. Wenn Sie meinen, ich bin übel zugerichtet, dann sollten Sie sich erstmal meinen Gegner ansehn.«

»Hört mal«, fuhr Manuel dazwischen. »Das dümmste, was ihr machen könnt, ist, euch eurer Taten zu rühmen. Haltet die nächsten paar Stunden den Mund, und mit ein bißchen Glück werdet ihr heute nacht alle im eigenen Bett schlafen.«

»Klar, Chef, was immer Sie wollen«, stimmte Mr. Contreras fröhlich zu. Er stieß Sokolowski den Ellenbogen in den dicken Bauch, und die beiden gestikulierten und grinsten wie Halbstarke, die hinter einem jungen Mädchen her sind.

Sechs der restlichen sieben Angeklagten waren ebenfalls vor der Praxis verhaftet worden, als sie sich für den Schutz des ungeborenen Lebens prügelten. Der siebte war am frühen Abend singend in einem der Direktorenbüros einer angesehenen Firma aufgegriffen worden. Keiner wußte, wie er an den Wachmännern vorbei in das Gebäude eingedrungen war, und als Manuel ihn danach fragte, lächelte er glücklich und behauptete, er sei geflogen.

Manuel hörte sich Sokolowski und Mr. Contreras zusammen an. Er entschied, daß sie auf Notwehr plädieren sollten, daß sie aussagen sollten, sie hätten versucht, Lotty zu helfen, den Praxisbetrieb aufrechtzuerhalten, und dabei seien sie angegriffen worden. Als Mr. Contreras empört dagegen protestierte, daß ihm eine so passive Rolle zugeschrieben wurde, wiederholte ich Manuels Bitte, er solle den Mund halten.

»Sie haben heute nachmittag lang genug den Helden gespielt«, sagte ich zu ihm. »Sie erweisen niemanden einen Dienst, wenn Sie vor dem Richter mit Ihren Taten angeben und dann dreißig Tage oder eine hohe Geldstrafe aufgebrummt kriegen. Es tut Ihrer Männlichkeit keinen Abbruch, wenn der Richter nicht jede Einzelheit Ihrer Heldentaten erfährt.«

Widerwillig erklärte er sich schließlich einverstanden, aber mit einem so störrischen Ausdruck, daß ich Mitleid mit seiner längst verstorbenen Frau bekam. Sokolowski, wiewohl nicht ganz so fit wie sein Freund, war ebenso hartnäckig, was seinen

Ruf als der größte und schlimmste Schläger anging. Aber als Mr. Contreras endlich zustimmte, auf Notwehr zu plädieren, gab auch er nach.

Während der Unterredung mit den anderen sechs vor der Praxis Festgenommenen mußte ich das Zimmer verlassen. Nachdem der Wachtmeister Mr. Contreras und Sokolowski wieder in ihre Zelle gebracht hatte, suchte ich nach Lieutenant Mallory. Mallory war nicht da, dafür aber Rawlings Kollege Detective Finchley. Er war ein großer, schlanker Schwarzer und stand höflich auf, als ich eintrat.

»Freut mich, Sie zu sehen, Ms. Warshawski. Was ist mit Ihrem Gesicht passiert?«

»Ich habe mich beim Rasieren geschnitten«, sagte ich, des Themas überdrüssig. »Ich habe angenommen, Ihr Freund Conrad Rawlings hat Ihnen alles darüber erzählt. Übrigens vielen Dank, daß Sie ihn über meinen Charakter aufgeklärt haben.« Es war Finchley gewesen, der Rawlings erklärt hatte, ich sei zwar eine Nervensäge, würde aber Ergebnisse liefern. »Ist Lieutenant Mallory schon nach Hause gegangen? Würden Sie ihm ausrichten, daß ich hier war? Und daß ich hoffe, mit ihm darüber reden zu können, was heute nachmittag in Dr. Herschels Praxis passiert ist?«

Finchley versprach, ihm meine Nachricht auszurichten. Er blickte mich ausdruckslos an. »Sie sind eine Nervensäge, Ms. Warshawski. Haben sich beim Rasieren geschnitten, sehr witzig. Aber Ihre Freunde liegen Ihnen am Herzen, und das gefällt mir.«

Von diesem Kompliment überrascht und gerührt, ging ich etwas energiegeladener zurück in den Gerichtssaal. Dort mußte ich mich zu einem Sitz durchkämpfen. Tagsüber sind die Gerichtssäle in der Stadt relativ gut besucht, nachts sind sie für gewöhnlich leer. Aber heute war eine starke Abteilung von Abtreibungsgegnern hier, alle hielten Rosen in der Hand. Weil so viele Leute wegen der Ausschreitungen vor der Praxis verhaftet worden waren, saßen eine Menge Rechtsanwälte in den ersten Reihen und warteten auf die Mandanten. Mindestens zehn uniformierte Polizisten waren anwesend, sowie ein paar Leute von der Presse. Darunter war eine Journalistin, eine junge Gerichtsreporterin des *Herald-Star*, die ich kannte. Sie kam zu mir herüber, als sie mich bemerkte. Ich schilderte ihr Mr. Contreras' Fall in der Hoffnung, daß diese menschlich anrührende Geschichte die Berichterstattung über die Ziele der Abtreibungsgegner etwas von der ersten Seite verdrängen würde. Chicagos Zeitungen und Fernsehsender ergreifen in der Regel Partei für die Abtreibungsgegner.

Endlich brummte der Gerichtsdiener etwas vor sich hin, alle erhoben sich, und die Sitzung begann. Ein Fall nach dem anderen wurde aufgerufen, und die Verteidiger standen auf, bisweilen Manuel Diaz, öfter aber private Rechtsanwälte. Für den Richter, der nicht an so viele zahlende Kunden gewöhnt war, mußte es eine außergewöhnliche Verhandlung sein.

Ich verfolgte die Vorgänge, aber mein Blick wanderte immer wieder zu einem Verteidiger, von dem ich bislang nur den Hinterkopf sah. Er erschien mir irgendwie vertraut. Ich wünschte gerade, er würde den Kopf wenden, damit ich sein Gesicht sehen könnte, als er irritiert die Schultern bewegte. Dank dieser Bewegung ging mir ein Licht auf: Es war Richard Yarborough, Kompagnon von Crawford, Meade, einer der größten Kanzleien der Stadt. Ich hatte mich an diese ungeduldige Schulterbewegung in den achtzehn Monaten, die wir verheiratet gewesen waren, gewöhnt.

Ich stieß einen lautlosen Pfiff aus. Dicks Honorar betrug zweihundert Dollar die Stunde. Demnach war heute eine hochgestellte Persönlichkeit verhaftet worden. Ich überlegte vergebens hin und her, wer es sein könnte, als mein Name aufgerufen wurde. Ich trat vor den Richter, sagte, was ich zu sagen hatte, und freute mich zu hören, daß mein unbußfertiger Nachbar mit einer Verwarnung davonkam.

»Sollten Sie in Zukunft mit einer Rohrzange oder einem Werkzeug ähnlicher Größe auf der Straße angetroffen werden, wird Ihnen das als Absicht, gewalttätig werden zu wollen, ausgelegt werden und eine Zuwiderhandlung gegen die Bedingungen Ihrer Freilassung darstellen. Haben Sie mich verstanden, Mr. Contreras?«

Der alte Mann knirschte mit den Zähnen, aber Manuel und ich sahen ihn drohend an, und er sagte: »Ja. Ja, Sir.« Er wollte offensichtlich noch weiter sprechen, also ergriff ich schnell seinen Arm, wartete das »Anklage abgewiesen« des Richters nicht mehr ab und zog ihn von der Anklagebank.

Er brummte vor sich hin, daß er lieber ins Gefängnis gehen würde denn als Feigling dazustehen, als ich ihm das Wort abschnitt. »Ich werde Sie nach Hause bringen, aber mein Ex-Mann ist hier. Aus schierer Neugier möchte ich wissen, warum. Können Sie noch einen Augenblick warten?«

Wie ich gehofft hatte, beschäftigte ihn diese Neuigkeit sofort. »Ich wußte gar nicht, daß Sie mal verheiratet waren! Der Typ war nicht gut genug für Sie, was? Fragen Sie mich das nächste Mal vorher. Machen Sie nicht zweimal den gleichen Fehler. Dieser junge Kerl, den Sie da neulich Nacht mitgebracht haben – ist in meinen Augen eine Nummer zu klein für Sie.«

»Er ist Arzt und prügelt sich nicht dauernd in irgendwelchen Kneipen. Der erste ist ein hochkarätiger Rechtsanwalt. Wenn ich bei ihm geblieben wäre, hätte ich heute eine Villa in Oak Brook und drei Kinder.«

Er schüttelte den Kopf. »Das würde Ihnen nicht gefallen. Darauf gebe ich Ihnen mein Wort, Schätzchen. Da sind Sie heute besser dran.«

Der Gerichtsdiener warf uns einen bösen Blick zu, und Mr. Contreras hielt widerwillig den Mund. Es wurden weiter Fälle behandelt, einschließlich der des Mannes, der ins Direktorenbüro geflogen war. Er wurde nach Cook County in eine psychiatrische Klinik geschickt.

Dann kündigte der Gerichtsdiener Fall 81523 an – das Volk der Vereinigten Staaten von Amerika gegen Dieter Monkfish. Dick stand auf und trat vor den Richter. In meinem Kopf ging es drunter und drüber. Monkfish und IckPiff verteidigt von einem der teuersten Rechtsanwälte der Stadt? Ich bekam nicht mit, was zwischen Dick und dem Richter gesprochen wurde, oder zwischen dem Richter, einem Polizisten und Monkfish, aber es endete damit, daß Monkfish sich schuldig bekannte, freigelassen wurde, sein Fall zu einem späteren Termin im Oktober verhandelt werden sollte und er bis dahin nicht mehr öffentlich auftreten durfte. Wenn er zustimmte, würden alle Anklagepunkte fallengelassen. Er erklärte sich einverstanden, und die Vorstellung war vorbei.

Mr. Contreras kam mit mir, um vor dem Konferenzraum der Verteidiger zu warten. Nach einer Viertelstunde betrat Dick den Flur.

»Hallo, Dick. Können wir für einen Augenblick miteinander sprechen?«

»Vic, was um Himmels willen machst du hier?«

»Mensch, Dick, ich freu mich, dich zu sehen. Wie geht's dir?«

Er starrte mich an. Er hat mir niemals verziehen, daß ich ihn nicht so sehr schätzte wie er sich selbst. »Ich will nach Hause. Was willst du?«

»Das gleiche wie du, Dick, daß Gerechtigkeit herrscht. Das ist Salvatore Contreras. Einer der Freunde deines Klienten hat ihm heute nachmittag ein Brett auf den Kopf gedonnert.«

Mr. Contreras streckte Dick eine schwielige Hand entgegen, die dieser widerstrebend schüttelte.

»Sie haben einen großen Fehler gemacht, als Sie das Mädchen hier haben gehen lassen, junger Mann«, informierte er Dick. »Die ist in Ordnung. Wenn ich dreißig Jahre jünger wäre, würde ich sie heiraten. Selbst wenn ich zwanzig Jahre jünger wäre.«

Dicks Gesichtszüge froren ein, ein sicheres Zeichen dafür, daß er sich ärgerte.

»Danke«, sagte ich zu Mr. Contreras, »aber es ist für uns beide besser so. Kann ich einen Augenblick mit ihm allein sprechen? Ich möchte ihm eine Frage stellen, die er möglicherweise nicht vor Publikum beantworten will.«

Mr. Contreras ging den Gang hinunter. Er war wirklich zuvorkommend.

Dick sah mich streng an. »Also? Nachdem dieser alte Mann mich beleidigt hat, habe ich wirklich keine Lust mehr, irgendwelche Fragen zu beantworten.«

»Oh, nimm's ihm nicht übel. Er ist mein selbsternannter Vater – vielleicht ein bißchen unbeholfen, aber er meint es nicht böse... Ich war überrascht, dich zusammen mit Dieter Monkfish zu sehen.«

»Ich weiß, daß du seine Ansichten nicht teilst, Vic, aber das bedeutet nicht, daß er keinen Anspruch auf Rechtsbeistand hätte.«

»Natürlich. Du hast recht«, sagte ich hastig. »Und ich respektiere dich dafür, daß du seine Verteidigung übernommen hast – obwohl er sicherlich nicht der angenehmste Mandant ist, den man sich vorstellen kann.«

Er gestattete sich die Andeutung eines Lächelns. »Ich würde ihn bestimmt nicht in den Club einladen. Aber soweit wird es auch nicht kommen. Zu dieser Sorte Mandanten gehört er nicht.«

»Darüber hab ich auch schon nachgedacht. Ich meine, einerseits bist da du, einer der angesehensten Rechtsanwälte der Stadt. Andererseits er, ein Fanatiker mit einer finanzschwachen Organisation im Hintergrund. Wie können die sich Crawford, Meade leisten?«

Dick lächelte gönnerhaft. »Das geht dich nichts an, Vic. Auch Fanatiker haben Freunde.« Er warf einen Blick auf die Rolex an seinem linken Handgelenk und meinte, daß er fort müsse.

Mr. Contreras kam sofort zurück, sobald Dick gegangen war. »Entschuldigen Sie den Ausdruck, Schätzchen, aber der Kerl ist wirklich ein Arschloch. Hat er Ihnen gesagt, was Sie wissen wollten?«

»Ansatzweise. Sie haben recht, er ist ein Arschloch.«

Wir kamen rechtzeitig bei meinem Wagen an, um Dick demonstrativ in einem Mercedes Cabrio davonrauschen zu sehen. Schon gut, dachte ich, du hast es geschafft. Ich hab verstanden: Wenn ich ein liebes Frauchen gewesen wäre, könnte ich jetzt in diesem Schlitten fahren anstatt in meiner alten Karre.

Ich schloß die Wagentür auf und half Mr. Contreras beim Einsteigen. Während er munter vor sich hin brabbelte, dachte ich nach. Irgend jemand bezahlte Monkfishs Rechnung. Dick hatte recht – es ging mich nichts an. Nichtsdestotrotz war ich plötzlich sehr neugierig.

16 Wer ist Rosemary Jiminez?

Die nächste Woche verging in hektischer Arbeit. Ich beteiligte mich an der Restaurierung von Lottys Praxis. Während die Helfer mit medizinischem Sachverstand die Akten ordneten und gewissenhaft verschreibungspflichtige Medikamente inventarisierten, schafften Mrs. Coltrain und ich die Scherben weg, leimten Stühle und säuberten die Behandlungsstühle mit Desinfektionsmittel. Am Freitag schickte die Versicherung einen Glaser, der die Fenster reparierte. Das Wochenende verbrachten wir mit einer letzten Verschönerungsaktion. Tessa kam zusammen mit ein paar Freunden am Sonntag, um die Wände zu streichen. Danach sah das Wartezimmer wie ein afrikanischer Dschungel aus, eine üppige Vegetation wucherte auf den Wänden, und Tierherden zogen darüber. Die Behandlungszimmer hatten sich in Grotten verwandelt, die phantastische Fische in sanften Farben bevölkerten.

Lotty öffnete die Praxis am Dienstag. Ein paar Journalisten hatten sich eingefunden, die die Patienten mit Fragen löcherten: Ob sie der Meinung waren, daß sie die Praxis gefahrlos aufsuchen konnten? Ob sie nicht um ihre Kinder fürchteten? Eine Mexikanerin richtete sich zu ihrer vollen Größe von einem Meter fünfzig auf und sagte: »Ohne Dr. Herschel hätte ich kein Kind. Sie hat mein Leben und das meines Kindes gerettet, als kein anderer Arzt mich behandeln wollte, weil ich nicht zahlen kann. Ich werde immer zu ihr kommen.«

In dieser Zeit heilte mein Gesicht. Dr. Pirwitz zog am Tag der Neueröffnung von Lottys Praxis die Fäden. Ich konnte wieder lachen, ohne daß mein Gesicht schmerzte, und joggte und schwamm wieder. Sporadisch traf ich mich mit Peter Burgoyne. Er war oft ein amüsanter und gescheiter Zeitgenosse, aber manchmal zeigte er sich in einer Weise über Kleinigkeiten besorgt, die ich nur schwer ertragen konnte. Das Friendship plante eine Konferenz über die »Behandlung von Fruchtwasserembolien«. Es sollte sein großer Auftritt werden; er wollte vorführen, was er im Friendship alles erreicht hatte, aber ich konnte seine ewigen Klagen über seinen Vortrag und die Organisationsarbeiten, die eigentlich eine kompetente Sekretärin hätte erledigen sollen, nicht mehr hören. Er machte sich weiterhin in einem Ausmaß Sorgen über Lotty und Consuelo, das ich übertrieben fand. Ich verabredete mich mit ihm nur bei jedem zweiten oder dritten Anruf.

Ich versuchte weiterhin halbherzig, etwas über Malcolms Tod herauszufinden. Ohne Erfolg. An einem Nachmittag gab mir Lotty die Schlüssel, und ich ging in seine Wohnung. Ich fand in dem entsetzlichen Chaos, das dort herrschte, keinerlei Hinweise. Ich spielte das Band in seinem Anrufbeantworter ab, der die Verwüstung erstaunlicherwiese überstanden hatte. Ein paar Leute hatten angerufen und aufgelegt, ohne eine Nachricht zu hinterlassen, aber das war nichts Außergewöhnliches. Deprimiert, aber kein bißchen klüger, verließ ich die Wohnung wieder.

Am folgenden Samstag verhaftete Detective Rawlings Sergio mit der Absicht, ihn solange festzuhalten, bis jemand seinen Rechtsanwalt ausfindig gemacht hatte, was bis Sonntagabend dauerte. Weil die Anklage auf schwere Körperverletzung lautete, wurde die Kaution auf fünfzigtausend Dollar festgelegt, aber diese Summe stellte für Sergio kein Problem dar. Die Verhandlung wurde für den 20. Oktober anberaumt – die erste von vielen Vertagungen, von denen Sergio sich erhoffte, daß sie zu einer Niederschlagung der Anklage führen würden, sollte ich zu einem der Termine nicht erscheinen. Rawlings erzählte mir, daß fünf Löwen, darunter Tattoo, bezeugen würden, daß Sergio in der fraglichen Nacht mit ihnen auf einer Hochzeitsfeier gewesen war. Ich fragte mich beunruhigt, welche Form Sergios Rache annehmen würde, und verließ das Haus nie ohne meine Smith & Wesson. Aber die Tage vergingen, ohne daß etwas geschah, und ich gelangte zu der Überzeugung, daß er die Gerichtsverhandlung abwarten wollte.

Ich führte ein zweites Gespräch mit Fabiano am Mittwoch, nachdem Lottys Praxis wiedereröffnet worden war. Auch diesmal fand ich ihn in El Gallo. Sein Gesicht war nicht mehr geschwollen, von den blauen Flecken war nur noch vereinzelt etwas zu sehen. Die Männer in der Kneipe bereiteten mir einen herzlichen Empfang.

»Fabiano, da ist ja deine arme Tante wieder.« – »Als er mit

diesem Gesicht hier aufgetaucht ist, da hab ich gewußt, daß er sich einmal zu oft mit Ihnen angelegt hat.« – »Wie wär's mit einem Kuß, Tantchen?«

Ich ging mit Fabiano hinaus zu seinem hellblauen Auto und inspizierte es demonstrativ. »Hab gehört, du bist mit diesem Auto ein bißchen zu schnell gefahren. Gegen die Windschutzscheibe gekracht, oder? Dem Wagen sieht man nichts an – muß härter sein als dein Kopf, was wirklich erstaunlich ist.«

Er warf mir einen mörderischen Blick zu. »Du weißt genau, was passiert ist, Miststück. Siehst selbst nicht sehr gut aus. Sag den Alvarados, daß sie mich in Ruhe lassen sollen, oder sie können deine Leiche aus dem Fluß fischen. Nächstesmal wirst du nicht so glimpflich davonkommen.«

»Schau, Fabiano, wenn du was gegen mich hast, dann sag's. Aber lauf nicht winselnd zu Sergio. Damit machst du dich nur lächerlich. Na los, wenn du mich umbringen willst, dann tu's. Jetzt gleich.«

Er glotzte mich blöde an, sagte aber nichts.

»In Ordnung. Du willst nicht. Dann sind wir schon zu zweit. Alles, was ich von dir will, sind Informationen. Informationen darüber, ob deine Löwenfreunde irgend etwas mit dem Tod von Malcolm Tregiere zu tun haben.«

Er reagierte alarmiert. »Das wirst du mir nicht anhängen. Ich war nicht dabei, ich hab nichts damit zu tun.«

»Aber du weißt, wer es war.«

»Ich weiß gar nichts.«

So ging es die nächsten fünf Minuten. Ich war überzeugt – aufgrund seiner Angst und dessen, was er sagte –, daß er etwas wußte. Aber er würde nicht reden.

»Also gut. Dann werde ich eben zu Detective Rawlings gehen und ihm sagen, daß du was mit dem Mord an Tregiere zu tun hast. Er wird dich als wichtigen Zeugen verhaften, und wir werden sehen, ob er dich zum Reden bringt.«

Nicht einmal das erschütterte ihn. Wer immer es war, vor dem er Angst hatte, er stellte eine größere Bedrohung dar als die Polizei. Kein Wunder – die Polizei konnte ihn für ein paar Tage festhalten, aber man würde ihm nicht die Knochen brechen oder den Schädel einschlagen.

Fabiano war physisch nicht mutig. Ich packte ihn am Hemdkragen und schlug ihn ein paarmal ins Gesicht, um zu sehen, ob mich das weiterbringen würde, aber er wußte, daß ich nicht hart genug zuschlagen konnte, um ihm wirklich weh zu tun. Ich gab auf und schickte ihn zurück zu seinem Bier. Er zog halb heulend und unter Rachedrohungen ab, die ich bedenkenlos vergessen hätte, wenn er nicht mit Sergio liiert gewesen wäre.

Ich stattete Rawlings einen Besuch ab und schilderte ihm meine Unterredung mit Fabiano. »Ich bin überzeugt, er weiß etwas über Tregieres Tod, aber er hat Angst und deshalb redet er nicht. Das ist alles, was ich in den letzten zwei Wochen herausgefunden habe. Ich glaube nicht, daß ich in diesem Fall noch irgend etwas unternehmen kann.«

Rawlings grinste breit. »Freut mich zu hören, Warshawski. Jetzt kann ich mich auf meine eigenen Nachforschungen konzentrieren, ohne ständig befürchten zu müssen, Sie kämen um die nächste Ecke gekrochen. Ich werde Hernandez verhaften. Vielleicht wird er mürbe.«

Ich aß mit Lotty zu Abend und erklärte ihr, daß ich wegen Malcolm alles unternommen hatte, was in meiner Macht stand. »Abgesehen von meiner Verletzung und den blauen Flecken von Fabiano, sind die Ergebnisse in diesem Fall gleich null. Außerdem muß ich mir demnächst einen zahlenden Kunden suchen.«

Sie gab mir widerwillig recht, und den Rest des Abends sprachen wir über ihre Schwierigkeiten, einen Ersatz für Malcolm zu finden. Als ich um halb elf nach Hause kam, war weit und breit nichts von Mr. Contreras zu sehen. Zwei ereignislose Wochen hatten sogar ihn davon überzeugt, daß Haus und Hof nicht in Gefahr waren.

Mich interessierte noch immer, von wem Dieter Monkfish das Geld bekommen hatte, um Dicks Dienste zu bezahlen, aber bei all der Arbeit in der Praxis hatte ich nur Zeit für ein kurzes Telefongespräch mit meinem Anwalt gefunden. Freeman Carter arbeitete ebenfalls für Crawford, Meade; er war zuständig für die kleineren Fälle. Als ich mit Dick verheiratet gewesen war, hatte ich ihn kennen- und schätzengelernt, weil er das einzige Mitglied dieser Firma war, das nicht glaubte, der

Welt und dem Anwaltsstand einen Gefallen zu tun, indem er diesen Beruf ausübte. Angesichts der Höhe seines Honorars nahm ich seine Dienste nur dann in Anspruch, wenn das Walten der Gerechtigkeit mich in die Knie zu zwingen drohte.

Freeman war wie immer hocherfreut, von mir zu hören, fragte, ob ich gegen Sergio Rodriguez Hilfe bräuchte, und meinte, daß ich eigentlich wissen müßte, daß er mir über die Klienten seiner Firma keine Auskunft geben dürfte.

»Mensch, Freeman, wenn ich immer davon ausginge, daß niemand was sagt, könnte ich sofort nach Hause und ins Bett gehen. Ein Versuch kostet nichts.«

Er lachte und sagte, ich solle mich wieder melden, falls ich meine Meinung bezüglich Sergio ändern würde, und legte auf.

Am Donnerstag nach meiner zweiten Unterhaltung mit Fabiano rief mich ein Mann an, der Hilfe brauchte, um den Drogenhandel auf dem Grundstück seiner kleinen Kartonfabrik zu unterbinden. Ein richtiger Klient. Bevor ich ihn aufsuchte, beschloß ich, meine Neugier im Fall Monkfish noch einen Schritt weiter zu treiben.

Das Büro von IckPiff befand sich in der Nähe des Congress Expressway, am miesesten Ende des Loop. Ich fuhr an Höhlen und Hausruinen vorbei und parkte in einer Seitenstraße.

IckPiff konnte nicht über viel Geld verfügen. Das Gebäude war eines der wenigen, die der Verwüstung der Gegend entgangen waren, sie standen an der Straße wie wacklige Kegel, die den Anstrengungen dilettantischer Bowlingspieler widerstanden hatten. Ein paar Alkoholiker saßen in den Eingängen und blinzelten unsicher in die späte Augustsonne. Ich stieg über die ausgestreckten Beine eines Penners, der nicht mal wach genug wurde, um mich anzubetteln, und betrat die stinkende Eingangshalle. Einem handgeschriebenen Zettel entnahm ich, daß sich das IckPiff-Büro im dritten Stock befand. Außerdem gab es noch eine Agentur, die Talente aller Art vermittelte, ein Reisebüro, das Fremdenverkehrsbüro eines winzigen afrikanischen Landes und eine Telemarketing Firma. Der Aufzug, ein winziger Kasten, war mit einem Vorhängeschloß abgesperrt. Während ich die Treppe hinaufstieg, traf ich auf keine Menschenseele, aber vielleicht war es noch zu früh am Tag für Talente. Im dritten Stock schimmerte Licht durch die Milchglasscheiben der IckPiff-Bürotür. An der Tür war ein Plakat angebracht, auf dem ein riesenhaft vergrößerter Klecks – vermutlich ein Fötus – abgebildet war, über dem als Schlagzeile prangte: BEENDET DAS GEMETZEL. Ich zog den Klecks in meine Richtung und trat ein.

Das Innere des Büros sah etwas besser aus als die verwahrloste Eingangshalle und das Treppenhaus. Die Einrichtung bestand aus billigen Schreibtischen und Aktenschränken aus Metall, einem langen Tisch aus Fichtenholz, übersät mit Pamphleten, an dem freiwillige Helfer die Post eintüten konnten, und einer Batterie von Telefonen für Kampagnen, die Druck auf die Gesetzgebung ausüben sollten. Die Wände waren dekoriert mit Plakaten, die Abtreibungen verteufelten und den Schutz des ungeborenen Lebens hochhielten.

Eine stämmige weißhaarige Frau goß eine mickrige Pflanze in einem schmutzigen Fenster. Sie trug einen beigen Rock aus Polyamid, der vorne dank ihres hervorquellenden Bauches nach oben verrutscht war und den Rand einer Unterhose freigab. Ihre geschwollenen Beine steckten in Stützstrümpfen und Plastiksandalen. In einem Anfall von Mitleid fragte ich mich, wie sie es jeden Tag die Treppe herauf schaffte.

Sie musterte mich mit ausdruckslosen Augen, die kaum aus den schwammigen Falten ihres Gesichts hervorlugten, und fragte, was ich wolle.

»Rechnungsprüfungsamt, Staat Illinois«, sagte ich schroff und hielt ihr kurz meine Lizenz als Privatdetektiv unter die Nase. »Sie sind als gemeinnütziger Verein eingetragen, nicht wahr?«

»Ja, ja. Natürlich. Ja.«

»Ich möchte lediglich einen Blick in die Liste Ihrer Spender werfen. Die Frage ist aufgetaucht, ob IckPiff ausgenutzt wird, um Steuern zu hinterziehen oder ob es sich hier um einen Fall von ordnungsgemäß steuerlich absetzbaren Spenden handelt.« Ich hoffte, daß sie nichts von Buchhaltung verstand. Mein schwachsinniger Jargon würde keinen hinters Licht führen, der ein Jahr aufs College gegangen war.

Sie richtete sich auf. »Wir sind eine gemeinnützige Organisation. Wenn die *Kindermörder* sie geschickt haben, um uns zu drangsalieren, werde ich die Polizei rufen.«

»Nein, nein«, sagte ich beruhigend. »Ich bewundere Ihre Ansichten und Ziele. Nehmen Sie es nicht persönlich – mich schickt das Finanzamt und die Rechnungsprüfungsabteilung. Wir können doch nicht hinnehmen, daß Ihre Spender Sie in gesetzesbrecherischer Absicht ausnutzen, oder?«

Sie schlurfte an ihren Schreibtisch zurück. »Ich muß erst Mr. Monkfish anrufen. Er hat es nicht gern, wenn ich unsere Unterlagen Fremden zeige.«

»Ich bin keine Fremde«, sagte ich fröhlich. »Nur eine Angestellte des öffentlichen Dienstes. Es wird nicht lange dauern.«

Sie wählte. Mit einer Hand über der Sprechmuschel fragte sie: »Wie, sagten Sie, war Ihr Name?«

»Jiminez, Rosemary Jiminez.«

Leider war Mr. Monkfish zu Hause oder im Club oder wo immer sie ihn anrief. Sie schilderte ihre prekäre Lage und nickte mehrmals erleichtert, bevor sie auflegte.

»Wenn Sie einen Augenblick warten wollen, Mrs... Wie war Ihr Name doch gleich. Er ist schon unterwegs.«

»Wie lange wird es dauern, bis er hier ist?«

»Höchstens eine halbe Stunde.«

Ich sah auffällig auf meine Armbanduhr. »Ich habe um zwölf eine Verabredung mit jemandem aus dem Büro des Gouverneurs. Wenn Mr. Monkfish bis Viertel vor nicht hier ist, muß ich gehen. Und wenn ich ohne die erforderlichen Informationen komme, wird mein Chef möglicherweise Ihre Akten beschlagnahmen lassen. Das möchten Sie doch nicht, oder? Also warum zeigen Sie mir nicht die Unterlagen, während wir warten.«

Sie zögerte, und ich setzte sie noch mehr unter Druck und redete so nebenbei über die Polizei, das FBI und Beschlagnahmung. Schließlich holte sie zwei schwere Aktenordner und einen Karteikasten mit den Namen und Adressen der Spender und ließ mich damit am Tisch Platz nehmen. Alle Unterlagen waren handschriftlich, und es herrschte ein entsetzliches Durcheinander. Ich schlug einen Aktenordner hinten auf in der Hoffnung, entweder Dicks Rechnung oder einen eingegangenen Betrag zu finden, der groß genug wäre, um sie damit bezahlen zu können, aber es war aussichtslos. Ich hätte Stunden gebraucht und hatte nur Minuten. Ich warf einen Blick in den Karteikasten, der alphabetisch geordnet war, aber ich hatte keine Ahnung, nach welchem ich unter den Tausenden von Namen Ausschau halten sollte. Aus Neugier suchte ich unter Y nach Dicks Namen. Ich fand seinen Namen, die Telefonnummer seines Büros und eine Notiz: »Rechnungen direkt dem Spender zuleiten.« Ich schlug den Kasten zu und stand auf.

»Ich glaube, wir müssen mit ein paar Kollegen wiederkommen. Ihre Akten sind nicht gerade – verzeihen Sie, aber ich muß es sagen – ordentlich geführt.«

Ich nahm meine Handtasche und ging auf die Tür zu. Unglücklicherweise war ich nicht schnell genug gewesen. Als ich die Tür öffnete, kam mir Dieter Monkfish entgegen. Seine geröteten Froschaugen stierten mich an.

»Sind Sie die Frau vom Finanzamt?« Sein nasaler Bariton paßte nicht zu seinem schmächtigen Körperbau und klang mir in den Ohren.

»Dame«, sagte ich mechanisch. »Ich habe nicht gefunden, wonach ich suchte. Wir werden ein ganzes Team herschicken müssen, wie ich Ihrer Sekretärin bereits angekündigt habe.«

»Ich möchte Ihren Ausweis sehen. Haben Sie sich ihren Ausweis zeigen lassen, Marjorie?«

»Natürlich, Mr. Monkfish.«

»Ja, das ist erledigt«, sagte ich beschwichtigend. »Ich muß jetzt gehen. Ich bin zum Mittagessen mit einem der Mitarbeiter des Gouverneurs verabredet.«

»Ich möchte Ihren Ausweis sehen, junge Frau.« Er versperrte mir den Weg.

Ich zögerte. Er war größer als ich, aber spindeldürr. Vermutlich hätte ich mir meinen Weg freiboxen können. Aber dann würde Marjorie die Polizei rufen, und was für ein Ende würde die Geschichte nehmen? Ich zog aus meiner Tasche eine Karte mit nichts außer meinem Namen und meiner Adresse drauf und reichte sie ihm.

»V. I. Warshawski.« Er spuckte jedes einzelne Wort aus. »Wo ist Ihr Ausweis vom Staat Illinois?«

Ich blickte ihn mit unglücklicher Miene an. »Ich fürchte, ich habe mich zu einer kleinen Lüge verstiegen, Mr. Monkfish. Ich komme nicht wirklich vom Staat. Es ist so.« Ich legte ergänzend eine Hand auf seinen Arm. »Kann ich Ihnen vertrauen? Ich spüre, daß sie ein Mann sind, der die Frauen wirklich versteht. Ich meine, denken Sie nur daran, wieviel Verständnis Sie aufbringen für Frauen, die ungewollt schwanger sind – das heißt, wie gut Sie verstehen, was es bedeutet, ein unerwünschtes Kind zu sein.«

Er sagte kein Wort, aber ich bildete mir ein, daß er etwas versöhnlicher dreinsah. Ich holte tief Luft und fuhr mit zitternder Stimme fort: »Es geht um meinem Mann, verstehen Sie. Er – er hat mich wegen einer anderen Frau verlassen. Als ich mit unserem fünften Kind schwanger war. Er – er wollte, daß ich abtreibe, aber ich habe mich natürlich geweigert. Er ist ein sehr begüterter Rechtsanwalt, verlangt zweihundert Dollar pro Stunde, aber er zahlt keinen Pfennig Unterhalt für die Kinder. Wir haben fünf wunderbare Kinder. Aber ich bin mittellos, und er weiß, daß ich es mir nicht leisten kann, ihn vor Gericht zu bringen.« Ich kam mir so herzerweichend vor, daß ich beinahe in Tränen ausgebrochen wäre.

»Wenn Sie wegen Geld gekommen sind, kann ich Ihnen nicht helfen, junge Frau.«

»Nein, nein. Darum würde ich Sie nie bitten. Aber mein Mann ist Dick – Richard Yarborough. Ich weiß, daß er Ihr Anwalt ist. Und ich dachte – ich dachte, wenn ich herausfände, wer Ihre Rechnung zahlt, könnte ich ihn überreden, mir das Geld zu geben, damit die kleine Jessica und Monica und Fred und – und die anderen was zu Essen bekommen, verstehen Sie?«

»Wieso heißen Sie nicht Yarborough?« wollte er wissen und leitete damit den letzten Akt des Melodrams ein.

Weil ich den Namen dieses Arschlochs nicht einmal auf einen ungedeckten Scheck schreiben würde, dachte ich und sagte: »Als er mich verlassen hat, war ich so aufgebracht, daß ich Papas Namen wieder angenommen habe.«

In seinem Gesicht zuckte es unsicher. Wie alle Fanatiker war er nicht in der Lage, über irgend etwas nachzudenken, das ihn selbst nicht direkt betraf. Vielleicht hätte er mir den Namen des anonymen Spenders genannt, aber Marjorie mußte auch noch ihren Senf dazugeben. Sie schlurfte auf ihren geschwollenen Beinen herüber und nahm ihm meine Karte aus der Hand.

»Ich dachte, Sie hätten einen spanischen Namen – Rosemary Him – oder so ähnlich.«

»Ich – ich wollte meinen richtigen Namen nicht nennen, wenn es nicht unbedingt nötig wäre«, sagte ich mit brechender Stimme.

Monkfishs Augen traten noch weiter aus ihren Höhlen. Ich hatte Angst, sie würden ihm aus dem Kopf und mir ins Gesicht springen. Marjorie hatte den Namen nicht wiedererkannt, aber er – Rosemary Jiminez war die erste Frau gewesen, die bei einer illegalen Abtreibung ums Leben kam, nachdem der Staat die öffentlichen Gelder für mittellose Frauen gestrichen hatte. Sie war in Illinois zu einer Art Symbolfigur für die Befürworter der Abtreibung geworden.

»Sie sind nichts als eine widerliche Abtreiberin. Rufen Sie die Polizei, Marjorie, vielleicht hat sie etwas gestohlen.«

Er griff nach meinem Handgelenk und versuchte, mich ins Zimmer zurückzudrängen. Ich machte mit, bis wir über der Schwelle waren und er mir nicht mehr den Weg abschnitt. Dann entwand ich ihm meinen Arm und lief den Flur entlang.

17 Die IckPiff-Akten

Den Nachmittag verbrachte ich mit dem Besitzer der Kartonfabrik, der mir Horrorgeschichten über den Drogenhandel auf dem Firmengelände erzählte. Ich entwarf den Plan einer verdeckten Beobachtung in der Fabrik, an der ich und ein paar junge Männer beteiligt wären. Die Streeter-Brüder, die eine Umzugsfirma und einen Wachdienst betreiben, helfen mir oft bei solchen Jobs. Der Mann war begeistert, bis ich das Honorar erwähnte, das sich bei solchen Aufträgen auf zehntausend Dollar im Monat beläuft; er beschloß, das Wochenende darüber nachzudenken und abzuwägen, ob die Verluste durch Diebstahl und Ausfallzeiten nicht höher wären als mein Honorar.

Obwohl es schon Ende August war, war es unerträglich schwül, besonders während der Verkehrsstaus am Nachmittag. Ich fuhr nach Hause, zog mir bequeme Sachen an, packte den Badeanzug ein und begab mich für den Rest des Tages an den See.

Am späten Abend fuhr ich wieder zu IckPiff. Eingedenk der Alkoholiker, die zu mehreren und in betrunkenem Zustand aggressiv sein konnten, hatte ich kein Kleingeld dabei, dafür aber die Smith & Wesson, und meine Brieftasche steckte in einer der vorderen Taschen der Jeans. Letzten Winter hatte ich meine Dietriche verloren, aber als Notbehelf trug ich eine Sammlung der am weitest verbreiteten Schlüssel und ein Plastiklineal bei mir.

Während der Fahrt dachte ich darüber nach, warum es mir so viel bedeutete zu wissen, wer Dicks Rechnung bezahlte. Natürlich war ich wütend, weil Monkfish Lottys Praxis demoliert hatte und ungeschoren davonkam. Aber wäre ich genauso verbissen gewesen, wenn ein anderer Anwalt Monkfish verteidigt hätte? Der Gedanke, daß nach so vielen Jahren immer noch ein Rest Bitterkeit in mir war, war mir verhaßt.

Ich parkte Ecke Polk und Wells Street und legte die letzten Meter zu Fuß zurück. Nach Einbruch der Dunkelheit sollten Frauen in dieser Gegend besser nicht allein auf die Straße gehen. Bei dieser heißen, schwülen Witterung kroch das Gesindel nachts aus allen Löchern. Ich wußte, daß ich die meisten dieser Wracks spielend abhängte und in der Not vom Revolver Gebrauch machen konnte, trotzdem war ich erleichtert, als ich das Treppenhaus des Gebäudes erreicht hatte, ohne weitere Schikanen als ein paar obszöne Anmach- und Bettelversuche.

Das Licht im Treppenhaus funktionierte nicht. Ich knipste die kleine Stabtaschenlampe an meinem Schlüsselbund an, damit ich sah, wohin ich trat. Leises Getrappel hinter den Mauern verriet die unvermeidlichen Ratten, die in das halbverfallene Gebäude eingezogen waren. Ein Mann lag mit dem Gesicht nach unten auf dem Treppenabsatz im zweiten Stock. Er hatte sich großzügig übergeben; das Erbrochene tropfte langsam die Stufen hinunter, und ich trat in eine Pfütze, als ich vorsichtig über den reglosen Körper stieg. Ich wartete eine Weile vor

Monkfishs Bürotür und horchte auf Lebenszeichen von drinnen. Ich rechnete nicht wirklich mit einem Empfangskomitee – kein vernünftiger Mensch würde sich im Dunkeln freiwillig an so einem Ort herumtreiben. Aber Monkfish war beim besten Willen nicht als vernünftig zu bezeichnen.

Mit meiner Schlüsselsammlung nahm ich das Schloß unterhalb des Plakats in Angriff. In richtiger Einschätzung seiner Mitbewohner hatte Monkfish zwei Schlösser anbringen lassen, für die ich zehn Minuten brauchte, um sie zu knacken. So wie ich mich im Flur nicht um den Lärm gekümmert hatte, den ich verursachte, schaltete ich im Büro unbekümmert das Licht an. Keiner, der mich gesehen hatte, als ich das Gebäude betrat, würde mich beschreiben, geschweige denn genau angeben können, in welcher Nacht ich hier war.

Auf dem Holztisch lagen Stapel von Umschlägen, nach Postleitzahlen geordnet. Die Adressen waren alle handgeschrieben. Warum Geld für einen Computer ausgeben, wenn man eine Marjorie hatte? Tatsächlich hätte ein Computer hier nicht länger als eine Woche gestanden. Marjorie war eindeutig die bessere Wahl. Ich öffnete einen Umschlag, um zu sehen, zu welchen Aktivitäten Dieter in dieser Woche aufrief.

»ABTREIBUNGSPRAXIS GESCHLOSSEN« tönte das Pamphlet. »Eine kleine Gruppe von Leuten, die sich dem LEBEN verschrieben haben, riskierten letzte Woche ihr Leben und gingen ins Gefängnis, um einer Todesfabrik abscheulicher als Ausschwitz Einhalt zu gebieten.« So schwärmte Dieter über die Zerstörung von Lottys Praxis. Mir drehte sich der Magen um; ich war versucht, Brandstiftung der Liste meiner Gesetzesübertretungen am heutigen Abend hinzuzufügen.

Es gab wenig Möglichkeiten in diesem Zimmer, etwas sicher aufzubewahren. Ich fand die Ordner und den Karteikasten in Marjories verschlossenem Schreibtisch. Die Aktivitäten der letzten zwei Jahre waren in zwei dicke Ordner gepreßt, der eine für Einnahmen, der andere für Ausgaben. Dachte ich zumindest, bis ich die ersten Eintragungen gelesen hatte.

26.3. 20 Schachteln Heftklammern gekauft $21.13
28.3. Telefonrechnung bezahlt $198.42

31.3. Stromrechnung bezahlt $12.81
2.4. eingegangene Spenden in bar $212.15

Sie hatte zuerst Einnahmen und Ausgaben systematisch getrennt, war dann aber dazu übergegangen, die Vorgänge wahllos im nächstbesten Ordner abzulegen. Die Ausgaben waren nirgendwo systematisch geordnet.

Ich kaute auf einem Bleistift herum. Ich würde Stunden für die Ordner brauchen, und ich hatte keine Lust, soviel Zeit mit den Ratten und den Betrunkenen zu verbringen. Selbstverständlich gab es kein Fotokopiergerät. Monkfish kannte meinen Namen und meine Telefonnummer. Wenn ich die Ordner stahl oder die letzten Seiten herausriß, wüßte er, an wen er sich zu wenden hätte. Auf der anderen Seite...

Ich legte die Ordner auf den Tisch und stellte den Karteikasten mit Namen und Adressen der Spender darauf. Dann warf ich einen Blick in meine Brieftasche. Sie enthielt einen Zwanzigdollarschein und sieben Eindollarscheine. Ich steckte zwei Eindollarscheine in die Tasche meiner Bluse und knüllte die restlichen fünf in der Faust zusammen. Ich nahm Ordner und Karteikasten auf, verließ das Büro, ohne das Licht zu löschen und die Tür zu schließen, und begann die Treppe hinunterzusteigen. Mein Freund vom zweiten Stock lag noch immer da und, beladen wie ich war, war es noch schwieriger, über ihn hinwegzusteigen. Ich stieß mit dem linken Fuß an seinen Kopf, aber er wachte nicht auf.

Drei Männer lagerten in der Eingangshalle, beäugten mich mißtrauisch, machten aber keine Anstalten aufzustehen. Ich öffnete die Faust und ließ die Geldscheine fallen. Sofort stürzten sie sich drauf.

»He, das ist meines«, jammerte ich. »Ich habs selbst gefunden. Wenn ihr Geld wollt, dann tut was dafür, so wie ich.«

Ich stellte die Akten auf dem Boden ab und langte halbherzig nach dem Geld. Einer bemerkte die Scheine in meiner Blusentasche und zog sie heraus.

»Mensch, Jungs. Gebt's mir zurück. Oben ist noch mehr, holt euch doch dort das Geld.«

Sie musterten mich hart.

»Das ist von oben?« fragte ein Mann unbestimmbaren Alters, vielleicht ein Weißer.

»Oben steht ein Büro offen«, schluchzte ich. »Das Licht brennt und so. Ich hab das in einer Schublade gefunden. Es liegt noch viel mehr rum. Ich wollte nicht stehlen – nur ein bißchen Geld für 'ne Flasche Fusel.«

Sie beäugten mich noch immer argwöhnisch und brummten in ihre Bärte. Dann entdeckten sie den Karteikasten.

»Da ist Geld drin«, sagte ihr Sprecher.

Bevor er den Inhalt ausleeren oder den Kasten stehlen konnte, öffnete ich ihn und hielt ihn vor seine Nase. »Wo ist hier Geld?«

»Vergiß es.« Der Sprecher trug einen dicken Wintermantel, der ihm fünf Nummern zu groß war.

Seine Freunde, die bislang die Klappe gehalten hatten, unterstützten ihn jetzt, indem sie mir befahlen, aus dem Weg zu gehen, wenn ich wüßte, was gut für mich wäre. Ich zog mich zur Haustür zurück, während sie gemeinsam die Treppe hinaufschlurften, sich gegenseitig in den Rücken stießen, Obszönitäten von sich gaben und kicherten.

Auf dem Weg zum Auto kam ich an zwei streitenden Männern vorbei. Einer trug einen dreiteiligen Anzug, der ihm gepaßt hätte, wäre er dreißig Pfund schwerer gewesen; der andere hatte ein ärmelloses T-Shirt an und Arbeitshosen.

»Und ich behaupte, niemand hat besser getroffen wie Billy Williams«, sagte Anzug in einem Ton, als wäre die Angelegenheit damit entschieden, sein Gesicht nahe an dem von T-Shirt.

»He!« rief ich ihnen zu. »In dem Haus da ist ein Büro mit Geld. Ich habs gefunden, und die Typen da haben's mir wieder weggenommen.«

Nach mehreren Wiederholungen hatten sie verstanden und rannten die Straße hinunter auf das Gebäude zu. Ich sah zu, daß ich zu meinem Wagen kam. Die Polizei patroulliert häufig durch Straßen wie diese; ich wollte ihnen nicht ins Scheinwerferlicht laufen. Im Auto zog ich meine stinkenden Turnschuhe aus und fuhr barfuß nach Hause. Vor meiner Wohnung bemerkte ich, daß Peters Sportwagen auf der gegenüberliegenden Straßenseite geparkt war. Erschrocken fiel mir ein, daß wir uns zum Abendessen verabredet hatten. Aber meine Besessenheit mit Monkfish und das nachmittägliche Gespräch mit dem Fabrikbesitzer hatten mich dieses Rendezvous völlig vergessen lassen. Ich betrat das Haus in der Erwartung, ihn in der Halle vorzufinden. Als ich ihn nirgends sah, wollte ich hinaufgehen, und in diesem Moment öffnete sich die Tür von Mr. Contreras' Wohnung.

»Da sind Sie ja. Ich hab den Doc für Sie unterhalten.«

Er führte mich in sein vollgestopftes Wohnzimmer. Peter saß in dem senffarbenen Sessel und trank eine klare Flüssigkeit – Mr. Contreras fauligen Lieblingsgrappa.

»Hallo, Vic. Ich dachte, wir wären verabredet. Dein Nachbar hat sich meiner erbarmt und mich auf ein paar Gläschen mit hereingenommen. Wir sprachen gerade über die Launenhaftigkeit mancher Frauen.« Er machte keinerlei Anstalten, sich aus dem Sessel zu erheben. Ich war mir nicht sicher, ob er sitzenblieb, weil er sich ärgerte, versetzt worden zu sein, oder weil er gelähmt war, eine typische Nebenwirkung von Grappa.

»Mit gutem Grund. Ich entschuldige mich. Aber ich mußte einfach was unternehmen, um herauszufinden, warum sich Dieter Monkfish meinen Ex-Mann als Rechtsbeistand leisten kann. Und darüber habe ich unsere Verabredung vergessen.«

Ich bot ihm an, meine nicht vorhandene Speisekammer für ihn zu plündern, aber Mr. Contreras hatte Steaks auf dem Gartengrill und beide waren satt.

»Haben Sie etwas herausgefunden?« Mr. Contreras' Neugier war unstillbar.

»Ich hoffe. Ich hab jedenfalls die IckPiff-Akten. Und ich mußte sie sogar gegen ein paar Penner verteidigen.«

Peter richtete sich in seinem Sessel kerzengerade auf und verschüttete dabei den Schnaps. »Du bist eingebrochen, Vic?«

Die Schärfe seines Tonfalls brachte mich auf. »Gehörst du zur Knigge-Redaktion, oder was? Alles, was ich wissen will, ist, wer zahlt Dicks Riesenrechnung. Er selbst wird es mir nicht sagen, Monkfish wird es mir nicht sagen, und Crawford, Meade werden es mir auch nicht sagen. Also muß ich es selbst herausfinden. Dann werde ich die Akten zurückgeben. Obwohl ich der Meinung bin, daß sie wahnsinnige Fanatiker sind und ihre Bücher verbrannt gehören, werde ich nicht eine Zeile verändern. Es ist die beschissenste Buchführung, die ich jemals gesehen habe, und eigentlich sollte man ihre Buchprüfer benachrichtigen.«

»Aber, Vic, so was kannst du doch nicht tun. Das ist illegal.«

»Dann ruf die Polizei. Oder bring mich morgen früh zum Beichten.«

Als ich aus dem Zimmer ging, hörte ich, wie Mr. Contreras ihn inständig bat, sich zu entschuldigen und wegen so einer Kleinigkeit nicht alles aufs Spiel zu setzen.

Peter hielt das wohl für einen vernünftigen Rat, als ich die Treppe erreicht hatte, holte er mich ein und entschuldigte sich.

»Tut mir leid, Vic. Ich wollte dich nicht kritisieren. Ich hab einfach mehr getrunken, als ich vertragen kann. Sind das die Akten? Ich trag sie dir hinauf.«

Er nahm mir den Stapel ab und folgte mir in die Wohnung. Ich trug meine stinkenden Schuhe in die Küche, warf sie ins Spülbecken und ließ Wasser einlaufen. Ich war wütend. Zum einen, weil er mich kritisiert hatte, zum anderen, weil ich überhaupt etwas gesagt hatte. Man sollte andere nie wissen lassen, daß man Informationen durch fragwürdige Mittel erhalten hat. Wenn ich nicht so irritiert und stinksauer auf Dick gewesen wäre, mich nicht schuldig gefühlt und für Mr. Contreras so viel Sympathie gehabt hätte, nicht ein Wort hätte ich gesagt. Zum Teufel damit.

Peter gab mir probehalber einen alkoholisierten Kuß hinters Ohr. »Na los, Vic. Ehrenwort, ich werde nie wieder etwas über deine – Geschäftspraktiken sagen. Okay?«

»Ja, okay. Niemand mag es, wenn man ihn kritisiert. Ich am allerwenigsten. Zumindest nicht, was meine Arbeit betrifft.«

»Du hast recht. Du hast völlig recht. Hab ich dir jemals erzählt, daß ich von General Burgoyne abstamme, der den Briten bei Saratoga einen schlechten Dienst erwiesen hat? Jetzt weiß ich, wie er sich gefühlt haben muß. Die Amerikaner haben ihn ausgetrickst, und da wurde er zimperlich. Also leg meine idiotischen Einwände gegen Einbruch als Zimperlichkeit zu den Akten. In Ordnung?«

»In Ordnung.« Ich mußte einfach lachen. »Ich muß was essen. Wie wär's, wenn wir noch mal losziehen, oder hast du genug für heute?«

Er umarmte mich. »Gehen wir. Vielleicht bekomme ich davon wieder einen klaren Kopf.«

Bevor wir gingen, rief ich beim *Herald-Star* an und erzählte ihnen, daß ein paar Betrunkene das IckPiff-Büro auf den Kopf stellten. Für den Fall, daß das noch nicht genug war, benachrichtigte ich auch noch die Polizei. Sehr zufrieden mit mir führte ich Peter, der etwas unsicher auf den Beinen war, zum Belmont Diner, ein durchgehend geöffnetes Lokal, wo die alte Mrs. Bielsen selbstgemachte Pasteten und Suppen servierte. Peter entschuldigte sich und ging telefonieren, während ich eine kalte Tomatensuppe aß – in Nobelrestaurants wird sie Gazpacho genannt und ist nur halb so gut, dafür aber doppelt so teuer – und ein Schinken-Tomaten-Salat-Vollkornsandwich. Ich zahlte bereits, als Peter endlich zurückkam, sein schmales, lebhaftes Gesicht wie so oft sorgenumwölkt.

»Schlechte Nachrichten von der Entbindungsfront?« fragte ich.

Er schüttelte den Kopf. »Nein. Persönliche Probleme.« Sein Gesicht hellte sich auf. »Ich hab ein Boot am Pistakee Lake. Es ist kein wirklich großer See und deshalb auch kein wirklich großes Boot – sechs Meter lang mit einem Segel. Wie wär's, wenn wir morgen hinfahren würden und den ganzen Tag auf dem Wasser verbringen? Ich kann alle Termine absagen.«

Das Wetter war so schön, daß ein Tag auf dem Land eine großartige Vorstellung war. Und wenn mich der Fabrikbesitzer anheuerte, wäre es mein letzter freier Tag für lange Zeit. Gutgelaunt kehrten wir in meine Wohnung zurück; Peter hielt erfolgreich seine privaten Sorgen im Zaum. Bei unserer Ankunft steckte Mr. Contreras seinen Kopf aus der Tür.

»Sehr gut, daß Sie meinen Rat befolgt haben, junger Mann. Es wird Sie nicht reuen.«

Peter wurde rot und verkrampfte sich. Auch mir war die Situation etwas peinlich. Mr. Contreras sah uns nach, während wir die Treppe hinaufstiegen, und machte schließlich die Tür zu, als wir um die Ecke bogen. Oben angekommen, brachen wir in schuldbewußtes Gelächter aus.

18 Bootspartie

Der *Herald-Star* brachte eine hübsche, kleine Geschichte über IckPiff mit der Überschrift: VANDALEN ZERSTÖREN BÜRO VON ABTREIBUNGSGEGNERN. Ich hatte befürchtet, sie würden den Artikel irgendwo im letzten Teil plazieren zusammen mit den Vergewaltigungen, Morden, Autounfällen und Drogentoten des Vortags, aber sie quetschten den ersten Absatz noch unten auf die erste Seite. Dieter Monkfish sah in dem Einbruch das Werk der bösen Kindermörder, einen Vergeltungsakt für die Zerstörung von Lottys Praxis, aber laut Polizeibericht waren fünf Betrunkene festgenommen worden, die sich prügelten, Schubläden ausleerten und sich gegenseitig mit Papieren bewarfen. Die Anklage lautete auf Einbruch, ordnungswidriges Verhalten und Sachbeschädigung. Es war eine hübsche, kurze Geschichte – zu kurz, um über etwaige Andeutungen der Trunkenbolde zu berichten, daß eine mysteriöse Frau sie zu IckPiff hinaufgeschickt hatte.

Ich war zum Laden an der Ecke gegangen, um die Zeitung und Lebensmittel zu holen, während Peter weitergeschlafen hatte. Er stolperte in die Küche, als ich gerade meine zweite Tasse Kaffee trank. Die Augen zusammengekniffen, streckte er mir eine Hand entgegen und bat kläglich um Kaffee.

Ich schenkte ihm eine Tasse ein. »Ich hoffe, du fühlst dich besser, als du aussiehst. Willst du unseren Ausflug abblasen?«

»Nein«, antwortete er heiser. »Ich muß mich nur erst dran gewöhnen, daß ich nicht tot bin. Was zum Teufel hat mir der Kerl bloß gestern abend eingeflößt?«

Er saß eine Weile mürrisch herum, trank schluckweise Kaffee, hielt sein Gesicht in den Dampf und schauderte jedesmal, wenn ich etwas Eßbares erwähnte. Mit dem typischen Taktgefühl des tugendhaft Nüchternen angesichts eines verkaterten Freundes aß ich Pitabrot mit Schweizerkäse, Tomaten, grünem Salat und Senf. Als Peter nicht auf die Nachricht reagierte, daß die Chicago Cubs die Atlanta Braves im Baseball geschlagen hatten, ließ ich ihn zusammengesackt am Küchentisch sitzen und ging ins Wohnzimmer, um Lotty anzurufen.

»Ich habe die IckPiff-Geschichte in der Zeitung gelesen.

Dieter, der Irre, glaubt, daß Abtreibungsbefürworter sich für das Chaos in deiner Praxis rächen wollten. Soll ich dir die Streeter-Brüder schicken, damit sie einschreiten können, falls seine Anhänger eine zweite Runde einleiten wollen?«

Sie hatte den Artikel ebenfalls gelesen. »Es reicht, wenn du mir ihre Telefonnummer gibst. Du weißt nicht zufälligerweise irgendwas über diesen Einbruch, Vic?«

»Ich? Nein. In der Zeitung steht, daß fünf Alkoholiker sich dort auf eine Konfettiparade vorbereitet haben.« Ich blickte auf die IckPiff-Akten, die Peter auf einem Berg von *Wall Street Journals* auf dem Couchtisch abgelegt hatte.

»Ich weiß, Vic. Ich kann lesen. Und ich kenne dich. Danke für den Anruf – ich muß los.«

Ich setzte mich auf den Boden und nahm mir den Karteikasten vor. Aufgrund der Geräusche aus dem Bad mußte Peter sich dazu entschlossen haben, seinem Zustand mit einer Dusche abzuhelfen. Ich fing bei A an. Ich schätzte, daß ungefähr sechstausend Namen aufgelistet waren. Wenn ich in der Minute zehn schaffte, bräuchte ich für alle zehn Stunden. Diese Art von Arbeit gehörte eindeutig zu meinen Lieblingsbeschäftigungen und war mit ein Grund, warum ich bedauerte, daß die Frauenbewegung ins Leben gerufen wurde, bevor ich mit meinem akademischen Grad Sekretärin werden konnte.

Ich war bei Attwood, Edna und Bill, die in den letzten vier Jahren jeweils fünfzehn Dollar gespendet hatten, als Peter hereinkam. Er war angezogen und sah wieder wie ein menschliches Wesen aus, allerdings nicht wie jemand, zu dem ich mit Wehen gehen würde.

»Schon was gefunden?« fragte er.

»Hab gerade erst angefangen. Ich denke, wenn ich in diesem Tempo weiterarbeite, werde ich gegen Ende November fertig sein.«

»Kannst du dich mal davon trennen? Es ist schon halb zehn, ich muß noch bei mir zu Hause vorbeifahren und mich umziehen. Wenn wir jetzt aufbrechen, sind wir mittags beim Boot.«

»In Ordnung. Das hier kann bis morgen warten.« Ich stand auf und holte meine Golfmütze. Obwohl die Narbe in meinem Gesicht kaum mehr zu sehen war, bestand Dr. Pirwitz darauf, daß ich die Sonne noch für ein paar Monate mied. Deshalb hatte ich mir für fünfundzwanzig Dollar eine Golfmütze gekauft, an der vorne ein langes, grünes, transparentes Plastikschild angebracht war. Zusammen mit dem Badeanzug und der Baseballjacke – für den Fall, daß es auf dem Wasser kühl sein sollte – stellte sie meine Ausrüstung dar.

Peter sah mich matt an. »Die Jacke und eine grüne Golfmütze? Bitte, Vic. Das verkraftet mein Magen um diese Uhrzeit noch nicht.«

Auch gegen die Smith & Wesson hatte er etwas. Bei genauerem Nachdenken wußte ich auch keinen Grund, warum ich sie hätte mitnehmen sollen. Falls sich Sergio rächen wollte, ließ er sich mehr Zeit damit, als es die Straßenbanden normalerweise tun. Ich wog den Revolver in der Hand und ging schließlich den Kompromiß ein, ihn für die Dauer des Ausflugs im Handschuhfach meines Wagens einzuschließen.

Ich folgte Peter bis zu seinem Haus in Barrington Hills im eigenen Auto. Das Haus war fantastisch. Nicht übermäßig groß, vielleicht acht Zimmer, in einem zehn Hektar großen Grundstück gelegen, mit einem kleinen Wäldchen und einem Bach. Die Vögel zwitscherten in der Mittagssonne. Die Luft war sauber, ohne Kohlenwasserstoffe, die einem die Gefäße verstopften. Ich mußte zugeben, daß es schwer war, von hier wegzuziehen, nur um in der Stadt zu arbeiten. Sein Hund, ein goldbrauner Retriever namens Prinzessin Scheherazade von DuPage, Peppy gerufen, kam uns freudig entgegengelaufen. Peter hatte eine elektronische Füttervorrichtung installiert, die ihr jeden Nachmittag pünktlich um sechs eine Ration Hundefutter in ihrer großen Hundehütte vorsetzte, so daß er bedenkenlos für längere Zeit fort konnte. Peppy wirkte glücklich und war nie beleidigt, wenn sie lange allein gelassen worden war. Da ich schon mehrmals bei Peter gewesen war, kannte sie mich und freute sich über mich ebenso wie über ihn. Ich blieb im Garten und spielte mit ihr, während Peter sich umzog. Nach einer halben Stunde kam er in Freizeitkluft und mit einer Kühltasche zurück.

»Ich hab uns ein bißchen was zum Essen eingepackt«, sagte er. »Du hast nichts dagegen, wenn wir Peppy mitnehmen?«

Ich konnte mir nicht vorstellen, wie das zu verhindern gewesen wäre. Beim Anblick von Peters Jeans drehte sie durch, wedelte wild mit dem Schwanz, lief zum Auto und wieder zurück. Als er die Tür aufmachte, sprang sie auf den Rücksitz und machte es sich mit einem herausfordernden Grinsen bequem.

Lake Pistakee lag ungefähr sechzehn Meilen weiter nördlich. Wir fuhren langsam über Landstraßen, die Fenster offen; die warme Sommerluft hüllte uns ein. Peppy streckte die ganze Zeit den Kopf aus dem Fenster. Je näher wir dem Wasser kamen, desto öfter knurrte sie aufgeregt. Als wir anhielten, sprang sie durch das Fenster hinaus und rannte zum See. Ich folgte Peter zum Bootshafen. Da es ein normaler Werktag war, waren wir die einzigen Besucher. Sein Boot war ein hübsches, weiß-rotes Fiberglasboot, groß genug für zwei Erwachsene mit Hund. Peppy sprang aufs Boot, rannte hin und her zwischen Bug und Heck, während wir die Leinen losmachten.

Wir verbrachten einen wunderbaren Tag auf dem Wasser. Wir schwammen, machten ein Picknick, sahen Peppy zu, wie sie über Bord sprang und einen Schwarm Enten jagte. Ich vergaß die Stadt, Sergio und Dieter Monkfish. Ab und zu verfiel Peter in ein brütendes Schweigen, aber was immer ihn beschäftigte, er behielt es für sich. Um sieben, als die Sonne unterging, segelten wir in den Hafen zurück. Jetzt war er bevölkert von Familien, die dem arbeitsreichen Tag zu entfliehen suchten. Auf dem Rückweg aßen wir in einem kleinen Gasthaus an einer Seitenstraße zu Abend. Wir packten die Reste unserer Steaks für Peppy ein und fuhren weiter zu Peters Haus.

Während Peter von seinem Arbeitszimmer aus im Krankenhaus anrief, telefonierte ich in der Küche mit meinem Auftragsdienst. Lotty erwartete dringend meinen Anruf. Ich wählte mit klopfendem Herzen ihre Nummer. Womöglich war es wieder zu Ausschreitungen gekommen, nur wegen meines blöden Einbruchs... Sie meldete sich beim ersten Klingeln mit einer für sie untypischen Aufregung.

»Vic!... Nein, nein, mit der Praxis ist alles in Ordnung. Aber ein Anwalt hat angerufen. Ein Mann namens« – sie suchte offensichtlich ein Stück Papier – »Gerald Rutkowski. Er wollte meine Unterlagen über Consuelo.«

»Ich verstehe. Eine Anzeige wegen Vernachlässigung der beruflichen Sorgfaltspflicht. Ich frage mich, wessen Idee das war. Weiß es Carol?«

»Ja.« Lottys Stimme klang bitter, ihr Wiener Akzent war deutlich herauszuhören. »Es war Fabiano. Sie glaubt, er will sich dafür rächen, daß er von dir und ihren Brüdern schikaniert worden ist. Vic, das Problem ist nur – Consuelos Akte ist nicht da.«

»Wir haben letzte Woche alles aufgeräumt. Vielleicht sind ihre Unterlagen in die Akte eines anderen Patienten geraten.«

»Glaub mir, Vic, das war auch mein erster Gedanke. Mrs. Coltrain, Carol und ich, wir sind jede Akte durchgegangen, jedes Blatt Papier. Nichts.«

Ich war skeptisch – nichts geht leichter verloren als irgendwelche Unterlagen. Ich bot an, am nächsten Morgen selbst noch einmal zu suchen.

»Vic, Consuelos Akte ist nicht hier. Und auch Fabianos Akte nicht, noch die seiner Mutter. Ich hatte gehofft, du wüßtest vielleicht, was mit ihnen passiert ist. Vielleicht hast du sie aus Versehen mit nach Hause genommen.«

»Nein«, sagte ich langsam und versuchte mir unsere Aufräumaktion ins Gedächtnis zu rufen. »Ich werde im Auto und in meiner Wohnung nachsehen. Aber ich glaube nicht, daß ich einen ganzen Stapel von Papieren mitgenommen habe, ohne es zu merken. Nein, wenn sie wirklich verschwunden sind, muß sie einer der Vandalen geklaut haben.«

Während des Aufräumens hatten wir Papiere zwischen Glasscherben, hinter Heizkörpern und unter Schränken hervorgezogen, hatten Akten, die von verschütteten Medikamenten verklebt waren, gesäubert und getrocknet, aber wir hatten keine zerrissenen oder zerknüllten Papiere gefunden – nichts, was darauf hindeutete, daß während der kurzen, gewaltsamen Besetzung der Praxis Akten mutwillig vernichtet worden waren.

»Warum sollte jemand die Hernandez-Akten stehlen?« fragte ich laut. »Fehlen noch andere Akten?«

Sie hatte den Bestand stichprobenartig kontrolliert, aber bei über zweitausend Patienten war es nicht leicht festzustellen, ob noch weitere Akten vermißt wurden. Peter kam in die Küche. Er begann etwas zu sagen und bemerkte dann erst, daß ich telefonierte. Als er mich über Akten reden hörte, machte er einen betroffenen Eindruck.

Ich konzentrierte mich auf Lotty. »Was wird dir vorgeworfen, was du getan oder unterlassen hast?«

»Sie haben mich noch nicht angezeigt. Sie wollen nur die Unterlagen. Das heißt, sie ziehen eine Anzeige in Erwägung. Wenn sie die Akte durchgesehen haben und zu der Meinung gelangt sind, daß Grund für eine Anzeige vorliegt, werden sie die Anklage formulieren. Ich weiß nicht, worauf es hinauslaufen wird. Wahrscheinlich eine Kombination aus dem Vorwurf, sie während ihrer Schwangerschaft nicht richtig behandelt zu haben und der Anschuldigung, ihre Behandlung im Friendship nicht besser überwacht zu haben. Und wenn ich ihre Akte nicht beibringe, kann ich mich jetzt schon kampflos geschlagen geben. Ein gefundenes Fressen für den Staatsanwalt.«

Allerdings. Ich konnte ihn mir lebhaft vorstellen. »Und nun sagen Sie uns, Dr. Herschel, rechnen Sie denn wirklich damit, daß die Geschworenen ihr Gedächtnis, das durch keinerlei schriftliche Unterlagen gestützt wird – ja, wir wissen, Sie haben sie verloren –, für ebenso zuverlässig halten werden wie die gutachterliche Stellungnahme des Dr. X?«

»Hör mal«, sagte ich. »Wir können das unmöglich am Telefon bereden. Ich bin im Moment in Barrington, kann aber gegen halb elf bei dir sein.«

»Wenn du heute noch kommen könntest, wäre mir das sehr recht, Vic.«

Ich legte auf und wandte mich an Peter. »Lotty vermißt Akten von einigen Patienten. Unter anderem Consuelos Akte. Es sieht so aus, als ob Fabiano Hernandez sie wegen Vernachlässigung ihrer beruflichen Sorgfaltspflicht anzeigen will. Gibt es nicht im Friendship Unterlagen über Consuelos Behandlung? Kannst du davon Kopien für Lotty machen? Wenn sie ihre Akte nicht beibringt, sitzt sie juristisch in der Patsche. Die Friendship-Unterlagen wären besser als gar nichts.«

»Angezeigt?« fragte er wütend. »Von diesem widerlichen Mistkerl? Ich ruf sofort Humphries an. Um genau das zu verhindern, haben wir diesem Idioten Geld gegeben. Dieser verdammte Mistkerl.«

»Ja, es ist ärgerlich und unangenehm. Aber kannst du Consuelos Unterlagen kopieren? Ich fahre jetzt zu Lotty. Ich möchte ihr etwas Tröstliches sagen können.«

Er ignorierte mich und ging zum Telefon. Zuerst wußte ich nicht mehr, wer Humphries war. Dann, als Peter mit ihm sprach – »Alan! Tut mir leid, dich aus dem Bett zu holen« –, fiel es mir wieder ein: Alan Humphries, der aalglatte, perfekt gefönte Verwaltungschef des Friendship. Er hatte Fabiano fünftausend Dollar Schweigegeld gezahlt. Schutzgeld. Würde Fabiano das berücksichtigen und Friendship nicht mitanzeigen? Oder hatte er zuviel Gefallen an dem hellblauen Auto gefunden und beschlossen, diese Quelle noch einmal anzuzapfen.

Peter legte auf. »Soweit Alan weiß, sind wir nicht betroffen. Aber nachdem Dr. Herschel der ursprünglich behandelnde Arzt war, wissen wir nichts Endgültiges, bevor nicht Anklage erhoben wird.«

Am liebsten hätte ich ihm eine geklebt. »Kannst du vielleicht mal an was anderes als an dich denken? Ich möchte wissen, ob du Friendships Unterlagen über Consuelo für Dr. Herschel besorgen kannst? Hast du Humphries überhaupt danach gefragt? Oder geht es dir nur um dich?«

»Sei nicht böse, Vic. Aber die Sache ist nicht auf die leichte Schulter zu nehmen. Es kann jeden treffen, der mit der Patientin zu tun hatte. Tut mir leid, daß ich nur an Friendship gedacht habe, aber wir sind ebenso verletzbar wie Lotty. Mehr noch – die Rechtsanwälte werden es auf uns abgesehen haben, weil sie wissen, daß wir Geld haben.« Er zögerte und streckte mir dann eine Hand entgegen. »Kannst du nicht deine Besorgnis um Lotty auf mich ausdehnen?«

Ich nahm seine Hand und blickte auf sie hinunter anstatt in sein Gesicht. »Ich kenne Lotty seit bald zwanzig Jahren. Zuerst war sie eine Mutter für mich, und dann wurden wir – Freunde ist zu wenig gesagt. Ihre Probleme sind meine Probleme. Wenn wir uns zwanzig Jahre kennen werden, werde ich wahrscheinlich dasselbe für dich empfinden.«

Er drückte meine Hand so fest, daß ich zusammenzuckte.

Ich sah ihm ins Gesicht und bemerkte überrascht, daß alle Farbe daraus gewichen war, seine Augen funkelten wild und fiebrig im Lampenlicht.

»Ich hoffe es, Vic. Ich hoffe, daß ich dich in zwanzig Jahren noch kennen werde.«

Ich gab ihm einen Kuß. »Mach es nicht so dramatisch. Es gibt keinen Grund, warum das nicht der Fall sein sollte. Ich hab nicht vor, morgen tot umzufallen. Aber jetzt muß ich los. Lotty braucht mich, und sie hätte mich nicht darum gebeten zu kommen, wenn es nicht dringend wäre.«

»Okay«, sagte er widerstrebend. »Es macht mich nicht glücklich, aber ich kann's verstehen.«

»Und wirst du dich um Consuelos Unterlagen kümmern?«

»Ja, natürlich. Am Montag. Fahr vorsichtig.«

An der Tür gab er mir einen Abschiedskuß, und Peppy, die der Meinung war, wir würden zurück zum See fahren, begleitete mich schwanzwedelnd bis zu meinem Wagen. Als ich sie nicht einsteigen ließ, sah sie mir mit hocherhobener Schnauze nach, bis ich außer Sicht war.

19 IckPiff – und andere Akten

Es endete damit, daß ich Lotty in ihre Praxis zerrte, um mich selbst davon zu überzeugen, daß die Akte verschwunden war. Es ist völlig irrational, felsenfest davon überzeugt zu sein, daß ein obskures Versteck übersehen wird und man selbst es triumphierend entdeckt. Ich hob Teppiche hoch, sah hinter Heizkörpern nach, in jeder Schublade, durchforstete die Aktenschränke, ließ kein Blatt auf dem anderen. Nach ein paar Stunden mußte ich mir eingestehen, daß die Akten nicht da waren.

»Was ist mit Malcolms Band, mit den Notizen, die er gemacht hat, nachdem er Consuelo im Friendship behandelt hat? Hast du das Band noch?«

Sie schüttelte den Kopf. »Ich habs nie gehabt. Seine Mörder müssen das Diktiergerät mitgenommen haben.«

»Komisch, daß sie ausgerechnet das gestohlen haben. Den Fernseher oder den Anrufbeantworter haben sie dagelassen.«

»Vielleicht war das Fernsehgerät zu schwer. Es war eines dieser altmodischen Dinger, das ihm einer seiner Professoren geschenkt hatte. Um die Wahrheit zu sagen, im Schock über seinen Tod habe ich überhaupt nicht mehr an das Band gedacht. Wir könnten hinfahren und nachsehen, ob es noch da ist.«

»Warum nicht? Ich wollte heute nacht sowieso nur schlafen.«

Ich fuhr mit ihr zu Malcolms Wohnung. Sogar in dieser Gegend wird es in den frühen Morgenstunden ruhiger. Ein paar Betrunkene waren unterwegs, ein alter, arthritischer Mann führte seinen ebenfalls arthritischen Hund aus. Niemand kümmerte sich um uns, als wir das Gebäude betraten und die drei Stockwerke hinaufstiegen.

»Ich werde was wegen der Wohnung unternehmen müssen«, sagte Lotty, während sie in ihrer Tasche nach den Schlüsseln kramte. »Der Mietvertrag läuft noch einen Monat. Danach werde ich sie vermutlich räumen müssen. Ich weiß nicht, warum er mich zu seinem Testamentsvollstrecker bestimmt hat, in solchen Dingen hab ich nicht viel Erfahrung.«

»Überlaß es Tessa«, schlug ich ihr vor. »Sie soll selbst entscheiden, was sie behalten will, und den Rest verkaufen. Oder die Tür offen lassen. Die Sachen werden sich schnell genug in Luft auflösen.«

Über dem entsetzlichen Ende von Malcolms Leben hing jetzt der schale Geruch unbewohnter Räume. Auf seltsame Art und Weise machten dieser Geruch und die Schichten von Staub das Chaos erträglicher. Dies hier war nicht länger eine Wohnung, in der eine wirkliche Person lebte. Es war nur noch ein Wrack, etwas, was man auf dem Grunde eines Sees finden konnte.

Lotty, die normalerweise energiegeladen ans Werk geht, blieb reglos in der Tür stehen, während ich die Wohnung durchsuchte. Sie hatte zu viele Schocks erlitten – Consuelos Tod, Malcolms Tod, die Ausschreitungen in ihrer Praxis und jetzt die drohende Anzeige. Wenn es nicht sehr weit hergeholt erscheinen würde, könnte man fast vermuten, daß hinter all diesen Vorkommnissen jemand steckte, der mit Lotty eine Rechnung zu begleichen hatte – jemand wie Dieter Monkfish, der, wahnsinnig wie er war, sie an ihren wunden Punkten traf, um sie zum Aufgeben zu zwingen. Ich hielt einen Augenblick inne, um darüber nachzudenken. In diesem Fall hätten sich Fabiano und Monkfish absprechen müssen, was kaum vorstellbar war. Und Monkfish hätte Malcolms Mörder anheuern müssen, was absurd war. Ich beendete meine Suche.

»Es ist nicht hier, Lotty. Entweder ist es bei irgendeinem Hehler in der Clark Street oder noch in Malcolms Auto. Hast du die Schlüssel?«

»Natürlich. Mein Hirn funktioniert dieser Tage nicht so recht. Dort hätten wir zuerst nachsehen sollen – er hat immer im Auto diktiert, wenn er im Krankenhaus nicht damit fertig geworden ist.«

Auch unser reformfreudiger Bürgermeister ist nicht sehr an dieser Gegend interessiert. Da nur wenige Straßenlampen brannten, mußten wir langsam gehen und uns aneinander festhalten. Der arthritische Mann mit seinem Hund war nach Hause gegangen, und die Betrunkenen schliefen bis auf zwei, die unter einer Lampe am Ende des Blocks miteinander stritten. Malcolms verbeulter, rostiger Wagen war in ihrer Nähe geparkt. So wie er aussah, paßte er gut in die Umgebung, und niemand hatte sich um ihn gekümmert – er stand noch auf seinen Reifen, die Fenster waren nicht eingeschlagen, die Türen nicht aufgebrochen. Ich schloß die Fahrertür auf. Die Lämpchen innen funktionierten nicht. Ich knipste die Taschenlampe an meinem Schlüsselbund an, fand nichts auf den Sitzen oder im Handschuhfach, tastete den Boden unter den Sitzen ab. Meine Finger schlossen sich um ein kleines Lederetui, und ich zog Malcolms Diktiergerät hervor. Wir gingen zurück zu meinem Auto. Lotty nahm mir das Gerät ab und klappte es auf.

»Es ist leer«, sagte sie. »Das Band muß irgendwo anders sein.«

»Oder es war in seiner Wohnung, und sie haben es gestohlen – sie haben alle seine Kassetten mitgenommen.«

Wir waren beide zu erschöpft, um zu sprechen. Während ich Lotty nach Hause fuhr, saß sie zusammengesunken in der Ecke. Ich hatte sie in all den Jahren, die wir uns kannten, in vielen Stimmungen gesehen, aber nie so niedergeschlagen und lethargisch, daß sie nicht mehr denken oder handeln konnte. Es war fast vier, als wir bei ihr ankamen. Ich half ihr die Treppe hinauf, machte oben Milch heiß und goß einen großen Schluck Brandy hinein, den einzigen Alkohol, den ich in der Wohnung fand. Es sprach für ihre Niedergeschlagenheit, daß sie ihn widerspruchslos trank.

»Ich ruf die Praxis an«, sagte ich, »und hinterlasse, daß du morgen später kommst. Mehr als alles andere brauchst du jetzt Schlaf.«

Sie sah mich ausdruckslos an.»Ja. Ja, wahrscheinlich hast du recht. Du solltest auch schlafen gehen, Vic. Es tut mir leid, daß ich dich die ganze Nacht aufgehalten habe. Schlaf im Gästezimmer, wenn du willst. Ich stell das Telefon leise.«

Ich kroch unter das dünne, nach Lavendel duftende Laken. Meine Glieder schmerzten, und ich fühlte mich wie durch den Wolf gedreht. Die wirren Ereignisse des Tages schwirrten mir im Kopf herum. Monkfish. Dicks Honorar. Die IckPiff-Akten. Wo war Malcolms Band? Wo war Consuelos Akte? Das Baby hatte sie. Es saß auf einem hohen Felsen über dem Michigansee und hielt eine Mappe in den winzigen rosa Fingern. Ich versuchte, über eine Düne zu klettern, um zu ihm zu gelangen, aber meine Füße glitten auf dem heißen Sand ab, und ich rutschte wieder und wieder hinunter. Schwitzend und durstig kam ich auf die Beine. Ich sah Peter Burgoyne hinter dem Baby auftauchen. Er wollte ihm die Mappe wegnehmen, aber es gelang ihm nicht. Dann ließ er die Mappe los und begann das Baby zu würgen. Es schrie nicht, aber sah mich mit einem herzzerreißenden Blick an.

Schweißgebadet und hustend wachte ich auf und wußte nicht, wo ich war. Panik ergriff mich, bis ich mich an die Ereignisse des Vortags erinnerte. Ich war bei Lotty. Ich suchte in den Kleidern auf dem Boden nach meiner Armbanduhr. Es war halb acht. Ich versuchte, mich zu entspannen und noch einmal einzuschlafen. Als es mir nicht gelang, stand ich auf und duschte lange. Dann öffnete ich die Tür zu Lottys Zimmer einen Spalt. Sie schlief noch, mit zusammengezogenen Augenbrauen. Leise schloß ich die Tür wieder und ging.

Sobald ich begann, die Treppen zu meiner Wohnung hinaufzusteigen, wußte ich, daß etwas nicht stimmte. Auf der Treppe lagen Zeitungen verstreut, und im zweiten Stock sah ich einen Fleck, der wie getrocknetes Blut aussah. Ohne zu überlegen, zog ich den Revolver aus dem Gürtel und stürmte in den dritten Stock hinauf. Mr. Contreras lag vor meiner Wohnungstür. Die Tür selbst war mit einer Axt traktiert worden. Ich sah mich kurz um, um mich zu vergewissern, daß niemand in der Wohnung war, und kniete dann neben dem alten Mann nieder. Er hatte eine stark blutende Kopfwunde, das Blut war bereits getrocknet. Er atmete in kurzen, röchelnden Zügen, aber er lebte. Ich kroch durch das Loch in der Tür, rief den Notarzt und die Polizei, holte ein Leintuch aus dem Schlafzimmer, um ihn damit zuzudecken. Während ich wartete, tastete ich ihn vorsichtig ab. Die Kopfwunde schien seine einzige Verletzung zu sein. Eine Rohrzange lag einen halben Meter von seinem gekrümmten Körper entfernt.

Als erstes kam der Krankenwagen – ein junger Mann und eine ältere Frau, beide kräftig und wortkarg; sie legten Mr. Contreras auf eine Bahre und trugen ihn die Treppe hinunter. Ich sagte ihnen, was ich wußte, und hielt die Tür auf. Das ganze dauerte keine Minute. Sie brachten ihn ins Beth Israel. Ein paar Minuten später hielt quietschend ein Polizeiwagen vor dem Haus. Drei uniformierte Männer stiegen aus, einer blieb sitzen. Ich trat vors Haus, um sie zu begrüßen. »Ich bin V. I. Warshawski. In meine Wohnung wurde eingebrochen.«

Einer von den dreien, ein alter schwarzer Mann mit Bierbauch, notierte gewissenhaft meinen Namen, während sie hinter mir die Treppe hinaufstiegen. Sie stellten die üblichen Fragen: Zu welcher Uhrzeit ich nach Hause gekommen war, wo ich die Nacht verbracht hatte, ob etwas fehlte.

»Ich weiß nicht. Ich bin gerade erst gekommen. Mein Nachbar lag bewußtlos vor der Wohnungstür – ich war mehr besorgt um ihn als um meine Habseligkeiten.« Meine Stimme zitterte. Wut, Schock, der Tropfen, der das Faß zum Überlaufen brachte. Ich wurde mit diesem Einbruch und mit Mr. Contreras Verletzung nicht fertig.

Der Jüngste der drei wollte mehr über Mr. Contreras in Erfahrung bringen. »Ihr Freund?«

»Gebrauchen Sie Ihren Verstand«, fuhr ich ihn an. »Er ist über siebzig. Ein pensionierter Maschinenschlosser, der glaubt, noch immer der harte Typ zu sein, der er vor vierzig Jahren war, und er hat sich selbst zu meinem Pflegevater ernannt. Er wohnt im Erdgeschoß, und jedesmal, wenn ich komme oder gehe, steckt er den Kopf zur Tür heraus, um sich zu vergewissern, daß ich okay bin. Wer auch immer hier eingebrochen hat, er muß ihm gefolgt sein und ihn mit der Rohrzange bedroht haben. Dieser verdammte alte Narr.« Zu meinem Entsetzen merkte ich, wie mir Tränen in die Augen traten. Ich atmete tief durch und wartete auf die nächste Frage.

»Hat er jemand erwartet?«

»Vor ein paar Wochen hatte ich eine unangenehme Begegnung mit Sergio Rodriguez von den Löwen – Detective Rawlings weiß darüber Bescheid. Mr. Contreras meinte, er müsse ein Auge drauf haben, ob sie mir nicht nachts einen Besuch abstatten wollten. Ich sagte ihm, wenn jemand käme, sollte er sofort die Polizei rufen, aber vermutlich will er noch immer den Helden spielen.«

Sie fielen gemeinsam über mich her und wollten alles über mein Treffen mit Sergio wissen. Ich erzählte ihnen meine Standardversion von der uralten Rechnung wegen seiner Verurteilung. Einer von ihnen nahm über sein Sprechgerät Verbindung mit dem Mann im Auto auf und bat ihn, Rawlings zu informieren. Während sie sich Notizen machten und auf Rawlings warteten, unterzog ich das Chaos in meiner Wohnung einer Inspektion. Im Wohnzimmer stimmte irgend etwas nicht, aber ich wußte nicht was. Mein Fernsehgerät und die Stereoanlage waren da, aber alle meine Bücher und Schallplatten lagen in einem wüsten Durcheinander auf dem Boden.

Ein paar kleinere Gegenstände schienen zu fehlen, aber die einzigen Stücke, die mir am Herzen liegen – die Weingläser meiner Mutter –, standen unbeschadet im Eßzimmerschrank. Der kleine Safe hinter dem Garderobenschrank war nicht angerührt worden; in ihm lagen ihr Diamantanhänger und die dazu passenden Ohrringe. Ich konnte mir zwar nicht vorstellen, diese filigranen Schmuckstücke selbst zu tragen, aber ich würde sie niemals hergeben. Wer weiß – ich könnte ja eines

Tages eine Tochter haben. Es sind schon seltsamere Dinge vorgekommen.

»Rühren Sie nichts an«, warnte mich der junge Polizist.

»Nein, nein, mach ich nicht.« Nicht, daß es wichtig gewesen wäre. Bei ungefähr neunhundert Morden pro Jahr, dem Vielfachen an Raubüberfällen und Vergewaltigungen, galt Einbruch nicht als besonders schwerwiegendes Delikt. Aber wir würden alle so tun, als ob etwas wirklich Großes gewonnen wäre, wenn die Leute von der Spurensicherung Fingerabdrücke nahmen und alles genau aufzeichneten. Das einzige, was ich nicht wollte, war, daß sie die IckPiff-Akten näher in Augenschein nahmen. Ich ging zurück ins Wohnzimmer, um einen verstohlenen Blick darauf zu werfen, und mir wurde klar, was nicht stimmte.

Normalerweise türmen sich auf meinem Couchtisch Stapel des *Wall Street Journal*, Post, die ich noch nicht beantwortet hatte, und verschiedene persönliche Dinge. Peter hatte die Ordner und den Karteikasten auf den Zeitungen abgestellt. Bevor ich gestern morgen aufgebrochen war, hatte ich den Karteikasten ordentlich wieder oben daraufgestellt. Nicht nur, daß alle IckPiff-Akten und der Kasten verschwunden waren, auch die Zeitungen fehlten. Jemand hatte alles zusammengepackt, Zeitungen, Briefe, Zeitschriften, ein altes Paar Sportsocken, und sich damit auf und davon gemacht.

»Was ist los?« fragte der bierbäuchige Polizist. »Fehlt hier irgendwas?«

Ich durfte nicht darüber sprechen. Ich durfte nicht einmal sagen, daß meine alten Zeitungen fort waren. Alte Zeitungen werden einem nur gestohlen, weil der Dieb glaubt, man hätte darin etwas versteckt.

»Nicht, daß ich wüßte, Officer.«

20 Familienbande

Rawlings tauchte mit den Leuten von der Spurensicherung gegen neun auf. Er sprach kurz mit den Polizisten, schickte sie dann weg und kam ins Wohnzimmer.

»Ja, ja, Ms. Warshawski. Als ich das erstemal hier war, hab ich mir schon gedacht, daß ein ordentlicher Haushalt nicht gerade eine Ihrer Stärken ist, aber dieser Saustall ist was ganz Besonderes.«

»Danke, Detective. Ich wollte Ihnen eine Freude machen.«

»Aha.« Er schlenderte auf das Bücher- und Schallplattenregal zu. Sein Inhalt lag auf dem Boden verstreut, die Schallplatten zum Teil aus den Hüllen gezerrt. Er hob ein paar Bücher auf. »Primo Levi. Italiener?«

»Ja. Ihr Kollege hat mich darauf hingewiesen, nichts anzufassen, bis die Spurensicherung fertig ist.«

»Und danach kriegen Sie einen Anfall von Putzwahn und räumen auf. Kann ich mir lebhaft vorstellen. Meine Fingerabdrücke und vermutlich auch Ihre dürften der Spurensicherung bekannt sein. Wenn den Leuten hier die Arbeit ausgeht und sie auf die verrückte Idee kommen, die Bücher und Schallplatten abzustauben, können sie ja die unseren fein säuberlich von denen der Einbrecher trennen. Was haben sie gesucht?«

Ich schüttelte den Kopf. »Keine Ahnung. Ich habe zur Zeit keinen Auftrag. Hier ist nichts, was irgend jemand interessieren könnte.«

»Ja, und ich bin der Kaiser von China. Fehlt irgendwas?«

»Ich habe die Bücher noch nicht kontrolliert. Daher weiß ich nicht, ob *Little Women* und *Black Beauty* fehlen. Meine Mutter hat sie mir zu meinem neunten Geburtstag geschenkt, und mein Herz würde brechen, wenn sie gestohlen wären. Und die alte Platte von den Doors, die mit ›Light My Fire‹, oder Abbey Road.«

»Also, Baby, was glaubt man, haben Sie hier Besonderes?«

Ich sah mich um. »Mit wem sprechen Sie?«

»Mit Ihnen, Ms. Warshawski.«

»Kann nicht sein, ich heiße nicht Baby.«

Er machte eine knappe Verbeugung. »Entschuldigen Sie, Ms. Warshawski. Madam. Gestatten Sie, daß ich die Frage wiederhole. Wonach haben die hier bei Ihnen gesucht, Ms. Warshawski?«

Ich zuckte die Achseln. »Seitdem ich hier bin, habe ich über nichts anderes nachgedacht. Mir fällt nur Sergio ein. Vor ein paar Tagen hab ich noch mal mit Fabiano gesprochen. Der Kerl weiß was und sagt es nicht. Er wurde wütend über meine Fragen und begann zu heulen. Gestern hat er unter fadenscheinigen Vorwänden Dr. Herschel wegen Vernachlässigung der beruflichen Sorgfaltspflicht angezeigt. Deshalb war ich letzte Nacht bei ihr, um sie etwas aufzumuntern. Vielleicht wollten die Löwen Fabianos angebliche Männlichkeit rächen.«

Rawlings zog eine Zigarre aus der Jackentasche und sah mich an.

»Ja, es stört mich, wenn Sie die hier drin rauchen. Außerdem würden Sie ein schlechtes Beispiel für Ihre Leute abgeben.«

Er sah die Zigarre sehnsüchtig an und steckte sie weg. »Sie haben den Kerl nicht vermöbelt, oder?«

»Nicht so, daß man's gesehen hätte. Behauptet er, ich hätte?«

»Er behauptet gar nichts. Aber wir haben sein blau-schwarzes Gesicht nach der Beerdigung seiner Frau gesehen. Wir haben gehört, es sei bei einem Autounfall passiert, aber wenn der Wagen ihn nicht unter sich begraben hat, scheint es wenig glaubwürdig.«

»Ehrenwort, Detective, damit habe ich nichts zu tun. Ich hab mich auch gewundert.«

»Na gut, Schwester – Entschuldigung, Ms. Warshawski –, hoffentlich erholt sich Ihr Nachbar. Wenn es wirklich Sergio war, dann ist das unsere einzige Chance, ihn festzunageln.«

Dieser Hoffnung konnte ich mich nur anschließen, nicht nur, weil auch mir daran lag, Sergio hinter Gitter zu bringen. Armer Mr. Contreras. Vor zwei Tagen erst waren ihm die Fäden, die er den Fötusanbetern verdankte, gezogen worden. Und jetzt das. Hoffentlich war sein Kopf so hart, wie er immer behauptete.

Nachdem die Spurensicherung mit der Arbeit fertig war und ich unzählige Formulare unterschrieben hatte, rief ich den Hausmeister an, damit er sich um die Wohnungstür kümmerte. Ich überlegte, ob ich Lotty benachrichtigen sollte, aber sie hatte genug eigene Sorgen. Ich wanderte ziellos durch die Zimmer. Der Schaden war wiedergutzumachen. Ein paar Klaviersaiten waren gerissen, aber ansonsten war das Instrument nicht beschädigt. Die Sachen auf dem Boden mußten nur aufgeräumt werden, sie waren nicht wie in Malcolms Wohnung in Stücke zerschlagen. Trotzdem war hier Gewalt angewendet worden, und das ging mir an die Nieren. Wenn ich hier gewesen wäre... Das Einschlagen der Tür hätte mich aufgeweckt. Wahrscheinlich hätte ich sie erschießen können. Schade, daß ich nicht zu Hause gewesen war. Zu deprimiert, um aufzuräumen, legte ich mich ins Bett, konnte aber nicht schlafen wegen des Aufruhrs in meinem Kopf.

Nehmen wir mal an, Dieter entdeckt in dem allgemeinen Chaos in seinem Büro, daß der Karteikasten mit den Mitgliedernamen verschwunden ist. Und er glaubt, wie er dem *Herald-Star* gegenüber zum Ausdruck gebracht hat, daß die bösen Kindermörder hinter der Sache stecken. Und er heuert jemanden an – sagen wir mal die netten Studenten, die schon in Lottys Praxis die Fenster eingeworfen haben –, um meine Tür einschlagen und ein wüstes Durcheinander anrichten zu lassen, damit es wie ein Einbruch aussieht. Und auf diese Weise hat er die Ordner und den Karteikasten wieder zurück. Das klang plausibel. Sogar wahrscheinlich. Aber woher wußte er, daß tatsächlich ich die Akten hatte? Die einzige Person, die es mit Sicherheit wußte, war Peter Burgoyne. Wen hatte er vom Restaurant aus angerufen? Er hatte gesagt, es sei etwas Persönliches – vielleicht hielt er irgendwo in einem Speicher eine Ex-Frau versteckt. Und er hatte mich für den gestrigen Tag aus der Stadt geschafft. Aber wenn er hinter dem Einbruch steckte, warum? Und wie war es ihm möglich gewesen, diesen Einbruch so schnell zu organisieren? Ich überlegte hin und her, physisch und geistig erschöpft. Die Narbe in meinem Gesicht schmerzte unter der Anspannung. Ich könnte ihn anrufen; besser wäre es, ihn zu treffen. Am Telefon könnte er alles abstreiten. Er hatte eine so ausdrucksvolle Mimik, daß ich glaubte, ihm die Lügen jederzeit vom Gesicht ablesen zu können. Ich könnte Dick anrufen und ihn fragen, ob es einen Grund gab, warum Friendship und Peter Burgoyne nicht wollten, daß sich die IckPiff-Akten in meinem Besitz befanden. Dick könnte auch der Anwalt vom Friendship Hospital sein. Aber was für ein Interesse sollte Friendship an einem kleinen Fanatiker wie

Dieter Monkfish haben? Ich konnte mir die Abfuhr vorstellen, die Dick mir erteilen würde.

Ich mußte etwas unternehmen. Wie jeder richtige Detektiv. Deshalb stand ich auf und wählte Peters Privatnummer. Ich meinte, daß seine Stimme etwas nervös klang, als er mich hörte.

»Geht's dir gut?« fragte er.

»Natürlich. Mir geht's gut. Warum fragst du?«

»Du klingst gereizt. Ist irgendwas passiert mit Dr. Herschel? Die Anzeige?«

»Nein. Kann ich heute zu dir rauskommen und die Kopien für sie holen?«

»Vic, bitte. Ich habe dir gesagt, daß ich mich am Montag darum kümmern werde. Selbst wenn ich sie heute aus dem Krankenhaus holen würde, könnte sie doch übers Wochenende nichts damit anfangen.«

Ich versuchte, mich mit ihm für das Wochenende zu verabreden, aber er sagte, er hätte keine Zeit mehr bis nach der Konferenz.

»Na gut, aber denk an die Kopien für Lotty. Ich weiß, sie sind nicht so wichtig wie deine Konferenz oder daß ihr auch angezeigt werdet, aber ihr bedeuten sie viel.«

»Mein Gott, Vic. Ich dachte, wir hätten das gestern abend besprochen. Am Montagmorgen werde ich als erstes in die Verwaltung gehen und diesen Bericht kopieren.« Er knallte den Hörer auf.

Meine Verdächtigungen und meine Grobheit taten mir plötzlich leid, und ich bezwang den Impuls, Peter noch einmal anzurufen und mich zu entschuldigen. Nachdem ich nicht in der Stimmung war aufzuräumen und auch nicht schlafen konnte, machte ich mich auf den Weg ins Beth Israel, um nach Mr. Contreras zu sehen.

Ich zog mich gerade um für den Besuch im Krankenhaus, als das Telefon klingelte; es war Dick. Vor hundert Jahren, als wir zusammen Jura studierten, brachte ein Anruf von ihm mein Herz zum Flattern. Heute drehte sich mir der Magen um.

»Dick! Was für eine Überraschung. Weiß Stephanie, daß du mich anrufst?«

»Verdammt noch mal, Vic, sie heißt Terri. Du nennst sie nur Stephanie, um mich zu ärgern.«

»Nein, nein, Dick. Ich würde niemals etwas tun, nur um dich zu ärgern. Dafür müßte es schon einen handfesten Grund geben – das habe ich mir zur Regel gemacht, als wir verheiratet waren. Was willst du? Bin ich etwa mit den Unterhaltszahlungen im Rückstand?«

Er sagte förmlich: »Vor zwei Nächten wurde in das Büro meines Klienten eingebrochen.«

»Welcher Klient? Oder hast du zur Zeit nur einen?«

»Dieter Monkfish. Die Polizei behauptet, daß Penner aus der Gegend die Täter waren. Aber die Tür war nicht aufgebrochen – das Schloß war geknackt.«

»Vielleicht hatte er vergessen abzuschließen. So was kommt vor.«

Er ignorierte meinen geistreichen Einwand. »Er vermißt ein paar Dinge. Ein Mitgliederverzeichnis und die Buchhaltungsunterlagen. Er hat mir erzählt, daß du am Donnerstag dort gewesen bist und sie dir angesehen hast, und daß er dich rausgeschmissen hat. Er glaubt, du hast sie.«

»Und du glaubst, daß ich sein Schloß geknackt habe. In meinem Besitz befindet sich nichts, was Dieter Monkfish gehört. Weder seine ihm abhandengekommenen geistigen Fähigkeiten, geschweige denn seine Unterlagen. Ich schwöre dir bei meiner Ehre als ehemaliges Mitglied des Kirchenchors, daß, wenn du einen Durchsuchungsbefehl hast und meine Wohnung, mein Büro oder Haus und Hof meiner nahen und fernen Freunde durchsuchst, daß du nichts, aber auch nicht ein Blatt Papier finden wirst, das Dieter Monkfish oder seinen geistesgestörten Freunden gehört. Okay?«

»Ja, vermutlich«, sagte er zähneknirschend. Er wußte nicht, ob er mir glauben sollte.

»Und jetzt, weil du schon mal angerufen und mich des Diebstahls verdächtigt hast, was eine Verleumdung und strafbar ist, möchte ich dir eine Frage stellen: Welcher deiner Klienten zahlt Monkfishs Rechnung?«

Er legte auf. Dicks Manieren sind immer so rüde, daß ich nicht verstehen kann, wie er Kompagnon in einer Firma werden konnte, die soviel Wert auf dezentes Auftreten in der Öffentlichkeit legt. Ich schüttelte den Kopf und fuhr zum Beth Israel.

Die Polizei hatte keine Wache postiert. Sie war davon ausgegangen, daß Mr. Contreras Einbrecher überrascht hatte und dabei niedergeschlagen wurde – niemand hatte es auf ihn persönlich abgesehen. Ich war der gleichen Meinung, dachte aber, daß es gut wäre, wenn jemand auf ihn aufpaßte, sobald er die Täter identifiziert hätte.

Man sagte mir, daß er noch immer bewußtlos auf der Intensivstation liege, jedoch außer Lebensgefahr sei. Im Warteraum der Intensivstation erklärte mir der diensthabende Arzt, daß Kopfverletzungen kompliziert seien. Mr. Contreras könne im nächsten Augenblick aufwachen oder auch noch eine Weile bewußtlos bleiben. Nein, ich könne ihn nicht sehen, nur Familienangehörige würden zu ihm gelassen, immer nur einer, für fünfzehn Minuten, alle zwei Stunden.

Aus vielen Diskussionen mit Lotty wußte ich, daß in solchen Fällen nichts zu machen war. Ich würde den Arzt nicht erweichen, er berief sich auf seine Vorschriften. Ich wollte gerade wieder gehen, als eine herausgeputzte Frau, Mitte vierzig, hereinkam. Sie wog ungefähr dreißig Pfund zuviel, was ihr das Aussehen einer aufgeblasenen Gummipuppe verlieh. Sie hatte zwei Jungen im Schlepptau, der jüngere ungefähr zwölf, der andere ein paar Jahre älter.

»Ich bin Mrs. Marcano«, verkündete sie in hartem, nasalen Ton. »Wo ist mein Vater?«

Natürlich. Mr. Contreras' Tochter Ruthie. Ihre Stimme hatte ich öfter durchs Treppenhaus hallen gehört, sie selbst aber bislang nie zu Gesicht bekommen.

»Er ist dort drin.« Ich deutete auf die Tür, die zu den Krankenzimmern führte. »Die Schwester kann Ihnen den Arzt holen.«

»Wer sind Sie?« wollte sie wissen. Sie hatte Mr. Contreras große braune Augen, aber bei ihr strahlten sie keinerlei Wärme aus.

»V. I. Warshawski. Ich wohne im gleichen Haus und habe ihn heute morgen gefunden.«

»Dann sind Sie also die Frau, die ihm das Ganze eingebrockt hat. Hätte ich mir denken können. Er hat sich für Sie schon einmal vor zwei Wochen ein Loch in den Kopf schlagen lassen. Aber das hat noch nicht gereicht, oder? Er mußte auch noch sein Leben riskieren für Sie, was?«

»Mama, bitte.« Der ältere der beiden Jungen war furchtbar verlegen, wie es nur Teenager sind, wenn sich ihre Eltern in aller Öffentlichkeit lächerlich machen. »Es war nicht ihre Schuld. Der Detective hat gesagt, sie hat sein Leben gerettet. Du hast es doch gehört.«

»Du glaubst also eher einem Bullen als mir?« fuhr sie ihn an und wandte sich dann wieder mir zu. »Er ist ein alter Mann und sollte bei mir wohnen. Ich lebe in einer sicheren Gegend, nicht in einem heruntergekommenen Viertel, wo er jedesmal, wenn er den Kopf aus der Tür steckt, eine drübergezogen bekommt. Ich bin seine einzige Tochter. Aber Ihnen läuft er nach wie ein junger Hund. Jedesmal, wenn ich ihn besuche, heißt es nur, Miss Warshawski hier, Miss Warshawski da. Ich könnte schon kotzen, wenn ich nur Ihren Namen höre. Wenn du sie so magst, dann heirate sie doch, hab ich ihm gesagt. So wie du über sie redest, könnte man meinen, du hast keine Familie, hab ich gesagt. Joe und ich, wir sind wohl nicht mehr gut genug für dich, seit du diese Studierte kennst? Mama war wohl auch nicht gut genug für dich? Ist es so?«

Ihr Sohn sagte noch mehrmals weinerlich »Mama, bitte«, aber umsonst. Er und sein Bruder zogen sich soweit wie möglich zurück und blickten unsicher um sich.

Mir wurde unter dieser Sturzflut von Worten nahezu schwindlig. Die rednerische Begabung ihres Vaters hatte sie zweifellos geerbt. »Ich darf nicht zu ihm. Aber wenn Sie der Schwester sagen, daß Sie seine Tochter sind, holt sie den Arzt und der wird Sie zu ihm bringen. Freut mich, Sie kennengelernt zu haben.«

Ich flüchtete aus dem Krankenhaus. Fast hätte ich gelacht, aber leider hatte dieses Frauenzimmer meine Schuldgefühle aktiviert. Warum zum Teufel hatte sich der alte Mann eingemischt? Warum war er die Treppe hinaufgestiegen und hatte sich ein Loch in den Schädel schlagen lassen? Er war verletzt worden, weil er mich beschützen wollte. Das bedeutete, daß ich es ihm schuldig war, die Einbrecher ausfindig zu machen. Das wiederum bedeutete, daß ich mit der Polizei konkurrieren mußte bei einer Aufgabe, für die sie besser geeignet war. Das einzige, was ich ihr voraus hatte, war, daß ich über die vermißten IckPiff-Akten Bescheid wußte. Es war an der Zeit, endlich herauszufinden, wer Dicks Rechnung zahlte.

Meine Wohnung sah niederschmetternd aus. Nicht nur wegen des Durcheinanders, sondern weil das ganze Haus leer und leblos wirkte ohne Mr. Contreras, wie er seinen Kopf zur Tür rausstreckte. Ich ging auf den Küchenbalkon und beobachtete die koreanischen Kinder beim Ballspielen. Jetzt, da niemand aufpaßte, rannten sie die Tomaten über den Haufen. Ich nahm die geborstenen Bretter, die einmal meine Wohnungstür gewesen waren, und trug sie hinunter in den kleinen Garten. Unter den ernsten Blicken der Kinder baute ich einen provisorischen Zaun um die Pflanzen.

»Ihr spielt nur außerhalb des Zauns. Verstanden?«

Sie nickten schweigend. Ich ging wieder hinauf und fühlte mich schon besser, weil ich etwas getan hatte, etwas Ordnung geschaffen hatte. Ich begann wieder nachzudenken.

21 Gute Beziehungen

Mr. Contreras kam spät am Sonntagabend wieder zu Bewußtsein. Da sie ihn noch vierundzwanzig Stunden auf der Intensivstation behalten wollten, konnte ich ihn nicht sofort besuchen, aber Lotty erzählte mir, daß er sich an den Einbruch nur vage erinnerte. Er wußte noch, daß er sich Abendessen gemacht hatte und die Ergebnisse der Pferderennen akribisch durchgegangen war – sein allabendliches Ritual –, aber er erinnerte sich nicht daran, die Treppe hinaufgestiegen zu sein. Weder sie noch der Neurologe machten der Polizei Hoffnung, daß er sich an seine Angreifer erinnern würde – diese Art traumatischer Erfahrung wird im Gedächtnis oft blockiert. Detective Rawlings, dem ich im Krankenhaus begegnete, war enttäuscht. Ich war nur dankbar, daß sich der alte Mann wieder erholen würde.

Am Montagmorgen meldete sich mein Freund, der Fabrikbesitzer, und erklärte sich bereit, auf meine Geldforderungen einzugehen; jemand hatte am Samstagmorgen mit einem Gabelstapler die Mauer des Fabrikgebäudes gerammt und einen Schaden von fünftausend Dollar angerichtet. Man vermutete, daß der Fahrer dank Crack nicht mehr Herr seiner Sinne gewesen war. Der Mann stutzte, als ich ihm klarmachte, daß ich in der nächsten Woche nicht persönlich anwesend sein könnte, aber schließlich gab er sich geschlagen und war damit einverstanden, daß erst mal die Streeter-Brüder in Aktion treten würden. Zwei von ihnen bezogen am nächsten Tag Stellung.

Versorgt mit einem zahlenden Kunden wandte ich mich wieder meinen eigenen Problemen zu. Mein Verdacht bezüglich Peter war mir peinlich, und wenn ich an unser letztes Telefongespräch dachte, war mir nicht ganz wohl. Aber die Fragen blieben bestehen. Ich mußte mir selbst klipp und klar beweisen, daß er nichts mit dem Verschwinden der IckPiff-Akten aus meiner Wohnung zu tun hatte.

Dicks Sekretärin. Ich lag auf dem Wohnzimmerboden zwischen Büchern und Schallplatten und schloß die Augen. Sie war über vierzig. Verheiratet. Schlank, elegant, effizient, braune Augen. Regina? Nein. Regner. Harriet Regner.

Um neun rief ich in Schaumburg an und ließ mich mit Alan Humphries verbinden. Eine weibliche Stimme meldete sich als Mr. Humphries Vorzimmer.

»Guten Morgen«, sagte ich mit einer – wie ich hoffte – freundlichen, ernsthaften, geschäftigen Stimme. »Hier spricht Harriet Regner, Mr. Yarboroughs Sekretärin, Crawford, Meade.«

»Oh, hallo, Harriet. Hier ist Jackie. Wie war das Wochenende? Du klingst etwas erkältet?«

»Nur Heuschnupfen, Jackie – um diese Jahreszeit.« Ich hielt mir ein Taschentuch vor die Nase, damit ich richtig verschnupft klang. »Mr. Yarborough braucht eine winzige Information von Mr. Humphries... Nein, du brauchst mich nicht durchzustellen – wahrscheinlich kannst du es mir sagen. Wir waren nicht sicher, ob Dieter Monkfishs Rechnung vom

Friendship-Konto abgebucht werden oder direkt an Mr. Burgoyne gesandt werden soll.«

»Einen Augenblick.« Ich lag auf dem Rücken, starrte an die Decke und wünschte, ich könnte dabei sein, wenn Dick von diesem Telefongespräch erfuhr.

»Harriet? Mr. Humphries sagt, er hätte alles mit Mr. Yarborough besprochen – daß die Rechnung direkt an ihn geschickt werden soll, aber hierher ins Krankenhaus. Er möchte mit dir sprechen.«

»Natürlich, Jackie – oh, einen Augenblick, Mr. Yarborough hat nach mir gerufen – kann ich dich gleich zurückrufen? Großartig.«

Ich legte auf. Jetzt wußte ich es. Oder vielmehr, es war mir bestätigt worden. Friendship kam für Dieter Monkfishs Rechnung auf. Aber warum in Gottes Namen? Vielleicht war Alan Humphries ein fanatisches Mitglied der Recht-auf-Leben-Bewegung. Und im Friendship wurden Abtreibungen aufgrund medizinischer und sozialer Indikationen vorgenommen, zumindest während der ersten drei Schwangerschaftsmonate. Vielleicht hatte Humphries deswegen ein schlechtes Gewissen, und vielleicht wollte er es mit Geld beschwichtigen. Immerhin bezahlte er Dieters Rechnung aus seiner eigenen Tasche und ließ nicht das Krankenhaus dafür blechen.

Aber noch immer gab es einige Fragen, die weh taten. Was hatte Peter mit der Sache zu schaffen? Der einzige Grund, warum ich wegen Friendship hatte sicher sein wollen, war, daß Peter als einziger wußte, daß sich die IckPiff-Akten in meinem Besitz befanden. Aber weshalb kümmerte ihn das?

Widerstrebend wählte ich seine Friendship-Nummer. Seine Sekretärin sagte mir, daß er bei einer Entbindung sei. Ob sie etwas ausrichten könne?

Da ich schlecht sagen konnte: Wen hat er angeheuert, um Mr. Contreras den Kopf einschlagen zu lassen? fragte ich nach Consuelos Unterlagen.

»Der Doktor hat mir diesbezüglich keine Anweisungen gegeben«, sagte sie unsicher. »Wie war Ihr Name?«

Schwestern, die den Arzt »Doktor« nennen, sind wie Erwachsene, die über ihre Väter als »Papa« sprechen. Der Doktor über alles in der Welt. Gott hat mir keine Anweisungen gegeben.

Ich nannte ihr meinen Namen und ließ Peter ausrichten, er möge mich anrufen, sobald er aus dem Kreißsaal käme. Nachdem ich aufgelegt hatte, tigerte ich durch meine verwüstete Wohnung, wollte etwas unternehmen, wußte aber nicht was. Ich wußte nicht, ob ich noch mehr herausfinden wollte.

Schließlich griff ich wieder zum Telefon, um Murray Ryerson beim *Herald-Star* anzurufen, der für die Kriminalfälle zuständig war. Die Zeitung hatte einen kurzen Bericht über den Einbruch bei IckPiff gebracht. Als am letzten Freitag bekannt wurde, daß auch bei mir eingebrochen worden war, hatte sich Murray bei mir gemeldet in der Hoffnung, eine größere Geschichte von mir zu bekommen, aber ich hatte ihm lediglich erklärt, daß ich derzeit an keinem Fall arbeitete.

»Erinnerst du dich an den Einbruch im IckPiff-Büro?« fragte ich.

»Du willst ein Geständnis ablegen«, antwortete er schlagfertig. »Das ist nichts Neues, V. I. Jedermann weiß, daß du gut für eine zweite Folge bist.«

Das sollte ein Witz sein; ich war nur froh, daß er mein Gesicht nicht sehen konnte. »Dick Yarborough von Crawford, Meade ist Dieters Rechtsanwalt – wußtest du das? Vor ein paar Minuten habe ich in meine Kristallkugel geschaut und gesehen, daß Dick die fehlenden Akten irgendwann heute im Lauf des Tages in die Hände bekommen wird. Du könntest ihn anrufen und dich nach ihnen erkundigen.«

»Vic, warum um alles in der Welt erzählst du mir das? Wenn IckPiff ein paar Akten geklaut werden, gibt das nicht gerade viel her. Selbst wenn du sie gestohlen und in das Rechtsanwaltbüro geschmuggelt hättest – wie hieß er doch gleich? Yarborough? – wär's nicht interessant.«

»Okay. Ich dachte nur, es wäre eine nette, kleine Ergänzung zu der Diebstahlsgeschichte. Ich hab den Kram übrigens nicht und weiß auch nicht, wer es hat. Aber ich glaube, spätestens morgen wird Dick es in Händen halten.«

Ich wollte gerade auflegen, als Murray plötzlich sagte: »Wart 'nen Moment. Monkfish war für den Überfall auf Lotty Herschels Praxis vor ein paar Wochen verantwortlich, nicht wahr? Und Yarborough ist der Kerl, der ihn auf Kaution freibekommen hat. Genau. Ich hab's hier auf dem Bildschirm. Und dann wurde bei ihm eingebrochen. Fang an, Warshawski, was ist hier los?«

»Also, Murray, IckPiff-Akten geben nicht viel her. Ich zitiere. Tut mir leid, dich gestört zu haben. Ich werde die *Trib* anrufen.« Ich lachte, während er protestierte, und legte auf.

Als nächstes fuhr ich zu Lottys Praxis, um zu sehen, wie es ihr erging. Die erste Woche, nachdem sie wieder aufgemacht hatte, war nicht viel los gewesen, aber an diesem Morgen war jeder Stuhl im Wartezimmer besetzt. Kinder, Mütter mit schreienden Babys, schwangere Frauen, alte Frauen mit ihren erwachsenen Töchtern und ein einsamer alter Mann, der Löcher in die Luft starrte und dessen Hände leicht zitterten, füllten den Raum. Mrs. Coltrain meisterte die Lage wie ein altgedienter Barkeeper in einer überfüllten Kneipe. Sie lächelte mir freundlich zu und ging, um Dr. Herschel meine Anwesenheit zu melden. Von der Panik, die sie vor ein paar Wochen an den Tag gelegt hatte, war nichts mehr zu spüren.

Lotty sprach mit mir einen Augenblick zwischen zwei Behandlungszimmer. Übers Wochenende mußte sie fünf Pfund abgenommen haben; ihre Backenknochen traten deutlich hervor. Ich berichtete ihr über meine Anstrengungen, die Friendship-Akte zu bekommen. »Ich werde Peter heute nachmittag noch einmal daran erinnern. Wenn er sie nicht beibringt, willst du dann Hazeltine Bescheid sagen?« Morris Hazeltine war ihr offizieller Rechtsanwalt.

»In dieser Sache vertritt er mich nicht. Ich muß mich an meine Versicherung und den Rechtsanwalt halten, den sie mir schicken. Ich werde es ihm sagen – sie sind sehr verärgert darüber, daß ich Consuelos Akte verloren habe.«

Plötzlich schlug sie sich mit der flachen Hand gegen die Stirn. »Unter Streß vergesse ich doch alles. Der Staat – das Amt für Umwelt und Gesundheit – macht in jedem Krankenhaus, in dem eine Mutter oder ein Neugeborenes stirbt, einen unangekündigten Kontrollbesuch. Sie müssen Unterlagen über Consuelo haben oder zumindest über Malcolms Behandlung.«

»Was macht man da – anrufen und sie um den Bericht bitten?« Meine Erfahrungen mit offiziellen Stellen hatten mich skeptisch bezüglich deren Hilfsbereitschaft gemacht.

Lotty bedachte mich mit einem stolzen Blick. »Normalerweise nicht. Aber ich habe die Frau ausgebildet, die jetzt dort stellvertretender Direktor ist – Philippa Barnes. Sie war einer meiner ersten Assistenzärzte im Beth Israel. Und noch dazu ein sehr guter, aber das war Anfang der sechziger Jahre. Es war damals sehr schwer für Frauen, eine eigene Praxis aufzumachen, und außerdem ist sie kohlrabenschwarz. Also hat sie sich eine Stelle beim Staat gesucht... Mir stehen hier noch mindestens vier Stunden Arbeit bevor. Würdest du hingehen, wenn ich sie anrufe und ihr deinen Besuch ankündige?«

»Aber gern. Nichts, was ich lieber täte.« Ich erzählte ihr die Sache von Dick und Monkfish. »Was hältst du davon?«

»Ich habe nie verstanden, warum du diesen Mann geheiratet hast, Vic.«

Ich grinste. »Der Minderwertigkeitskomplex der Einwanderer – er ist der perfekte WASP. Aber was hat Friendship damit zu tun?«

Sie kam auf den gleichen Gedanken wie ich. »Vielleicht zahlen sie, um ihr Gewissen zu beruhigen.« Sie schwieg eine Weile geistesabwesend. »Ich werde Philippa anrufen.«

Sie drückte mir kurz und kräftig die Hand und ging den kurzen Flur zurück in ein Behandlungszimmer. Ich war erleichtert, daß sie wieder die alte war.

22 Öffentliches Gesundheitswesen

Meine Freunde und ich, wir haben eines der monströsesten Bauwerke in der nordwestlichen Ecke des Loop finanziert. Das heißt, Gouverneur Thompson hat 180 Millionen Dollar der von uns gezahlten Steuergelder in ein neues Verwaltungsgebäude des Staates gesteckt, einem von Helmut Jahn entworfenen Wolkenkratzer, der aus zwei konzentrischen Glasringen besteht. Der innere umschließt eine riesige, offene Rotunde, die so hoch ist wie das Bauwerk selbst. Wir mußten also nicht nur die Baukosten übernehmen, sondern müssen auch Heizung und Klimaanlage für Räume finanzieren, die sich überwiegend im Freien befinden. Nichtsdestotrotz gewann die Konstruktion 1986 einen Architekturpreis, was meines Erachtens nur beweist, von wieviel Sachverstand die Jury heimgesucht war.

In einem gläsernen Aufzug fuhr ich in den achtzehnten Stock hinauf und betrat einen Gang, der um die ganze Rotunde herumführte. Alle Büros sind zu diesem Flur hin offen. Die Konstruktion macht den Eindruck, als ob dem Staat das Geld ausging, als die Türen an der Reihe waren. Vermutlich soll sie einem das Gefühl des uneingeschränkten Vertrauens zwischen Staatsbediensteten und Besuchern vermitteln. Ich suchte den offenen Raum, der mit »Amt für Umwelt und Gesundheit« gekennzeichnet war, und nannte der schwarzen Sekretärin meinen Namen. »Dr. Barnes erwartet mich.«

Die Sekretärin seufzte, als ob ich von ihr etwas verlangt hätte, was weit jenseits ihrer Pflichten lag, und griff zum Telefon. »Dr. Barnes wird Sie gleich empfangen. Nehmen sie bitte Platz.«

Bevor Dr. Barnes erschien, überflog ich ein Merkblatt, das die Symptome von AIDS beschrieb und was zu tun war, wenn man glaubte, sich infiziert zu haben, und las eine Informationsbroschüre über Schwangerschaften im Jugendalter, die um den heißen Brei herumredete, weil es dem Staat nicht gestattet ist, sich aktiv für Empfängnisverhütung einzusetzen.

Philippa Barnes war eine große, schlanke Frau um die Fünfzig. Sie war sehr schwarz und hatte einen sehr langen, dünnen Hals, der ihr das Aussehen eines Schwans verlieh. Ihre Bewegungen waren fließend, als ob Wasser ihr eigentliches Element wäre. Sie schüttelte meine Hand und blickte dann auf ihre goldene Armbanduhr, die an ihrem linken Handgelenk glänzte.

»Ms. Warshawski? Ich habe eben mit Dr. Herschel gesprochen. Sie hat mir von dem toten Mädchen und der Anzeige erzählt. Ich versuche, Sie zwischen zwei Terminen unterzubringen, also entschuldigen Sie, wenn wir uns beeilen müssen. Ich möchte mit Eileen Candeleria reden – sie ist die Schwester, die unsere Kontrollbesuche einteilt.«

Wir waren ungefähr gleich groß, aber ich mußte fast laufen, um mit ihren langen, geschmeidigen Schritten mitzuhalten. Wir verließen den Flur, gingen durch ein Labyrinth von Büros und halbprivaten Abteilen in ein Zimmer, das über dem Busbahnhof an der Randolph Street lag. 180 Millionen und keine Schalldämpfung; der Lärm der Busse war bis in den achtzehnten Stock hinauf zu hören.

Dr. Barnes' verkratzter Eichenholzschreibtisch war mit Papieren übersät. Sie setzte sich in den Drehstuhl, schob ein paar Akten zur Seite, um Platz zu schaffen, und ließ über das Sprechgerät die Schwester zu sich bitten. Während wir warteten, gab sie mir einen knappen Überblick über die Aufgaben des Amtes. »Dem Amt für Umwelt und Gesundheit untersteht ein riesiger Verantwortungsbereich. Er reicht von der Genehmigung und Zulassung von Krankenhäusern bis zur Asbestkontrolle in Schulen. Ich leite die Abteilung für Gesundheit. Lotty – Dr. Herschel hat mich in Geburtshilfe ausgebildet, aber hier bin ich verantwortlich für die staatlichen Kliniken und Krankenhäuser. Es gibt eine weitere Abteilung, der die Zulassung und Genehmigung von Krankenhäusern obliegt. Schwester Candeleria arbeitet für beide Abteilungen – sie steht den Teams vor, die Kliniken und Krankenhäuser aufsuchen, wenn wir meinen, daß ein Kontrollbesuch fällig ist.«

In diesem Moment betrat Schwester Candeleria das Zimmer. Sie war eine Weiße, etwa in Dr. Barnes Alter, mit einem ausdrucksstarken, intelligenten Gesicht und wachen braunen Augen. Sie hatte eine dicke Akte bei sich, die sie in die linke Hand nahm, um mich begrüßen zu können, als Dr. Barnes uns vorstellte.

»Ich habe die Friendship-Akte mitgebracht, Phil. Was möchtest du wissen?«

»Eine Mutter und ihr Neugeborenes sind dort gestorben vor – wann war es, Ms. Warshawski? – morgen vor vier Wochen. Hast du jemand hinausgeschickt? Kann ich den Bericht sehen?«

Ms. Candeleria preßte die Lippen zusammen. »Ich habe die Todesmeldung vor« – sie sah in der Akte nach – »fünfzehn Tagen bekommen. Ich hatte für diese Woche eine Inspektion anberaumt, aber Tom sagte, er würde sich selbst drum kümmern und hat meine Leute zurückgerufen. Morgen habe ich einen Termin bei ihm, aber ich glaube nicht, daß er draußen gewesen ist.«

»Tom Coulter«, sagte Dr. Barnes. »Er ist zuständig für Genehmigungen und Zulassungen. Er ist kein Arzt, hat nicht Medizin studiert, sondern ist Verwaltungsfachmann. Und mit beruflich erfolgreichen Frauen steht er auf nicht besonders gutem Fuß.«

Sie griff zum Telefon und ließ sich mit Tom Coulter verbinden. »Tom, kannst du einen Augenblick bei mir vorbeischauen? Ich habe ein paar Fragen wegen Friendship. Ja, ich habe auch viel zu tun. Draußen warten Leute, die extra von Carbondale hierher geflogen sind, um mit mir zu sprechen. Du könntest ihnen das Leben erheblich erleichtern, wenn du vorbeikommst und wir es hinter uns bringen.«

Sie legte auf. »Dieser ganze bürokratische Aufwand bringt mich noch um. Wenn ich für alles verantwortlich wäre und nicht nur für einen Teil –« Sie beendete den Satz nicht, aber wir wußten alle drei, daß dafür eine Geschlechtsumwandlung – und wahrscheinlich eine andere Hautfarbe – nötig wäre.

Um zu beweisen, daß er nicht gefügig den Bitten einer Frau nachkam, ließ uns Tom Coulter zehn Minuten warten. Eileen studierte stirnrunzelnd die Friendship-Akte, Dr. Barnes ging ihre Post durch, und ich versuchte, auf dem unbequemen Plastikstuhl nicht einzuschlafen.

Plötzlich wehte ein elegant gekleideter, braunhaariger Mann, Mitte Dreißig herein. »Was gibt's, Phil?«

»Tod einer Mutter und ihres Neugeborenen im Friendship V, Schaumburg, vor vier Wochen, Tom. Wann wird uns ein Bericht darüber vorliegen?«

»Phil, ehrlich gesagt, ich weiß nicht, warum du dich dafür interessierst.«

Sie deutete auf mich. »Ms. Warshawski vertritt einen der Angeklagten in einem Prozeß, in dem es um das tote Mädchen geht. Für sie ist unser Bericht von unbestreitbarer Bedeutung.«

Coulter lächelte mich unverschämt an. »Prozeß? Ist Friendship angeklagt?«

Ich imitierte so gut ich konnte Dicks muffige Anwaltsmanieren. »Ich habe mit keinem der Anwälte des Krankenhauses Rücksprache gehalten, Mr. Coulter.«

»Also, Phil, ich bin noch nicht draußen gewesen. Aber denk dir nichts, wir haben alles unter Kontrolle.«

Sie sah ihn schief an. »Ich möchte eine genaue Zeitangabe. Heute noch.«

»Natürlich, Phil. Ich werde sofort mit Bert darüber sprechen, werd' ihm sagen, daß du eine genaue Zeitangabe willst.«

Sie ließ den Bleistift, den sie in ihren langen Fingern gehalten hatte, auf den Schreibtisch fallen. »Mach das, Tom. Mehr gibt es nicht zu besprechen.«

Er ignorierte sie und sah mich an. »Wer ist Ihr Klient?«

Bevor ich antworten konnte, ergriff Dr. Barnes das Wort. »Ich werde Ms. Warshawski erklären, wie sie dein Büro findet, wenn du mit ihr reden willst, bevor sie geht.« Sie hatte so bestimmt gesprochen, daß Coulter nachgeben und das Zimmer verlassen mußte.

Er grinste mich wieder unverschämt an. »Links um die Ecke. Schaun Sie einen Sprung vorbei, bevor Sie gehen.«

Ich bemerkte die zusammengepreßten Lippen der Ärztin. »Was ist los?«

»Bert McMichaels ist unser Chef – Toms und meiner. Er ist ein netter alter Mann, und Tom geht mit ihm regelmäßig einen heben. Ich weiß nicht, warum er sich wegen der Krankenhausinspektion so anstellt, aber ich kann Lotty nicht versprechen, daß sie in der nächsten Zeit einen Bericht bekommen wird. Bitte entschuldigen Sie mich, aber ich habe einen Termin. Grüßen Sie Lotty und sagen Sie ihr, daß es mir leid tut.«

Ich stand auf, dankte den beiden, verließ das Zimmer, bog links um die Ecke und betrat Coulters Büro. Im Unterschied zu Philippas Büro war seines modern eingerichtet, alles neu und hell. Coulter war ein Anhänger der alten Maxime, daß der Schreibtisch ebenso wie der Geist absolut leer zu sein habe. Er telefonierte, Füße auf dem Schreibtisch, winkte mich herein und bedeutete mir, mich zu setzen. Ich sah auf meine Uhr; als er fortfuhr mich für weitere drei Minuten mit seiner Bedeutsamkeit beeindrucken zu wollen, stand ich wieder auf und sagte ihm, er könne meine Telefonnummer über Dr. Barnes in Erfahrung bringen.

Im Büro der Sekretärin holte er mich ein. »Tut mir leid, Ms. – ich habe Ihren Namen nicht verstanden. Dr. Barnes nuschelt so, wissen Sie.«

»Ist mir nicht aufgefallen. Warshawski.«

»Wer ist Ihr Mandant, Ms. Warshawski? Das Krankenhaus?«

Ich lächelte. »Meine Mandanten hätten keinen Grund mehr, mir zu vertrauen, wenn ich ihre Angelegenheiten in der Öffentlichkeit ausposaune, nicht wahr, Mr. Coulter?«

Er tätschelte mir den Arm. »Ich weiß nicht. Ich bin sicher, einer so hübschen Frau wie Ihnen würde man alles verzeihen.«

Ich lächelte immer noch. »Sie bringen mich in Verlegenheit, Mr. Coulter. Selbstverständlich schmeichelt es mir, wenn Sie mich hübsch nennen. Aber gerade wenn man so fantastisch aussieht, muß man andererseits darauf achten, die Menschen nicht mit seiner Schönheit so zu blenden, daß sie das Gesetz mißachten. Meinen Sie nicht auch?«

Er blickte mich verständnislos an und lachte dann auf. »Warum erzählen Sie mir nicht mehr davon beim Mittagessen?«

Ich musterte ihn. Was wollte er von mir? »Wenn es nicht zu lange dauert.«

Er eilte mit mir den Gang hinunter zum Aufzug. Auf der Fahrt zur Parkgarage im Erdgeschoß erklärte er mir – ein Wink mit dem Zaunpfahl –, daß es keinen ruhigen Ort in diesem Gebäude gebe, er aber ein kleines, intimes Restaurant nicht weit entfernt kenne.

»Ich lege keinen Wert auf Intimität mit Ihnen, Mr. Coulter. Und meine Zeit ist begrenzt. Das einzige, was mich wirklich interessiert, ist Ihr Bericht über den Tod von Consuelo Hernandez im Friendship V, Schaumburg. Oder wenn dieser ausbleibt, der Grund, warum Sie ihn nicht vorlegen.«

»Aber, aber.« Als sich die Fahrstuhltüren öffneten, nahm er meinen Arm und begann mich in Richtung Ausgang zu führen. Ich gab meiner Tasche mit der schweren Smith & Wesson drin einen Stoß mit meiner freien Hand und sie schwang gegen seinen Magen. Er ließ meinen Arm los, beäugte mich argwöhnisch und ging zum Ausgang. Ich war nicht überrascht, als er mir vorschlug, ein Taxi zu nehmen und ein Stück weit Richtung Norden zu fahren.

Ich schüttelte den Kopf. »Soviel Zeit habe ich nicht. Eine der Bars hier in der Gegend wird's auch tun.«

Wir gingen ein paar Blocks Richtung Osten. Coulter quasselte unentwegt und betrat dann ein kleines dunkles Restaurant Ecke Randolph / Dearburn Street, in dem ein Höllenlärm herrschte und dicke Rauchschwaden in der Luft hingen.

»Wollen Sie wirklich hierbleiben?« schrie er mir ins Ohr.

Ich blickte ihm voll ins Gesicht. »Was wollen Sie wirklich, Mr. Coulter?«

Er setzte wieder sein unverschämtes Grinsen auf. »Ich möchte den wahren Grund herausfinden, warum Sie ins Amt für Umwelt und Gesundheit gekommen sind. Sie sind eine Privatdetektivin, keine Anwältin, Ms. Warshawski, nicht wahr?«

»Ich bin Rechtsanwältin, Mr. Coulter. Ich bin ein Mitglied der Anwaltskammer des Staates Illinois. Sie können sich dort erkundigen. Und was ich wirklich will, ist der Bericht über den Tod von Consuelo Hernandez und ihrer Tochter.«

Eine gestreßte Kellnerin führte uns zu einem freien Tisch, knallte uns die Speisekarten hin und hetzte weiter. Eine andere Kellnerin, beladen mit Tellern mit Pommes frites und Sandwiches, stieß gegen meinen Stuhl. Ein Mittagessen, wie ich es liebte: Fett, Kohlehydrate und Konservierungsstoffe. Nach dem Bauchumfang der Staatsbeamten in meiner Nähe zu schließen, mochten sie es auch. Ich bestellte Hüttenkäse. Coulter grinste noch immer.

»Aber Sie arbeiten nicht als Rechtsanwältin, oder? Sie stellen Nachforschungen an. Ich möchte wissen, welche.«

Ich nickte. »Ich versuche herauszufinden, warum Sie das interessiert.« Außerdem hätte ich gerne gewußt, wie er von meiner Existenz als Privatdetektivin erfahren hatte, aber ihn danach zu fragen, hatte wenig Sinn.

»Oh, das ist schnell erklärt. Wir arbeiten vertraulich. Ich kann nicht zulassen, daß Sie versuchen, von meinen Angestellten Informationen zu erhalten, ohne daß ich weiß warum.«

Ich zog die Augenbrauen in die Höhe. »Ich wußte gar nicht, daß Dr. Barnes Ihre Angestellte ist.«

Einen Moment lang war ihm unbehaglich, dann hatte er sich wieder im Griff. »Nicht sie. Eileen Candeleria.«

»Mein Mandant hat ein besonderes Interesse an Ihrer Untersuchung der Vorfälle im Friendship Hospital. Wenn Ihr Bericht, dem Freedom of Information Act entsprechend, nicht einsehbar ist, besteht die Möglichkeit, daß ich ihn beschlagnahmen lasse. Die Tatsache, daß Sie Schwester Candelerias Kontrollbesuch abgesagt und Ihrerseits keinen anberaumt haben, ist höchst interessant. Ihr Verhalten gibt zu allerhand Spekulationen Anlaß. Ich kann mir sogar vorstellen, daß sich die Zeitungen dafür interessieren würden. Nicht allzu viele Leute wissen, daß der Staat verpflichtet ist, Fälle dieser Art zu untersuchen. Wie dem auch sei, ein solcher Fall ist immer ein heißes Thema, und ich wette mit Ihnen, daß der *Herald-Star* oder die *Tribune* eine gute Geschichte draus machen wird. Nur schade, daß Sie so ein rundes Gesicht haben – Sie werden auf den Fotos nicht gerade vorteilhaft aussehen.«

Die Kellnerin brachte unser Essen. Coulter stocherte ein paar Minuten mit der Gabel darin herum, sah dann auf die Uhr und zwang sich zu der Andeutung eines Grinsens.

Mir ist gerade eingefallen, daß ich mit jemandem verabredet bin. War nett, Sie kennenzulernen, Ms. Warshawski.«

Er ließ mich sitzen, ohne zu zahlen.

23 Bindegewebe

Um zwei Uhr versuchte ich wieder, Peter Burgoyne zu erreichen. Er war in seinem Büro, telefonierte aber gerade. Ich sagte seiner Sekretärin, ich würde warten.

»Es wird länger dauern«, warnte sie mich.

»Dann werde ich eben länger warten.« Ich saß an meinem Schreibtisch im Büro, einen Haufen Post vor mir, und nutzte die Wartezeit, um Wichtiges von Unwichtigem zu trennen. Als sich Peter endlich meldete, klang er heiser und erschöpft. »Ich habe jetzt keine Zeit, Vic. Ich werde dich später anrufen.«

»Ja, das hab ich mir schon gedacht, daß du nicht mit mir sprechen willst. Aber es wird nicht lange dauern. Consuelos Akte. Kannst du das heute erledigen? Ich möchte Lotty nicht sagen müssen, daß sie eine richterliche Verfügung braucht, um sie einsehen zu können.«

»Oh.« Er klang noch müder. »Wir haben heute morgen auch eine Vorladung bekommen. Consuelos Akte ist beschlagnahmt worden. Ich fürchte, Dr. Herschel wird den Rechtsweg beschreiten müssen, um sie einzusehen.«

»Beschlagnahmt? Heißt das, daß jemand gekommen ist und sie mitgenommen hat?«

»Nein, nein«, antwortete er geduldig. »Wir machen das selbst, holen sie aus der Verwaltung und verschließen sie, so daß niemand dran kann.«

»Ich verstehe. Tut mir leid, dich aufgehalten zu haben. Du klingst, als ob du ins Bett gehörtest.«

»Ich weiß. Ich sollte überall sein, bloß nicht hier. Ich – ich werde dich anrufen, in ein paar Tagen.«

»Oh, Peter, bevor du gehst: Wie gut kennst du Richard Yarborough?«

Er zögerte ein bißchen zu lange mit seiner Antwort. »Hast du gesagt Richard? Wie war der Nachname? Ich hab noch nie von ihm gehört.«

Ich legte auf und starrte gedankenversunken vor mich hin. Beschlagnahmt? Ich rief Lotty an.

»Hast du heute abend Zeit? Ich möchte mit dir reden – über Consuelos Akte.«

Wir verabredeten uns zum Abendessen um sieben im Dortmunder Restaurant des Chesterton Hotels. Ich warf die Post in den Papierkorb und wollte gehen, als das Telefon klingelte. Es war Dick, er hatte einen Wutanfall.

»Wieso hetzt du mir die Journalisten auf den Hals?«

»Dick, wie schön von dir zu hören. Du hast mich nicht mehr so oft angerufen, seit damals vor fünfzehn Jahren, als du meine Strafrechtsunterlagen kopieren wolltest.«

»Verdammt noch mal, Vic! Du hast diesem verdammten Schweden vom *Herald-Star* erzählt, ich hätte die IckPiff-Akten, oder?«

»Scheint erst fünf oder sechs Stunden her zu sein, daß du mich gefragt hast, ob ich sie hätte. Warum wirst du so wütend, wenn jemand dir die gleiche Frage stellt?«

»Darum geht es nicht. Die Akten meiner Mandanten sind vertraulich. Genau wie ihre Identität.«

»Ja. Vertraulich für dich. Aber, mein Lieber, ich arbeite nicht für deine Firma. Und ich gehöre nicht dir. Ich bin in keiner Weise dazu verpflichtet – weder rechtlich noch geistig, körperlich oder ethisch –, ihre Privatsphäre zu schützen.«

»Na gut, und wenn wir schon über Vertraulichkeit reden, hast du heute morgen Alan Humphries im Krankenhaus angerufen und so getan, als wärst du Harriet?«

»Harriet? Du behauptest doch dauernd, sie heißt Terri. Oder ist es schon wieder die nächste?« Ich hörte ihn fast mit den Zähnen knirschen und lächelte genüßlich.

»Du weißt sehr gut, daß Harriet meine Sekretärin ist. Humphries hat mittags hier angerufen und wollte wissen, warum sie sich nicht mehr gemeldet hätte. Und nach einiger Zeit sind wir draufgekommen, daß sie ihn heute überhaupt noch nicht angerufen hat. Mein Gott, es wär mir die größte Freude, dich vor Gericht zu sehen, weil du die IckPiff-Akten gestohlen hast.«

»Wenn du meinst, daß du es mir nachweisen kannst, dann tu's auf alle Fälle. Ich freu mich schon drauf, wie sich die Leute vom Krankenhaus im Zeugenstand drehen und winden werden, um zu erklären, wie sie dir die Akten zurückbeschafft haben.« Ich war wirklich begeistert. »Und es wäre ein großer Tag für die Zeitungen, du als der Ankläger und einer deiner Partner als mein Verteidiger. Oder dürfte Freeman meine Verteidigung nicht übernehmen? Kannst du mich nicht zu ihm durchstellen, damit ich das gleich mit ihm bespreche, während –«

Er knallte den Hörer auf, und ich lachte leise vor mich hin. Ich wartete ein paar Minuten, den Blick hoffnungsvoll aufs Telefon gerichtet, und schon klingelte es.

»Murray«, sagte ich, bevor der Anrufer sprechen konnte.

»Vic, das gefällt mir nicht. Ich mag es nicht, wenn du die Fäden ziehst und die Puppen tanzen läßt. Woher wußtest du, daß ich es bin?«

»Telepathische Kräfte«, antwortete ich munter. »Mein heißgeliebter Ex-Mann hat kurz vor dir angerufen. Er war ein bißchen ärgerlich über deine Fragen – hat dich auf seine charmante Art mit ›dieser verdammte Schwede‹ tituliert.«

»Yarborough ist dein Ex-Mann? Ich wußte gar nicht, daß du verheiratet warst. Und noch dazu mit so einem Riesenarschloch wie dem? Hast du mich deshalb auf ihn gehetzt? Um dich für eine schlechte Regelung der Unterhaltszahlung zu rächen?«

»Weißt du, Murray, ich sollte eigentlich auflegen. Das war geschmacklos. Wir sind seit zehn Jahren geschieden. Ich denke kaum mehr an den Typ. Nur wenn ich Verstopfung habe.«

»Du weißt mehr, als du mir erzählt hast. Yarborough hat die IckPiff-Akten – hat nicht viel Mühe gekostet, das aus einer Sekretärin rauszubringen, die nicht an Journalisten gewöhnt ist. Aber ich möchte wissen, was los ist. Du kannst dir gar nicht vorstellen, wie er reagiert hat. Außerdem hat er dich beschuldigt, sie als erste geklaut zu haben. Möchtest du dazu etwas sagen, bevor ich die Geschichte bringe?«

Ich überlegte einen Augenblick. »Ms. Warshawski, die erfolgreiche Privatdetektivin, erreichten wir gestern abend in ihrem Büro. Auf die Anschuldigungen seitens Crawford, Meade entgegnete sie auf lateinisch: ›Ubi argumentum?‹ und schlug vor, daß ihr gelehrter Kollege die Anschuldigung in der Pfeife rauchen könne.«

»Vic, komm schon. Was hat es mit den IckPiff-Akten auf sich? Warum ist ein Zweihundert-Dollar-die-Stunde-Mann wie Yarborough der Rechtsbeistand eines Gangsters wie Dieter Monkfish?«

»Die Verfassung garantiert die freie Wahl des Verteidigers.«

»Diese juristische Scheiße interessiert mich nicht, Warshawski. Ich will mit dir reden. Ich seh dich in einer halben Stunde im Golden Glow.«

Das Golden Glow war so etwas wie mein Club. Es ist eine Bar am südlichen Loop, die nur ernsthafte Trinker aufsuchen. Sal Barthele, die Besitzerin, bietet zwanzig verschiedene Biersorten und fast ebenso viele Whiskeysorten an, aber sie serviert keine Quiches oder sonstigen exotischen Schnickschnack. Nachdem sie sich zwei Jahre strikt geweigert hatte, gab sie schließlich widerwillig nach und führte Perrier ein; diejenigen, die es bestellen, werden nicht von ihr, sondern von dem Mädchen hinter der Bar bedient.

Sal saß an der hufeisenförmigen Mahagonitheke und las das *Wall Street Journal*, als ich hereinkam. Sie nimmt ihre Investitionen nicht auf die leichte Schulter, deshalb verbringt sie so viel Zeit in der Bar, anstatt sich aufs Land zurückzuziehen. Sal überragt mich um Haupteslänge und besitzt die ihrer Größe entsprechende fürstliche Haltung. Niemand benimmt sich daneben im Golden Glow, wenn Sal anwesend ist. Ich unterhielt mich mit ihr, bis Murray eintraf. Er und Sal sind ein Herz und eine Seele, seit ich ihn vor vier oder fünf Jahren zum erstenmal mit hierhergebracht hatte. Sie hat Holsten Bier nur für ihn auf Lager. Er kam auf uns zu, um uns zu begrüßen; sein Gesicht unter seinem rothaarigen Bart war von der Hitze gerötet. Wir nahmen unsere Getränke – zwei Flaschen Bier für ihn und einen doppelten Whiskey und Wasser für mich – mit zu einem der kleinen Tische und knipsten die Lampe an, die darauf stand. Der Lampenschirm aus echtem Tiffany-Glas verbreitete ein warmes goldenes Licht, dem die Bar ihren Namen verdankte.

Murray wischte sich das Gesicht ab. »Wann wird diese Hitze endlich aufhören?«

Ich trank zuerst das Wasser, nahm dann einen Schluck Whiskey und spürte, wie sich eine wohltuende Wärme in meinen Armen und Fingern ausbreitete. »Winter wird's noch schnell genug.« Gleichgültig, wie heiß es wird, ich liebe den Sommer. Wahrscheinlich dominieren die italienischen Heißwetter-Gene meiner Mutter über die eisigen Gene meines polnischen Vaters.

Murray leerte die erste Flasche in einem Zug. »Also, Ms. Warshawski. Ich will die Wahrheit, nichts als die Wahrheit, und zwar die ganze.«

Ich schüttelte den Kopf. »Ich kenne sie nicht. Irgendwas ist faul, und ich fange erst allmählich an dahinterzukommen. Ich erzähle dir nur, was ich weiß, wenn du mir versprichst, nichts darüber zu bringen.«

Murray nahm einen Schluck aus der zweiten Flasche. »Für achtundvierzig Stunden.«

»Solange, bis ich klarer sehe was los ist.«

»Eine Woche. Und wenn die *Trib* oder die *Sun-Times* vorher etwas bringt, kriegst du von mir in Zukunft nicht einmal mehr Fotos aus dem Leichenschauhaus.«

Sein Angebot gefiel mir nicht, aber ich brauchte Hilfe. »Okay. Eine Woche, von jetzt an, vier Uhr nachmittags. Folgendes: Wie du weißt, hat Dieter Monkfish vor ein paar Wochen seine Anhänger dazu veranlaßt, Lottys Praxis zu stürmen. Ich ging abends aufs Gericht, um meinen Nachbarn, einen in die Irre geleiteten Don Quixote namens Contreras, aus dem Gefängnis zu holen. Dick war ebenfalls da und hat Dieter Monkfish freibekommen. Wie du schon am Telefon so zwingend gefolgert hast, ist Dick einige Nummern zu groß für Dieter. Deshalb wurde ich neugierig.« Ich trank noch einen Schluck Whiskey. Kein Getränk für heißes Wetter, aber er tat gut.

»Irgend jemand mußte seine Rechnung zahlen, und ich wollte wissen wer. Ich habe versucht, es rauszukriegen bei Crawford, Meade und bei IckPiff. Nachdem mir keiner was gesagt hat, bin ich hingegangen und hab mir die Akten geholt in der Hoffnung, in ihnen die Antwort zu finden – danach wollte ich sie zurückbringen.«

Murray hörte mir konzentriert zu und nickte; er weiß, wann ich meine, was ich sage.

»Zwei Personen wußten, daß ich die Akten hatte, weil sie mich damit nach Hause kommen sahen. Mein Nachbar, Mr. Contreras, und ein Arzt, der an einem Krankenhaus in einem Vorort im Nordwesten arbeitet und mit dem ich befreundet bin. Dem Doktor gefiel mein Einbruch und Aktendiebstahl nicht. Er lud mich zu sich nach Hause ein. Als ich am Samstagmorgen zurückkam, war meine Wohnung aufgebrochen, Mr. Contreras hatte ein Loch im Kopf, und die Akten waren verschwunden.«

»Der Arzt. Oder vielleicht Mr. Contreras, dem seine Mitverschwörer ein Bein gestellt haben.«

»Du müßtest ihn sehen. Er ist ungefähr fünfundsiebzig, ein pensionierter Maschinenschlosser, und seine Vorstellung von Raffinesse besteht darin, mit einer Rohrzange auf seine Feinde loszugehen. Es konnte nur der Doktor sein. Also habe ich heute vormittag als Dicks Sekretärin das Krankenhaus angerufen und meine Antwort bekommen – Crawford, Meade sind die Anwälte des Krankenhauses. Und das Krankenhaus zahlt Dieter Monkfishs Rechnung.«

Murray runzelte die Stirn. »Warum?«

»Das weiß ich nicht. Und da ist noch etwas anderes.« Ich schilderte ihm kurz die Geschichte von Consuelos Tod und der Anklage gegen Lotty und warum sie unbedingt den Friendship-Bericht brauchte. »Also habe ich mich heute vormittag in die Fänge des Staates begeben und erfahren, daß bislang wegen Consuelos Tod kein Inspektionsbesuch erfolgt ist, der, wenn Mutter und Kind ums Leben kommen, die Regel ist. Aber ich weiß nicht, ob der Typ, der die Inspektion abgesagt hat – ein aalglatter Kerl namens Tom Coulter –, die Leute vom Friendship kennt. Oder warum das eine Rolle spielen sollte.«

Ich trank den letzten Schluck, schüttelte aber den Kopf, als Sal mit der Flasche auf mich zukam. Ich mußte noch mit Lotty zu Abend essen, und sie mag es nicht, wenn ich angetrunken aufkreuze. Murray bestellte noch ein Bier. Aber er ist immerhin dreißig Zentimeter größer und neunzig Pfund schwerer als ich.

»Also was zum Teufel geht hier vor? Gibt es irgendeine Verbindung zwischen IckPiff, Monkfish und der Untätigkeit des Amts für Umwelt und Gesundheit? Oder wie oder was?«

Murray warf mir einen ernsten Blick zu, bevor er die dritte Flasche an den Mund führte. »Ja. Ich verstehe. Bevor wir das nicht wissen, hat es keinen Sinn, auch nur eine Silbe darüber zu schreiben.«

Ich war froh, daß er »wir« gesagt hatte – ich brauchte ihn. »Wie wär's, wenn ich versuche rauszufinden, was im Friendship los ist, und du bringst in Erfahrung, ob Tom Coulter Peter Burgoyne kennt? Und warum er ihm einen Gefallen tun sollte.«

»Du mußt nur sagen, was ich tun soll. Dein Wunsch ist mir Befehl. Ich will nicht, daß irgend jemand Wind von der Sache kriegt, bevor der Fall gelöst ist.«

24 Müllbeseitigung

Lotty wartete schon auf mich. Nach meinem Treffen mit Murray war ich nach Hause gefahren, hatte geduscht und drei Stunden meines verlorenen Schlafes nachgeholt. Der Whiskey mitten am heißen Nachmittag hatte mir die Lust auf Alkohol verdorben, deshalb verzichtete ich auf Wein.

Lotty grinste mich boshaft an. »Stimmt irgendwas nicht, meine Liebe? Es ist das erstemal, daß ich dich bei einem Essen erlebe, ohne daß du was Alkoholisches zu dir nimmst.«

»Alles in Ordnung, Doktor. Wie ich sehe, hast du deine gute Laune wiedergefunden.«

Nachdem ich mittags von dem Hüttenkäse nicht sehr viel gegessen hatte, gönnte ich mir ein Kalbskotelett mit Bratkartoffeln, Lotty bestellte einen Meeresfrüchtesalat und Kaffee. Nach dem Essen erzählte ich ihr, was ich während des Tages in Erfahrung gebracht hatte. »Was ich wissen will, ist folgendes: Glaubst du, daß sie die Akte eines Patienten, dessen Fall gerichtlich untersucht wird, wirklich sicherstellen?«

»Jedes Krankenhaus handhabt so einen Vorgang anders. Wenn du möchtest, erkundige ich mich bei Max Loewenthal vom Beth Israel.« Max war der Verwaltungsdirektor dort.

»Was ich außerdem noch wissen will, ist, wo finde ich Consuelos Akte – irgendwo in den Verwaltungsräumen oder tatsächlich sichergestellt in Alan Humphries' Büro zum Beispiel?«

»Ich werde Max fragen, und mach dir keine Gedanken: Ich werde ihm nichts von deinen Plänen erzählen.«

Sie ging telefonieren. Normalerweise kommt sie mir immer moralisch, wenn ich versuche, Beweise aufzutreiben ohne Durchsuchungsbefehl. Aber sie wollte unbedingt den Bericht über Consuelos Behandlung, und deshalb half sie mir. Geistesabwesend bestellte ich eine Haselnußtorte für sie und einen Himbeerkuchen für mich. Als sie zurückkam, hatte ich meinen Kuchen bereits gegessen und überlegte, ob ich mir nicht auch noch ihre Torte genehmigen sollte.

»Klingt plausibel, daß sie den Bericht gesondert weggeschlossen haben. Aber mir ist etwas eingefallen. Wenn die Akte noch im Archiv ist, wirst du sie wahrscheinlich nicht finden.«

»Wieso? Sind sie nicht alphabetisch geordnet?«

Sie schüttelte den Kopf. »Die meisten Krankenhäuser ordnen die Patientenakten nach Nummern. Jeder Patient erhält bei der Aufnahme eine Nummer. Die letzten beiden Zahlen sind entscheidend, danach werden die Akten sortiert. Wenn du Consuelos Nummer nicht weißt, wirst du ihre Akte nicht finden, außer du würdest alle Akten durchgehen, und das würde Wochen dauern.«

»Wie werden die Nummern zugeteilt? Nach dem Zufallsprinzip durch den Computer? Dann muß ich das System knakken, um ihre Nummer herauszufinden. Dazu würde ich länger brauchen, als wenn ich alle Akten durchginge.«

Sie nickte. »Ich kenne dich, Vic. Du denkst an etwas.«

»Danke Lotty. In meinem derzeitigen Zustand der Ratlosigkeit bin ich für jeden Zuspruch dankbar.«

Wir zahlten und fuhren ins Beth Israel. Dank Lotty konnte ich zu Mr. Contreras, obwohl die Besuchszeit längst vorbei war. Er saß mit dick verbundenem Kopf aufrecht im Bett und sah sich ein Baseballspiel an. Bei meinem Anblick hellte sich seine Miene auf, und er schaltete das Gerät aus.

»Eine Freude Sie zu sehen, Mädchen. Wie geht's Ihnen? Ich bin ein ziemlicher Versager, nicht wahr? Sie haben sich auf mich verlassen, und ich hab's vermasselt. Das hätte auch diese Flasche von Arzt geschafft, mit der Sie sich angefreundet haben.«

Ich ging an sein Bett und gab ihm einen Kuß. »Sie sind kein Versager. Ich mache mir schwere Vorwürfe, weil ich zugelassen habe, daß man Ihnen ein Loch in den Kopf schlägt. Bevor Sie in Rente gingen, muß man Ihnen noch einen Schädel aus rostfreiem Stahl eingesetzt haben, sonst hätten Sie nicht innerhalb von vierzehn Tagen zwei Schläge auf den Kopf einstecken können, ohne mit der Wimper zu zucken.«

Er strahlte übers ganze Gesicht. »Das war nichts im Vergleich zum Streik von 1958, als man Streikbrecher auf uns hetzte. Damals hatte ich eine Gehirnerschütterung, drei gebrochene Rippen und ein gebrochenes Bein. Clara war sich sicher, daß sie endlich meine Lebensversicherung kassieren könnte.«

Sein Gesicht umwölkte sich. »Ich frage Sie, wie konnte eine

Frau wie Clara ein Kind wie Ruthie auf die Welt bringen? Sie war die beste Frau, der ich je begegnet bin, und jetzt habe ich diese unglaublich sauertöpfische und zänkische Tochter. Sie will mich dazu zwingen, bei ihr zu leben. Behauptet, ich bin nicht in der Lage, für mich selbst zu sorgen und will jetzt eine gerichtliche Verfügung oder so was erwirken. Oder dieser Joe Marcano, dieser Waschlappen von Mann, den sie geheiratet hat, soll das für sie erledigen. Wenn man alt ist, behandeln sie einen wie ein kleines Kind.«

Ich mußte lächeln. »Vielleicht können Dr. Herschel und ich Ihnen helfen. Wenn Sie jemand brauchen, der sich eine Weile um Sie kümmert, dann kommen Sie mit zu mir. Vorausgesetzt, Sie stören sich nicht an dem schmutzigen Geschirr.«

»Ich kann das Geschirr für Sie spülen. Als Clara noch lebte, hab ich im Haushalt keinen Finger krumm gemacht. Hab immer gedacht, das ist Weibersache. Aber jetzt mach ich das sogar gern, offen gestanden. Ich koche gern und bin, wie Sie wissen, ein guter Koch.«

Zwei Schwestern kamen herein, um ihn zu überreden, endlich zu schlafen. Daß sie zu zweit kamen, war ein Zeichen dafür, daß er zu den beliebteren Patienten gehörte – Schwestern halten sich immer länger bei den netten Patienten auf, und wer könnte ihnen das verübeln? Sie machten ihre Späße mit ihm, baten ihn zu schlafen, nicht nur zu seinem eigenen Besten, sondern damit auch die anderen Patienten auf der Station endlich zur Ruhe kämen. Ich verabschiedete mich, sah noch kurz bei Lotty auf der Neugeborenenstation vorbei und fuhr nach Hause.

Vorsichtig schlich ich die Treppe zu meiner Wohnung hinauf, den Revolver in der Hand. Aber niemand fiel über mich her, die Wohnung war unverändert. Ich ging ins Bett und hoffte, daß Lottys Vertrauen in mich gerechtfertigt wäre und mir im Schlaf eine durchschlagende Idee einfallen würde. Ob meine Hoffnung erfüllt wurde, muß im dunkeln bleiben, denn bevor ich langsam aufwachen und mich an meine Träume erinnern konnte, klingelte schrill das Telefon. Ich griff nach dem Hörer und blickte dabei automatisch auf den Wecker: halb sieben. Ich sollte diesen Sommer wohl mehr Sonnenaufgänge miterleben dürfen als in den letzten zehn Jahren zusammengenommen.

»Ms. Warshawski. Habe ich Sie aufgeweckt?« Es war Detective Rawlings.

»Sie haben, aber ich kann mir nicht vorstellen, von wem ich lieber geweckt würde, Detective.«

»Ich bin ganz in Ihrer Nähe und würde gern einen Augenblick vorbeikommen. Aber ich dachte, ich rufe besser vorher an.«

»Und deswegen sind Sie die ganze Nacht aufgeblieben?«

»Ich war den Großteil der Nacht über auf, aber nicht nur wegen Ihnen. Sie stehen ziemlich am Schluß meiner Liste.«

Ich wankte in die Küche und stellte Kaffeewasser auf, spülte ab und zog Jeans und ein T-Shirt an, und weil schließlich die Polizei ins Haus kam, auch einen BH. Als Rawlings eintraf, sah man ihm deutlich an, daß er nicht viel geschlafen hatte. Sein schwarzes Gesicht war grau vor Erschöpfung, und er trug noch das zerknitterte Hemd vom Vortag.

Ich zog die Augenbrauen in die Höhe. »Sie sehen nicht gerade wie das blühende Leben aus. Kaffee?«

»Nur wenn Sie mir versprechen, daß Sie die Tasse gründlich gespült haben.« Er ließ sich auf einen Stuhl fallen. »Wo waren Sie letzte Nacht zwischen dreiundzwanzig und ein Uhr?«

»Diese Art von Fragen ist mir die liebste. Sich ohne besonderen Grund rechtfertigen zu müssen.« Ich ging zum Kühlschrank, um etwas Eßbares zu suchen, fand aber nur ein Glas mit verschimmelten Blaubeeren, die ich in den Abfall warf.

»Warshawski, ich weiß, wie Sie mit Lieutenant Mallory umgehen. Sie spielen den Clown, und er wird rot und spuckt große Töne. Dazu fehlt mir die Geduld. Und erst recht die Zeit.«

»Sie wissen gar nichts. Bei der Polizei bekommt ihr nur schlechte Manieren. Ihr seid so daran gewöhnt, daß die Leute vor euch zittern und auf alles antworten, wonach ihr sie fragt, daß ihr vergeßt, daß ihr kein Recht habt zu fragen oder zumindest kein Recht zu fragen, ohne einen Grund dafür zu nennen. Und wenn euch jemand über den Weg läuft, der seine Rechte etwas besser kennt, werdet ihr sauer. Ich werde Ihnen bereitwillig sagen, wo ich letzte Nacht war, wenn Sie mir einen legitimen Grund nennen können, warum Sie das interessiert. Im Moment kann ich mir nur vorstellen, daß Sie meinem Ex-Mann dabei helfen, mich zu verleumden. Oder Sie haben sich in mich verknallt und sind eifersüchtig.«

Er schloß die Augen und rieb sich die Stirn, bevor er einen Schluck Kaffee trank. »Fabiano Hernandez wurde letzte Nacht erschossen. Der Gerichtsmediziner ist der Meinung, daß es zwischen elf Uhr abends und ein Uhr früh gewesen sein muß. Ich frage alle, von denen ich weiß, daß sie auf Kriegsfuß mit dem Idioten standen, wo sie gewesen sind. Also, wo waren Sie?«

»Eine Bandenfehde?«

Er zuckte die Achseln. »Kann sein, aber ich glaube nicht. Sieht nicht danach aus. Er wurde aus nächster Nähe erschossen, als er diese Kneipe verließ, in der er sich immer rumgetrieben hat – El Gallo. Jemand, der ihn kannte. Könnte Sergio gewesen sein. Wir haben ihn festgenommen. Könnten die Brüder des toten Mädchens gewesen sein. Wir sprechen mit ihnen. Sie haben sich auch nicht besonders gut mit ihm verstanden. Ich möchte wissen, ob Sie es waren.«

»Ich geb's zu. In meiner Wut, weil er meine gute Freundin Dr. Herschel angezeigt hat, habe ich ihn erschossen in der Hoffnung, daß seine Familie nicht weiß, daß der Prozeß zur Erbschaft gehört und daß sie ihn auch ohne Fabiano betreiben kann.«

»Machen Sie sich nur lustig, Warshawski. Jemand hat sich ins Fäustchen gelacht, während wir die ganze Nacht auf waren. Das könnten Sie gewesen sein. Wenn ich ernstlich annehmen würde, daß Sie ihn erschossen haben, würde ich im Revier mit Ihnen reden, nicht hier in Ihrer Küche und ohne Zeugen. Der Kaffee ist übrigens sehr gut.«

»Danke. Wiener Mischung. Ich war hier und habe geschlafen. Ein beschissenes Alibi, weil ich allein war. Niemand hat angerufen.«

»Sie gehen mit den Hühnern schlafen und stehen mit ihnen auf? Paßt nicht zu Ihrem Charakter.«

»Normalerweise nicht. Aber aufgrund des Stresses der letzten Tage habe ich ein gewisses Schlafdefizit. Ich kam um halb zehn nach Hause und habe geschlafen, bis Sie mich anriefen.«

»Sie haben eine Waffe. Welches Fabrikat?«

»Smith & Wesson, neun Millimeter, Halbautomatik.«

Er sah mich ruhig an. »Ich muß sie mitnehmen.«

»Sie brauchen mir nicht zu sagen warum. Fabiano wurde mit einer Waffe dieses Fabrikats erschossen.«

Er nickte.

Ich holte den Revolver aus dem Schlafzimmer. »Sie ist seit letzter Woche, als ich beim Übungsschießen war, nicht mehr abgefeuert worden. Aber davon werden Sie sich selbst überzeugen wollen. Kann ich eine Quittung haben?«

Er schrieb schwerfällig eine Quittung aus und reichte sie mir. »Ich muß Sie nicht darauf hinweisen, daß Sie die Stadt nicht verlassen dürfen?«

»Nein, Detective, müssen Sie nicht. Solange es sich um die Region Chicago handelt und nicht nur das Stadtgebiet.«

Er verzog das Gesicht. »Danke für den Kaffee, Warshawski.«

25 Datenschutz

Der Müll in meiner Küche hing mir zum Hals raus. Hier konnten nur noch nicht allzu heikle Ratten oder Kakerlaken frühstücken. Ich kehrte dem Schlachtfeld den Rücken und ging ins Belmont Diner und bestellte Pfannkuchen mit Blaubeeren, eine doppelte Portion Schinken, Toast mit einer Unmenge Butter und Kaffee. Schließlich lebt man nur einmal und kann danach noch ewig fasten.

Fabiano Hernandez war erschossen worden. Zu spät. Jetzt nützte sein Tod niemandem mehr. Ich las eine kurze Notiz über den Mord auf der letzten Seite des *Herald-Star*. Jeden Tag wird in Chicago ein Jugendlicher umgebracht, und Fabiano war kein hochgelobter Basketballspieler und auch kein Wunderkind gewesen, über den man einen ausführlichen, tränentreibenden Nachruf geschrieben hätte.

Während der dritten Tasse Kaffee dachte ich mir einen Plan

aus, wie ich an Consuelos Akte im Friendship rankommen könnte. Es war kein Geniestreich, aber ich setzte meine ganze Hoffnung darauf. Ich zahlte und ging nach Hause. Falls die Polizei mich beschatten sollte, konnte mir das nur recht sein; sollten sie doch sehen, daß Fabianos Tod meinem Appetit keinen Abbruch tat.

Zu Hause zog ich ein olivfarbenes Sommerkostüm und eine gelbe Seidenbluse an. Fehlten bloß noch die hochhackigen braunen Sommerschuhe und die lederne Mappe, und ich sah aus wie die Kursleiterin eines Managementseminars. Über den Verlust meiner Smith & Wesson war ich nicht gerade glücklich. Da Fabiano durch einen einzigen Schuß aus nächster Nähe getötet worden war, handelte es sich wahrscheinlich um vorsätzlichen Mord. Fabiano konnte in alle möglichen kriminellen Machenschaften verwickelt gewesen sein, von denen ich nichts wußte. Jedenfalls war er mit den Löwen liiert gewesen, und er hatte Friendship gerichtlich verfolgen lassen. Beiden war ich bekannt, und sie schienen nicht geneigt, mir gegenüber mit einer Mischung aus Liebe und Achtung zu reagieren, wie das sonst jedermann tut. Ich mußte jetzt doppelt vorsichtig sein, vielleicht für ein paar Tage in ein Hotel ziehen und dafür sorgen, daß Mr. Contreras noch eine Weile im Krankenhaus blieb. Es hätte mir gerade noch gefehlt, daß er sich zwischen mich und eine Kugel warf.

Als ich im Auto saß, in dem Backofentemperatur herrschte, klebten mir die Nylonstrümpfe an den Beinen, und ich sehnte mich nach meiner normalen Arbeitskluft. Ich hielt es für unwahrscheinlich, daß mich die Polizei observieren ließ. Obwohl ich eine Waffe des Fabrikats besaß, mit der Fabiano erschossen worden war, verdächtigte mich Rawlings nicht wirklich. Sicherheitshalber fuhr ich jedoch in Lottys Praxis, um mit ihr den Wagen zu tauschen.

Sie schien beklommen und nahezu verängstigt. »Vic, was geht hier vor? Jetzt ist auch noch Fabiano ermordet worden. Meinst du, daß Carols Brüder ihn erschossen haben, um mich zu schützen?«

»Ich hoffe nicht. Außerdem wird sein Tod dir nicht viel nützen. Gesetzlich stellt der Prozeß einen nicht unbeträchtlichen

Vermögenswert dar und geht auf seine Erben über. Neben seinem Auto wahrscheinlich alles, was er zu vererben hatte. Die Alvarados sind zu vorsichtig – ich glaube nicht, daß sie ihre Zukunft aufs Spiel setzen würden nur für das kurze Hochgefühl, Fabiano aus der Welt geschafft zu haben. Und ich war's auch nicht.«

Sie errötete leicht. »Nein, nein, Vic. Das habe ich auch nicht angenommen. Natürlich kannst du meinen Wagen haben.«

»Kannst du mir auch einen deiner weißen Kittel leihen? Oder einen von Carol, die hat eher meine Größe. Und ein paar deiner schicken Gummihandschuhe?«

Sie kniff die Augen zusammen. »Ich möchte nicht wissen, wozu du sie brauchst, aber du kannst welche haben.« Sie holte einen frischen weißen Kittel aus dem Schrank und ging in ein leeres Behandlungszimmer, wo sie einer Schachtel zwei Paar Handschuhe entnahm. Dann begleitete sie mich zu ihrem Auto, das hinter der Praxis geparkt war. Besorgt verabschiedete sie sich von mir. »Sei vorsichtig, Vic. Es war kein guter Sommer für mich, und ich möchte nicht, daß auch dir noch was passiert.«

Ich neige nicht zu Gefühlsausbrüchen, aber ich umarmte sie und gab ihr einen Kuß auf die Backe, bevor ich einstieg. »Ich bin selbst etwas nervös. Ich werde dich heute abend anrufen, aber wahrscheinlich wird es spät werden. Wenn ich mich dumm anstelle oder unvorsichtig bin, dann sag Murray, wohin ich gefahren bin.«

Sie nickte und kehrte zurück in die Praxis. Ihre Schultern hingen nach vorn, und sie sah so alt aus, wie sie war. Lotty fährt schnell und halsbrecherisch. Leider entspricht ihr fahrerisches Geschick nicht ihrer Unerschrockenheit, und im Lauf der Jahre hatte die Gangschaltung etwas unter ihrer Burschikosität gelitten. Das Schalten im Stadtverkehr verlangte mir Geduld und meine ganze Aufmerksamkeit ab, und ich war nicht sicher, ob ich nicht doch verfolgt wurde. Ein paar Meilen außerhalb der Stadt fuhr ich an den Straßenrand und hielt an. Kein Auto verlangsamte, und als ich mich nach fünf Minuten wieder in den Verkehr einfädelte, ließ mich niemand überholen, um sich anschließend an meine Fersen zu hängen.

In den Vororten im Nordwesten war die Hitze noch unerträglicher. In der Nähe des Sees ist es im Sommer immer zwei, drei Grad kühler als hier. Lottys Einstellung, sich das Leben möglichst schlicht zu gestalten, bedeutete, daß ihr Auto natürlich nicht klimatisiert war. Ich zog die Kostümjacke aus, aber unter den Achseln hatten sich schon häßliche Schweißflecken auf der Seidenbluse gebildet. Als ich die Route 58 verließ und Richtung Süden auf das Krankenhaus zusteuerte, kam ich mir vor, als ob ich drei Tage lang barfuß durch Death Valley gelatscht wäre. Ich stellte das Auto auf dem Besucherparkplatz ab und betrat das Krankenhaus durch den Haupteingang. Alan Humphries und die Angestellte in der Notaufnahme waren die einzigen Personen gewesen, die mich flüchtig gesehen hatten, als ich vor vier Wochen zum erstenmal hier war. Damals hatte ich Jeans getragen. Sollten sie mir heute zufällig über den Weg laufen, würden sie mich für eine Besucherin halten und mich wahrscheinlich keines zweiten Blickes würdigen.

Ich fand eine Toilette, wo ich mir Gesicht und Hals wusch, den Straßenstaub aus meinem Haar kämmte und versuchte, meine professionelle Erscheinung wiederherzustellen. Nachdem ich getan hatte, was in meiner Macht lag, ging ich zum Informationsstand in der Eingangshalle zurück. Eine adrette weißhaarige Frau, bekleidet mit dem rosa Kittel, der die freiwilligen Helfer kennzeichnet, lächelte mir zu und fragte, was sie für mich tun könne.

»Wo finde ich das Büro, in dem die Patientenakten aufbewahrt werden?«

»Den Gang entlang, am Ende links, in den zweiten Stock hinauf, und Sie stehen praktisch davor.«

»Mir ist etwas Peinliches passiert: Ich habe um elf einen Termin mit dem Abteilungsleiter, und leider habe ich mir seinen Namen nicht notiert.«

Sie lächelte mich verständnisvoll an und suchte in ihrem Namensverzeichnis. »Ruth Ann Motley.«

Ich dankte ihr und ging in die von ihr bezeichnete Richtung los. Aber anstatt die Treppe hinaufzugehen, suchte ich nach der Notaufnahme, wohin ich vor vier Wochen Consuelo gebracht hatte. Unterwegs holte ich Lottys Ärztekittel aus der Mappe, zog ihn an und wurde sofort Teil der Einrichtung. Im Unterschied zur Notaufnahme in städtischen Krankenhäusern, deren Warteräume ständig überfüllt sind mit Leuten, die es vorziehen, ins Krankenhaus zu kommen, anstatt zu einem Hausarzt zu gehen, saß in diesem hier nur eine Frau. Sie blickte auf, als ich rasch vorbeistrebte, wollte mich ansprechen, lehnte sich dann jedoch wieder in ihrem Stuhl zurück.

Ich benutzte das Haustelefon an der Wand, um über die interne Vermittlung Ruth Ann Motley in das Büro der Notaufnahme rufen zu lassen. Nach einer kurzen Wartezeit hallte Motleys Name aus den Lautsprechern. Ich stand in der Tür des Wartezimmers, von wo aus ich den Gang und die Tür zum Notaufnahmebüro im Auge hatte. Nach ungefähr fünf Minuten kam eine dunkelhaarige, große, schlaksige Frau Mitte Vierzig den Gang entlang. Sie trug ein hellblaues Kostüm, das beim Gehen zuviel von ihren knochigen Handgelenken und üppigen Hüften sehen ließ. Nach ein paar Minuten tauchte sie wieder auf, runzelte ärgerlich die Stirn, sah sich um und ging den Gang zurück.

Ich folgte ihr in gehörigem Abstand. Sie stieg die Treppe bis in den zweiten Stock hinauf. Ich sah sie das Archiv mit den Patientenakten betreten und setzte mich mit meiner Mappe auf einen Stuhl in ungefähr sechs Meter Entfernung von der Bürotür. Ein paar andere Leute, meistens Frauen, saßen ebenfalls da und warteten. Ich zog den weißen Kittel wieder aus, steckte ihn zurück in die Mappe und beugte mich über Papiere, die ich zu Hause wahllos eingepackt hatte. Um Viertel nach zwölf kam Ruth Ann Motley wieder heraus und steuerte auf mich zu, betrat dann aber die Toilette. Nach kurzer Zeit erschien sie wieder und ging den Flur zurück und die Treppe hinunter. Ich wartete noch fünf Minuten, dann vermutete ich sie beim Mittagessen.

Ich schlenderte bis zur Tür des Büros, versuchte dabei, so offiziell wie möglich zu wirken und trat ein. Es herrschte Hochbetrieb. Ein halbes Dutzend Schreibtische waren überhäuft mit Akten, auf jedem Tisch stand ein Computer. Nur zwei Frauen waren anwesend, die Notbesetzung während der Mittagspause. Eine war ein junges Mädchen, die hier wohl ihren ersten Job nach der High-School hatte. Die andere war eine übergewichtige, unsichere Person etwa in meinem Alter, die zu allem Überfluß auch noch ein lachsfarbenes Hemdblusenkleid trug. An sie wandte ich mich.

Ich lächelte sie knapp an, wie jemand, der es sehr eilig hat. »Mein Name ist Elizabeth Phelps, Staat Illinois. Wir führen derzeit unangekündigte Inspektionsbesuche durch, um uns zu vergewissern, daß die Patientenakten sicher aufbewahrt werden.«

Die Frau blinzelte mich mit ihren wäßrigen blauen Augen an. Entweder Heuschnupfen oder eine Erkältung. »Sie müssen mit der zuständigen Abteilungsleiterin sprechen. Ruth Ann Motley.«

»Großartig«, sagte ich energisch. »Bringen sie mich zu ihr.«

»Oh, sie ist beim Mittagessen. Sie wird in einer Dreiviertelstunde zurück sein. Wenn Sie solange warten wollen.«

»Das ist leider nicht möglich, ich habe um eins den nächsten Termin in der Stadt. Ich möchte keine Akten sehen, sondern nur wissen, ob die Anonymität der Patienten gewahrt wird. Ich habe einige Namen von Personen dabei, die hier aufgenommen wurden.« Ich kramte in der Mappe. »Ach ja. Zum Beispiel Consuelo Hernandez. Ms. Motley wird sicherlich nichts dagegen haben, wenn sie mir vorführen, wie sicher ihr Ablagesystem ist, indem sie mir eine Patientin heraussuchen. Oder?«

Die zwei Frauen sahen sich an. Schließlich sagte die ältere: »Ich glaube nicht. Wir gehen folgendermaßen vor: Der Zugang zum System ist nur mit einem Paßwort möglich. Jede von uns hat ein anderes, und ich kann Ihnen meines nicht sagen, weil es außer mir niemand kennen darf.«

Ich stellte mich hinter sie. Sie tippte etwas ein, was nicht auf dem Bildschirm erschien. Dann zeigte der Bildschirm ein Befehlsmenü an.

»Mir sind nur zwei Menüfunktionen zugänglich. Ich kann über den Namen die Patientennummer in Erfahrung bringen und außerdem die aktuelle Ablage der Akte feststellen. Würden Sie mir bitte den Namen der Patientin, die Sie nannten, buchstabieren?«

Ich kam ihrer Bitte bereitwillig nach. Sie tippte ihn ein und drückte die Return-Taste. Nach ein paar Sekunden erschien Consuelos Name auf dem Bildschirm, das Aufnahmedatum und die Aktennummer: 610342. Ich prägte sie mir ein und fragte sie, wo die Akte abgelegt sei.

Sie gab einen weiteren Befehl ein und erhielt folgende Information: Akte am 25.8. von Verwaltung angefordert.

»Ich danke Ihnen vielmals.« Ich lächelte sie an. »Sie haben mir sehr geholfen, Miss« – ich warf einen Blick auf das Namensschild auf ihrem Schreibtisch – »Digby. Ich glaube nicht, daß ich wiederkommen muß. Sagen Sie Ms. Motley, ich bin beeindruckt, wie sicher hier Daten verwaltet werden.«

Ich verließ das Krankenhaus so schnell ich konnte. Es war erst Viertel vor eins. Mir blieb noch eine Menge Zeit, bevor ich weitermachen konnte. Nachdem ich keinen Hunger hatte, fuhr ich ziellos durch die Gegend und fand schließlich ein Schwimmband mit einem wunderbaren Hundert-Meter-Bekken. In einem Einkaufszentrum, wie sie typisch sind für die Vororte, kaufte ich mir einen Badeanzug, ein großes Handtuch und eine Sonnencreme für mein Gesicht, das immer noch gegen die mittäglichen Sonnenstrahlen geschützt werden mußte. Zu guter Letzt erstand ich noch den aktuellen Bestseller, und dann war ich bereit, mir im besten Provinzstil die Zeit bis zum Abend zu vertreiben.

26 Noch einmal Akten

Um elf Uhr abends kehrte ich zum Friendship zurück. Im Dunkeln wirkte das sternförmige Gebäude wie ein riesiges Seeungeheuer, die wenigen erleuchteten Fenster wie böse funkelnde Augen. Der Besucherparkplatz war leer, und ich konnte nahe am Haupteingang, dem Maul der Bestie, parken. Ich zog Lottys weißen Kittel über und ging hinein, schnell und stirnrunzelnd: Der um einen Patienten besorgte Arzt, den man besser nicht aufhalten sollte. Es waren kaum Leute da. Der Informationsstand war nicht mehr besetzt. Ein paar Krankenpfleger unterhielten sich in einer Ecke. Weiter vorn fegte ein Hausmeister gelangweilt den Boden. Die hellen Neonlichter, die regelmäßigen Durchsagen über die Lautsprecher und die leeren Korridore erinnerten mich an O'Hare mitten in der Nacht. Es gibt keinen verlasseneren Ort als ein menschenleeres Gebäude, in dem sonst geschäftiger Betrieb herrscht.

Die Büros von Mrs. Kirkland und Alan Humphries lagen in der Nähe des Treppenhauses, das zu dem Büro mit den Patientenakten führte. Die Korridortür, hinter der sich die Büros befanden, war abgeschlossen. Ich nahm meine Schlüsselsammlung zur Hand, fand nach einigen Anläufen und einigen Augenblicken voller Panik, während derer ich fürchtete, daß mich ein Krankenpfleger oder eine Schwester bemerken und ansprechen würde, den passenden Schlüssel und öffnete die Tür.

Mrs. Kirklands kleines Büro lag direkt vor mir. Ein schwarzes Plastikschild mit weißen Schriftzügen verkündete ihren Namen und Titel: Leiterin des Aufnahmebüros. Ich zog ein Paar von Lottys Handschuhen an und versuchte aus reiner Neugier, die Tür aufzumachen; sie war verschlossen. An ihrem Büro vorbei verlief der Flur, an dessen Ende Humphries Büro lag. Rechter Hand befanden sich zwei weitere abgeschlossene Türen.

In der Abgeschiedenheit des Korridors entspannte ich mich; es war nicht schwer, die Tür zu Humphries Büro zu öffnen. Als erstes betrat ich einen relativ kleinen Raum, der offensichtlich das Büro seiner Sekretärin Jackie Bates war, mit der ich am Vortag telefoniert hatte. Es war zweckmäßig eingerichtet mit einem unauffälligen Schreibtisch, einem Computer und einem Kopiergerät. An der Wand standen Aktenschränke. Sollte Consuelos Akte nicht in Humphries' Zimmer sein, müßte ich wohl oder übel alle Schränke hier durchsuchen.

Die Tür zu Humphries' Allerheiligstem war aus massivem Holz. Nachdem ich sie geöffnet und sein Zimmer betreten hatte, hatte ich das Gefühl, mich im ökonomischen Herzen des Krankenhauses zu befinden. Anstatt auf dem üblichen Linoleumboden stand ich auf echtem Parkett. Darauf lag ein Teppich, dem Aussehen nach zu urteilen ein Perser, der groß genug war, um den Eindruck zu vermitteln, daß er eine ganze Menge gekostet hatte, aber nicht groß genug, um das Parkett völlig zu bedecken. Quer auf dem Teppich thronte ein großer alter

Schreibtisch mit einer Auflage aus weichem roten Leder auf der Platte, Füße und Schubladen waren mit goldenen Intarsienarbeiten verziert. Vorhänge aus Brokat hingen vor den Fenstern, die auf den Parkplatz hinausgingen.

Zu meiner Erleichterung waren die Schreibtischschubladen nicht verschlossen; hätte ich sie aufbrechen müssen, wäre eventuell das schöne alte Holz beschädigt worden. Ich setzte mich in den bequemen Ledersessel und durchsuchte nacheinander alle Schubladen, darum bemüht, Ordnung und Reihenfolge des Inhalts beizubehalten. Beim Durchsuchen keine Spuren zu hinterlassen, ist für jemanden, der so schlampig ist wie ich, wahrscheinlich der schwierigste Teil der Detektivarbeit.

Consuelos Akte war nicht unter den Papieren, aber ich fand Unterlagen über Organisation und Besitzverhältnisse des Krankenhauses. Daneben lag eine Mappe mit der Aufschrift: »Monatliche Rechenschaftsberichte.« Ich nahm beide Mappen und war versucht, sie einfach zu stehlen, aber die Tugend triumphierte, und ich ging in Jackies Vorzimmer und schaltete das Kopiergerät an. Während ich wartete, daß es betriebsbereit wäre, fiel mein Blick auf einen unauffälligen, hölzernen Aktenschrank, der hinter Humphries' Schreibtisch in die Wand eingebaut war. Er war verschlossen, aber wie alle Friendship-Schlösser leicht zu knacken. In Schaumburg, wo man nicht damit rechnet, beraubt zu werden, war Detektivarbeit ein Kinderspiel.

Consuelos Akte lag in der obersten Schublade. Ich holte tief Luft und schlug sie auf. Ich erwartete die Dokumentation eines Dramas oder Lottys gestohlene Unterlagen, statt dessen belegten ein paar windige Blätter Consuelos Aufnahme im Krankenhaus: weibliche Patientin mexikanischer Herkunft, Alter sechzehn, aufgenommen am 29. Juli, bewußtlos und mit Wehen... Dann folgten medizinische Fachausdrücke, mit denen ich nichts anfangen konnte. Es waren drei maschinengeschriebene Blätter, anscheinend nach Peters Diktat und von ihm datiert und unterzeichnet.

Ich hielt die Akte stirnrunzelnd in der Hand. Irgendwie hatte ich mehr erwartet. Ich ging ins Vorzimmer zurück und kopierte die Akte und die Unterlagen über das Krankenhaus.

Als ich die drei Blätter über Consuelo in die Aktenmappe zurücklegen wollte, entdeckte ich an der Innenseite der Mappe einen kleinen Zettel mit der Aufschrift »Notiz von«, in diesem Fall Alan Humphries. Es stand lediglich eine Telefonnummer darauf, kein Name, keine Adresse, keine Vorwahlnummer; demnach mußte es ein Chicagoer Anschluß sein. Ich kopierte den Zettel, legte alles an seinen Platz zurück, schaltete das Kopiergerät und das Licht aus und machte mich auf den Rückweg.

An der Korridortür blieb ich einen Augenblick lang stehen und horchte, ob jemand auf der anderen Seite stand, dann schlüpfte ich hinaus. Zwei in ein Gespräch vertiefte Schwestern kamen mir entgegen. Sie nahmen keine Notiz von mir. Ich ging den Gang entlang Richtung Entbindungsstation. Es war immer möglich, daß Peter bei einer nächtlichen Geburt assistieren mußte. Lieber auf Nummer Sicher gehen. Ich rief von einem Telefon in einem Wartezimmer bei ihm zu Hause an. Er meldete sich sofort. Ich legte auf, ohne etwas zu sagen.

Ich war nie in seinem Büro gewesen, wußte aber aus seinen Erzählungen, daß es in der Nähe der Kreißsäle im zweiten Stock liegen mußte. Ich fand ein Treppenhaus, das hinaufführte. Der Korridor war nur schwach beleuchtet, ein großes Kopiergerät stand an der Wand. Die vierte Tür führte in Peters Büro. Es war eine Glastür mit seinem Namen und seinem Titel: Chefarzt der Entbindungsstation. Ich schloß sie auf und trat ein. Wie bei Humphries' Büro kam als erstes ein kleines Zimmer für die Sekretärin, nur daß hier alles in bunten Farben gehalten war und chaotisch aussah. An der Wand hingen Fotos von strahlenden Müttern und ihren Neugeborenen. Auf einem Poster flog ein Storch über das Krankenhaus und verkündete, daß es keinen besseren Ort auf der Welt gäbe, um ein Kind auf die Welt zu bringen.

Neben dem Schreibtisch der Sekretärin, der mit Akten überhäuft war, hingen Schlüssel an der Wand. Einer war für »Dr. Burgoynes Büro«, ein anderer für den Kopierer. An einer Wand standen wie immer Aktenschränke. Ich warf ihnen einen feindseligen Blick zu, nahm Peters Zimmerschlüssel und schloß die Tür auf. An der Schwelle endete der Linoleumboden und das Parkett begann, aber Peters Büro war längst nicht so opulent eingerichtet wie Humphries'. Ein moderner Schreibtisch, auf dem ebenfalls Stapel von Akten lagen; davor ein paar schlichte Stühle für Patienten, dahinter ein gewöhnlicher Drehstuhl. Ein großes Foto seines Hundes war der einzige persönliche Gegenstand in diesem Zimmer.

Ich zog wieder die Gummihandschuhe an und durchsuchte schnell die Akten auf seinem Schreibtisch. Keine enthielt irgendwelche Hinweise auf Consuelo. Als nächstes machte ich mich an die Schubladen. Peter schien alles aufzuheben – Erinnerungen an die Babys, denen er auf die Welt geholfen hatte, Korrespondenzen mit der Pharmaindustrie, Mahnungen seiner Kreditkartenfirma. In einer Akte, die mit »Persönlich« überschrieben war, fand ich seinen vor fünf Jahren unterzeichneten Arbeitsvertrag. Die Vertragsbedingungen waren erstaunlich – kein Wunder, daß er das Friendship dem Beth Israel vorzog. Ich legte ihn beiseite, um ihn später zu fotokopieren.

In der untersten Schublade fand ich seinen Bericht über Consuelo. Er war handgeschrieben, nahezu unleserlich. Auch als ich ihn endlich entziffert hatte, wurde ich nicht klug daraus. Die ersten Zeilen lauteten:

14.30 Dr. Abercrombie gerufen
15.00 Beginn der intravenösen Verabreichung von Mg.sulf.

Weiter unten war die Geburtszeit des Babys dokumentiert, die Bemühungen, es wiederzubeleben, sein Tod um 18.10. Dann Consuelos Tod am nächsten Morgen um halb sechs.

Ich runzelte die Stirn. Lotty würde es verstehen. Dann überlegte ich hin und her, ob es besser wäre, das Original zu stehlen und das Risiko einzugehen, daß Peter es vermissen würde, oder mich im Gang an den Kopierer zu stellen auf die Gefahr hin, daß eine Schwester oder ein Arzt vorbeikam und mich fragte, was ich dort zu schaffen hätte. Ich entschied mich für das Kopiergerät.

Ich holte den Schlüssel der Sekräterin, löschte das Licht und trat auf den Flur hinaus, ohne die Türen abzusperren. Kein Mensch weit und breit. Ich ging zum Kopiergerät und fand nach langem Suchen das Schloß, in das der Schlüssel paßte und startete die Maschine. Ein Kopiergerät braucht fünf Minuten oder länger, bis es funktionsbereit ist. Ich wollte die Zeit nutzen und suchte nach einer Toilette. Als ich endlich eine gefunden hatte und gerade die Tür aufmachen wollte, hörte ich jemanden die Treppe heraufkommen. Ich konnte nicht zurück, um das Gerät auszuschalten; genausowenig wollte ich mit einem Stapel Friendship Unterlagen in der Hand auf dem Flur entdeckt werden. Ich betrat die Toilette, ohne das Licht anzumachen. Jemand ging an der Tür vorbei und den Korridor entlang; den schweren Schritten nach zu urteilen, ein Mann. Ich öffnete die Tür einen Spaltbreit und spähte hinaus. Es war Peter. Warum um alles in der Welt kam er um diese Zeit ins Krankenhaus?

Ich beobachtete gespannt, wie er seinen Schlüssel ins Schloß steckte. Er drehte ihn um, aber die Tür öffnete sich nicht; er runzelte die Stirn, drehte den Schlüssel wieder zurück und betrat sein Büro. Ich sah, wie das Licht anging. Ich wartete. Würde er den Sicherheitsdienst rufen, wenn er bemerkte, daß die Tür zu seinem Zimmer ebenfalls nicht verschlossen war? Zweimal ging ich im Geiste »Batti, batti« aus Don Giovanni durch – dazu brauchte ich zehn Minuten. Nichts passierte. Ich ignorierte den Drang, der mich die Toilette hatte aufsuchen lassen, und schlich den Gang entlang zum Kopiergerät, zog den Schlüssel heraus, lief die Treppe hinunter, hastete zum Haupteingang, stieg in Lottys Auto und umkreiste das Gebäude so lange, bis ich den Parkplatz für das Personal gefunden hatte. Er war voll besetzt mit den Wagen der Angestellten, die Nachtdienst hatten. Ich hielt in einiger Entfernung an und ließ die Ausfahrt nicht aus dem Auge. Endlich, um drei Uhr, sah ich Peters Wagen herausfahren. Ich folgte ihm, bis ich sicher war, daß er nach Hause fuhr.

Ich war schweißgebadet. Du wirst es nie lernen, sagte ich mir. Warum trägst du in der Sommerhitze Seidenblusen? Mittlerweile war es mir egal, ob mich jemand beobachtete. Ich steuerte schnurstracks auf das Kopiergerät vor Peters Büro zu. Niemand war zu sehen. Ich steckte den Schlüssel ins Schloß und startete die Maschine. Als das grüne Zeichen aufleuchtete, kopierte ich die Papiere, verstaute die Kopien in meiner Mappe und brachte die Originale in Peters Büro zurück. Als ich die Schlüssel wieder an ihren Platz legte, sah ich, warum Peter ins Büro gekommen war: die Arbeit für die Tagung über die Behandlung von Fruchtwasserembolien. Auf dem Schreibtisch seiner Sekretärin lag ein Zettel mit seiner unleserlichen Handschrift: »Kann jetzt gesetzt werden; Diaformat 35 mm. Tut mir leid, daß es wieder auf den letzten Drücker ist.« Die Tagung sollte am nächsten Freitag stattfinden – seine arme Sekretärin hatte noch zwei Tage, um seine Dias zusammenzustellen.

Ich packte ein paar der bunten Broschüren ein, die herumlagen und verschloß sorgfältig die Türen hinter mir. Es war höchste Zeit für einen Whiskey, ein Bad und ein Bett. Ich fand ein Hotel in der Nähe des Tollways, das mir auch noch um diese Zeit meine drei Wünsche erfüllte. Bis ich vom Badewasser völlig aufgeweicht war, hatte ich auch den Whiskey ausgetrunken. Übung macht den Meister, wenn es aufs Timing ankommt. Ich ließ mich zufrieden nach getaner Arbeit ins Bett fallen und schlief sofort ein.

27 Aktenstudium

Um elf wachte ich auf, ausgeschlafen und entspannt. Ich blieb noch ein paar Minuten in dem riesigen Bett liegen, streckte mich und genoß die wohlig faule Stimmung. Man sagt, die Tatsache, ein kriminelles Unterfangen erfolgreich zu Ende gebracht zu haben, zieht oft diese Gefühle nach sich. Die Leute, die ich vor Gericht verteidigt habe, waren nicht erfolgreich, deshalb kannte ich das Gefühl bislang nicht einmal aus zweiter Hand.

Schließlich stand ich auf und ging ins Badezimmer, dessen Wände von oben bis unten verspiegelt waren. Sie boten mir den nicht gerade schmeichelhaften Anblick eines rundlichen Bauches und üppiger Hüften – es war an der Zeit, die Pfannkuchen und doppelten Schinkenportionen aufzugeben. Ich bestellte Obst, Joghurt und Kaffee zum Frühstück und rief dann Lotty an.

»Vic! Die letzte halbe Stunde habe ich hin und her überlegt, ob ich Murray Ryerson Bescheid sagen soll. Bist du in Ordnung?«

»Ja, ja, mir geht's gut. Ich war bis um vier Uhr früh im Krankenhaus, deswegen habe ich in einem Hotel übernachtet. Heute nachmittag komme ich zurück. Hast du heute abend Zeit, damit wir ein paar Papiere durchgehen können?«

Wir verabredeten uns für sieben Uhr im gleichen Restaurant wie am Vortag. Als nächstes rief ich meinen Auftragsdienst an. Sowohl Murray Ryerson als auch Detective Rawlings wollten mit mir sprechen. Ich versuchte es zuerst bei Murray.

»Was hast du herausgefunden?« begrüßte er mich, nachdem er mich fünf Minuten hatte warten lassen.

»Weiß ich nicht, solange ich nicht mit Lotty darüber gesprochen habe. Wir sind zum Abendessen verabredet. Willst du nicht mitkommen?«

»Ich will's versuchen... warte einen Augenblick.«

Ein Klopfen an der Tür kündigte mein Frühstück an. Ich hatte nicht vorausgedacht und war immer noch nackt. Schnell zog ich mir den Kostümrock an, wickelte ein Handtuch um den Oberkörper und öffnete dem Zimmerkellner. Wieder am Telefon brüllte mich Murray an. »Mensch, Vic – ich dachte schon, jemand hat dir K. o.-Tropfen eingeflößt. Ich hätte gar nicht gewußt, wohin ich das Bestattungsunternehmen hätte schicken sollen.«

»Nach Schaumburg. Hast du etwas herausgefunden?«

»Wenn ich nur wüßte, wonach ich suchen soll! Wenn dein Freund Burgoyne ein alter Kumpel von Tom Coulter ist, dann habe ich dafür keinerlei Hinweise gefunden. Niemand in Coulters Büro scheint je von Burgoyne gehört zu haben. Coulters Frau kennt ihn nicht. Tatsächlich hat sie einigermaßen sauer reagiert auf meine Frage nach den Freunden ihres Mannes. Scheint, daß er sechs Abende die Woche mit seinem Chef, Bert McMichaels, zum Saufen geht. Die beiden kennen sich schon eine Ewigkeit.«

»Wer ist McMichaels?« fragte ich so vernehmlich wie möglich mit dem Mund voller Beeren.

»Ich hab's dir eben gesagt, Warshawski: Tom Coulters Chef.

Hat dich Schaumburg so durcheinandergebracht? Außerdem: Mit vollem Munde spricht man nicht. Hat dir das deine Mutter nicht beigebracht?«

Ich spülte die Beeren mit einem Schluck Kaffee hinunter. »Ich meine, was für eine Stellung hat McMichaels?«

»Moment.« Murray wühlte in seinen Unterlagen. »Er ist stellvertretender Direktor der Gesundheitsabteilung vom Amt für Umwelt und Gesundheit. Verantwortlich ist er Dr. Strachey, dem Direktor eben jener Abteilung.«

»Wie kommen diese Kerle an ihre Stellen? Sie werden nicht gewählt, oder?«

»Nein. Sie werden vom Gouverneur ernannt und von der Regierung bestätigt.«

»Verstehe.« Ich studierte den Teller mit Obst. Mir dämmerte eine Idee. Ich müßte heute nacht noch einmal ins Friendship, um sie zu überprüfen... oder... den Informanten die Arbeit überlassen.

»Bist du noch dran?« wollte Murray wissen.

»Ja, und die Einheiten werden immer mehr. Hör mal, jemand empfiehlt diese Leute, richtig? Wie geht das vor sich? Wird bei der Ärztekammer nachgefragt, wer die zehn besten Leute sind, und dann wird einer von ihnen genommen?«

»Sei realistisch, Warshawski. Wir sind hier in Illinois. Irgend so ein Wichtigtuer in Springfield, der im Komitee für öffentliche Gesundheit sitzt, oder wie immer es heißt, hat einen Freund, der einen Job sucht und er –« Er unterbrach sich mitten im Satz. »Ich verstehe. Der begriffsstutzige Schwede zieht endlich mit der fixen Polin gleich. Ich werd versuchen, heute abend zu kommen.«

Ohne ein weiteres Wort legte er auf. Ich lächelte sarkastisch und wählte Rawlings Nummer. Er meldete sich sofort.

»Wo zum Teufel sind Sie, Warshawski? Ich dachte, ich hätte Ihnen gesagt, daß Sie die Stadt nicht verlassen dürfen.«

»'tschuldigung – hab gestern einen Ausflug aufs Land gemacht und bin zu lange aufgeblieben, um noch zurückzufahren. Wollte nicht, daß einer Ihrer Kollegen von der Verkehrspolizei meine Leiche von einem Laternenpfahl kratzen muß. Was gibt's?«

»Etwas, wovon ich dachte, daß Sie es gern wüßten, Ms. Warshawski. Da Sie angeben, Ihren Revolver seit einer Woche nicht mehr abgefeuert zu haben, glauben wir nicht, daß sie ihn benutzten, um Fabiano Hernandez zu töten.«

»Was für eine Erleichterung. Ich konnte schon nicht mehr schlafen deswegen. Hat Sergio was damit zu tun?«

Er gab einen angeekelten Laut von sich. »Er hat ein hieb- und stichfestes Alibi. Nicht, daß das von Bedeutung wäre. Wir haben seinen Laden in der Washtenaw unter die Lupe genommen und soviel Crack gefunden, daß wir vielleicht einen Richter davon überzeugen können, daß er nicht gerade ein vorbildlicher Bürger ist, aber keine Smith & Wesson weit und breit.«

Ich erinnerte mich nur allzu gut an den Laden und bedauerte, nicht dabei gewesen zu sein, als sie ihn auseinandernahmen, und gab das Rawlings zu verstehen.

»Mir war bislang nicht klar, daß wir Grund haben, Ihnen dankbar zu sein. Wie auch immer, kommen Sie vorbei und holen Sie Ihren Revolver ab. Und in Zukunft möchte ich es vorher wissen, wenn Sie eine Nacht außerhalb Chicagos verbringen wollen.«

»Sie meinen für immer und alle Zeiten? Wenn ich im Frühjahr nach England fahre, dann wollen Sie wissen –« Er legte auf, bevor ich den Satz beenden konnte. Es gibt Leute, denen man's nie recht machen kann und wenn man sich noch so anstrengt.

Ich roch an der Bluse, die ich gestern getragen hatte. Wenn ich sie noch einmal anzöge, würde ich möglicherweise die Fahrt in die Stadt zurück nicht überleben. Im Hotel gab es ein paar Boutiquen. Bei einer rief ich an und bat, daß man mir eine Auswahl von Jeans und ein Sortiment Oberteile in den Farben Rot, Gelb und Weiß heraufbringen möge. Eine halbe Stunde später, gekleidet in neue schwarze Jeans und ein weißes T-Shirt, die schmutzigen Sachen in einer Plastiktüte, zahlte ich meine Rechnung und fuhr zurück in die Stadt. Die Nacht und die kleinen Extras hatten mich über zweihundert Dollar gekostet. Ich dankte Gott für den Kartonfabrikanten – ich mußte Geld verdienen, bevor die American Express Rechnung eintraf.

In der Stadt machte ich als erstes am Revier halt, um meinen Revolver zu holen. Rawlings war nicht da, aber er hatte Bescheid gesagt. Ich mußte mich dreimal ausweisen und unzählige Empfangsbestätigungen unterschreiben, aber das war mir nur recht. So war ich wenigstens sicher, daß nicht irgend jemand ganz nach Lust und Laune bei der Polizei eine Waffe abholen konnte. Als nächstes fuhr ich nach Hause, um meine hochhackigen Schuhe gegen Turnschuhe auszutauschen. Außerdem beauftrage ich eine Reinigungsfirma, damit sie meine Wohnung auf Vordermann brachte. Dann machte ich mich auf den Weg in mein Büro – in meiner verwahrlosten Wohnung konnte ich mich nicht auf die Arbeit konzentrieren.

Mein Büro geht nach Osten, so daß es nachmittags relativ kühl ist. Ich öffnete das Fenster, um die Stadtluft und damit deren Gerüche hereinzulassen. Bevor ich richtig anfing, wählte ich die Nummer, die Alan Humphries auf den Zettel in Consuelos Akte geschrieben hatte. Niemand meldete sich.

Dann sortierte ich meine neu erworbenen Unterlagen in zwei ordentliche Stapel. Die medizinischen für Lotty, Peters Arbeitsvertrag und die Krankenhausunterlagen für mich. Als erstes sah ich mir Peters Vertrag an. Er umfaßte nur ein paar Seiten. Ihm wurde als Chefarzt der Entbindungsstation ein jährliches Grundgehalt in Höhe von einhundertfünfzigtausend Dollar zugesichert. Plus zwei Prozent der Gesamteinnahmen der Entbindungsstation des Krankenhauses. Plus einen Anteil des Gesamtgewinns des Krankenhauses – die Höhe variierte entsprechend seines eigenen Beitrags zum Gewinn und des Personalstands. Und, als Extrabonbon, einen Anteil der landesweiten Einnahmen. Eine nette Stelle, wenn man sie bekam.

Der Vertrag war unterschrieben von Garth Hollingshead, dem Vorstandsvorsitzenden der nationalen Krankenhausgesellschaft. In einem abschließenden Absatz fügte Hollingshead hinzu: »Gemäß den Empfehlungen der Northwestern University haben Sie das Studium als bester Ihres Jahrgangs abgeschlossen. Gleiches gilt für Ihre dreijährige Ausbildung in Geburtshilfe. Wir bei Friendship haben volles Verständnis für Ihren Wunsch nach Weiterbildung in Perinatalogie, sind jedoch der Meinung, daß wir Ihnen bei Friendship die einmalige Möglichkeit bieten, sich an Ihrem Arbeitsplatz fortzubilden.«

Tja. Wenn mir jemand so einen Vertrag anböte, mit so einem Gehalt und einer solchen Gewinnbeteiligung, würde es mir sehr schwerfallen, ihn nicht zu unterschreiben. Ms. Warshawski, als einmaliger Stachel im Fleisch der Polizei, mit schlußfolgernden Fähigkeiten, die weit über dem Durchschnitt liegen, würden wir Sie liebend gern als Privatdetektivin mit einem Jahresgehalt zwischen zwanzig- und dreißigtausend Dollar einstellen, plus keine Krankenversicherung, plus der Garantie, daß Ihnen das Gesicht zerschnitten und hin und wieder Ihre Wohnung auseinandergenommen wird.

Als nächstes nahm ich mir die Papiere aus Humphries' Büro vor. Sie dokumentierten die Organisationsstruktur des Krankenhauses. Humphries war Direktor des Friendship V, mit einem garantierten Gehalt inklusive Gewinnanteilen von zweihunderttausend Dollar in jedem Jahr, in dem das Krankenhaus sein Einkommensziel erreichte. Sollten die Einnahmen höher liegen, stieg auch die Gewinnbeteiligung.

Friendship war eine straff organisierte Körperschaft. Die meisten ihrer Krankenhäuser befanden sich im Süden und Südwesten der Staaten, wo ein Nachweis über die Notwendigkeit eines Krankenhauses nicht erforderlich war. Im Nordosten und Mittleren Westen forderten die Bundesstaaten diesen Nachweis, bevor irgend jemand – eine Stadt, eine Körperschaft oder sonst jemand – ein neues Krankenhaus bauen oder ein bereits bestehendes erweitern konnte. Deswegen war das Friendship in Schaumburg ihr erstes Krankenhaus im Gebiet der großen Seen.

Im Lauf des Nachmittags eignete ich mir noch einiges brauchbares Wissen an. Friendship V, das achtzehnte der Kette, war das fünfte gewesen, das von Grund auf neu errichtet worden war. Wenn ein bereits bestehendes Krankenhaus erworben wurde, wurde der ursprüngliche Name beibehalten. Jede Krankenhausstation hatte unterschiedliche Verkaufs-und Einkommensziele, die jeweils vom Verwaltungsrat und dem Chefarzt der Station festgesetzt wurden. Die nationale Muttergesellschaft bestimmte die Ziele für jedes Krankenhaus. Es fiel mir nicht leicht, beim Studium der Unterlagen stets im Kopf zu behalten, daß Geschäfte in diesem Zusammenhang die Versorgung und Pflege von Patienten bedeuteten.

Monatlich ließ Humphries den einzelnen Stationen Notizen zukommen, die darauf hinwiesen, wie innerhalb der bundesweiten Richtlinien zu verfahren war, das heißt wie lange ein durchschnittlicher Krankenhausaufenthalt dauern durfte und welche Art der Versorgung unter unterschiedlichen Bedingungen vorgesehen war. Wenn staatliche Krankenkassen die Kosten erstatteten, war es entscheidend, sich genau an diese Richtlinien zu halten, denn das Krankenhaus mußte für etwaige Fehlbeträge selbst aufkommen.

Ich hätte nicht gedacht, daß im reichen Nordwesten allzu viele Patienten, die eine staatliche Krankenversicherung in Anspruch nahmen, zu finden wären, aber anscheinend behandelten sie eine nicht zu unterschätzende Zahl alter Menschen. Humphries erstellte jeden Monat eine ausführliche Statistik, die verzeichnete, wer die maximale Aufenthaltsdauer unter- oder überschritten hatte, und informierte die Stationen mit einer entsprechenden, dick unterstrichenen Bemerkung: »Bitte denken Sie daran: Wir sind ein gewinnorientiertes Unternehmen.«

Am Ende des Nachmittags hatte ich mühsam den ganzen Stapel von Akten und Berichten durchgearbeitet. Ich hatte mir in Fällen von Fachausdrücken und Akronymen Fragen an Lotty notiert, aber größtenteils waren es verständliche Firmenberichte. Sie dokumentierten eine Auffassung von medizinischer Versorgung, die mir zuwider war, weil es die Gesundheit der Patienten der Gesundheit der Organisation unterordnete. Aber nirgendwo fand ich Hinweise dafür, daß in Friendship die berufliche Sorgfaltspflicht vernachlässigt oder illegale Finanzierungspraktiken angewandt würden – nie wurde mit den staatlichen Krankenkassen mehr abgerechnet, als tatsächlich geleistet worden war.

Mit Friendship war alles in Ordnung. In einer Welt voller Korruption eine erfreuliche Ausnahme. Warum war ich nicht glücklich damit? Ich hatte für Lotty Consuelos Akte aufgetrieben, auch wenn es nur eine Kopie war, die vor Gericht keine

Gültigkeit besaß. Was sonst hatte ich erwartet? Daß IckPiff Friendship erpreßte, damit Dieter Monkfish meinen Ex-Mann bezahlen konnte? Oder suchte ich nur nach einem Sündenbock für die Frustration und Enttäuschungen des letzten Monats? Ich versuchte, eine Anwandlung von Depression abzuschütteln, aber es gelang mir nicht. Schließlich packte ich die Papiere zusammen und machte mich auf den Weg zum Abendessen.

28 Gewinnschwelle

Lotty hatte Max Loewenthal, den Verwaltungsdirektor des Beth Israel, mitgebracht. Er war ein kleiner, untersetzter Mann, ungefähr sechzig Jahre alt und seit langem verwitwet. Seit er sie nach dem Krieg in London kennengelernt hatte – auch er war ein österreichischer Flüchtling –, war er in Lotty verliebt. Mehrmals hatte er sie gebeten, seine Frau zu werden, aber sie hatte immer geantwortet, sie sei für die Ehe nicht geschaffen. Sie gingen gemeinsam in die Oper und in Konzerte und öfter hatten sie zusammen Urlaub in England gemacht.

Bei meiner Ankunft stand er auf und lächelte mich mit verschmitzten grauen Augen an. Murray war noch nicht da. Ich sagte den beiden, daß auch er kommen wollte.

»Ich dachte, Max könnte im Zweifelsfall verwaltungstechnische Fragen beantworten«, erklärte Lotty.

Sie trinkt selten, aber Max war ein Weinkenner und freute sich, mit mir eine Flasche trinken zu können. Er wählte einen 75er Cos d'Estournel und öffnete die Flasche. Keiner von uns wollte essen, bevor wir nicht meine Papiersammlung durchgegangen waren.

»Ich habe die Friendship-Akte über Consuelo. Wenn du sie vor Gericht verwenden willst, mußt du dir eine Kopie über offizielle Stellen besorgen.« Ich holte die zwei Akten aus meiner Tasche und reichte sie Lotty. »Der maschinengeschriebene Bericht ist aus Alan Humphries' Büro, der handgeschriebene aus Peter Burgoynes Schreibtisch.«

Lotty setzte ihre Brille auf und las die Berichte, zuerst den getippten, dann den handgeschriebenen. Ihre dichten Augenbrauen zogen sich über der Nase zusammen, und um ihren Mund erschien ein bitterer Zug. Ich bemerkte, daß ich die Luft anhielt und griff nach der Weinflasche. Max, der ebenso gespannt war wie ich, hielt mich nicht zurück, obwohl der Wein sein Aroma noch nicht voll entfaltet hatte.

»Wer ist Dr. Abercrombie?« fragte Lotty.

»Ich weiß es nicht. Ist es der Arzt, den Peter laut seinen Notizen versucht hat zu erreichen?« Mir fielen die Broschüren aus Peters Büro ein und ich holte sie aus meiner Tasche. Vielleicht war darin das Krankenhauspersonal aufgeführt. Ich fand ein aufwendig gestaltetes Faltblatt über die Entbindungsstation im Friendship. Unten auf einer Seite war ein ernst, aber zuversichtlich blickender Mann abgebildet, der mit irgendeinem elektrischen Gerät auf dem Bauch einer schwangeren Frau herumhantierte, die ihn voller Vertrauen ansah. Das Foto war untertitelt: »Dr. Keith Abercrombie, Facharzt für Perinatalogie, führt bei einer seiner Patientinnen eine Ultraschalluntersuchung durch.« Ich reichte Lotty die Broschüre mit der Bitte, die Bildunterschrift zu erklären.

»Er kontrolliert, ob das Baby sich bewegt, ob sein Herz normal schlägt. In einem fortgeschrittenen Stadium der Schwangerschaft kann man damit auch das Geschlecht des Kindes bestimmen. Perinatalogen sind auf Schwangerschaftskomplikationen spezialisiert. Wenn die Geburt kompliziert verläuft, kommt ein speziell ausgebildeter Kinderarzt dazu, ein Neonataloge. Consuelo brauchte einen Perinatalogen. Wenn er dabei gewesen wäre, dann hätte die kleine Victoria Charlotte vielleicht lange genug gelebt, bis ein Neonataloge zur Stelle gewesen wäre, der ebenfalls nicht dagewesen zu sein scheint.«

Sie nahm ihre Brille ab und legte sie auf den Tisch neben die Papiere. »Dr. Burgoynes Problem ist offensichtlich. Das heißt, warum er nicht wollte, daß ich seine Notizen zu sehen bekomme. Was ich nicht begreife, ist, warum er sie nicht vernichtet hat – der maschinengeschriebene Bericht ist ja sehr ausführlich, aber ohne die eklatante Fahrlässigkeit aufzudecken.«

»Lotty, für dich mag es offensichtlich sein, aber für uns nicht. Wovon redest du?« wollte Max wissen. Er griff nach den Unterlagen und begann, sie durchzusehen.

»In dem getippten Bericht wird erklärt, daß Consuelo als Notfall eingeliefert wurde, der stationär aufgenommen werden mußte. Die Wehen hatten eingesetzt, und sie war nicht bei Bewußtsein. Sie verabreichten ihr Dextrose (Traubenzucker), um ihren Blutzuckerspiegel und ihren Blutdruck zu normalisieren. Dann heißt es weiter, daß sie versuchten, mit Ritodrine die Wehen zu stoppen. Dann mußten sie einen Kompromiß eingehen, da sie die Wehen nicht stoppen konnten, ohne die Patientin umzubringen, und deshalb haben sie das Kind geholt. Dann starb sie aufgrund von Schwangerschaftskomplikationen. Aber Burgoynes Bericht schildert eine völlig andere Version der Vorgänge.«

»Ja, das sehe ich.« Loewenthal blickte auf Peters handgeschriebene Notizen. »Er dokumentiert jeden einzelnen Schritt.«

Am liebsten hätte ich vor Ungeduld laut geschrien. »Mein Gott, jetzt erklärt es mir doch endlich!«

»Um wieviel Uhr bist du im Krankenhaus angekommen?« fragte mich Lotty statt dessen.

Ich schüttelte den Kopf. »Ich erinnere mich nicht mehr – es war vor einem Monat.«

»Du bist Detektiv, ein geschulter Beobachter. Denk nach.«

Ich schloß die Augen, erinnerte mich an den heißen Tag, die Farbenfabrik. »Wir kamen auf das Firmengelände kurz vor eins. Fabiano hatte um ein Uhr den Termin, und ich warf immer mal wieder einen Blick auf die Uhr im Auto – wir waren knapp dran. Ungefähr eine Viertelstunde später setzten bei Consuelo die Wehen ein. Nehmen wir an, ich brauchte fünfzehn Minuten, um das nächste Krankenhaus ausfindig zu machen, und weitere fünfzehn Minuten, um dorthin zu fahren. Also müssen wir gegen ein Uhr fünfundvierzig im Friendship angekommen sein.«

»Aber erst um drei haben sie Abercrombie gerufen«, sagte Max. »Also ist eine gute Stunde vergangen, in der sie nichts unternommen haben.«

»Während ich mit dieser unmöglichen Frau in der Aufnahme gesprochen habe, hat man sie demnach tatsächlich nicht behandelt«, sagte ich. »Verdammt noch mal, ich hätte noch mehr

Stunk machen sollen. Sie müssen sie eine Stunde lang auf dieser Bahre liegengelassen haben, während sie hin und her überlegten, ob sie sie behandeln sollen.«

Lotty ging nicht darauf ein. »Wesentlich ist, daß sie behaupten, ihr Ritodrine gegeben zu haben. Das ist *das* Medikament heutzutage, und sicherlich das, was ihr Abercrombie hätte verabreichen sollen, wäre er zur Stelle gewesen. Aber aus Burgoynes Notizen geht hervor, daß er ihr Magnesiumsulfat gegeben hat. Magnesiumsulfat kann zu Herzversagen führen, und in Consuelos Fall tat es das auch. Er schreibt, daß ihr Herz aufhörte zu schlagen, sie das Kind holten und Consuelo wiederbelebten, aber ihr Körper war durch die vielen Schocks dieses Tages so geschwächt, daß ihr Herz in der Nacht erneut stehenblieb, und Wiederbelebungsversuche zwecklos waren.« Ihre Brauen zogen sich zusammen. »Als Malcolm eintraf, muß er gesehen haben, worin das Problem bestand. Aber vielleicht merkte er nicht sofort, daß sie nicht Ritodrine benutzten. Wenn der Tropf nicht eindeutig etikettiert war…«

Um mich herum drehte sich alles. Ich klammerte mich an die Tischkante. »Nein«, sagte ich. »Das kann nicht sein.«

»Was, Vic?« Max' graue Augen blickten mich wachsam an.

»Malcolm. Sie würden ihn nicht umbringen, nur um ihn davon abzuhalten, das zu berichten, was er gesehen hat. Bestimmt nicht.«

»Was!« empörte sich Lotty. »Mach jetzt bloß keine Witze, Vic! Die haben einen schwerwiegenden Fehler begangen, klar. Aber deswegen einen Mann umzubringen, noch dazu auf so brutale Art und Weise? Außerdem hat Malcolm, als er mit mir gesprochen hat, gesagt, sie würden das richtige Medikament verabreichen. Also hat er es wahrscheinlich gar nicht gewußt. Oder er hat sich später bei den Schwestern erkundigt. Vielleicht wollte er diesen Punkt noch einmal überprüfen, bevor er seinen Bericht schrieb. Was ich nicht verstehe: Wo war dieser Abercrombie? Burgoyne schreibt, daß er gerufen wurde, und zwar mehrmals, aber er ist nie aufgetaucht.«

»Ich könnte versuchen, Abercrombies Büro zu finden«, sagte ich ohne jede Begeisterung. »Und nachsehen, ob er auch irgendwelche verräterischen Notizen hat rumliegen lassen.«

»Ich glaube, das wird nicht nötig sein.« Max hielt die Broschüre über die Entbindungsstation in der Hand. »Wir müssen nur von unseren logischen Fähigkeiten Gebrauch machen. Hier steht, daß er vierundzwanzig Stunden täglich auf Abruf bereitsteht. Das heißt, er gehört nicht zum festangestellten Krankenhauspersonal.«

»Und weiter?«

Er grinste. »An diesem Punkt kann ich mein Spezialwissen zum Einsatz bringen. Sie sagen sich, warum hat Lotty ihn mitgebracht. Sie sagen sich, warum unterbricht dieser senile Tattergreis meine großartigen Nachforschungen –«

»Geschenkt«, sagte ich. »Kommen Sie zum Wesentlichen.«

Er wurde wieder ernst. »In den letzten zehn Jahren hat sich das Alter, in dem Frauen aus der oberen Mittelschicht ihr erstes Kind bekommen, erhöht. Weil sie studiert haben, wissen sie um die Risiken, richtig? Und sie wollen in ein Krankenhaus, in dem Spezialisten zur Hand sind, sollte es zu Komplikationen kommen.«

Ich nickte. Einige meiner Freundinnen zermartern sich das Hirn über den richtigen Zeitpunkt für Empfängnis, Schwangerschaft und Geburt. Die moderne Schwangerschaft wird heute so sorgfältig geplant wie früher der Autokauf.

»Mittlerweile ist die Problematik so bekannt, daß Krankenhäuser, die hinsichtlich Entbindungen noch konkurrenzfähig sein wollen, einen Perinatalogen zur Hand haben müssen. Zusätzlich erwartet man modernste technische Geräte, eine Neugeborenenintensivstation und anderes mehr. Damit sich aber alle diese Investitionen für die Krankenhäuser lohnen, müssen dort pro Jahr zwischen zweitausendfünfhundert und dreitausend Kinder auf die Welt gebracht werden.« Er grinste bösartig. »Sie verstehen. Mindestens. Man nennt das Gewinnschwelle. Dienstleistungen, die keinen Gewinn abwerfen, werden nicht angeboten.«

»Ich verstehe.« Ich verstand tatsächlich. Ich sah das ganze Bild in erstaunlicher Klarheit vor mir. Ein paar Mosaiksteine fehlten noch. Zum Beispiel Fabiano. Dick und Dieter Monkfish. Aber auch was sie betraf, hatte ich eine Idee.

»Also ist Dr. Abercrombie eine Schimäre?« fragte ich. »Sie

heuern einfach einen Schauspieler an, der sich mit einem Ultraschallgerät fotografieren läßt?«

»Nein.« Max sprach wohlüberlegt. »Ich bin sicher, es gibt ihn. Die Frage ist nur, inwieweit er dem Krankenhaus wirklich zur Verfügung steht. Friendship V liegt in einer Mittelstandsgegend, nicht wahr? In so einer Gegend sind Risikoschwangerschaften selten – jemand wie Consuelo: jung, schlecht ernährt und so weiter. Wenn Ihr Dr. Burgoyne bei einer seiner Patientinnen mit Komplikationen rechnet, holt er Abercrombie. Warum sollte man jemand eine Viertelmillion Dollar jährlich zahlen, den man vielleicht einmal im Monat braucht?«

Er schenkte mir Wein nach und trank selbst einen Schluck. Dann nickte er geistesabwesend.

Lotty runzelte die Stirn. »Aber Max, sie werben für eine vollausgestattete Entbindungsstation. Deswegen haben wir Vic mit Consuelo dorthin geschickt. Carol hat sich bei Sid Hatcher erkundigt. Sid kannte die Broschüren, hat an einer Versammlung teilgenommen, auf der über Ausstattung und Service diskutiert wurde. Deswegen haben wir Friendship empfohlen.«

»Wenn Abercrombie nicht zum festangestellten Personal gehört, dann dürften sie auch nicht mit ihm werben?« sagte ich skeptisch. Werbung muß das halten, was sie verspricht, klar, aber nur wenn man darauf besteht.

Lotty beugte sich nach vorn. »Der Staat muß die Krankenhäuser zulassen. Ich weiß es, weil ich der Perinataloge im Beth Israel war, als wir dort unsere Zulassung bekamen. Bevor ich meine eigene Praxis aufmachte. Sie kamen und haben alles bis ins letzte Detail überprüft – technische Ausstattung, alles.«

Ich trank mein Glas aus. Seit meinem tugendhaften Frühstück hatte ich nichts mehr gegessen. Der schwere Wein stieg von meinem Magen aus direkt in mein Gehirn und wärmte mich. Ich brauchte ein wenig Wärme, um mit dem fertigzuwerden, was ich erfuhr. »Murray wird uns die Antwort auf dieses Problem geben können.« Ich streckte die rechte Hand aus und rieb Zeige- und Mittelfinger gegen den Daumen. Eine unmißverständliche Geste.

Lotty schüttelte den Kopf. »Verstehe ich nicht.«

»Bestechungsgelder«, erklärte ihr Max freundlich.

»Bestechungsgelder? Nein. Das ist unmöglich. Nicht mit Philippa. Erinnerst du dich an sie, Max? Sie arbeitet jetzt beim Staat.«

»Sie ist nicht die einzige dort«, sagte ich. »Ihr Chef ist verantwortlich für die Gesundheitsabteilung. Ihr Kollege ist ein widerlicher junger Macho, der unbedingt Karriere machen will. Chef und Kollege sind alte Saufkumpane. Wir müssen nur noch herausfinden, mit welchem Abgeordneten sie trinken gehen, und der Fall ist gelöst.«

»Mach keine Witze, Vic. Ich mag das nicht. Es geht schließlich um Menschenleben. Consuelos Leben, das Leben ihres Kindes. Und weiß Gott, womöglich noch um das Leben anderer. Und du behauptest, einem Krankenhaus und einem Staatsangestellten ist Geld wichtiger. Das ist nicht zum Spaßen.«

Max streichelte ihre Hand. »Deswegen liebe ich dich, Lottchen. Du hast den Krieg und dreißig Jahre Berufspraxis überlebt, ohne deine Unschuld zu verlieren. «

Ich schenkte mir ein drittes Glas Wein ein. Das Entscheidende war die Gewinnschwelle. Humphries und Peter waren am Gewinn des Krankenhauses beteiligt. Sie hatten ein persönliches Interesse daran, daß jede Station Gewinn machte. Humphries das größere, weil für ihn mehr abfiel. Deshalb werben sie für eine vollausgestattete Entbindungs- und Neugeborenenintensivstation. Sie verpflichten Abercrombie auf Honorarbasis und glauben, das sei alles, was sie brauchen, weil sie in einer Gegend angesiedelt sind, wo nur selten mit Notfällen zu rechnen ist. Die Notaufnahme im Friendship. Ich war zweimal dort gewesen – am Vortag und als ich Consuelo hinbrachte. Sie war leer gewesen. Sie gehörte zum Image, um zahlende Patienten anzulocken. Und dann waren Consuelo und ich aufgetaucht und hatten quergeschossen. Consuelo war arm, aber deshalb allein hatte man sie nicht liegen gelassen; nein, man war auf der Suche nach dem Perinatalogen Keith Abercrombie.

»Wo war er?« fragte ich abrupt. »Abercrombie. Ich meine, er mußte doch irgendwo in der Nähe sein, oder? Er kann ihnen doch nicht von Nutzen sein, wenn er an der Universität von Chicago lehrt oder noch weiter weg.«

»Das kann ich rauskriegen.« Lotty stand auf. »Er wird im Amerikanischen Ärzteverzeichnis stehen. Ich werde Sid anrufen – wenn er zu Hause ist, kann er für uns nachsehen.«

Sie ging telefonieren. Max schüttelte den Kopf. »Wenn Sie recht haben... Was für eine entsetzliche Vorstellung. Diesen brillanten jungen Mann umzubringen, nur um ihre Gewinnschwelle zu halten.«

29 Abendessen

Kaum hatte Max den Satz beendet, als Murray eintraf. In seinem roten Bart glänzten Schweißperlen und sein maßgeschneidertes Hemd hing aus der Hose. Im Lauf des Tages hatte er Jackett und Krawatte abgelegt. Auf dem Weg zum Tisch versuchte er vergeblich, das Hemd wieder in die Hose zu stopfen.

»Hier ist der brillante junge Mann«, begrüßte er uns. »Du hast noch keine Vermißtenanzeige aufgegeben, oder?«

Ich stellte ihn Max vor. »Murrays Freunde sorgen sich um ihn, sie sagen, er sei zu schüchtern und bescheiden. Ich frage mich, wie er in der rauhen Welt des Journalismus überleben kann.«

Murray grinste. »Ja, das ist auch nicht leicht.«

Die Kellnerin kam vorbei. Murray bestellte ein Bier. »Oder bringen Sie mir gleich zwei. Und etwas zu essen – eine Ihrer Käseplatten mit Obst. Ihr habt schon gegessen, oder?«

Ich schüttelte den Kopf. »Wir sind noch nicht dazu gekommen. Ich glaube, wir könnten alle was vertragen. Was meinen Sie, Max?«

Er nickte. »Lotty wird nicht viel essen. Aber vielleicht sollten wir zu dem Käse noch Pastete bestellen.«

Nachdem die Bedienung Murray ein Bier gebracht hatte, rekapitulierten wir für ihn unser Gespräch. Murrays Augen funkelten vor Aufregung. Er trank das Bier mit der linken Hand und machte sich mit der Rechten wie verrückt Notizen.

»Was für eine Geschichte«, sagte er begeistert, als wir fertig waren. »Sie gefällt mir. ›Profitgier tötet Teenager: Der Tribut der Gewinnschwelle?‹«

»Das werden Sie nicht schreiben.« Lotty war an den Tisch zurückgekehrt und klang höchst verärgert.

»Warum nicht? Das ist eine fantastische Schlagzeile.«

Lottys Einwände drehten sich um Consuelos Privatsphäre, die sie nicht verletzt sehen wollte. Als sie ausgeredet hatte, wandte ich mich an Murray, der nicht im mindesten überzeugt schien.

»Es ist Teil einer tollen Geschichte«, sagte ich geduldig, »aber wir haben bislang keinerlei gültige Beweise.«

»Ich will damit nicht vor Gericht – ich zitiere eine verläßliche Quelle. Das heißt, eine normalerweise verläßliche Quelle.« Er ließ seine Augenbrauen vielsagend zucken.

»*Du* gehst damit nicht vor Gericht. Aber Lotty. Ihr wird man ein Verfahren wegen Vernachlässigung der beruflichen Sorgfaltspflicht anhängen. Ihre Akte über Consuelo wurde während der Ausschreitungen der Abtreibungsgegner gestohlen –« Ich unterbrach mich. »Natürlich. Wie vernagelt bin ich bloß gewesen. Humphries hat Dieter Monkfish die Demonstration organisieren lassen. Er hat jemand angeheuert, der einbricht und die Akte für ihn klaut. Wer immer es war, er konnte nicht wählerisch sein – er grabschte alles, auf dem der Name Hernandez stand. Was er wollte, war natürlich Malcolms Bericht. Deswegen vertreten die Friendship-Rechtsanwälte Dieter Monkfish. Es hat nichts mit Humphries' Einstellung zur Abtreibung zu tun. Sie schulden es dem Kerl.«

»Und Malcolm?« fragte Max mit besorgter Miene.

Ich zögerte. Konnte mir weder Humphries noch Peter vorstellen, wie sie jemand zu Tode prügelten. Und Malcolm war übel zugerichtet gewesen. Aber wenn es stimmte, wenn Friendship zu vertuschen suchte, daß sie nicht die voll ausgestattete Entbindungsstation hatten, für die sie warben... Ich wandte mich an Murray. »Was hast du heute herausgefunden?«

»Nichts, was so brandheiß wäre wie deine Geschichte.« Er blätterte ein paar Seiten in seinem Notizbuch zurück. »Bert McMichaels. Einer der Abteilungsleiter des Amtes für Umwelt und Gesundheit, verantworlich für die Vorschriften im Gesundheitswesen. Fünfzig Jahre alt. Arbeitet seit langem für den Staat. Früher bei der Umweltschutzbehörde, kam bei der letzten Ernennungsrunde ins Gesundheitswesen. Keine entsprechende Ausbildung, als Arzt zum Beispiel, aber er hat 'ne Menge Durchblick, wenn es um staatliche Behörden, Verwaltung, Finanzen und so weiter geht.« Er trank einen Schluck Bier und wischte sich mit dem Handrücken über den Mund. »Was du wissen möchtest ist, wer sind seine Freunde in Springfield. Er steht auf gutem Fuß mit Clancy DcDowell.« Er wandte sich an Lotty und Max, die ihn verständnislos ansahen. »McDowell ist ein ganz normaler, durchschnittlicher Abgeordneter. Er hat Freunde, die ihm Wählerstimmen verschaffen, und dafür verschafft er seinen Freunden Stellen. Also, McMichaels ist ein großer Stimmenlieferant, und deswegen hat ihn die Regierung des Staates Illinois nie arbeitslos werden lassen.«

Lotty wollte Einwände erheben, aber Murray hielt die Hand hoch. »Ich weiß. Es ist grauenhaft. Es ist verwerflich. Ein solcher Kerl sollte nicht in einer Position sein, in der er darüber zu entscheiden hat, ob ein Krankenhaus gebaut oder eine Entbindungsstation zugelassen wird, aber wir leben nicht in Utopia und noch nicht einmal in Minneapolis – wir leben in Illinois.«

Er schien nicht unglücklich darüber. Warum sollte man depressiv werden oder sich grün und blau ärgern wegen einer Situation, die so festgeschrieben ist, daß sie selbst Kindern im Sozialkundeunterricht eingebleut wird? Murray fuhr fort. Ich weiß nicht, warum er beim Sprechen ständig in seine Notizen sieht, er weiß alles auswendig, aber ohne sie geht es nicht – vielleicht überzeugt er sich auf diese Weise selbst davon, daß er ein echter Jorunalist ist.

»Jedenfalls haben deine Freunde vom Friendship ihren Teil dazu beigetragen, daß Clancy 1980, 82, und 84 wiedergewählt wurde. Jeweils zehntausend Dollar. Kein spektakulärer Betrag, aber ein normaler Abgeordneter kostet nicht viel, und der gute Wille zählt.« Er klappte schwungvoll sein Notizbuch zu. »Ich möchte etwas zu essen. Und ich möchte noch ein Bier.«

Unser Restaurant steht nicht im Ruf, einen besonders schnellen Service zu bieten. Deshalb kann man hier gut essen. Das Personal versucht nicht, einen hinauszuekeln, und darum beschwert man sich nicht, wenn das Essen eine Stunde auf sich warten läßt.

Lotty war höchst aufgebracht. »Ich weiß, Sie und Vic denken, daß das die allgemein übliche Praxis ist. Aber ich kann das nicht so einfach hinnehmen. Wie ist das möglich – einen Politiker zu bestechen, nur um ein paar Dollar zu sparen. Und dafür Menschenleben zu riskieren?«

Aus Respekt vor Lottys Gefühlen schwiegen wir eine Weile. Es schmerzte sie furchtbar, die Profession korrumpiert zu finden, die sie selbst gewählt hatte, um die Ungerechtigkeiten wiedergutzumachen, die sie als Kind erlebt hatte. Sie würde sich nie den Panzer aus Zynismus zulegen, um sich vor diesen schmerzhaften Erfahrungen zu schützen.

Schließlich sagte Max zu mir: »Vielleicht haben die Leute in Springfield, die Freunde von diesem Clancy, Malcolm umgebracht. Oder vielleicht hat die Polizei doch recht, und es war ein gewöhnlicher Raubmord.«

Ich schüttelte den Kopf. »Das glaube ich nicht. Und ich bezweifle, daß Bert McMichaels bis zum Mord gehen würde, wenn das schuldhafte Versäumnis von Friendship ans Tageslicht käme. Schließlich kann er behaupten, daß er Friendships Angaben über deren Ausstattung blind vertraut hat. Nein, diejenigen, für die wirklich etwas auf dem Spiel steht, sind die Leute vom Krankenhaus. Sie konnten es nicht zulassen, daß Malcolms Bericht über die Behandlung von Consuelo in Lottys Hände geriet. Als sie ihn in seiner Wohnung nicht fanden, haben sie die Demonstration vor der Praxis inszeniert. Aber wo ist der Bericht? Wir haben das Diktiergerät gefunden, es war leer.«

Und wer hat Malcolm tatsächlich umgebracht? fügte ich im stillen hinzu. Ich konnte mir nicht vorstellen, daß sich Alan Humphries selbst die Hände schmutzig machte. Und Peter, der moralisch hochsensible Peter? Hätte er jemandem den Schädel eingeschlagen, würde er jetzt in einer Zwangsjacke stecken.

Max ergriff Lottys Hand. »Meine Liebe, wie oft habe ich dir gesagt, du sollst dich an mich wenden, wenn du in Schwierigkeiten bist. Ich weiß, wo dieser Bericht ist.«

Wir fielen alle über ihn her und wollten des Rätsels Lösung erfahren. Die Kellnerin hatte sich gerade diesen Augenblick ausgesucht, um ein mit Käse, Salami, Pasteten und Obst beladenes Tablett auf unseren Tisch zu stellen. Murray nutzte die Gelegenheit, um mehr Bier zu bestellen, und ich sagte zu Max, daß ich einer weiteren Flasche Wein nicht abgeneigt wäre, wenn es ihm ebenso erginge.

Max erklärte sich erfreut einverstanden. »Aber keinen Clos d'Estournel, Vic. Ich will nicht länger mitansehen müssen, wie Sie ihn hinunterspülen, als wäre es Coca Cola.« Er stand auf und inspizierte gemächlich die Weinregale.

»Es ist zum Verrücktwerden«, sagte Lotty. »Warum hast du nur nach Wein gefragt, Vic? Du hättest wissen müssen, daß er dafür mindestens zehn Minuten brauchen wird.«

Ich nahm mir ein Stück von der hausgemachten Pastete, Lotty biß in einen Apfel – wenn sie angespannt ist, kann sie kaum essen –, und Murray machte sich über den Käse her.

Max kehrte mit einer Flasche Bordeaux an den Tisch zurück. Während die Kellnerin sie öffnete und zeremoniell einschenkte, parlierte er über die angemessene Art, guten Wein zu trinken.

»Du hast den falschen Beruf«, informierte ihn Lotty, als die Kellnerin endlich gegangen war. »Du hättest Schauspieler werden sollen – erst die Leute bis dahin bringen, daß ihnen die Nerven vor lauter Spannung zerreißen und sie dann warten lassen. Aber das hier ist ernst, Max. Wenn du Malcolms letztes Diktat hast, warum habe ich es bislang nicht gesehen?«

Er schüttelte den Kopf. »Ich habe nicht gesagt, daß ich es habe, Lotty. Ich weiß – oder vermute –, wo es ist. Malcolm hat die Kassette ins Beth Israel gebracht, damit sie dort abgetippt wird. Mich wundert es, daß du nicht daran gedacht hast. Wahrscheinlich liegt sie im Büro einer Sekretärin in einem Umschlag, auf dem sein Name steht und der darauf wartet, abgeholt zu werden.«

Lotty wollte sofort ins Beth Israel aufbrechen, aber ich hielt sie zurück. »Wir wollen noch wissen, was Dr. Hatcher über Abercrombie gesagt hat. Und Murray muß uns noch hoch und heilig versprechen, seine Geschichte nicht eher zu bringen, als bis wir es ihm erlauben.«

In Murrays blauen Augen blitzte es ärgerlich. »Sieh mal,

Warshawski, ich danke dir für den Tip und den Knüller. Aber mein Kopf oder die Zeitung gehört nicht dir. Das, was ich heute herausgefunden habe zusammen mit dem, was ihr drei mir erzählt, ergibt die Hauptschlagzeilen und die Titelstory für die nächste Woche.«

»Mensch, Murray! Gebrauch deinen Grips! Hier sitzt Lotty, die wegen Vernachlässigung ihrer beruflichen Sorgfaltspflicht vor Gericht gezerrt wird. Wir sind auf ungesetzliche Weise in den Besitz von Kopien des Beweismaterials gekommen, die belegen, daß ausschließlich im Krankenhaus die Behandlung vernachlässigt wurde. Wenn du die Geschichte bringst, vernichten sie die Originale von Peters Notizen, streiten alles ab, und womit soll sie sich dann verteidigen?« Ich hielt inne, um einen Schluck Wein zu trinken. Er schmeckte nicht so vollmundig wie der Clos d'Estournel, und deswegen spülte ich ihn nicht so hinunter wie Coca Cola. Dann nahm ich den Faden wieder auf. »Es besteht die Möglichkeit, daß sie Lottys Akte über Consuelo noch haben. Wenn du deine Geschichte bringst, wird sie schneller verschwinden als die Demokratie in Chile. Ich möchte einen Überraschungscoup landen.«

»Von mir aus, in Ordnung.« Murray blickte eine Zeitlang mißmutig drein, aber bei seiner angeborenen Gutmütigkeit hielt sein Groll nicht lange an. »Und was schlägst du vor?«

»Ich habe da eine Idee.« Ich nahm mir noch ein Stück von der Pastete. »Max, die Leute vom Friendship kennen Lottys Namen, aber ich wette, Ihren kennen sie nicht. Am Freitag wird dort eine Tagung stattfinden. Irgendwas mit Fruchtwasser. Können Sie morgen dort anrufen und sich anmelden? Und erklären, daß Sie – ihr kommt doch mit, Lotty? Murray? – vier Leute mitbringen werden?«

Max lächelte. »Aber gewiß. Warum nicht? Ich werde meinen stärksten Akzent auflegen und behaupten, ich riefe aus New York an und würde extra für die Tagung herfliegen.«

»Sie müssen nicht hin. Lassen Sie nur fünf Plätze reservieren. Vielleicht sollten wir uns alle Pseudonyme zulegen für den Fall, daß sich Peter die Teilnehmerliste vorlegen läßt. Er kennt Lotty und mich. Murrays Namen wird er nicht kennen und Detective Rawlings' auch nicht.«

»Rawlings?« fragte Murray. »Warum die Polizei mit hineinziehen? Die wird alles verderben.«

»Ich weiß nicht, ob er kommen wird«, sagte ich ungeduldig. »Aber ich möchte, daß er es mit eigenen Augen erlebt. Sonst wird er es nicht glauben. Werden Sie mir den Gefallen tun, Max?«

»Gewiß. Und ich möchte auch dabei sein. Wenn es ein Feuerwerk gibt, warum sollte ich es mir nicht ansehen? Außerdem ist es eine wunderbare Gelegenheit, Sie bei Ihrer Detektivarbeit zu beobachten. Und darauf war ich schon immer neugierig.«

»Es ist nicht so aufregend, wie Sie glauben, Loewenthal«, sagte Murray. »Vics Vorgehensweise ist eher eine brutale – dem Angreifer feste eins draufgeben, nur damit er weiß, daß er die Aus-Linie überschritten hat –, und dann abwarten, wer übrigbleibt. Wenn Sie den eher intellektuellen Ansatz eines Sherlock Holmes oder Nero Wolfe erwartet haben, werden Sie enttäuscht sein.«

»Danke für das Führungszeugnis. Wenn du nicht willst, brauchst du nicht zu kommen, Murray. Ich habe Max nur aus reiner Höflichkeit darum gebeten, auch dir einen Platz zu reservieren.«

»O nein. Ich komme. Wenn die Bombe am Freitag hochgeht, möchte ich dabei sein. Außerdem werde ich die Geschichte fertig haben, druckreif, und sie wird freigegeben in dem Moment, in dem dein Freund Burgoyne dich mit seinen ehrlichen, aber sorgenumwölkten Augen ansieht und sagt: ›Vic, du hast mich überzeugt, ich werde mich stellen.‹ Oder nennt er dich einfach ›Liebling‹ oder ›Victoria‹ oder ›Du, deren Wunsch mir Befehl ist‹?«

30 Stimme aus dem Grab

Im Beth Israel brachte uns der Fund von Malcolms Bericht wieder auf den Boden der Tatsachen. Die Frauen der Nachtschicht waren erstaunt über Max' Auftauchen. Das Gelächter und die Späße, die wir hörten, als wir den Flur entlanggingen, verstummten schlagartig, und alle wandten sich ihren Schreibmaschinen zu, als ob es darum ginge, ein feindliches Flugzeug auf dem Radarschirm zu entdecken.

Max, der sich benahm, als ob es die natürlichste Sache der Welt wäre, wenn der Verwaltungschef des Krankenhauses um zehn Uhr abends auf der Bildfläche erscheint, fragte die Abteilungsleiterin nach Malcolm Tregieres Ablage. Die Frau öffnete einen Aktenschrank, suchte unter dem Buchstaben T und zog schließlich einen Umschlag mit Malcolms Namen hervor.

»Wir haben uns gewundert, warum er ihn noch nicht abgeholt hat – er liegt hier schon fast einen Monat.«

Schließlich sagte Lotty, die sich Mühe gab, nicht aus der Haut zu fahren: »Er ist tot. Vielleicht haben Sie die Todesanzeige hier im Krankenhaus übersehen.«

»Oh, das tut mir leid. Er war so ein angenehmer Kollege.«

Als Max Anstalten machte, mit dem Umschlag den Raum zu verlassen, hielt sie ihn auf. »Oh, Mr. Loewenthal, wir dürfen die Berichte nur ihren Verfassern aushändigen. Könnten Sie mir für meinen Chef einen Beleg schreiben? Daß Dr. Tregiere tot ist und Sie die Verantwortung übernehmen?«

»Ich wußte gar nicht, daß ich so einem straff organisierten Krankenhaus vorstehe«, meinte Max ironisch und schrieb eine Quittung aus.

Wir folgten ihm aus dem Zimmer und versuchten, uns nicht wie wilde Tiger aufzuführen, die eine Gazelle hetzen. Max öffnete im Gehen den Umschlag, zog ein Bündel Papiere heraus und sah sie durch. »Hier ist es. Consuelo Hernandez. ›Auf Dr. Herschels Bitte fuhr ich am 29. Juli zum Friendship Hospital, in das Consuelo Hernandez um 13.52 Uhr bewußtlos und mit Wehen eingeliefert worden war...‹« Er reichte Lotty den Bericht.

»Das verstehe ich nicht«, sagte Murray und blickte Lotty gierig an. »Wenn die Friendship-Leute diesen Bericht so dringend haben wollten, daß sie deswegen jemand umbrachten, warum haben sie nicht getan, was wir eben taten, nämlich hierherkommen und ihn holen?«

Lotty sah kurz auf. »Sie wußten nicht, daß er hier gearbeitet hat. Sie wußten nur, daß er mein Partner war, sonst nichts. Ich habe selbst nicht dran gedacht. Meine Sekretärin, Mrs. Coltrain, tippte seine Krankenberichte über die Patienten in meiner Praxis. Mir ist nie die Idee gekommen, daß er nicht alles von ihr schreiben ließ. Und nach dem Mord und dem Überfall auf die Praxis war ich ziemlich durcheinander. Erst letzte Woche, nachdem ich erfuhr, daß mir ein Gerichtsverfahren bevorsteht, ist mir sein Bericht über Consuelo eingefallen.«

Wir standen vor Max' Bürotür und warteten, bis er sie aufgeschlossen und das Licht angemacht hatte. Sein Büro war ein gemütlich eingerichtetes Zimmer und hatte nichts von der luxuriösen Aufdringlichkeit seines Gegenstücks im Friendship. Auf dem Boden lag ein alter, an einigen Stellen verschlissener Perserteppich, der Schreibtisch war von den vielen Jahren Arbeit zerkratzt, in den Regalen standen neben Büchern über Krankenhausverwaltung und -finanzierung viele Kunstbände über den Orient, die er begeistert sammelte.

Lotty setzte sich auf die ausgeblichene Couch, um Malcolms Bericht zu Ende zu lesen. Murray beobachtete sie gespannt, als ob er den Inhalt von ihrem Gesicht ablesen könnte. Ich fühlte mich erschöpft von dem vielen Wein, dem wenigen Essen und meinen unschönen Gedanken über Peter Burgoyne, setzte mich in einen Lehnstuhl etwas abseits von den anderen und schloß die Augen. Ich öffnete sie auch nicht, als Lotty endlich zu sprechen begann.

»Es steht alles hier. Sie haben sie fast eine Stunde lang nicht behandelt. Als du ihnen gesagt hast, daß Malcolm unterwegs sei, haben sie mit dem Magnesiumsulfat angefangen, Vic. Er schreibt, sie hätten behauptet, ihr Ritodrine zu verabreichen. Das hat er mir auch am Telefon gesagt. Aber er traf kurz nach ihrem ersten Herzstillstand ein und machte sich Gedanken, was ihn verursacht hatte. Deswegen rief er, als er zurück im Beth Israel war, die Oberschwester an, und hat von ihr die Wahrheit erfahren. Sie schien besorgt über Consuelos Zustand und schüttete ihm ihr Herz aus… Abercrombie kam kurz bevor Malcolm wieder fuhr. Um sechs.«

»Abercrombie?« fragte Murray.

»Ja. Sie wissen nicht, wer das ist, oder? Er ist der Perinataloge, von dem sie in ihrer Werbebroschüre behaupten, er gehöre zum Krankenhauspersonal. Tatsächlich arbeitet er im

Outer Suburban, diesem riesigen Universitätskrankenhaus in Barrington. Er springt nur in Notfällen im Friendship ein.«

Eine Weile sagte niemand etwas. Dann riß ich mich zusammen, richtete mich auf, dachte nach und öffnete die Augen. »Haben Sie einen Safe?« fragte ich Max. Er nickte. »Diese Papiere sollten an einem sicheren Platz aufbewahrt werden. Aber vorher müssen wir sie fotokopieren. Murray, kannst du Dias von Malcolms Bericht und Burgoynes Notizen machen?«

»Das habe ich schon geahnt«, sagte er. »Es wird ein Vermögen kosten. Pro Seite vier Bilder, damit der Text lesbar ist, und das innerhalb von vierundzwanzig Stunden. Laß mich kurz rechnen... Hast du sechshundert Dollar, Warshawski?«

Hatte ich nicht, und das wußte er ganz genau. Max kam mir zu Hilfe. »Die Dias kann ich hier in unserer Dunkelkammer machen lassen, Ryerson.«

Ich stand auf. »Danke, Max. Ich fahre jetzt nach Hause. Es war ein langer Tag, und ich kann nicht mehr denken.«

»Du kommst mit mir, meine Liebe«, entschied Lotty. »Du wirst nicht mehr Auto fahren. Und außerdem, was willst du denn in deiner demolierten Wohnung anfangen? Und vielleicht wird noch einmal eingebrochen, weil man noch mehr Beweismaterial bei dir vermutet. Bei mir bist du sicher.«

Niemand konnte sich sicher fühlen, wenn ihm eine Autofahrt bei Nacht mit Lotty bevorstand, aber ich nahm ihr Angebot dankbar an. Wir warteten, während Max die Papiere kopierte. Hinter seinem Schreibtisch befand sich ein kleiner Wandsafe; er nannte ihn eine »absurde Antwort auf die steigende Kriminalitätsrate«, aber heute war er nützlich.

Murray, der nach den Papieren lechzte wie ein Bluthund, nahm die Kopien. Beinahe hätte ich gelacht, als ich die Enttäuschung auf seinem Gesicht bemerkte, während er versuchte, sie zu lesen. Nichts vermittelt einem so stark das Gefühl der eigenen Unwissenheit als der Fachjargon einer anderen Profession.

»Verdammt«, sagte er zu Max. »Wenn Sie und Lotty nicht schwören würden, daß es sich hierbei um höchst decouvrierende Dokumente handelt, würde ich selbst nie auf die Idee kommen. Ich hoffe, daß unsere Ms. Warshawski weiß, was sie tut. Ich würde mir nie und nimmer an die Brust schlagen und ausrufen: ›Es tut mir leid, ich habe Malcolm Tregiere umgebracht‹, wenn mir jemand diese Papiere unter die Nase hielte.«

»Ist es dann nicht besser, daß du mit deiner Geschichte wartest, bis wir alle Beweise zusammenhaben? Außerdem glaube ich nicht, daß Peter Burgoyne Malcolm getötet hat. Ich weiß nicht, wer es war.«

Murray heuchelte Erstaunen. »Es gibt etwas, was du noch nicht weißt?«

Max verfolgte amüsiert unseren Schlagabtausch, aber Lotty fand weniger Gefallen daran. Sie schob mich aus dem Zimmer und den Gang hinunter. Kaum saß ich im Auto, gab ich der Erschöpfung nach. Wenn sich Lotty diese Nacht ausgesucht hatte, um gegen einen Laternenpfahl zu donnern – ich würde sie nicht davon abhalten. Während der Fahrt sprachen wir kein Wort. Ich vermutete, daß Lotty getröstet werden wollte. Mit ihren Fähigkeiten und Erfahrungen hätte sie zu ihren Bedingungen an jedem Krankenhaus des Landes arbeiten können. Aber ihr Ziel war es, ihr Können den Leuten zur Verfügung zu stellen, die es am meisten brauchten. Manchmal, wenn ich mich über sie ärgere, provoziere ich sie, indem ich ihr vorwerfe, sie wolle die Welt retten. Aber ich glaube, das will sie wirklich. Indem sie Menschen von ihren Krankheiten heilt, will sie die Untaten vergessen die sie erlitten hat. Meine Ideale als Detektiv sind nicht so hochgesteckt. Nicht nur, daß ich die Welt nicht retten will, sondern ich glaube auch, daß den meisten Menschen nicht zu helfen ist. Ich bin die Müllabfuhr, die hier und da den Abfall einsammelt.

Wie Peter Burgoyne. Kein Wunder, daß er von Consuelos Tod und Lottys Reaktion darauf wie besessen war. Weil er wußte, daß er sie hatte sterben lassen. Ob aufgrund seiner Behandlungsmethode konnte ich nicht beurteilen. Aber er war schuldig, weil er zugestimmt hatte, in einem Krankenhaus zu arbeiten, das Leistungen versprach, die es nicht erbringen konnte. Damit hatte er beigetragen zu der Situation, die Consuelos Tod verursacht hatte. Er war einmal ein guter, vielversprechender Arzt gewesen. Das ging auch aus seinem Arbeitsvertrag mit Friendship hervor. Deswegen hatte er vermutlich auch seine Notizen über Consuelo nicht vernichtet: Den Stachel, der einen sticht, reißt man sich nicht aus dem Leib. Er wußte, was er hätte tun sollen, wäre er ein Arzt gewesen, wie Lotty einer war. Aber er hatte nicht den Mut, zuzugeben, daß er einen Fehler gemacht hatte. Jetzt konnte er sich im stillen quälen, ohne ein öffentliches Geständnis ablegen zu müssen. Mr. Contreras hatte recht. Peter war eine Nummer zu klein.

31 Mitternachtsshow

Ich war schon am Einschlafen zwischen Lottys nach Lavendel duftenden Laken, als mir die Telefonnummer einfiel, die ich in Alan Humphries' Akte über Consuelo gefunden hatte. Ich kämpfte mich wach und griff nach dem Telefon. Nachdem es fünfmal geklingelt hatte und ich bereits wieder auflegen wollte, meldete sich eine verschlafene Frauenstimme.

»Ich rufe im Auftrag von Alan Humphries an«, sagte ich.

»Wer?« fragte sie. »Ich weiß nicht, wen Sie meinen.« Sie sprach mit spanischem Akzent; im Hintergrund fing ein Baby an zu schreien.

»Ich möchte mit dem Mann sprechen, der Alan Humphries geholfen hat.«

Sie legte die Hand über die Sprechmuschel und schien mit jemandem zu reden. Als sie sich wieder meldete, klang sie besorgt oder hilflos. »Er – er ist im Moment nicht da. Versuchen Sie es später noch einmal.«

Das Babygeschrei wurde lauter. Plötzlich, im Zustand der völligen Entspannung, zu der Erschöpfung führt, erinnerte ich mich an Bruchteile einer früheren Unterhaltung. »Ich bin jetzt ein verheirateter Mann, Warshawski. Ich habe eine hübsche Frau, ein kleines Kind...«

Kein Wunder, daß sie besorgt klang. Sergios engelhafte Schönheit hatte ihr Herz im Sturm erobert. Aber jetzt hatte sie ein Kind und einen Mann, der die meiste Zeit außer Haus verbrachte, der oft mit der Polizei zu tun hatte und der über hohe Geldbeträge verfügte, nach deren Herkunft sie besser nicht fragte.

»Kann ich ihn morgen erreichen, Mrs. Rodriguez?«

»Das kann ich Ihnen nicht sagen. Vermutlich. In wessen Auftrag, sagten Sie, rufen Sie an?«

»Alan Humphries.«

Ich erinnerte mich kaum noch daran, aufgelegt zu haben, bevor ich einschlief. Als ich aufwachte, schien die Augustsonne durch Lottys helle Vorhänge ins Zimmer. Der Vorabend fiel mir wieder ein, und ich bekam ein unangenehmes Gefühl in der Magengegend. Peter Burgoyne. Ein schöner Apfel, doch leider wurmstichig. Aber Humphries, nicht Peter, hatte Sergio angerufen, hatte ihn dazu gebracht, in Malcolms Wohnung einzubrechen und nach dem Diktiergerät zu suchen. Vielleicht hatte Sergio Malcolm aus eigenem Antrieb erschlagen und nicht auf Humphries' Geheiß hin.

Es war halb acht. Noch zu früh, um Rawlings zu erreichen. Ich stand auf und ging in die Küche, wo Lotty bereits bei ihrer ersten Tasse Kaffee und der *New York Times* saß. Lotty treibt keinen Sport. Sie hält sich durch schiere Willenskraft in Form – kein Muskel würde es wagen, unter ihrem gestrengen Blick zu erschlaffen. Sie hat jedoch rigorose Vorstellungen, was Ernährung anbelangt – ihr Frühstück besteht zu jeder Jahreszeit unweigerlich aus frisch gepreßtem Orangensaft und einer Portion Müsli. Sie hatte bereits gefrühstückt, Schüssel und Glas standen ordentlich gespült auf dem Trockengestell. Ich schenkte mir eine Tasse Kaffee ein und setzte mich zu ihr an den Tisch. Sie ließ die Zeitung sinken und sah mich an. »Alles in Ordnung?«

Ich lächelte. »Ja, mir geht's gut. Nur mein Ego ist ein bißchen angekratzt. Ich mag es nicht, eine Affäre mit jemandem zu haben, der mich nur benutzt. Ich dachte, meine Menschenkenntnis würde das verhindern.«

Sie tätschelte meine Hand. »Du bist auch nur ein Mensch, Victoria. Ist das so schlimm? Was hast du heute vor?«

Ich verzog das Gesicht. »Abwarten und Tee trinken. Rawlings fragen, ob er mit zur Konferenz im Friendship kommt. Oh, es gibt etwas, was du tun könntest. Kannst du dafür sorgen, daß Mr. Contreras erst nach dem Wochenende entlassen wird? Seine Tochter will, daß er zu ihr zieht, raus aus der gefährlichen Stadt. Er will natürlich nicht und hat Angst, daß die

Ärzte darauf bestehen. Ich habe ihm angeboten, er könne zu mir kommen, wenn er jemand braucht, der sich um ihn kümmert, aber ich will mir nicht ständig Sorgen machen, daß er Sergio Rodriguez über den Weg läuft, während ich weg bin.«

Sie versprach, sich während ihrer morgendlichen Visite darum zu kümmern. Bevor sie in die Praxis fährt, macht sie jeden Morgen Besuche im Beth Israel. Sie blickte auf ihre Uhr, verabschiedete sich und stürmte los. Ich wanderte bedrückt in Lottys Wohnung umher. Auch nur ein Mensch? Vielleicht hatte Lotty recht. Wenn ich lernte, meine eigenen Unzulänglichkeiten zu akzeptieren, könnte ich möglicherweise besser mit anderen Menschen umgehen. Das klang gut – wie aus einem Buch Leo Buscaglias. Aber ich war nicht davon überzeugt.

Ich ging zu Lottys Praxis, holte meinen Wagen und fuhr dann nach Hause. Um zehn rief Max' Sekretärin an, um mir mitzuteilen, daß fünf Plätze für die Tagung am Freitag reserviert wären. »Er hat Sie als Viola da Gamba angemeldet.« Sie buchstabierte den Namen unsicher. »Ist das richtig?«

»Ja«, sagte ich grimmig. »Hoffen wir, daß die so dumm sind, wie er glaubt. Welchen Namen hat er Lotty verpaßt?«

Sie klang noch unsicherer. »Domenica Scarlatti.«

Ich beschloß, daß meine Nerven keine weitere Zusammenarbeit mehr mit Max durchstehen würden, sagte der Sekretärin, sie solle ihm meinen Dank ausrichten und ihn daran erinnern, daß man sich bisweilen ins eigene Fleisch schneiden könnte.

»Ich werd's ihm sagen. Die Tagung wird im Stanhope Auditorium im zweiten Stock des Krankenhauses stattfinden. Wissen Sie, wo das ist?«

Ich bejahte und legte auf. Dann rief ich Rawlings an.

»Sie wünschen, Ms. Warshawski?«

»Haben Sie am Freitag Zeit?« fragte ich so nonchalant wie möglich. »Für einen kleinen Ausflug aufs Land?«

»Worauf wollen Sie hinaus, Warshawski?«

»Am Freitag wird in Schaumburg eine Tagung abgehalten. Ich glaube, es wird einige interessante Krankheits- und Sterblichkeitsstatistiken zu sehen geben.«

»Krankheit und Sterblichkeit? Sie wollen mich wohl auf die Schippe nehmen? Nein, nein, ich weiß, Sie meinen es ernst. Sie wissen etwas über Fabiano Hernandez' Tod. Sie haben Beweise und verheimlichen sie mir, das ist ein Schwerverbrechen, Warshawski, und das wissen Sie ganz genau.«

»Ich verheimliche Ihnen nichts.« Tatsächlich hatte ich Fabiano vergessen. Ich überlegte einen Augenblick, um ihn in meine Gleichung einzubauen, aber es gelang mir nicht. Vielleicht hatte Sergio ihn erschossen, weil er dachte, Fabiano hätte ein falsches Spiel mit ihm getrieben. »Es geht um Malcolm Tregiere. Und ich weiß nichts mit Bestimmtheit, es sind bloß Vermutungen. Man wird dort ein Paper präsentieren, das vielleicht, vielleicht aber auch nicht, die Wahrheit ans Tageslicht bringt über das, was ihm zugestoßen ist.«

Rawlings schnaufte heftig. »Vielleicht, vielleicht aber auch nicht? Und wie könnte die Wahrheit aussehen? Oder auch nicht?«

»Deshalb habe ich gedacht, daß Sie mit nach Schaumburg kommen wollen. Auf gut Glück habe ich Sie für die Tagung anmelden lassen. Sie beginnt um neun, Kaffee und Brötchen um halb neun.«

»Verdammt noch mal, Warshawski, ich lasse Sie als wichtige Zeugin einbuchten.«

»Aber dann versäumen Sie die Tagung, Detective, und bis an Ihr Lebensende werden Sie sich fragen, was die Wahrheit über Malcolm Tregieres Tod ist.«

»Kein Wunder, daß Bobby Mallory rot anläuft, wenn er Ihren Namen hört. Sein Problem ist, daß er zu sehr Gentleman ist und sich nicht traut, die brutalen Polizeimethoden anzuwenden... Um neun in Schaumburg? Ich hol Sie um halb acht ab.«

»Ich werde schon dort sein. Warum verabreden Sie sich nicht mit Dr. Herschel? Sie wird Ihnen den Weg zeigen.«

»Sehr aufmerksam von Ihnen, Ms. Warshawski.«

»Ich bin immer bemüht, meine staatsbürgerlichen Pflichten zu erfüllen und der Polizei bei ihrer schwierigen Aufgabe, den Gesetzen Achtung zu verschaffen, behilflich zu sein, Detective«, sagte ich höflich. Er legte auf.

Danach konnte ich nichts mehr tun außer warten. Die Reinigungsfirma schickte gegen Mittag eine Mannschaft vorbei. Ich sagte ihnen, sie sollten alles aufheben und irgendwo verräumen und alle Oberflächen wachsen und polieren. Warum sollte ich nicht einmal im Jahr eine tipptopp saubere Wohnung haben? Dann cremte ich mein Gesicht dick mit Sonnencreme ein und joggte hinüber zum See, wo ich den Nachmittag verbrachte. Um diese Jahreszeit gibt es regelmäßig einen Sturm, der den See aufwühlt, und dann ist es mit dem Schwimmen für den Rest des Jahres vorbei. Also nutzte ich die Zeit und schwamm ausgiebig.

Am Donnerstag mittag rief Max' Sekretärin bei mir an und gab Bescheid, daß die Dias fertig seien. Ich fuhr ins Beth Israel und holte sie ab.

Donnerstag abend. Ich steckte in meiner Arbeitskluft und hatte Lottys weißen Kittel dabei. Dieses Mal hatte ich einen Koffer gepackt und ein Zimmer im Hotel reserviert. Lotty und Rawlings würden mich dort am nächsten Morgen um halb acht treffen. Max und Murray wollten zusammen hinausfahren und sich am Krankenhauseingang zu uns gesellen.

Um Mitternacht fuhr ich zum Friendship. Als erstes machte ich eine Runde über den Personalparkplatz, um mich zu vergewissern, daß Peters Auto nicht da war. Dann betrat ich im weißen Kittel und, wie ich hoffte, sehr professionell aussehend den Haupteingang des Krankenhauses und stieg die Treppen in den zweiten Stock hinauf. Das Stanhope Auditorium lag am Ende des Korridors und ging auf den Besucherparkplatz hinaus. Die Türen waren verschlossen, aber für meine Schlüsselsammlung stellten sie kein Problem dar. Ich schloß sie hinter mir und knipste meine Taschenlampe an. Es war ein kleiner Vorlesungssaal, ideal für diese Art von Tagung. Ungefähr fünfundzwanzig Stuhlreihen waren treppenförmig angeordnet, und unten befand sich ein Podium. Die Vorhänge waren zugezogen. An der Wand hinter dem Podium hing eine große weiße Leinwand, auf einer Seite stand ein Pult mit Mikrophon. Die technische Ausstattung befand sich in einem Zimmer am hinteren Ende des Saals. Ich schloß die Tür auf – meine Hände zitterten vor Nervosität – und begann, die Diakarusselle durchzusehen.

32 Tödliche Tagung

Max und Murray erwarteten uns auf dem Besucherparkplatz. Im Gegensatz zu Lotty, deren Gesicht man die Sorgen ansah, und Rawlings, der den starken Mann markierte, war Max bester Laune. Er trug einen leichten, dunklen Anzug, dazu ein orange gestreiftes Hemd und eine dunkelbraune Krawatte. Als er uns sah, strahlte er übers ganze Gesicht, begrüßte Lotty mit einem Kuß und schüttelte mir begeistert die Hand.

»Sie sehen überaus raffiniert aus, Vic, sehr professionell«, beglückwünschte er mich. Ich hatte einen weizenfarbenen, leinenen Hosenanzug an, dessen Jacke weit genug war, damit der Revolver darunter nicht auffiel, und eine dunkelgrüne Baumwollbluse. Außerdem trug ich flache Schuhe, damit ich laufen konnte, sollte es notwendig sein.

Murray, dessen Hemd durch die Fahrt in der Hitze schon leicht zerknittert war, brummte mir nur entgegen, er hoffe schwer, daß bei dieser Aktion etwas herauskäme. Er war ebenso skeptisch wie Rawlings, dessen Laune sich etwas besserte, als er bemerkte, daß keiner so recht wußte, was eigentlich passieren würde – er war bislang der Meinung gewesen, ich hätte ihn hierher beordert, um die Polizei in Verlegenheit zu bringen.

Um zehn vor neun betraten wir das Krankenhaus und gesellten uns zu einer großen Gruppe, die die Treppe in Richtung des Auditoriums hinaufging. Mein Herz begann unangenehm schnell zu schlagen, und ich bemerkte, wie meine Hände kalt und feucht wurden. Lotty hing ihren eigenen Gedanken nach, aber Max nahm meine Hand und drückte sie freundlich. An der Saaltür, wo zwei fröhliche junge Frauen Namensschilder verteilten, kümmerte er sich um unsere. Über die vielen Leute hinweg konnte ich Peter und Alan Humphries vorne im Saal in einer kleinen Gruppe von Männern ausmachen. Peters Haar war glatt zurückgekämmt, sein Gesicht weiß und angespannt. Er stand steif und aufrecht da und beteiligte sich nicht am Gespräch der Männer.

Als Max unsere Namensschilder und Programme ergattert hatte, nahmen wir verstohlen im hinteren Teil des Auditoriums Platz. Ich hoffte inständig, daß das Scheinwerferlicht Peter blenden würde, wenn er ins Publikum sah, obwohl die Sichtverhältnisse auf die Bühne und von der Bühne dank der gelungenen Konstruktion des Saales hervorragend waren. Rawlings rutschte nervös zu meiner Linken auf seinem Sitz herum. Seine dunkle Sportjacke aus einem Kunstfasergemisch stach unter den Sechshundert-Dollar-Anzügen heraus. »›Die Behandlung von Fruchtwasserembolien‹?« murmelte er ungläubig. »Wo haben Sie mich da bloß hingeschleppt, Warshawski?«

Ich konnte vor Aufregung kaum sprechen. »Warten Sie ein paar Minuten.«

Ich studierte das Programm. »Begrüßung« durch Alan Humphries, Verwaltungsdirektor von Friendship V. »Einführung« von Dr. Peter Burgoyne, Chefarzt der Entbindungsstation des Friendship V. Danach sollten sechs Vorträge über die Behandlung von Fruchtwasserembolien von Kapazitäten auf diesem Gebiet folgen. Nach der Mittagspause waren Fallstudien und Gruppendiskussionen geplant. Das Ende war für fünfzehn Uhr vorgesehen, damit die Teilnehmer noch vor dem nachmittäglichen Verkehrsstau nach Hause kämen. Ich las, daß sich die Tagungsgebühren auf zweihundert Dollar pro Person beliefen, und lehnte mich über Lotty zu Max hinüber, um ihn darauf aufmerksam zu machen. Er schüttelte lächelnd den Kopf, hatte also die Gebühren nicht bezahlt.

Um zwanzig nach neun war der Saal zu zwei Dritteln gefüllt. Die große Mehrheit des Publikums bestand aus Männern, und Rawlings war der einzige Schwarze. Mit einem Lächeln und einer entsprechenden Handbewegung veranlaßte Humphries die Männer, mit denen er sich unterhalten hatte, Platz zu nehmen, und betrat das Podium. Peter setzte sich in die erste Reihe.

»Tag, ich bin Alan Humphries, der Verwaltungsdirektor des Friendship Hospital. Ich möchte Sie hier an diesem wunderschönen Tag willkommen heißen, an dem Sie sicherlich lieber auf dem Golfplatz wären – das heißt, auf Visite bei Ihren Patienten.« Lautes Gelächter. Ein kurzer Witz über einen Assistenzarzt auf der Entbindungsstation, ein paar ernste Worte zu den Schwierigkeiten, Fruchtwasserembolien zu behandeln, ein geschickt eingeflochtener PR-Hinweis über Friendships Engagement für die Patienten, und dann stellte Humphries Peter vor. »Ich nehme an, die meisten von Ihnen kennen ihn – seine Erfahrung und Hingabe, was Risikoschwangerschaften und Entbindungen angeht, haben sich herumgesprochen und sind heutzutage nur noch selten zu finden. Das Friendship schätzt sich überaus glücklich, ihn zu seinem Ärztestab zählen zu dürfen.«

Es wurde höflich geklatscht, als Peter aufstand und auf das Podium ging. Humphries nahm auf Peters Sitz Platz. Die Lichter gingen aus, und der Projektor warf das erste Dia auf die Leinwand: eine Luftaufnahme des Krankenhauses mit dem Friendship-Schriftzug darüber. Der Knoten in meinem Magen war so fest, daß ich wünschte, nicht gefrühstückt zu haben.

Mit Hilfe einer Fernbedienung ließ Peter die Dias durchlaufen und kam schnell zu den Kernpunkten seines Vortrags. Er begann mit einer Statistik über die häufigsten Krankheiten während einer Schwangerschaft zwischen 1980 und 1985. Dann kündigte er das nächste Dia an, das alle Todesfälle mit bekannter Ursache aufführte. Während er sprach, herrschte zuerst absolute Stille im Publikum. Plötzlich lief ein Gemurmel durch den Saal wie ein Vogelschwarm, der sich aus einem Kornfeld erhebt. Er hielt inne, um auf die Leinwand zu sehen, und blickte auf seine eigene, riesenhaft vergrößerte Handschrift.

»Um 14.58 Uhr Patientin gesehen... In Abwesenheit von Dr. Abercrombie wurde die Entscheidung getroffen, eine sofortige Behandlung mit Mg. sulf. intravenös anzusetzen; 4 mg pro Stunde. Um 15.30 erneut Patientin aufgesucht, die immer noch bewußtlos war; keine Reflexe, kein Urin(ausfluß) Muttermund 7cm weit geöffnet. Weiterhin Mg. sulf. intravenös.«

Peter stand einen Augenblick da wie vom Donner gerührt, dann projizierte er das nächste Dia auf die Leinwand. Es zeigte die Fortsetzung des schonungslosen Protokolls seiner Unfähigkeit, Consuelo richtig zu behandeln.

Ich sah einen Schatten in der ersten Reihe aufspringen und nach hinten laufen. Die Tür des Projektionsraums hinter uns ging auf. Auf einmal war die Leinwand leer und die Saalbeleuchtung wurde eingeschaltet. Wir hörten Alan Humphries' Stimme aus der Sprechanlage. »Wir bitten vielmals um Entschuldigung, meine Damen und Herren. Offenbar hat eine Sekretärin die Dias mit einer hausinternen Besprechung verwechselt. Dr. Burgoyne, würden Sie so freundlich sein und einen Moment hierherkommen, damit wir die Dias aussortieren.«

Peter schien ihn nicht zu hören. Im grellen Licht der Bühnenscheinwerfer sah sein angespanntes Gesicht gelblich aus. Er hörte nicht auf das lauter werdende Murren aus dem Publikum, ließ die Fernbedienung fallen und begann den Gang entlang nach hinten zu gehen. Am Zimmer mit dem Diaprojektor vorbei. Zur Tür hinaus.

Humphries brauchte ein paar Sekunden, um zu begreifen, daß Peter nicht zu ihm kam. Er fand jedoch sein Gleichgewicht sofort wieder und schlug dem Publikum eine kurze Pause vor. Er erklärte ihnen, wie die Cafeteria zu finden war, wo Kaffee und Gebäck auf Kosten des Hauses serviert wurden. Sobald Humphries den Saal verließ, stieß ich Rawlings an, der auf die Füße sprang und mit mir zur Tür stürmte. Ich hörte noch, wie mir Murray quengelig etwas nachrief, achtete aber nicht darauf. Rawlings hielt mit mir Schritt, als ich die Korridore entlang zur Entbindungsstation lief. Ich hatte vergessen, daß es dort einen Flur gab, den man nur in steriler Kleidung und mit Gesichtsmasken passieren durfte. Ich zögerte, entschied, daß wir keine Zeit zu verlieren hatten, und stieß die Tür auf. Eine wutschnaubende Schwester versuchte uns aufzuhalten, aber wir ignorierten sie, ignorierten zwei Frauen mit Wehen und einen Arzt, der aus einem der Zimmer stürzte und uns gellend anschrie. Als wir die Tür am anderen Ende hinter uns hatten, befanden wir uns auf dem Korridor, an dem Peters Büro lag. Er war nicht mehr leer, wie um zwei Uhr nachts, sondern mit geschäftigen Leuten bevölkert. Wir liefen an ihnen vorbei zu Peters Büro. Seine Sekretärin lächelte uns freundlich an, als wir hereinhasteten, aber als wir an ihr vorbei auf Peters Zimmer zusteuerten, zeichnete sich Panik auf ihrem Gesicht ab.

»Er ist nicht da. Er ist bei einer Tagung. Er wird den ganzen Tag nicht kommen.«

Für alle Fälle öffnete ich die Zimmertür und sah nach. Er war nicht da. Seine Sekretärin meckerte, aber sie war nicht gewöhnt, Besucher rauszuwerfen, und wußte sich nicht zu helfen.

»Was jetzt?« fragte Rawlings scharf.

Ich überlegte einen Augenblick. »Sein Haus, vermutlich.« Ich drehte mich zur Sekretärin um. »War Alan Humphries eben hier? Nein? Wahrscheinlich ist er besser zu Fuß als ich. Oder er kennt Burgoyne besser.«

Ich führte Rawlings die Treppe hinunter zum Haupteingang.

»Sie kennen sich hier ziemlich gut aus«, sagte er argwöhnisch. »Sie wissen, wo dieser Dr. Burgoyne wohnt?« Als ich nickte, fügte er ironisch hinzu: »Sie und der Doc waren wohl sehr gute Freunde, oder? Deswegen sind Sie auch so sicher, daß er es Ihnen nicht übelnehmen wird, wenn Sie einfach so hereinplatzen.«

»Dessen bin ich mir gar nicht sicher«, zischte ich ihn an. Meine Nerven waren zum Zerreißen gespannt. »Wenn diese ganze Aktion umsonst ist, dann hat Sie die Stadt Chicago einen Vormittag umsonst bezahlt. Sie kann mir das in Rechnung stellen.«

»Nur keine Aufregung, Ms. Warshawski. Wenn das alles ist, worum Sie sich Sorgen machen, dann lohnt es sich nicht. Der Betrag ist so gering, daß man ihn vergessen kann. Außerdem amüsiere ich mich köstlich.« Wir waren auf dem Besucherparkplatz angekommen. »Ihren Wagen oder meinen?«

»Ihren, natürlich. Wenn Sie ein Kollege wegen zu schnellem Fahren anhält, können Sie berufliche Pflichten oder so was anführen.«

Er lachte und steuerte auf sein Auto zu mit einer Geschwindigkeit, die wie Schrittempo wirkte, mich aber fast zum Laufen brachte. Er schloß die Türen auf, ließ den Motor an und fuhr los, noch ehe ich meine Tür wieder schließen konnte. »Also gut, Ms. Warshawski, ich bin Wachs in Ihren Händen. Wohin soll's gehen?«

Ich gab ihm die Richtung an. Rawlings fuhr schnell, aber sicher. Ich entspannte mich etwas. Während der Fahrt gab ich ihm eine Zusammenfassung dessen, was ich über Consuelos Behandlung und den Mord an Malcolm herausgefunden hatte.

Er schwieg eine Weile und dachte offensichtlich nach, dann sagte er fröhlich: »Ich vergebe Ihnen. Wenn Sir mir das alles schon am Mittwoch erzählt hätten, wäre ich der Meinung gewesen, Sie machten viel Wind um nichts. Ich bin immer noch nicht völlig überzeugt, aber wie die beiden Typen davongeflitzt sind, das war durchaus verdächtig. Kennen Sie jemanden, der einen Pontiac Fiero fährt? Seit einiger Zeit hat sich uns ein Wagen dieses Typs an die Fersen geheftet.«

Ich blickte um. »Oh, das ist Murray. Er hat uns wahrscheinlich davonfahren sehen und will das Ende der Geschichte nicht versäumen.«

Rawlings bog in die Straße ein, die zu Peters Haus führte. Peters Maxima war in der Einfahrt geparkt, dahinter ein dunkelgrauer neuer Mercedes. Quietschend kam Murray hinter uns zum Stehen. »Was, zum Teufel, soll das bedeuten, Warshawski, mich einfach links liegenzulassen, wenn's spannend wird?« schrie er mich ärgerlich an und knallte die Autotür zu.

Ich schüttelte den Kopf. Es war zu kompliziert, um es ihm in drei oder noch weniger Sätzen zu erklären.

Rawlings stand neben der Wagentür. »Hören Sie auf damit, Ryerson. Ihre verletzten Gefühle sind im Augenblick nicht wichtig.«

Während wir aufs Haus zuliefen, kam Peppy angerannt, ihr Schwanz wedelte in der Sommersonne wie eine goldene Fahne. Sie erkannte mich und bellte freudig, machte kehrt und holte einen Tennisball. Sie hatte mich eingeholt, als wir an der Hintertür anlangten. Ihre ungetrübte Lebensfreude schnürte mir einen Moment lang die Kehle zu; ich mußte blinzeln, streichelte sie und sagte ihr, sie solle draußen bleiben. Rawlings und Murray folgten mir schweigend ins Haus. Wir betraten die Küche, in der alle möglichen elektronischen Geräte jungfräulich glänzten. Wir schlichen über den Boden aus italienischen Kacheln in das gespenstisch ruhige Eßzimmer, an schweren dunklen Holzstühlen und modernen Plastiken vorbei in den Flur, der zu Peters Arbeitszimmer führte. Die Tür war geschlossen. Rawlings machte eine Kopfbewegung auf die Mauer neben der Tür, und ich bezog dort Stellung. Er stieß die Tür auf und ging an der Wand auf der anderen Seite neben der Tür in Deckung.

Ich hatte die Smith & Wesson schußbereit in der Hand und folgte Rawlings ins Zimmer. Als nicht geschossen wurde, kam uns Murray nach.

Peter saß an seinem Schreibtisch, ebenfalls eine Smith & Wesson in der Hand. Sie zielte auf Humphries, der in einem Lehnstuhl vor ihm saß. Peter blickte kurz auf, als wir eintraten, bewegte aber den Revolver keinen Zentimeter. Sein Gesicht war aschfahl und verzerrt. Er schien nicht erstaunt über unser überraschendes Auftauchen – er befand sich in einem Zustand jenseits von Schock und Überraschung. »Oh, Vic, du bist es.«

»Ja, Peter, ich bin's. Das ist Detective Rawlings von der Chicagoer Polizei. Und das ist Murray Ryerson vom *Herald Star*. Wir möchten mit dir über Malcolm Tregiere reden.«

Er lächelte kurz. »Wirklich, Vic? Das freut mich. Ich spreche gern über ihn. Er war ein guter Arzt. Er wäre zu dem geworden, was ich hätte sein können – Lotty Herschels Vorzeigestudent in Perinatalogie, Heiler der Kranken, Beschützer der Armen und Rechtlosen.«

»Halt den Mund, Peter«, fuhr Humphries scharf dazwischen. »Du bist völlig außer dir.«

»Wenn dem so ist, Alan, fühle ich mich dabei ausgesprochen wohl. Weißt du, Geld ist nicht alles im Leben. Aber wahrscheinlich weißt du es nicht. Als Tregiere im Krankenhaus erschien, wußte ich, daß das Spiel aus war. Er erfaßte mit einem Blick, was wir getan hatten und was nicht. Aber er war zu höflich, um etwas zu sagen, legte los und tat sein Bestes für das Kind und das Mädchen. Natürlich war es schon zu spät.«

Peter sprach wie in Trance. Ich warf einen Blick auf Rawlings, aber der war ein viel zu gerissener Polizist, als daß er ein Geständnis unterbrochen hätte.

»Ich wußte, daß er Dr. Herschel Bericht erstatten würde, deshalb ging ich zu Alan, um ihm mitzuteilen, daß wir einigen Schwierigkeiten würden ins Auge sehen müssen. Aber das wollte Alan nicht, nicht wahr, alter Junge? Natürlich nicht. Damit die zukünftigen Kapitalströme nicht unterbrochen würden oder wie diese Scheiße in der Finanzsprache genannt wird. Deshalb blieb er abends lange im Krankenhaus, um sich einen Ausweg zu überlegen. Das war, bevor das Mädchen – Consuelo, meine ich – starb. Aber sie war schon einmal beinahe tot gewesen wegen dem Magnesiumsulfat, und deshalb war ihr Zustand ziemlich kritisch, wie wir in medizinisch-industriellen Betrieben sagen.«

Sein Revolver zielte immer noch auf Humphries. Zuerst hatte Humphries versucht, ihn zu unterbrechen, dann uns dazu zu bringen, Peter zu entwaffnen, aber als er merkte, daß wir darauf nicht eingingen, hatte er sich still gehalten.

»Aber dann hatte Alan Glück, stimmt's, Alan? Spät am Abend tauchte der Mann des Mädchens auf. Alan hat schon immer einen guten Riecher gehabt, was Menschen angeht, ihre Stärken und Schwächen. Mich zum Beispiel hat er auf den ersten Blick richtig eingeschätzt. Ich meine, nachdem man mich mit Geld geködert hatte, war es nicht mehr schwer, mich Schritt für Schritt nach vorn zu stoßen. Wie dem auch sei, der Mann des Mädchens tauchte auf. Und Alan schenkte ihm fünftausend Dollar, um ihn bei Laune zu halten. Und er erfuhr, daß er in Chicago ein paar gute Freunde hatte, die wohl eher kriminellen Aktivitäten nachgehen und bei entsprechender Bezahlung alles machen. Zum Beispiel in Malcom Tregieres Wohnung einzubrechen und seine Aufzeichnungen zu stehlen. Und ihm vielleicht auch den Schädel einzuschlagen. Du hast mir erzählt, du hättest ihnen gesagt, sie sollten warten, bis er außer Haus wäre – aber das hätte dir nicht viel genutzt, nicht wahr? Denn Tregiere hätte jederzeit seine Aufzeichnungen rekonstruieren können. Nein, nur sein Tod hat dir etwas genutzt.«

»Du fantasierst, Burgoyne«, sagte Humphries laut, sein Gesicht war blaß. »Sehen Sie nicht, Officer, daß er völlig den Kopf verloren hat? Nehmen Sie ihm die Pistole ab, dann können wir vernünftig miteinander sprechen. Peter sind die Nerven durchgegangen, aber Sie sehen wie ein intelligenter Mensch aus, Rawlings. Ich bin sicher, wir werden uns schon einigen.«

»Vergessen Sie's, Humphries«, sagte ich. »Wir wissen, daß Sie in Ihrem Büro Sergio Rodriguez' Telefonnummer haben. Ich könnte den Detective hier sofort veranlassen, daß er einen Polizisten rüberschickt, der sie sicherstellt.«

Humphries holte tief Luft, die erste Schwachstelle in seiner Verteidigung war zum Vorschein gekommen.

Peter fuhr fort zu sprechen, als wäre er nie unterbrochen worden. »Tregiere war damit erledigt. Aber wir wußten, Warshawski ist Detektiv. Und sie hat einen ziemlich guten Ruf, also schaltete ich mich ein und hatte ein Auge auf sie. Junger, gutaussehender Arzt mit einem Haufen Geld, da werden viele Frauen schwach, sie vielleicht auch. Außerdem hatte Alan Tregieres Aufzeichnungen immer noch nicht. Vielleicht hatte er sie Warshawski im Friendship gegeben. Nichts leichter, als ihre Wohnung zu durchsuchen, während sie schlief.«

Er sah mich an, und in seinen Augen sah ich nur tiefste Verzweiflung. »Ich mochte dich, Vic. Wenn ich mir nicht schon die Hände schmutzig gemacht hätte, hätte ich mich vielleicht in dich verliebt. Ich merkte, daß du Verdacht schöpftest, und ich bin kein sehr guter Schauspieler, deshalb habe ich mich zurückgezogen. Und außerdem war da noch die Sache mit den Ick-Piff-Akten...«

Seine Stimme verlor sich. Ich holte tief Luft, um den Knoten in meiner Kehle zu lösen. »Ist schon in Ordnung, Peter. Darüber weiß ich Bescheid. Alan hat sich mit Monkfish in Verbindung gesetzt und ihn dazu überredet, eine Demonstration vor Lottys Praxis zu organisieren. Irgend jemand hat für ihn Consuelos Akte geklaut. Du konntest nicht wissen, daß Friendships Anwalt, Dick Yarborough, mein Ex-Mann ist. Ich wußte, daß Monkfish Dick nicht bezahlen konnte, und deshalb wollte ich wissen, wer ihm den Anwalt bezahlte, der ihn rausboxte.«

Humphries, der sah, daß Peter abgelenkt war, wollte aus seinem Sessel aufstehen. Rawlings zog seine Polizeiwaffe und winkte ihn zurück. »Lassen Sie den Doktor ausreden, Mann. Also haben Sie Sergio als nächstes damit betraut, bei Warshawski einzubrechen und die Akten zu stehlen. Und dem alten Mann, der im Erdgeschoß lebt, wurde ein Loch in den Kopf geschlagen, zum Glück kein tödliches. Aber was ist mit Fabiano? Weshalb mußte er sterben?«

»Ach ja.« Peter sah auf die Waffe in seiner Hand. »Alan hatte ihn bezahlt, damit er den Mund hielt. Wir dachten, fünftausend Dollar sind mehr Geld, als er je in seinem Leben zusammenkratzen könnte, und daß ihm nie einfallen würde, uns gerichtlich verfolgen zu lassen. Aber dann hatte er es satt, von den Brüdern seiner toten Frau und von Vic schikaniert zu werden. Alle wußten, wie eng sie mit Dr. Herschel befreundet ist, und die Schwester des toten Mädchens ist Dr. Herschels Krankenschwester. Also würde jeder, der sich an Vic oder den Alvarados rächen wollte, als erstes gegen Dr. Herschel vorgehen, richtig?«

Rawlings und ich nickten wortlos.

»Darum erstattete Fabiano Anzeige gegen Dr. Herschel wegen Mißachtung der beruflichen Sorgfaltspflicht während der Schwangerschaft seiner Frau. Er wollte Wort halten und Friendship nicht mit hineinziehen – soviel Ehre besaß er, der schleimige Dreckskerl –, aber sobald so eine Sache ins Rollen kommt, verliert man die Kontrolle darüber. Und natürlich sah der Rechtsanwalt, den er sich genommen hatte, sofort, wo das große Geld zu holen war. Im Friendship. Wir bekamen unsere Vorladungen, und Alan hat sozusagen den Kopf verloren. Er ließ sich von mir das Modell von Vics Revolver nennen und kaufte eine Waffe des gleichen Typs. Dann traf er sich mit Fabiano in dieser Bar auf einen freundschaftlichen, väterlichen Schwatz. Ich mußte ihn begleiten. Damit ich mich mitschuldig machte, nicht wahr, Alan? Er legte dem Jungen den Arm um die Schulter und schoß ihm in den Kopf. Selbstverständlich behielt er die Patronenhülse. Er glaubte, daß Vic Dr. Herschel zu Hilfe kommen würde, und wenn man Fabiano mit einer Kugel ihres Waffentyps getötet fand, würde man sie, völlig klar, verhaften. Ich mußte den Revolver aufbewahren. Schließlich hat er Frau und Kinder. Eine Waffe kann man nicht zu Hause aufbewahren, da ist sie nicht sicher, nicht wahr, Alan?« Er fuchtelte mit dem Revolver herum und lachte kurz.

Rawlings räusperte sich, begann, etwas über gerichtliches Beweismaterial zu sagen, besann sich dann eines Besseren. »In Ordnung, Doc. Sie haben nichts persönlich gegen Warshawski. Sie hätten ihr Blumen ins Gefängnis gebracht und ihr einen guten Anwalt besorgt. Vielleicht diesen Halsabschneider von früherem Mann. Aber ich fürchte, ich muß Sie jetzt bitten, mir die Waffe zu geben. Sie ist ein Beweisstück in einem Mordfall, verstehen Sie, und ich muß sie mit nach Chicago nehmen.« Er hatte mit einer leisen, sanften Stimme gesprochen, und Peter wandte ihm seinen verträumten Blick zu. »Oh, ja, die Waffe, Detective.« Er hob sie hoch und betrachtete sie. Bevor mir klar war, was er tat, hielt er sie an seine Schläfe und schoß.

33 Hund in Trauer

Der Schuß hallte in dem Zimmer wider. Man roch es sofort: verbranntes Schießpulver und Blut. Vielleicht sind unsere Nasen zu abgestumpft, um noch Blut zu riechen. Aber wir sahen es. Es war nicht zu übersehen. Ein hellroter Fleck bildete sich auf der Schreibtischplatte. Die weißen Splitter waren Knochen. Und die dunklere, weiche Masse, die aus dem Haar hervorquoll, war Gehirn.

»Sie können jetzt nicht ohnmächtig werden, Ms. Warshawski. Wir haben was zu tun.«

Eine kräftige schwarze Hand packte meinen Kopf und zwang mich, mich nach vorn zu beugen und den Kopf zwischen die Beine zu stecken. Der Hall in meinen Ohren verklang, die Übelkeit, die in mir hochgestiegen war, wich zurück. Ich stand langsam auf, vermied es, auf den Schreibtisch zu sehen. Murray war zum Fenster gegangen, seine breiten Schultern vornübergebeugt, blickte er hinaus. Humphries kam schwankend auf die Füße.

»Armer Peter. Er konnte sich nicht verzeihen, das Leben des armen Mädchens nicht gerettet zu haben. Seit einiger Zeit hat er wirres Zeug dahergeredet – wir haben uns große Sorgen um ihn gemacht. Ich will Ihnen nicht zu nahe treten, Miss Warshawski, aber ich glaube, daß es ihm mehr geschadet als genützt hat, Sie so oft zu sehen. Dadurch hat er ständig auf eine sehr ungesunde Art und Weise über das Mädchen und das Baby und Dr. Herschels Probleme gebrütet.« Er sah auf seine Uhr. »Ich möchte nicht gefühllos erscheinen, aber ich muß ins Krankenhaus zurück, muß mich um einen Ersatz für Peter kümmern, der sich zumindest die nächsten Wochen seiner Patientinnen annimmt.«

Rawlings ging zur Tür und blockierte sie. »Mir scheint, Sie

sind derjenige, der wirres Zeug daherredet, Mr. Humphries. Sie werden mit mir nach Chicago kommen, damit wir uns ein bißchen unterhalten können.«

Humphries' Augenbrauen schnellten in die Höhe. »Wenn Sie meine Aussage benötigen, Officer, werde ich sie heute nachmittag diktieren und meinem Anwalt zukommen lassen. Peters Selbstmord setzt uns unter großen Druck. Ich muß mit meiner Sekretärin sprechen – wir werden wahrscheinlich beide das Wochenende über zu arbeiten haben.«

Rawlings seufzte leise und zog Handschellen aus der Hosentasche. »Sie verstehen mich nicht, Mr. Humphries. Ich verhafte Sie, weil Sie den Mord an Malcolm Tregieres in Auftrag gegeben haben, und wegen Mordes an Fabiano Hernandez. Sie haben das Recht, die Aussage zu verweigern. Alles, was Sie sagen, kann vor Gericht gegen Sie verwendet werden. Sie haben das Recht, sich mit einem Anwalt in Verbindung zu setzen, bevor wir Sie vernehmen, und Sie können auf seine Anwesenheit während der Vernehmung bestehen. Sie haben das Recht –«

Humphries, der sich gewehrt hatte, als Rawlings ihm die Hände auf dem Rücken in Handschellen legte, brüllte. »Das werden Sie bereuen, Officer. Ich werde dafür sorgen, daß Sie aus der Polizei fliegen.«

Rawlings sah Murray an. »Schreiben Sie mit, Ryerson? Ich möchte, daß alles, was Mr. Humphries zu sagen hat, wortwörtlich notiert wird. Die Anklagepunkte haben sich hiermit erweitert auf Bedrohung eines Polizisten bei der Ausübung seiner Pflichten. Ich glaube, wir sollten die örtliche Polizei darüber informieren, daß hier ein Toter liegt. Sie sollen herkommen, bevor wir zurückfahren.«

Humphries fuhr fort, mit seinem Schicksal zu hadern. Rawlings ignorierte ihn und ging hinüber zum Schreibtisch, um seinen Vorgesetzten anzurufen. Als der Verwaltungsdirektor versuchte, durch die Tür zu verschwinden, stellten sich ihm Murray und ich in den Weg.

»Ich möchte nur telefonieren«, sagte er hochmütig. »Ich nehme an, daß es mir gestattet ist, mich mit meinem Anwalt in Verbindung zu setzen.«

»Warten Sie, bis der Detective fertig ist«, erwiderte ich. »Im übrigen wäre es wahrscheinlich besser, wenn Sie ihn ›Detective‹ oder ›Sergeant‹ nennen anstatt ›Officer‹. Beleidigung wird in Ihrem Fall auch nicht weiterhelfen.«

»Bitte, Miss Warshawski«, drängte Humphries. »Sie waren doch mit Burgoyne in den letzten Wochen oft zusammen. Sie wissen, er war nicht er selbst –«

»Ich weiß nicht, wie er Ihrer Meinung nach hätte sein müssen.«

»Aber dieser ganze Mist, den er verzapft hat – über mich und irgendeinen Mexikaner – wie hat er ihn genannt? Sergio? – es wäre mir eine Menge wert, wenn Sie seinen gestörten Zustand bezeugen würden. Ich bedauere nur, daß ich nicht dazu gekommen bin, unseren Psychiater zu bitten, ein formelles Gutachten zu erstellen. Aber wahrscheinlich sind ihm bei den Ärztekonferenzen sowieso schon einige Veränderungen aufgefallen. Überlegen Sie es sich, Miss Warshawski. Schließlich sind Sie die Person, die ihn in den letzten Wochen am häufigsten gesehen hat.«

»Aber, Mr. Humphries, ich weiß nicht. Ich frage mich, was Sie mit einer Menge meinen – einen V. I. Warshawski-Flügel im Friendship? Oder Peters diesjährige Gewinnbeteiligung? Was meinst du, Murray?«

»Was meint er wozu?« fuhr Rawlings scharf dazwischen.

»Oh, Mr. Humphries will einen Krankenhausflügel nach mir benennen, wenn ich bezeuge, daß Dr. Burgoyne in den letzten Wochen nicht ganz bei Trost war.«

»Tatsächlich? Schade, daß Sie nur Privatdetektivin sind, Ms. Warshawski, sonst könnten wir jetzt auch noch einen Bestechungsversuch auf die Anklageliste setzen.«

Wir gingen ins Wohnzimmer und warteten auf die Polizei. Rawlings erklärte Humphries, er könne seinen Anwalt verständigen, sobald sie in Chicago seien. Humphries fügte sich widerspruchslos und versuchte es mit gutem Zureden. Offensichtlich war er zu der Überzeugung gelangt, daß er mit Schmeicheleien mehr erreichen würde als mit Drohungen, aber bei Rawlings stieß er auch damit auf taube Ohren.

Drei Polizeiautos fuhren mit Blaulicht und Sirenengeheul

vor, fünf Polizisten liefen die Einfahrt herauf. Peppy nahm an dem Geheul und an den Uniformen Anstoß und jagte sie wild bellend aufs Haus zu. Ich öffnete die Tür und hielt sie am Halsband fest, während die Polizisten das Haus betraten.

»Gutes Mädchen«, flüsterte ich in ihr weiches Ohr. »Du bist ein guter Hund. Aber was soll jetzt mit dir werden? Peter ist tot. Wer wird dir etwas zu fressen geben und mit dir spielen?«

Ich saß vor der Tür, hielt sie an mich gepreßt und streichelte ihr langes, weiches Fell. Sie tänzelte nervös hin und her. Nach ungefähr zehn Minuten kam ein Krankenwagen. Ich schickte die Sanitäter ins Haus und blieb weiter draußen mit dem Hund. Kurze Zeit später kamen sie mit Peters Leiche in einem schwarzen Sack wieder heraus. Peppy begann sofort zu zittern und zu winseln. Sie zerrte am Halsband und entriß sich meinem Griff, als der Krankenwagen losfuhr. Sie rannte hinter ihm her, wild und gequält bellend, folgte dem Wagen, bis er außer Sichtweite war. Dann trottete sie langsam mit hängendem Kopf zurück, ließ sich in der Einfahrt fallen und legte den Kopf auf den Boden. Als schließlich Rawlings mit Humphries und den Polizisten herauskam, hob sie hoffnungsvoll den Kopf, ließ ihn aber sofort wieder sinken, als sie merkte, daß Peter nicht dabei war. Wir stiegen in die Autos – Murray und ich in seines, um zurück ins Krankenhaus zu fahren und Lotty und Max zu holen. Einer der Polizisten begleitete Rawlings und Humphries nach Chicago. Vorsichtig fuhren wir um den Hund herum. Als ich zurückblickte, lag sie immer noch da, den Kopf auf dem Asphalt.

Murray hielt gerade so lange an, daß ich aussteigen konnte, und raste dann weiter in Richtung Stadt. Max und Lotty warteten in der Cafeteria. Lotty, die zuerst verärgert war, daß ich sie zwei Stunden hatte warten lassen, wurde sofort von Mitleid ergriffen, als sie mein Gesicht sah. Ich berichtete ihnen kurz, was geschehen war.

»Ich fahre euch jetzt nach Hause. Ich muß aufs Revier und meine Aussage machen.«

Lotty hakte sich bei mir unter, und wir gingen zum Auto. Während der Fahrt sprachen wir nicht viel. Einmal fragte Max, ob ich glaube, daß es zu einer Anklage gegen Humphries kommen würde.

»Ich weiß es nicht«, sagte ich müde. »Im Augenblick hat er sich darauf verlegt, zu behaupten, Peter sei geistesgestört gewesen, daß es seinem Wahn entsprungen sei, er, Humphries, hätte Sergio damit beauftagt, Malcolm zu ermorden. Vermutlich wird alles davon abhängen, auf welche Seite sich Sergio schlagen wird.«

Ich ließ beide vor Lottys Wohnung aussteigen und fuhr weiter zum Revier im sechsten Bezirk. Bevor ich hineinging, versperrte ich meinen Revolver im Handschuhfach – die Polizei mag es nicht, wenn ihr Fremde Waffen ins Haus tragen. Während ich die Treppe hinaufstieg, kam hinter mir ein Mercedes Cabrio quietschend zum Stehen. Ich drehte mich um und wartete. Mein Ex-Mann kam die Treppe heraufgerannt.

»Hallo, Dick«, sagte ich liebenswürdig. »Freut mich, daß Humphries dich erreicht hat – er war drauf und dran, sich sein eigenes Grab zu schaufeln, draußen in Barrington: Drohungen, Bestechungsversuche, na, du weißt schon.«

»Du!« Dick lief rot an. »Verdammt noch mal, ich hätte mir denken können, daß du dahintersteckst!«

Ich hielt ihm die Tür auf. »Ausnahmsweise hast du diesmal recht: Ich habe den Fall praktisch allein gelöst. Wenn ich nicht gewesen wäre, würde dein Mandant vielleicht nicht eine Minute für Malcolm Tregieres Tod büßen. Um Fabiano Hernandez tut es mir nicht besonders leid, aber der Staat kann Mord nicht durchgehen lassen, gleichgültig wer das Opfer ist.«

Dick stürmte an mir vorbei, ich folgte ihm. Er versuchte, einen Ausdruck würdevoller Wut aufrechtzuerhalten, während er verstohlen den richtigen Weg suchte – nomalerweise muß er wegen seiner Mandanten nicht aufs Polizeirevier.

»Geradeaus«, sprang ich ihm hilfreich zur Seite.

Er stürzte zielbewußt auf den Auskunftschalter zu. »Ich bin Richard Yarborough. Mein Mandant, Alan Humphries, wird hier festgehalten. Ich muß mit ihm sprechen.«

Als der Wachtmeister ihn um seinen Ausweis bat und ihn durchsuchen wollte, wurde Dick ärgerlich. »Officer, meinem Mandanten wurde noch über eine Stunde nach seiner Verhaftung versagt, seinen Rechtsbeistand anzurufen. Und jetzt soll ich gedemütigt werden, nur weil ich ihm zu seinen gesetzlichen Rechten verhelfen will?«

»Dick«, sagte ich ruhig, »das ist hier nun einmal üblich. Sie wissen nicht, daß du jenseits allen Verdachts bist – es gibt weniger aufrechte Anwälte als dich, die für ihre Mandanten Waffen einschmuggeln. Entschuldigen Sie, Sergeant – der überlicherweise für Mr. Yarborough zuständige Gerichtsort ist La Salle Street.«

Dick stand steif vor Ärger da, während er durchsucht wurde. Danach kam ich an die Reihe. Anschließend wurden uns Besucherausweise ausgehändigt, und wir konnten weitergehen.

»Du hättest wirklich Freeman mitnehmen sollen«, erklärte ich ihm, während wir die Treppe hinaufstiegen. »Er kennt sich aus auf Polizeirevieren. Den Wachtmeister darf man sich nicht zum Feind machen. Von ihm bekommt man die wichtigsten Informationen – einzelne Punkte der Anklage, wie es deinem Mandanten geht, wo er ist.«

Dick ignorierte mich mit hocherhobenem Kopf, bis wir vor dem Zimmer standen, in dem sich Humphries befand. Dann setzte er seine strengste Miene auf. »Ich weiß nicht, was du getan hast, um die Polizei glauben zu machen, daß Humphries ein Mörder ist. Aber du hast dich in eine rechtlich sehr ernste Situation manövriert, Vic. Eine wirklich sehr ernste. Ob wir eine Verleumdungsklage gegen dich erheben werden, hängt davon ab, wie nachtragend mein Mandant ist.«

»Und für wie lange man ihn aus dem Verkehr zieht«, sagte ich munter. »Weißt du, Dick, Lotty Herschel fragt mich immer noch, wieso ich dich eigentlich jemals geheiratet habe. Und ich muß ihr jedesmal antworten, daß ich es einfach nicht weiß. Als wir zusammen Jura studiert haben, kannst du einfach nicht ein so großes Arschloch gewesen sein, wie du es heute bist, oder?«

Er drehte sich heftig um und klopfte an die Tür. Ein uniformierter Polizist steckte den Kopf heraus. Dick hielt ihm seinen Ausweis unter die Nase und wurde eingelassen.

Nach ein paar Minuten kam Rawlings heraus. »Haben Sie Dr. Herschel gut nach Hause gebracht? Ich werde sie als medizinische Sachverständige für die Beweise brauchen. Es gibt zwar einen Polizeiarzt, aber der hat nicht die blasseste Ahnung von Entbindungen.«

»Ich bin überzeugt, Lotty macht das gern. Sie würde so gut wie alles tun, um Malcolms Tod aufzuklären. Sie versuchen nicht, Humphries darauf festzunageln, oder? Was ist mit Fabiano? Da ist es doch so sicher wie das Amen in der Kirche, daß er ihn erschossen hat.«

Rawlings verzog das Gesicht. »Aufgrund von Burgoynes Aussage. Und Burgoyne ist tot. Ich habe gehofft, man würde ihn nicht auf Kaution freilassen, aber jetzt, wo dieser aalglatte Schleimer von Rechtsanwalt da ist, bin ich mir dessen nicht mehr so sicher. Die behaupten, daß Burgoyne die Waffe gekauft und damit geschossen hat. Natürlich können wir das überprüfen, aber nicht vor der Voruntersuchung. Und dieser Yarborough macht den Eindruck, daß er tagtäglich mit den Richtern zu Abend ißt. Nur Glück, daß heute einer der alten, erfahrenen Richter den Vorsitz führen wird. Wir brauchen mehr Beweise, konkrete Beweise.«

»Sie könnten Coulter mit reinziehen, den Typ vom Amt für Umwelt und Gesundheit. Aber dann müßte man die ganze Sache auf die mangelhafte Ausstattung des Krankenhauses ausdehnen. Was ist mit Sergio?«

Rawlings schüttelte den Kopf. »Ich habe einen Haftbefehl gegen ihn. Aber der Schuß könnte nach hinten losgehen. Für eine entsprechende Summe Kleingeld wird Sergio behaupten, Humphries noch nie im Leben gesehen zu haben.«

Ich dachte nach. »Tja. Sie sitzen in der Patsche. Lassen Sie mich meine Aussage machen, und danach verschwinde ich. Vielleicht kann ich etwas für Sie tun.«

»Warshawski! Wenn Sie –« Er unterbrach sich. »Vergessen Sie's. Wenn Sie eine Idee haben, dann will ich nichts darüber wissen, bevor Sie sie nicht ausgeführt haben. Sonst macht es mich nur unglücklich.«

Ich lächelte ihn so bezaubernd an, wie ich nur konnte. »Sehen Sie? Die Zusammenarbeit mit mir ist völlig problemlos, man muß nur wissen wie.«

34 Voruntersuchung

Ich fuhr ein paar Blocks weit und hielt an einer Telefonzelle. Nach dem fünften Klingeln meldete sich die aufgeregte Frau, das Baby schrie wieder im Hintergrund.

»Mrs. Rodriguez? Ich habe vor zwei Tagen angerufen und wollte Sergio sprechen. Ist er da?«

»Nein. Nein, er ist nicht da. Ich weiß nicht, wo er ist.«

Ich schwieg kurz und glaubte, ein leises Knacken zu hören, das darauf schließen ließ, daß der Hörer eines zweiten Apparats abgehoben wurde. »Es geht um folgendes, Mrs. Rodriguez: Alan Humphries ist verhaftet worden. Heute vormittag. Er befindet sich augenblicklich im Revier im sechsten Bezirk. Sie können dort anrufen und sich davon überzeugen, wenn Sie wollen. Sie versprechen ihm Strafverschonung – wissen Sie, was das ist? – er wird nicht gerichtlich verfolgt werden. Das heißt, er wird nicht ins Gefängnis müssen. Und zwar so lange nicht, wie er bei seiner Behauptung bleibt, daß es Sergio war, der Malcolm Tregiere und Fabiano Hernandez umgebracht hat. Richten Sie das Sergio bitte unbedingt aus, Mrs. Rodriguez. Auf Wiedersehen.«

Nachdem sie aufgelegt hatte, wartete ich, bis ich hörte, wie der zweite Hörer aufgelegt wurde. Ich lächelte grimmig und fuhr zum Revier zurück. Mittlerweile brachten alle Sender die Neuigkeit. Zwei Fernsehstationen hatten Übertragungswagen vor dem Revier postiert. Um halb fünf brach plötzlich hektische Aktivität aus. Eine Gruppe uniformierter Polizisten führte Alan Humphries aus einem Seiteneingang und schirmte ihn ab. Sie setzten ihn in einen Polizeitransporter und holten drei weitere Männer in Handschellen. Jeder Schritt Humphries' wurde von den Kameras festgehalten. Die Hauptmeldung für die Zehn-Uhr-Nachrichten konnte ich mir lebhaft vorstellen: Mary Sherrod vor einem Übertragungswagen wild spekulierend, was eigentlich vorgehe.

Dick kam ein paar Minuten später heraus. Mit aufheulendem Motor fuhr er aus dem Parkplatz und dem Polizeiwagen nach. Ich ließ den Motor an und machte mich ebenfalls auf den Weg, allerdings etwas langsamer, die Western Avenue bis zur Ecke

Sechsundzwanzigste Straße / California Boulevard, wo sich das Strafgericht befand. Weil der Transporter an Kreuzungen das Blaulicht einschaltete, fiel ich schnell zurück. Ich sah mich um, ob wir noch weitere Begleitfahrzeuge aufgelesen hatten, aber Dicks Wagen war der einzige, der dem Transporter folgte; mir hatte sich niemand an die Fersen geheftet.

Das Gerichtsgebäude war in den zwanziger Jahren erbaut worden. Die Stuckdecken, die geschnitzten Türen und die mosaikartigen Marmorböden bildeten einen seltsamen Kontrast zu den Verbrechen, die hier verhandelt wurden. Am Eingang mußte ich mich gründlich durchsuchen lassen – meine Handtasche wurde ausgeleert, wobei ein Ohrring zum Vorschein kam, von dem ich angenommen hatte, ich hätte ihn am Strand verloren. Die Beamtin kannte mich noch aus meinen Verteidigertagen. Wir unterhielten uns eine Weile über ihre Enkelkinder, bevor ich in den dritten Stock hinaufging, wo die Schnellverfahren durchgeführt wurden.

Dick nutzte die Verhandlung für einen gekonnten Auftritt: hellgrauer, dreiteiliger Anzug, sein blondes Haar makellos nach hinten gekämmt, als wäre er eben erst der Trockenhaube entstiegen – die Inkarnation des omnipotenten Anwalts. Humphries wirkte nüchtern und verständnislos, ein gesetzestreuer Mann, der in den Strudel von Geschehnissen geraten war, die er nicht begriff, der aber sein Bestes tat, um zu ihrer Klärung beizutragen. Die Staatsanwältin, Jane LeMarchand, war gut informiert. Sie war eine erfahrene und fähige Juristin, aber ihr Antrag auf Abweisung einer Haftverschonung gegen Kaution wurde abgelehnt aufgrund der Tatsache, daß es bislang keine Beweise für die Aussage eines inzwischen toten Mannes gab. Der Richter verfügte, daß der Staat aller Wahrscheinlichkeit nach Grund hatte, Humphries gerichtlich verfolgen zu lassen, setzte die Kaution auf hundertfünfzigtausend Dollar fest und ließ den Fall in den Computer eingeben, damit er einem Richter in der ersten Instanz zugewiesen würde. Dick schrieb mit schwungvoller Geste einen Scheck auf zehn Prozent der Kautionssumme aus, und er und Humphries verließen in einem Blitzlichtgewitter den Saal. In meiner Wut gab ich den Reportern Dicks Privatnummer und Adresse. Kleinlich von mir, aber es war mir unerträglich, ihn so völlig ungeschoren davonkommen zu sehen.

An der Eingangstür traf ich auf Rawlings. »Wir werden uns in diesem Fall sehr anstrengen müssen, Ms. Warshawski, falls es zu einem Prozeß kommt.«

»Sie meinen zum ersten Antrag auf Vertagung«, erwiderte ich bitter. »Der Prozeß wird frühestens in fünf Jahren stattfinden. Wollen wir wetten?«

Er rieb sich mit seiner dicken Hand müde die Stirn. »Vergessen Sie's. Wir haben versucht, den Richter dazu zu bringen, uns diesen Schuft für vierundzwanzig Stunden zum Verhör zu überlassen – ich hätte gern gesehen, daß der Kerl wenigstens eine Nacht im Gefängnis schmort, aber Ihr Mann – Ihr Ex-Mann – war zu raffiniert für uns. Wollen Sie irgendwo etwas trinken? Oder essen?«

Ich war überrascht. »Gern – nur nicht heute. Ich muß heute nacht noch was erledigen. Könnte nützlich für uns sein.« Oder alles verderben, fügte ich im stillen hinzu.

Er kniff die Augen zusammen. »Sie haben einen langen Tag hinter sich, Warshawski. Glauben Sie nicht auch, daß es für heute genug ist?«

Ich lachte, sagte aber nichts. Wir bahnten uns einen Weg durch die Fernsehleute und Kameras am Fuß der Treppe. Dick stand oben, eine Hand tröstlich auf Humphries' Schulter. Er mußte für Fernsehauftritte geübt haben – seine dramatische Geste kam voll zur Wirkung. »Mein Mandant hat einen langen und anstrengenden Tag hinter sich. Ich glaube, Ms. Warshawski, die eine wohlmeinende Privatdetektivin ist, wurde von ihren Gefühlen für den Arzt davongetragen, der sich heute unglücklicherweise das Leben genommen hat.«

Plötzlich sah ich rot, das Blut schoß mir in den Kopf, und ich boxte mich durch bis zu Dick. Als er mich sah, richtete er sich steif auf und zog Humphries näher zu sich heran. Jemand hielt mir ein Mikrophon unter die Nase, und ich wandte meine ganze Willenskraft auf, um zu lächeln, anstatt es zu ergreifen und Dick damit den Schädel einzuschlagen. »Ich bin die gefühlvolle Ms. Warshawski«, sagte ich so leichthin wie möglich. »Nachdem Mr. Yarborough ein Golfspiel unterbrechen mußte, um hierher aufs Gericht zu eilen, war er leider nicht in der Lage, sich in der kurzen Zeit alle Fakten geläufig zu machen. Sobald er morgen die Zeitungen zu Gesicht bekommt und von der geheimen Absprache zwischen dem Staat Illinois und seinem Mandanten erfährt, wird er sich wünschen, auf dem Golfplatz geblieben zu sein.«

Gelächter brandete auf. Ich verdrückte mich, während Fragen auf mich einprasselten, warf einen Blick zurück und sah, wie Dick um Selbstbeherrschung rang. Dann ging ich zu meinem Auto. Rawlings war im Gewühl verschwunden.

Dick beendete seine Pressekonferenz kurz darauf. Er bugsierte Humphries in seinen Mercedes und fuhr los Richtung Norden. Ich mußte aus meinem alten Chevy alles rausholen, was in ihm steckte, um mit seinem schnellen Wagen mitzuhalten. Einmal auf dem Kennedy Expressway Richtung O'Hare erhöhte Dick das Tempo und wechselte ständig zum Überholen die Spur. Es war jetzt fast völlig dunkel, eine schlechte Zeit, um jemanden zu verfolgen. Nur dank der typischen Anordnung der Rücklichter seines Mercedes verlor ich ihn nicht aus den Augen. Hinter O'Hare bemerkte ich, daß ein brauner Buick Le Sabre mein ständiger Begleiter war. Er hielt sich eine Zeitlang hinter mir, fuhr dann an mir vorbei und hinter dem Mercedes weiter, den er schließlich überholte, um sich dann wieder hinter mich zurückfallen zu lassen. Unsere Geschwindigkeit betrug mittlerweile mehr als siebzig Meilen. Mein Auto vibrierte. Hätte ich plötzlich bremsen müssen, hätte mich der Buick glatt überrollt. Meine Hände auf dem Lenkrad waren schweißnaß. Dick nahm die nächste Ausfahrt, ohne zu blinken. Ich riß das Steuer nach rechts, spürte, wie die Reifen den Kontakt zum Boden verloren, als ich kurz umblickte und sah, wie mir der Buick an zwei hupenden und bremsenden Autos vorbei nachraste, bekam wundersamerweise den Wagen wieder unter Kontrolle und machte Dicks Rücklichter ungefähr eine halbe Meile vor mir aus. Ich redete meinem Chevy gut zu und brachte ihn auf achtzig. Der Buick folgte mir in etwa dreißig Meter Abstand. Mein Revolver lag noch immer in dem verschlossenen Handschuhfach. Ich traute mich nicht, eine Hand vom Steuer zu nehmen und an dem Schloß herumzufummeln, um ihn herauszuholen. Ich konnte einfach nicht fassen, daß uns die Polizei so lange unbehelligt so schnell fahren ließ.

Ich war von Kopf bis Fuß durchgeschwitzt, als wir auf fünfundfünfzig Meilen verlangsamten und auf den Northwest Highway abbogen. Von da an wurde die Fahrt gelassener, bisweilen mußten wir an Ampeln anhalten, örtliche Polizeiautos patroullierten. An einer Ampel konnte ich den Schlüssel fürs Handschuhfach von meinem Schlüsselbund lösen, bei der nächsten schloß ich das Fach auf, holte den Revolver heraus und steckte ihn in meine Jackentasche.

Humphries lebte in Barrington Hills, gut fünfzig Meilen vom Loop entfernt. Dank Dicks Tempo fuhren wir bei Humphries knapp siebzig Minuten, nachdem wir das Gerichtsgebäude verlassen hatten, vor. Dick bog in die Einfahrt ein, der Buick und ich fuhren daran vorbei. Mein Verfolger überholte mich und verschwand an der nächsten Straßenecke. Ich fuhr an den Straßenrand, hielt an und legte den Kopf auf das Lenkrad, meine Arme zitterten. Ich mußte etwas essen. Seit über zwölf Stunden hatte ich nichts mehr zu mir genommen, und in der Zwischenzeit war mein ganzer Blutzucker verbraucht. Ich wünschte, ich hätte eine Partnerin, die mir jetzt etwas Eßbares geholt hätte. Da ich nun einmal keine hatte, mußte ich mich selbst darum kümmern und meinen Beobachtungsposten kurzfristig aufgeben. Ich fuhr ein Stück zurück, bis ich zu einer Imbißbude kam, und genehmigte mir zwei Hamburger, einen Schokoladenshake und Pommes. Danach war ich reif fürs Bett, nicht für weitere Unternehmungen.

»›Wenn Pflicht sie leis gemahnt: *du mußt,* Jugend stracks erwidert: *ich kann*‹« sprach ich mir Mut zu und fuhr zurück zu Humphries' Haus.

Das Haus lag in einem riesigen Grundstück hinter Bäumen verborgen, und von der Straße aus war nur eine beleuchtete Front zu sehen. Ich parkte am Straßenrand und wartete – ich wußte nicht, worauf. Ich lehnte mich zurück und schloß kurz die Augen. Als Scheinwerferlicht auf mein Gesicht fiel, öffnete ich sie wieder – es war der Buick, er kam auf der Straße zurück, mir direkt entgegen. Es war stockfinster, keine Straßenbeleuchtung. Ich war steifgefroren und hatte Mühe, den Wagen zu wenden und den Buick nicht aus den Augen zu verlieren, bevor er die Hauptstraße erreicht hatte. Wir waren schon einige Meilen gefahren, als mir klar wurde, daß das Krankenhaus unser Ziel war. Ich verlangsamte – kein Grund, sich einen Strafzettel einzuhandeln, wenn der Bestimmungsort bekannt war. Außerdem waren meine Arme zu kraftlos für ein weiteres Grand-Prix-Rennen.

Es war Mitternacht, als ich meinen Wagen auf dem Besucherparkplatz abstellte. Die Hand auf der Waffe in der Jakkentasche, näherte ich mich dem Eingang. Der Buick stand nicht auf dem Parkplatz. Die hell erleuchteten, leeren Korridore waren mir mittlerweile ebenso vertraut wie mein eigenes Büro. Es hätte mich nicht gewundert, wäre der Hausmeister, auf seinen Besen gelehnt, dagestanden und hätte mich gegrüßt. Oder wenn mich Schwestern nach dem Zustand eines Patienten gefragt hätten. Niemand sprach mich auf dem Weg zum Verwaltungstrakt an. Diesmal war die Flurtür nicht verschlossen. Ich schlich den leeren, stillen Gang entlang. Auch die Tür zu Jackies Vorzimmer war offen. Dort brannte kein Licht, aber die Parkplatzbeleuchtung erhellte es genug, um die Einrichtungsgegenstände erkennen zu lassen. Die Tür zu Humphries' Zimmer schloß so dicht mit dem Boden ab, daß ich nicht ausmachen konnte, ob jemand drin war oder nicht. Ich hielt den Atem an und öffnete die Tür einen winzigen Spalt. Ich konnte immer noch nichts sehen, hörte aber eine heisere Stimme.

»Was wir wissen wollen, Mann, ist, was du der Polizei erzählen wirst. Was dein Freund, der Doktor, gesagt hat, ist uns scheißegal. Der zählt nicht mehr, der ist tot. Aber mein Informant hat gesagt, du willst mich verpfeifen. Stimmt das?«

Es war Sergio, der sprach. Seine Stimme hätte ich immer und überall erkannt. Ich überlegte fieberhaft. Eigentlich müßte ich die Polizei rufen, aber es war ein nahezu unmögliches Unterfangen, sie zum einen dazu zu bringen, mir zuzuhören, zum anderen sie herzulotsen, ohne daß sie die ganze Stadt aufgeweckt hätten. Und warum hatte sich Humphries im Krankenhaus mit Sergio getroffen? Warum erledigten sie die Sache nicht auf einer gottverlassenen Landstraße? Und wenn Sergio der

Fahrer des Buicks war, warum hatte er mich dann nicht umgebracht, als ich im Auto eingenickt war?

»Ich weiß nicht, wer Ihr Informant ist und woher er seine Informationen haben will. Aber ich versichere Ihnen, ich habe der Polizei nichts gesagt. Und wie Sie sehen, hat man mich freigelassen.« Er schnappte nach Luft. Jemand hatte ihm einen Schlag versetzt. Oder sie hielten ihm die Arme auf dem Rücken fest und zogen jedesmal stärker an, wenn er nicht sagte, was sie hören wollten.

»Ich bin nicht erst gestern auf die Welt gekommen, Mann. Wenn's um Mord geht, wird man nicht einfach freigelassen. Außer man erzählt den Bullen, was sie hören wollen. Und am liebsten hören sie es, wenn man einem Mexikaner einen Mord anhängt, dann können sie einen reichen weißen Geschäftsmann laufen lassen. Kapiert?«

»Wir könnten uns besser unterhalten, wenn Sie das Messer von meinem Hals nähmen.« Das mußte man Humphries lassen – er reagierte kaltschnäuzig. »Wir haben ein kleines Problem, verstehen Sie. Schließlich haben Sie Malcolm Tregiere umgebracht, nicht ich.«

»Vielleicht, vielleicht auch nicht. Und wenn ja, dann in deinem Auftrag. Und damit hast du dich mitschuldig gemacht, du kleine Ratte. Dafür kriegst du Jahre aufgebrummt. Und glaub mir, wenn sie uns erwischen, erwischen sie dich auch. Dafür werden wir sorgen. Und dann ist da noch eine Kleinigkeit. Fabiano. Ich weiß, du hast ihn erschossen. So was Bescheuertes bringt nur ein Weißer wie du zustande. Also, bevor du mit den Bullen redest, denk dran, daß wir nicht unsern Kopf für dich hinhalten.«

Humphries erwiderte nichts, schnappte erneut nach Luft. »Was zum Teufel wollen Sie?«

»Aha, endlich kapiert! Was ich will? Ich will, daß du laut und deutlich sagst: Ich habe Fabiano Hernandez erschossen.«

Schweigen, Keuchen.

»Na los, Mann. Wir haben die ganze Nacht Zeit. Kein Mensch wird dich hier schreien hören.«

Endlich sagte Humphries mit erstickter Stimme: »Okay. Ich hab den Kerl erschossen, aber er war Dreck, ein Versager, Abschaum. Wenn Sie hier sind, um seinen Tod zu rächen, dann setzen Sie Ihr Leben für einen Haufen Scheiße aufs Spiel.«

Ich holte tief Luft, zog den Revolver, stieß die Tür auf und stürzte ins Zimmer. »Hände hoch!« schrie ich und zielte auf Sergio.

Er stand mit dem Messer in der Hand vor Humphries, Tattoo hielt Humphries' Arme auf dessen Rücken. Zwei weitere Löwen standen mit Waffen in der Hand an der Wand. Das riesige Fenster war zerbrochen – sie waren eingebrochen und hatten hier auf Humphries gewartet.

»Laßt die Pistolen fallen«, herrschte ich sie an.

Anstatt meinem Wunsch nachzukommen, legten sie auf mich an. Ich schoß. Einer ging zu Boden, den anderen verfehlte ich. Als ein Schuß losging, ließ ich mich zu Boden fallen und rollte zur Seite. Die Kugel bohrte sich ins Parkett knapp neben mir. Sergio ließ Humphries los. Aus dem Augenwinkel sah ich, daß er mit dem Messer nach mir werfen wollte. Ein weiterer Schuß ging los, und Sergio sackte vornüber auf den Schreibtisch. Ich schoß auf den anderen bewaffneten Löwen. Er ließ seine Pistole fallen.

»Nicht schießen! Nicht schießen!« kreischte er.

Rawlings stieg durch das zerschlagene Fenster herein. »Sie sollten zum Augenarzt gehen, Warshawski. Warum um alles in der Welt haben Sie dazwischengefunkt?«

Ich zitterte am ganzen Körper. »Rawlings! Sie waren das in dem Buick! Ich dachte – dachte Sergio – sind Sie heute morgen nicht einen Chevy gefahren?«

Gold blitzte kurz auf. »Der Buick ist mein Privatwagen – hab mir schon gedacht, daß Sie ihn nicht kennen. Unternehmungslustig wie Sie sind, hab ich mir gedacht, es ist besser, wenn ich Sie nicht aus den Augen lasse. Warum, glauben Sie, konnten Sie ungestraft achtzig Meilen auf unseren Straßen fahren? Polizeibegleitung... Okay, Humphries. Mr. Humphries, meine ich. Diesmal sieht's schlecht für Sie aus. Wie ich schon vor ein paar Stunden sagte, Sie haben das Recht, die Aussage zu verweigern. Sollten Sie auf dieses Recht verzichten –«

Humphries schüttelte den Kopf. Blut sickerte aus den Schnitten, die ihm Sergio beigebracht hatte. »Ich kenne den

Text. Also lassen wir das. Sie standen die ganze Zeit draußen, warum um alles in der Welt sind Sie nicht eingeschritten, als dieser Mexikaner drohte, mir die Kehle durchzuschneiden?«

»Keine Angst, Humphries, so recht es mir auch gewesen wäre, ich hätte nicht zugelassen, daß er Sie umbringt. Aber mir ging's wie ihm, ich wollte, daß Sie sagen: Ich habe Fabiano Hernandez erschossen. Ms. Warshawski hat's auch gehört. Ich glaube, das wird dem Richter gefallen.«

Ich ging hinüber zu Sergio. Rawlings hatte ihn an der Schulter getroffen, es war keine lebensgefährliche Verletzung. Der Löwe, den ich angeschossen hatte, lag pathetisch stöhnend auf dem Perserteppich und besudelte ihn mit Blut. Tattoo und der andere Löwe standen blöd an der Wand.

»Ich weiß nicht, Humphries«, sagte Rawlings. »Vielleicht ist es besser, daß Sie ins Kittchen wandern – womöglich würde es Ihr Herz brechen, wenn Sie tagtäglich die Blutflecken auf dem Teppich und dem Schreibtisch vor Augen hätten. Gibt es hier im Haus einen Arzt?«

35 Ein letzter Tag am See

Die Spätsommersonne brachte den Sand zum Glühen und tanzte blitzend auf dem Wasser. Kinder tobten herum; es war ihr letzter Ferientag. Familien machten Picknick und genossen das letzte Wochenende am Strand. Radiosender stritten miteinander. Prince gegen die Chicago Cubs. Ich starrte gedankenverloren ins Leere.

»Was ist los mit Ihnen, Mädchen? Warum gehen Sie nicht ins Wasser? Ist vielleicht der letzte schöne Tag heute.« Mr. Contreras lag in einem Liegestuhl unter einem großen Sonnenschirm. Er war mit mir nach Pentwater gekommen, einer Kleinstadt auf der Michiganseite des Sees, und hatte mir hoch und heilig versprochen, nicht in die Sonne zu gehen. Ich hatte gehofft, er würde schlafen. Als Rekonvaleszent war er noch anstrengender denn als gesunder Mensch.

»Tut Ihnen immer noch das Herz weh wegen dem Doktor? Glauben Sie mir, das ist er nicht wert.«

Ich wandte ihm das Gesicht zu, winkte mit der rechten Hand ab, sagte aber nichts. Ich konnte nicht ausdrücken, was ich empfand. Ich hatte Peter nicht genug gekannt, daß mir wirklich das Herz schmerzen würde. Mir ging das Bild durch den Kopf, wie er tot über seinem Schreibtisch lag. Entsetzlich, aber keine wirkliche Belastung. Nach Lage der Dinge hätte ich der zufriedenste Mensch der Welt sein müssen. Beide, Humphries und Sergio, saßen im Gefängnis, sie waren diesmal nicht auf Kaution freigekommen. Sergios Schulter heilte. In der Wochenendausgabe hatte sich der *Herald-Star* seinen Spaß mit Dick gemacht und ihn von seiner aufgeblasensten Seite porträtiert. Nachdem wir Humphries zum zweitenmal innerhalb von vierundzwanzig Stunden aufs Revier gebracht hatten, rief Dick bei mir an, um mich zu warnen: er wolle mich von nun an nur noch schikanieren. Vielleicht hat Lotty recht, die behauptet, ich reagiere stets kindisch auf ihn, aber es hat mir Spaß gemacht: Er versuchte, sich durchs Strafrecht durchzukämpfen, aber er wollte nicht zugeben, daß es einfach zu hoch für ihn war, daß er nicht soviel davon verstand wie ich.

Tessa war am Samstag morgen gekommen, dankbar, daß ich Malcolms Mörder dingfest gemacht hatte, und zerknirscht darüber, daß sie jemals an mir gezweifelt hatte. Zur selben Zeit war Rawlings aufgetaucht, der nach mir sehen und unsere Aussagen vorbereiten wollte. Vielleicht hätte ich ihn an seine Einladung erinnert, aber er und Tessa gingen zusammen weg, und letztlich war mir das auch recht, denn ein Privatdetektiv sollte nicht auf zu freundschaftlichem Fuß mit der Polizei stehen. Warum also war ich so apathisch, kaum in der Lage, mich wach zu halten?

Mr. Contreras sah mich besorgt an. »Das Leben geht weiter, Mädchen. Als Clara starb, hab ich zuerst geglaubt, das war's. Und wir waren einundfünfzig Jahre verheiratet. Wir haben uns auf der High-School kennengelernt. Natürlich hab ich dann die Schule aufgegeben, aber sie wollte sie beenden, und so haben wir mit dem Heiraten gewartet, bis sie fertig war. Und wir haben uns gestritten, miteinander gekämpft, das können Sie sich gar nicht vorstellen. Aber wir hatten auch gute Zeiten. Und das ist es, was Sie brauchen, Schätzchen. Sie brauchen jemand, der Ihnen gewachsen ist und mit Ihnen kämpft und mit dem Sie auch gute Zeiten verbringen können. Nicht wie dieser Verflossene von Ihnen. Wie Sie den jemals heiraten konnten, werd ich nie verstehen. Und das mit dem Doktor auch nicht. Ich hab Ihnen doch gesagt, daß er eine Nummer zu klein für Sie ist. Das hab ich Ihnen gesagt, als ich ihn zum erstenmal gesehen hab...«

Ich richtete mich auf. Wenn er meinte, daß es mir was ausmachte, keinen Mann zu haben... Vielleicht war ich einfach nur ausgebrannt. Zuviel Großstadt, zuviel Zeit in der Gosse mit Leuten wie Sergio und Alan Humphries. Vielleicht sollte ich meinen Beruf und meine kleine Wohnung aufgeben und mich nach Pentwater zurückziehen. Ich versuchte mir vorzustellen, wie das Leben in dieser winzigen Stadt mit zwölfhundert Einwohnern, die alles wußten, was der andere tat, wäre. Eine halbe Flasche Whiskey am Tag würde den Alltag vielleicht erträglich machen. Die Vorstellung ließ mich leise auflachen.

»So ist's recht, Mädchen. Man muß über sich selbst lachen können. Ich meine, wenn ich über jeden Fehler, den ich im Leben gemacht habe, geweint hätte, wäre ich längst ertrunken. Und die Sache hat ja auch gute Seiten. Wir haben jetzt einen Hund. Vielmehr, Sie haben einen Hund. Aber wer soll ihn ausführen und füttern, wenn Sie ständig unterwegs sind? Er wird mir Gesellschaft leisten – jedenfalls solange er nicht meine Tomaten anpißt.«

Er streichelte Peppy, und die Hündin leckte seine Hand. Dann hob sie den Stock auf, der zu ihren Füßen lag, und ließ ihn schwanzwedelnd neben mir fallen. Sie stieß mich hart mit ihrer feuchten Nase an, fuchtelte mit dem Schwanz herum, damit ich sie nur ja verstand. Ich stand auf. Und während der Hund vor Freude kaum mehr zu halten war, hob ich den Stock auf und warf ihn in die untergehende Sonne.

Dank

Mr. Barry Zeman, Verwaltungsdirektor des Staten Island Hospital, stellte sein unschätzbares Wissen für dieses Buch zur Verfügung. Neben einer lehrreichen Führung durch die Entbindungsstation des Krankenhauses, bei der er mir sowohl die Notaufnahmeprozeduren als auch perinatale wie neonatale Medizin erklärte, verdanke ich ihm das Kapitel »Tödliche Tagung«, das auf seinen Vorschlag zurückgeht. Ms. Lorraine Wilson, verantwortlich für die Verwaltung der Patientenakten, und Dr. Earl Greenwald, Chefarzt der Entbindungsstation, waren jederzeit bereit, mir Auskunft zu geben. Mein Dank gilt außerdem einer unbekannten schwangeren Frau, die mir gestattete, bei einer Ultraschall-Untersuchung zugegen zu sein.

Trotz der Beratung dieser verständnisvollen Menschen enthält das Buch unvermeidlicherweise Fehler, für die selbstverständlich ich allein verantwortlich bin. Eine Ähnlichkeit zwischen dem Personal des Friendship V Hospital und dem Staten Island Hospital war in keiner Weise beabsichtigt. Im Gegenteil, wäre es einem Laien möglich, ein perfekt organisiertes Krankenhaus zu beschreiben, in dem Schwestern, Ärzte, Techniker und Freiwillige sich uneingeschränkt und von Herzen ihrer Berufung widmen, wäre das Ergebnis eine Beschreibung des Staten Island Hospital.

Würde ich alle Personen aufführen, denen ich bezüglich der juristischen Aspekte zu Dank verpflichtet bin, würde sich der Umfang des Buches verdoppeln. Professor William Westerbeke von der University of Kansas stand mir zur Seite, wenn es um das Schadensersatzrecht und die Vererbbarkeit von Prozessen ging. Ms. Faith Logsden von der CNA Versicherung stellte mir ihr profundes Wissen über den Prozeßverlauf bei einer Verhandlung über Vernachlässigung der beruflichen Sorgfaltspflicht großzügig zur Verfügung. Auch hier übernehme ich die alleinige Verantwortung für Fehler.

Zum Schluß ein Wort des Dankes an Capo, Peppy und alle anderen Hunde dieser Welt, die uns Menschen das Leben lebenswerter machen.

S. P.